Conserver cette feuille s.v.p.

901

L

L

ANTIQUITÉS

DU

DÉPARTEMENT DU LOIRET.

Nota. L'ouvrage n'a été tiré qu'à 110 exemplaires.

PARIS, IMPRIMERIE DE PAUL DUPONT,
Rue de Grenelle-Saint-Honoré, n° 55.

MÉMOIRE

SUR

LES ANTIQUITÉS

DU

DÉPARTEMENT DU LOIRET,

PAR

M. JOLLOIS,

INGÉNIEUR EN CHEF, DIRECTEUR DES PONTS-ET-CHAUSSÉES DU DÉPARTEMENT DE LA SEINE, PRÉSIDENT DE LA SOCIÉTÉ
ROYALE DES ANTIQUAIRES DE FRANCE, ET MEMBRE DE PLUSIEURS AUTRES SOCIÉTÉS SAVANTES.

PRIX : 25 FRANCS.

A PARIS,

CHEZ L'AUTEUR, RUE LOUIS-LE-GRAND, N° 35 BIS,
ET A LA LIBRAIRIE DÉPARTEMENTALE ET ÉTRANGÈRE DE LANCE, RUE DU BOULOY, N° 7.

A ORLÉANS,

CHEZ GATINEAU, LIBRAIRE.

1836

PRÉFACE.

En nous occupant, dans les tournées qu'exigent nos fonctions, de rechercher les antiquités que le département du Loiret renferme dans son
sein, nous nous sommes trouvé entraîné à examiner une question qui a
déjà été souvent l'objet de savantes controverses : nous voulons parler de
la détermination de l'emplacement du *Genabum* des Commentaires de
César. Entreprenant de traiter un pareil sujet, nous avons dû mettre un
soin particulier à recueillir les renseignemens les plus précis sur les lieux
dont nous avions à parler, et nous avons désiré que le lecteur eût, pour
ainsi dire, sous les yeux les pièces du procès. Nous nous sommes, en conséquence, attaché à nous procurer les plans topographiques des lieux
que nous avons souvent visités, afin qu'on pût juger, en connaissance
de cause, toutes les raisons que nous apportons pour montrer que les
documens fournis par les Commentaires de César, le premier ouvrage
qui ait fait mention de la cité gauloise de *Genabum*, doivent s'appliquer
à la position d'Orléans et non à celle de Gien ou de Gien-le-Vieux.

Les auteurs les plus marquans de la controverse sont, d'une part, Hadrien de Valois, Lancelot, D'Anville et l'abbé Belley, qui tiennent pour
la position de *Genabum* à Orléans et, de l'autre, le savant abbé Lebeuf
qui veut que cette position soit à Gien-le-Vieux.

Notre but sera rempli, si on trouve que nous avons réussi à rassem-
bler tous les élémens de la question, et tous les faits positifs d'après lesquels elle peut être résolue définitivement. Le soin que nous avons mis
à parcourir les lieux, et à rechercher tous les vestiges d'antiquités qu'ils
pouvaient conserver, nous a conduit à la découverte heureuse et tout-à-
fait inattendue de l'emplacement du *Vellaunodunum* des Commentaires
et du *Belca* des itinéraires, positions qui ont jusqu'à présent exercé la sagacité de plusieurs critiques, sans aucun résultat bien satisfaisant. Ces
deux positions importent singulièrement à la géographie comparée, et,

si nous ne nous faisons pas illusion, nous croyons les avoir assignées avec une rigueur qui ne laisse rien à désirer. Elles nous servent à placer *Genabum* à Orléans, d'une manière en quelque sorte incontestable. Cependant, si nous nous étions trompé, et si le travail que nous offrons au public ne parvenait pas à le convaincre de l'opinion irrévocable que nous avons voulu établir au sujet de *Genabum*, il présentera au moins des notions exactes et précises sur les antiquités découvertes, à plusieurs époques, dans l'emplacement de la cité d'Aurélien, incontestablement la ville d'Orléans d'aujourd'hui. Ces antiquités n'ont pas été constatées par ceux à qui le hasard les a fait découvrir. Elles sont restées abandonnées, pour ainsi dire, et tout-à-fait inaperçues jusqu'à présent. Ainsi, quand bien même nos efforts auraient été sans succès pour le but principal que nous avions en vue, il est vrai de dire que nous n'aurons pas tout-à-fait perdu notre temps, puisque nous aurons recueilli des faits qui se rattachent à l'histoire de l'antique cité d'Orléans dont l'importance n'a jamais été révoquée en doute.

Lorsque notre travail a été entièrement terminé, nous avons jugé à propos de le soumettre à l'examen de l'Académie royale des Inscriptions et Belles-Lettres. Cette illustre Société a bien voulu le juger avec une grande bienveillance. On nous pardonnera peut-être de citer ici, en ce qui nous concerne, l'extrait du rapport qui lui a été fait dans sa séance du 25 juillet 1834, par sa commission des antiquités de la France.

« M. Jollois, aujourd'hui ingénieur en chef, directeur des ponts-et-
« chaussées du département de la Seine, exerçant auparavant les fonc-
« tions d'ingénieur en chef dans le département du Loiret, a déjà fait par-
« venir à l'Académie plusieurs Dissertations sur les antiquités de la
« France, et notamment des Mémoires pour lesquels, en 1823, vous lui
« avez décerné une médaille d'or. Continuant de consacrer ses loisirs à
« l'étude de la géographie ancienne et de celle du moyen-âge, M. Jol-
« lois nous a adressé, cette année, un travail beaucoup plus étendu que
« tous les précédens, et dans lequel on retrouve la même méthode, la
« même sagacité, la même critique exacte et rigoureuse. Son Mémoire,
« manuscrit de 207 pages, *sur les Antiquités du département du Loiret*,
« est une excellente topographie de la majeure partie de l'ancien Orléa-
« nais ; le savant auteur y fait connaître cette province telle qu'elle était

« sous le gouvernement des Romains. Il recherche à cet effet toutes les
« ruines antiques, restes de substructions, vestiges d'aqueducs, amas
« de poteries, traces reconnaissables de grandes routes. Ses judicieuses
« investigations l'ont conduit à émettre des opinions neuves et très pro-
« bables sur le gisement de plusieurs villes anciennes, telles qu'*Aquis*
« *Segestæ* qu'il suppose être Chenevières, situé près du canal de Briare,
« *Vellaunodunum* dont il croit voir les ruines près du village de Sceaux,
« *Belca* qu'il place à Bonnée, d'autres stations romaines qui n'ont en-
« core été signalées par aucun auteur ; enfin *Genabum* qu'il décrit avec
« un soin particulier et où il reconnait Orléans. Les nombreux argumens
« par lesquels il prouve l'identité de ces deux localités, nous semblent
« enfin décider la question agitée pendant long-temps parmi les savans,
« dont quelques uns cherchaient l'emplacement de l'antique Genabum
« à Gien-le-Vieux. Nous passons sous silence une foule d'observations
« et de découvertes qui donnent à la géographie ancienne de l'Orléanais
« un aspect tout nouveau ; mais nous devons dire qu'à ce grand travail
« M. Jollois a joint une description exacte des principaux *tumulus* ou
« tombelles qui se voient dans le département du Loiret. Il nous
« apprend qu'un de ces tertres, de ceux qui sont situés dans la com-
« mune de Saint-Cyr-en-Val, ayant été ouvert sous ses yeux, il y a été
« découvert plusieurs urnes; qu'auprès d'un autre, dans le voisinage de
« Lion, canton de Sully, on a trouvé, il y a une vingtaine d'années,
« une statue à laquelle il ne manquait qu'un bras, et qui avait à peu près
« quatre pieds de hauteur. On l'avait déposée dans un fossé des environs;
« mais les enfans l'ont brisée depuis et en ont dispersé les morceaux, qui
« aujourd'hui sont probablement enfouis de nouveau sous terre. Il se-
« rait à désirer, en effet, que des fonctionnaires, aussi instruits et aussi
« zélés que M. Jollois, pussent faire entreprendre des fouilles dans plu-
« sieurs de ces tertres, qui presque toujours renferment des caveaux
« souterrains dans lesquels on a déposé les cendres des morts dont on
« a voulu honorer la mémoire. Espérons que plus la véritable instruc-
« tion pénètrera dans les campagnes, moins on éprouvera à cet égard de
« résistance de la part des propriétaires qui, dans l'état actuel des
« choses, s'imaginant que des trésors sont cachés dans leurs *buttes*,
« font toujours naitre de grandes difficultés, en imposant pour

« les fouilles des conditions onéreuses et en quelque sorte inexécu-
« tables.

« Le Mémoire sur les antiquités du Loiret, accompagné d'un atlas
« in-folio renfermant vingt-six cartes, dessins et planches parfaitement
« exécutés, n'est pas le seul ouvrage dont M. Jollois ait enrichi la
« science dans le courant de cette année. Il nous a fait parvenir, au
« mois d'avril dernier, une *lettre* adressée à MM. les membres de la So-
« ciété royale des antiquaires de France *sur l'emplacement du fort des*
« *Tourelles de l'ancien pont d'Orléans*, dissertation imprimée qu'on
« peut considérer comme le complément obligé d'un autre ouvrage du
« même auteur, où se trouvent des renseignemens précieux sur le fa-
« meux siége d'Orléans et sur les événemens militaires qui, en 1429,
« eurent tant d'influence sur l'avenir de notre patrie. Cette disserta-
« tion est une nouvelle preuve de l'exactitude que M. Jollois apporte
« à toutes ses recherches, et en conséquence elle mérite le suffrage de
« l'Académie. La même approbation nous paraît due aux diverses plan-
« ches que l'auteur a jointes à son Mémoire, et dont le *fac-simile* d'un
« ancien plan des Tourelles, de 1500 à 1543, n'est pas la moins intéres-
« sante.

« Ces savantes et importantes investigations ont paru à votre Com-
« mission entièrement dignes d'une médaille d'or. Précédemment l'Aca-
« démie des Inscriptions et Belles-Lettres était dans l'usage de n'accor-
« der un prix de cette nature qu'une seule fois à un même concurrent ;
« et déjà, comme nous venons de le dire, M. Jollois a obtenu d'elle cette
« récompense de ses travaux. Mais vous avez décidé, Messieurs, à l'oc-
« casion des Mémoires de MM. du Mège et Charles Texier, que la règle
« que l'Académie s'est faite à cet égard n'est pas tellement obligatoire
« que l'on ne puisse y déroger, et les résultats obtenus par M. Jollois
« sont d'une importance assez grande pour mériter une honorable ex-
« ception. En conséquence, la Commission a l'honneur de vous
« proposer d'accorder à ce savant ingénieur une des trois mé-
« dailles. »

MÉMOIRE
SUR LES ANTIQUITÉS
DU
DÉPARTEMENT DU LOIRET.

CHAPITRE I.

DE L'AMPHITHÉÂTRE DE CHENEVIÈRE, DE LA VILLE DE CRAN , ET DE LA VOIE ROMAINE DE
SENS A ORLÉANS PAR AQUIS-SEGESTE.

ARTICLE I.

Description de l'Amphithéâtre de Chenevière et Recherches sur la destination de ce monument.

L'édifice antique dont nous allons parler se trouve près du canal de Briare (1),
en un lieu nommé Chenevière, sis entre les communes de Montboui et de Montcresson, tout près du chemin de Châtillon-sur-Loing (2) à Montargis. Il a déjà été
l'objet des recherches de M. de Caylus, qui lui a consacré, dans son Recueil (3)
d'antiquités, un article accompagné de trois dessins qui en représentent le plan,
l'élévation et la coupe. L'abbé Lebeuf a aussi traité de ce monument dans
une lettre insérée au Mercure de France du mois de juillet 1727. Les détails
circonstanciés qu'une observation attentive nous a fait connaître justifieront peut-
être le nouvel examen que nous allons entreprendre de ce monument après des
hommes aussi savans que M. l'abbé Lebeuf et de Caylus.

L'amphithéâtre de Chenevière est adossé à un coteau (4) et placé dans la plus

---

(1) Voyez la carte générale, planche 1re.

(2) L'abbé Lebeuf écrit *Jouain* qu'il fait dériver de *lupa amnis*. Ainsi la terminaison *ouain* vient de *amnis*.
Le savant académicien cite beaucoup de noms terminés en ouain qui ont la même étymologie, ainsi: Ozain,
oza amnis ; Cuzain, *cuza amnis*, etc. Entrains vient de *inter amnes*.

(3) Voir le tome III, page 412 et suivantes, et la planche 113.

(4) Voir le plan général, planche 2.

heureuse situation, comme les Romains avaient coutume de le faire, toutes les fois qu'ils construisaient de pareils édifices. On jouit, en effet, de tous les points de ce monument, de la perspective (1) la plus riche et la plus variée. De là on domine sur la belle vallée où coule, par plusieurs embranchemens , la rivière de Loing. Aujourd'hui la beauté du paysage est augmentée par le canal de Briare qui s'élève au dessus de cette rivière, et sur lequel naviguent continuellement des bateaux chargés des produits de la Bourgogne et des bords de la Loire.

L'amphithéâtre de Chenevière est entouré de bois qui se marient d'une manière tout-à-fait pittoresque avec ses ruines imposantes. Il renferme un jardin disposé par étage, qui ajoute encore à l'effet de tout ce que la vue embrasse. Les constructions apparentes (2) consistent dans l'arène qui est de forme elliptique et entourée de murs de toutes parts. Elle a son sol à un niveau inférieur au sol environnant , ce qui devait donner à des spectateurs placés en dehors des murs d'enceinte la facilité de jouir de la vue de l'intérieur de l'amphithéâtre. Cette arène conserve dans le pays la dénomination de *Fosse aux Lions*, probablement à cause de la circonstance que nous venons d'indiquer, et aussi à cause de sa destination dans les temps anciens. La demi-ellipse qui regarde l'est est fermée par un mur formant en même temps mur de soutènement et de clôture. Il a 1 m. 22 c. d'épaisseur à sa partie supérieure. Sa hauteur moyenne, à compter du sol actuel de l'arène, est de 1 m. 80 c.; et des fouilles faites jusqu'à un mètre en contre-bas ont fait connaître que ses fondations s'enfoncent assez profondément. Trois portes (3) sont ouvertes dans ce mur,. savoir , deux aux extrémités du grand axe de l'ellipse, et une autre à peu près dans le milieu de l'intervalle qui les sépare; car la position de celle-ci n'est pas symétrique par rapport à celles-là. L'autre moitié du cirque est formée par le mur même de l'amphithéâtre. Le grand axe de l'ellipse de l'arène a dans œuvre 48 m. 30 c. et fait, avec le méridien magnétique, un angle de 6 °. Son petit axe a une longueur dans œuvre de 31 m. 80 c. L'ouverture des deux portes latérales du mur d'enceinte a 3 m. 10 c.; et celle de la porte du milieu a seulement 1 m. 6 c. La surface apparente des murs de l'enceinte, tant à l'intérieur qu'à l'extérieur, offre cet appareil (4) de petits moellons, tous égaux pour ainsi dire, et régulièrement placés , de manière à ce qu'un joint vertical réponde toujours à une partie pleine, caractère auquel on reconnaît, sans aucune espèce de doute, une construction de l'époque des Romains.

Pour compléter la description de l'arène ou *Fosse aux Lions*, nous devons ajouter qu'il existe au milieu de la demi-ellipse de l'arène exposée à l'ouest une espèce de

---

(1) Voir les vues, planches 3, 4 et 5.
(2) Voir le plan général des ruines, planche 1ᵉʳ, et le plan particulier de l'amphithéâtre, planche 6.
(3) Voir le plan de l'amphithéâtre, planche 6.
(4) Voir les vues, planches 3, 4 et 5.

cave (1) qui sert aujourd'hui à serrer les outils de jardinage du propriétaire de Chenevière. Cette construction porte tous les caractères de ces loges ou *caveæ* dans lesquelles on enfermait, avant de les lancer dans l'arène, les animaux destinés aux combats de l'amphithéâtre. Cette cave, en effet, présente les mêmes caractères que les constructions que nous venons d'examiner; c'est le même appareil de pierres, et il n'est pas possible d'admettre qu'elle ait été construite après coup. La baie de sa porte d'entrée a 86 c. de largeur et une hauteur de 1 m. 86 c. Elle est surmontée d'un cintre (2) en arc de cercle construit en pierres régulièrement taillées et posées de champ, de manière à former voussoir. On remarque des cintres analogues dans presque toutes les constructions de l'époque des Romains. Les jambages de la porte ont toute l'épaisseur du mur d'enceinte de l'arène qui est de 1 m. 22 c. Ils paraissent avoir été rejointoyés nouvellement. La loge ou *cavea* est à peu près carrée (3) ayant 2 m. 50 c. de largeur dans le fond, et 2 m. 53 c. de longueur sur les côtés. A la hauteur de 1 m. 2 c. au dessus du sol, la largeur s'augmente de chaque côté de trois centimètres (4) à la naissance de la voûte cylindrique qui couvre toute la loge. Cette voûte présente dans sa construction la même régularité d'appareil (5) que nous avons déjà signalée dans les autres murs de l'amphithéâtre. Elle est maçonnée en mortier de chaux et sable avec de petits moellons bien taillés, d'une longueur variable de 20 à 25 c., et d'une largeur de 15 c. environ. Quelques parties seulement de cette voûte paraissent avoir été réparées nouvellement. La hauteur de la loge, depuis le sol jusqu'au sommet de la voûte, est de 2 m. 20 c. A son entrée on descend une marche (6) composée de deux rangées de moellons formant un heurtoir pour la porte, qui se ferme aujourd'hui probablement comme elle se fermait dans l'antiquité. La loge est pavée en moellons à peu près de même échantillon que sa maçonnerie intérieure: mais ce pavé toutefois n'est pas antique. Le sol de cette loge est aujourd'hui de 70 c. au dessous de celui de l'arène, et, comme il devait être au moins à son niveau, on doit en conclure que le sol de l'arène s'est, avec le temps, exhaussé de 70 c., plus de deux pieds. Ainsi, dans l'antiquité, cette arène était beaucoup plus profonde qu'elle ne l'est aujourd'hui.

Il est important de faire remarquer que le milieu de la baie de la *cavea* ne correspond pas au milieu de la demi-ellipse de l'arène qui regarde l'ouest, les deux cordes tirées du point central de cette baie aux chambranles des portes latérales de l'arène ayant, pour le côté sud, 30 m. 20 c. de longueur, et pour le côté nord, 29 m. 40 c. L'axe de cette loge ne correspond pas non plus à l'axe de la porte

(1) Voir les plans, coupe et élévation, planche 7. fig. 4 à 7.
(2) Voir même planche, fig. 7.
(3) Voir même planche, fig. 4.
(4) Voir la coupe, même planche, fig. 6.
(5) Voir la coupe longitudinale, même planche 7, fig. 5.
(6) Voir même planche, fig. 4.

d'entrée du milieu; les directions de ces deux axes sont distantes entre elles de deux mètres.

La partie de l'amphithéâtre de Chenevière qui contenait les spectateurs, ne présente plus maintenant que deux murs latéraux inclinés (1) sur la courbure des murs elliptiques de l'arène, et un grand mur d'enceinte composé de chaque côté de deux parties droites et d'une grande portion elliptique. L'inclinaison des murs latéraux sur le grand axe de l'ellipse est différente pour chacun d'eux. Le mur latéral du sud fait, avec cet axe, un angle de 32°, et celui du nord en fait un de 31° 1/2; d'où il résulte que ces murs prolongés ne se rencontrent pas en un point de l'ellipse tel que le milieu de la porte, ce qui aurait lieu dans le cas d'une parfaite symétrie. Aussi la corde formée dans l'ellipse par le prolongement du mur latéral du sud a 57 m. 80 c. de longueur, tandis que celle du mur latéral du nord en a 60. Ces deux murs latéraux, qui font fonction de murs de soutènement, ont une épaisseur variable en raison de la hauteur des terres qu'ils ont à soutenir. Cette épaisseur est, à la partie la plus basse, de 1 m. 30 c., et à la partie la plus haute, de 2 m. 90 c. à 3 m. 50 c. Chacun de ces murs mesurés horizontalement a une longueur de 30 mètres : leur partie supérieure suivait certainement l'inclinaison des gradins au dessus desquels elle s'élevait, sans doute pour former en quelque sorte un parapet ou garde-fou, mais seulement jusqu'à huit mètres de distance de l'encoignure du grand mur d'enceinte; à ce point, les murs latéraux arrivaient à la même hauteur que ce mur d'enceinte, ainsi que le témoigne ce qui en existe encore (2).

Le grand mur d'enceinte se compose, comme nous l'avons dit, à sa rencontre avec les deux murs latéraux, de deux parties droites dont la longueur est, à l'angle du sud, de 12 m. 80 c., et à l'angle du nord, de 13 m. 40 c. Tout le reste du mur affecte la forme elliptique. A partir de son sommet dans l'intérieur de l'amphithéâtre, sur une hauteur de 1 m. 80 c., il n'a guère, pour ainsi dire, que l'épaisseur d'un mur de clôture (69 c.), un peu plus de deux pieds, et prend une retraite de 46 c. au milieu de sa partie elliptique et de 1 m. 80 c. dans les parties droites de ses extrémités (3). A partir de cette retraite, le mur d'enceinte offre tous les caractères d'un mur de soutènement, ayant une épaisseur plus considérable, et son parement intérieur présentant une inclinaison ou talus du dix-huitième de sa hauteur verticale. On remarque sur ce parement un assez grand nombre de trous (4) qui se correspondent verticalement deux à deux, et dont la destination est inconnue, à moins qu'ils n'aient servi aux échafaudages. Les uns traversent la muraille de part en part, d'autres n'entament qu'une partie de son épaisseur. Les paremens, tant intérieur qu'extérieur, du grand mur d'enceinte offrent le caractère distinctif des constructions

(1) Voyez le plan de l'amphithéâtre, planche 6, fig. 1re.
(2) Voir la vue, planche 5, les fig. 1 et 2 de la planche 6, et les fig. 1, 2 et 3 de la planche 7.
(3) Voyez les coupes, fig. 2 des planches 6 et 7.
(4) Voir les vues, notamment la planche 5.

de l'époque des Romains, c'est-à-dire cet appareil régulier de petits moellons presque carrés, assemblés, joints sur pleins. L'intérieur de la maçonnerie est une espèce d'*opus incertum* dont les pierres sont liées par un mortier qui a acquis, avec le temps, la plus grande dureté.

En avant du grand mur d'enceinte, à l'extérieur et à une distance de 1 m. 10 c., est un petit mur (1) parementé de 40 à 50 c. d'épaisseur, et de 1 m. 40 c. de hauteur, qui règne dans toute l'étendue de la circonférence extérieure de l'amphithéâtre où se plaçaient les spectateurs jusqu'à 15 ou 20 mètres de ses extrémités. Il paraît avoir eu pour objet de maintenir un fossé destiné à recueillir les eaux du coteau, et à en diriger l'écoulement sur les côtés, de manière à ne causer aucun dommage aux murs de l'amphithéâtre.

La hauteur du grand mur d'enceinte, à l'intérieur vers le centre de l'édifice, est de 3 m. 10 c. au dessus du fond du fossé. A l'extrémité sud, elle est de 4 m. 40 c. au dessus du sol dans l'intérieur, et de 8 m. 80 c. à l'extérieur. Vers l'angle nord cette hauteur est de 3 m. dans l'intérieur, et de 6 m. à l'extérieur.

L'espace compris entre le grand mur d'enceinte et les deux murs latéraux offre un sol inégal et disposé par étage, qui annonce bien déjà l'ancienne disposition des gradins de l'amphithéâtre. Nous devons convenir toutefois qu'une fouille, peu considérable à la vérité, que nous avons entreprise, ne nous en a pas fait découvrir de restes. Mais si l'on se fie à une lettre rapportée dans le Recueil (2) des antiquités de M. de Caylus et adressée par M. Aubry à M. Perronet, à la date de 1758, il est certain que, quelques années avant cette époque, on voyait encore une partie des gradins de l'amphithéâtre de Chenevière.

La portion d'ellipse qui forme le mur d'enceinte de cet édifice est parallèle à l'ellipse de l'arène, et tous les points en sont à une même distance de 28 mètres. Cette distance serait la même dans tout l'espace compris entre les murs latéraux et le grand mur d'enceinte, si celui-ci n'affectait une direction rectiligne à ses extrémités nord et sud, ainsi que nous l'avons dit, et n'augmentait d'épaisseur aux encoignures pour mieux résister à la poussée des terres.

Après avoir fait connaître l'état actuel de l'amphithéâtre de Chenevière, il est nécessaire, pour se former une idée complète de ce monument, d'indiquer ce qu'il a dû être dans son état primitif. Les plan, coupe et élévation restaurés (3) que nous en donnons, vont nous mettre à portée de remplir ce but. Nous concevons qu'il a dû exister dans l'amphithéâtre de Chenevière, comme dans tous les amphithéâtres de l'antiquité, un *podium*. Ce lieu, en quelque sorte le plus apparent d'un pareil monument, était destiné à recevoir toutes les personnes élevées en dignité qui assistaient

(1) Voyez le plan et la coupe de l'amphithéâtre, planche 6, fig. 1 et 2.
(2) Voyez le tome III, page 414.
(3) Voyez la planche 7, fig. 1, 2 et 3.

au spectacle. Ce *podium* se trouvait immédiatement au dessus des loges ou *caveæ* d'où les animaux étaient lancés dans l'arène pour les combats. Nous supposons qu'eu égard aux dimensions et à l'étendue de l'amphithéâtre, il n'avait guère plus de quatre mètres de largeur. On disposait dans cet emplacement des siéges pour recevoir les personnes qui avaient le droit de s'y placer. Un petit mur à hauteur d'appui isolait en quelque sorte le *podium* de l'arène. Le reste de l'enceinte était partagé en deux groupes de gradins séparés par deux *précinctions* ou paliers qui étaient nécessaires pour communiquer aisément dans toutes les parties de l'enceinte, et faciliter le placement des spectateurs. Le premier palier n'occupe en largeur que l'espace de deux gradins. Le second palier nous a été en quelque sorte indiqué par l'état actuel des lieux. C'est une espèce de galerie qui couronnait l'amphithéâtre. Il en existe d'analogues dans tous les théâtres et amphithéâtres de l'antiquité, et notamment dans l'amphithéâtre découvert à Gran dans le département des Vosges (1). On pouvait distribuer sur ce palier des siéges où se plaçaient des spectateurs d'une certaine classe. On pouvait aussi, dans quelques circonstances, et lorsque le besoin l'exigeait, élever dans cet emplacement des gradins provisoires en bois. Peut-être les trous que nous avons fait remarquer dans le parement intérieur du mur d'enceinte et que nous avons supposés avoir servi aux échafaudages, étaient-ils destinés à recevoir la charpente qui devait les soutenir; peut-être aussi ces trous servaient-ils, au moyen de crampons qu'on y adaptait, à retenir des mâts auxquels venaient s'attacher les cordages qui tendaient de grandes bannes suspendues au dessus des amphithéâtres pour mettre les spectateurs à l'abri des intempéries de l'air et de l'ardeur du soleil.

Les murs de l'amphithéâtre de Chenevière n'offrent aucune ouverture extérieure, aucun escalier par où les spectateurs pouvaient entrer pour venir se placer sur les gradins. Mais il faut se rappeler que nous avons dit que tout le sol extérieur enveloppant l'enceinte de l'arène est beaucoup plus élevé que le fond de cette même arène. Le fait est que ce sol se trouve, à peu de chose près, au niveau de l'aire du *podium*. Il est donc naturel de penser que l'on entrait de plein pied dans l'amphithéâtre par deux ouvertures pratiquées à la hauteur du *podium*, dans les grands murs latéraux, aux points de leur jonction avec les murs de l'arène. Là existait sans doute un escalier (2) longeant chacun des murs latéraux qui s'élevaient jusqu'à hauteur d'appui dans toute l'étendue de leur rampe. Nous avons supposé qu'un escalier pareil était au centre de l'édifice pour faciliter l'abord des gradins. Nous estimons, d'après des inductions tirées de l'examen des théâtres et amphithéâtres de l'antiquité connus par des dessins, et d'après la largeur de l'espace qu'offre l'amphithéâtre de Chenevière, qu'il devait renfermer dix-neuf gradins de 35 c. de hauteur environ, sur 86 à 87 c. de largeur.

(1) Voir l'extrait de notre travail sur les antiquités de Gran, inséré dans l'Annuaire du département des Vosges pour l'année 1823.

(2) Voyez le plan restauré, planche 7, fig. 1ᵉʳ.

La galerie ou palier supérieur était en quelque sorte clos par le grand mur d'enceinte et par les murs latéraux qui, à l'extrémité de la rampe des gradins, s'élevaient verticalement jusqu'à la hauteur du mur d'enceinte. Il ne peut rester aucun doute sur cette dernière disposition puisqu'il existe encore des pans (1) entiers de ces murailles.

Il résulte de tout ce que nous venons de dire que la destination de l'édifice, dont les restes subsistent encore aujourd'hui à Chenevière, n'est point douteuse. C'était bien un amphithéâtre destiné principalement aux combats des gladiateurs et des bêtes, ou plutôt une de ces constructions auxquelles on donnait le nom d'arènes (2), dont on trouve encore des restes en si grand nombre dans les Gaules (3), ou dont le souvenir s'est conservé malgré leur destruction. Le goût que les Romains avaient pour les combats de l'amphithéâtre leur faisait élever de ces édifices dans tous les endroits qui avaient quelque importance. Mais, d'ailleurs, on sait que ces monumens remplissaient encore d'autres destinations et qu'ils servaient aussi à la célébration des fêtes religieuses et aux assemblées où se traitaient les intérêts publics.

La forme de l'amphithéâtre de Chenevière a quelque chose de disparate si on la compare avec celle des autres amphithéâtres connus, qui présentent pour l'emplacement des gradins au moins une demi-ellipse tout entière. Il faut donc croire qu'on avait proportionné l'étendue de celui-là au nombre des spectateurs qu'il devait contenir, et que c'est la seule cause pour laquelle on n'a pas achevé la demi-ellipse. M. de Caylus pense, je ne sais sur quel fondement, que les parties qui devaient terminer l'ellipse étaient ajoutées en bois, quand on voulait donner des jeux dans l'amphithéâtre de Chenevière. Nous devons convenir cependant que rien n'annonce une pareille disposition dans ce qui reste de ce monument. Lorsqu'il ne s'agissait que de combats de gladiateurs et d'animaux, cet édifice, tel qu'il est, devait être considéré comme complet. Il est bien vrai de dire que si l'on a dû représenter en ce lieu des pièces de théâtre, il a fallu certainement faire, selon la circonstance, des constructions provisoires en bois pour établir la scène, qu'on élevait sans doute

---

(1) Voyez la vue, planche 3.

(2) M. de La Bastie, dans un savant mémoire sur l'amphithéâtre de Bordeaux, inséré dans le tome XII des Mémoires de l'Académie des Inscriptions et Belles-Lettres, page 239, Hist., avance que la plupart des arènes ou amphithéâtres en petit, comme il les appelle, étaient beaucoup moins considérables que les édifices qui portaient le nom d'amphithéâtres. Ils consistaient, suivant lui, en de simples enceintes de pierres de taille ou de maçonnerie de moellon, avec des voûtes qui soutenaient les échafauds ou siéges de bois qu'on plaçait lorsqu'il y avait quelque occasion de donner des jeux publics, et qu'on ôtait lorsque les jeux étaient finis. Les magistrats municipaux, dit M. de La Bastie, qui donnaient quelquefois de ces jeux quand ils entraient en charge, les riches particuliers qui en faisaient autant pour s'attirer l'affection des peuples, pouvaient donner à forfait, à des entrepreneurs, l'obligation de garnir les arènes de siéges, dans ces sortes d'occasions qui ne revenaient pas bien souvent dans les villes qui n'étaient pas métropoles.

(3) Il est probable que l'édifice qui a été découvert à Orléans, près de la porte de Bourgogne, et dont nous aurons occasion de parler dans cet écrit, était une arène de ce genre. (Voyez le tome IV des Annales de la Société, page 276.)

en arrière de l'arène qui devenait alors un orchestre où les personnages élevés en dignité assistaient au spectacle. Nous devons, du reste, faire remarquer ici que les sons qui partaient de la scène devaient être très bien entendus des spectateurs rangés sur les gradins, et que l'amphithéâtre a été parfaitement disposé sous le rapport de l'acoustique. Il nous est arrivé en effet, étant plusieurs ensemble, de nous mettre sur l'emplacement des gradins de l'amphithéâtre, tandis que l'un d'entre nous restait dans l'arène; il parlait alors en n'élevant pas la voix plus qu'il n'aurait fait s'il se fût entretenu avec quelqu'un qui eût été près de lui, et nous entendions parfaitement ses paroles, quoique nous en fussions à une grande distance.

D'après les mesures que nous avons données de l'amphithéâtre de Chenevière, le grand diamètre de la demi-ellipse du mur d'enceinte, si elle était complète, aurait 108 mètres, et son petit axe est de 90 mètres. L'amphithéâtre de l'antiquité qui approche le plus de ces dimensions est celui de Pola dont le grand diamètre a 128 mètres, et le petit 105. Le Colysée de Rome, le plus grand amphithéâtre connu, a 186 mètres de longueur dans sa plus grande dimension, et 156 mètres dans la plus petite. Les amphithéâtres de Capoue, de Vérone, de Catane et de Nismes viennent se placer après le Colysée pour l'étendue des dimensions (1), et sont en quelque sorte hors de proportion avec le monument de Chenevière. D'après une estimation approximative, celui-ci ne devait guère contenir que trois à quatre mille spectateurs.

Des fouilles, entreprises à différentes époques par les propriétaires de l'amphithéâtre de Chenevière, ont fait découvrir diverses antiquités de l'époque des Romains. L'une des plus remarquables est une statuette (2) en bronze, ramassée presque à la porte d'entrée de la loge ou *cavea*. Elle a de quatorze à quinze centimètres de proportion. Elle représente un Mercure: sa face a quelque chose du style gaulois. La prunelle des yeux est fortement indiquée; la bouche n'offre qu'un trou grossièrement fait; les cheveux sont mal exprimés. La pose de la figure a quelque chose de gracieux. Les muscles du corps sont fortement indiqués, mais avec précision toutefois; la poitrine est bien prononcée; les mamelons sont proéminens; les cuisses ont un contour moelleux ; le dos et la chute des reins sont d'un beau galbe et exprimés avec vérité. Les deux bras de la statuette sont mutilés. Un petit goujon, encore subsistant dans la coupe du bras gauche, semble avoir servi à retenir l'avant-bras qui n'existe plus. Les deux pieds ont été entièrement mutilés. La teinte générale de la

(1) Voici les dimensions de ces amphithéâtres :

	Grand diamètre.	Petit diamètre.
Capoue	170 m.	142 m.
Vérone	156	123
Catane	146	107
Nismes	134	102

(2) M. Filleul, propriétaire actuel de l'amphithéâtre de Chenevière, a bien voulu nous communiquer cette statuette pour en faire les dessins que l'on voit dans la planche 8, fig. 2 et 3.

statuette offre comme une sorte de vernis d'un brun éclatant et poli qui ne peut être que le résultat d'un long séjour dans la terre.

Quelques médailles (1) ont été aussi recueillies dans l'amphithéâtre de Chenevière

(1) Nous croyons devoir donner ici une description détaillée de ces médailles qui ne sont pas toutes d'une belle conservation.

Moyen-Bronze. — Tête laurée d'*Auguste*, à droite; CAESAR. PONT. MAX.

Revers. Autel de Lyon entre deux Victoires, au bas; ROM. ET AVG.

Grand Bronze. — Tête laurée de *Trajan*, à droite; IMP. TRAIANVS. AVG. GER. DAC. P. M....

Revers. Une figure assise tenant à la main droite une couronne. SENATVS POPVLVS QVE ROMANVS. Au bas SALVS. AVG. Dans le champ S.C.

G. B. — Tête laurée de *Marc-Aurèle*, à droite; M. AVR. ANTONINVS.... Le reste de la légende effacé.

Revers. Figure debout regardant à droite, le casque en tête et la main droite appuyée sur le bout de la haste;.... VIII. IMPE.... COS III.

Dans le champ S.C.

M. B. — Tête laurée de *Marc-Aurèle*, à droite;.... ANTONINVS..... Le reste de la légende effacé.

Revers. Figure assise, la main gauche appuyée sur une haste, ayant dans la main droite une petite statue de la Victoire. La légende est entièrement effacée.

G. B. — Tête diadémée de *Faustine* jeune à droite; FAVSTINA. AVGVSTA.

Revers. Un lit sur lequel sont assis un homme et une femme. SAECVLI. FELICITAS. Dans le champ S.C.

Argent. — Tête radiée de *Gordien*, à droite; IMP. CAES. M. ANT. GORDIANVS. AVG.

Revers. — Figure debout, casquée, regardant à gauche, la main droite appuyée sur un bouclier, et tenant dans la main gauche une haste. VIRTVS. AVG.

Petit Bronze. — Tête radiée de *Claude* II, à droite. Légende illisible.

Revers fruste et presque entièrement effacé.

P. B. — Tête radiée de *Claude* II, à droite;...... DIVS. AVG.

Revers. Victoire ailée tenant une couronne à la main droite. La légende entièrement effacée.

M. B. — Tête laurée de *Constantin*, à droite; IMP. CONSTANTINVS.

Revers. Figure debout et nue, tenant dans la main gauche la boule du monde, et ayant la main droite levée en l'air. Légende fruste.

P. B. — Tête casquée de *Constantin le Grand* regardant à gauche. CONSTANTINOPOLIS.

Revers. Une Victoire ailée, debout, ayant la main gauche appuyée sur un bouclier et tenant à la main droite une haste. Sans légende.

P. B. — Tête casquée de *Constantin le Grand*, à gauche; ROMA.

Revers. La louve allaitant Romulus et Rémus. Deux étoiles au dessus de la louve. Au bas les lettres FR.S.

Or. — Tête laurée d'*Anastasius*, à droite; D.N. ANASTA. DIVS. P.P. AVG.

Revers. Victoire ailée, debout, tenant à la main droite une couronne. VICTORIA. AVGVSTORVM. Au bas CON. OB.

Feu Visconti, à la première inspection de cette dernière médaille, l'a reconnue pour être une médaille de la classe de celles qu'en style d'antiquaire on appelle du Cinq-cents ou du Bas-Empire. Il a dit qu'elle n'était pas, à proprement parler, précieuse pour une collection, parce qu'il en existait plusieurs de cette époque et de cette nature, mais qu'elle l'était pour celui qui la possédait, d'autant plus qu'on en voit peu ou même point d'aussi bien conservée, et qu'on en distingue toutes les lettres à merveille.

Voici l'explication qu'en donne ce célèbre antiquaire :

Du côté de l'effigie de l'empereur, D.N. *dominus noster*; ANASTA *Anastasius*; DIVS *Divus*; P.P. *perpetuus*; AVG. *Augustus*.

Du côté de la Victoire. VICTORIA. AVGVSTORVM.

La légende du bas CON. OB. CON s'explique par *Constantinopoli*. Les deux lettres O.B. comportent deux explications. La première indiquerait *obsignatum*, qui voudrait dire frappé à Constantinople. La seconde explication, en conservant toujours la date de Constantinople, donne un autre sens aux deux lettres O.B. Alors l'o voudrait dire *officina*, lieu où l'on bat la monnaie, et le B indiquerait le numéro de l'atelier de la fabrique où la médaille a été frappée.

Pour l'intelligence de ceci, il faut faire attention que les Grecs se servaient des lettres de l'alphabet pour numéroter : et ce qui rendrait plus probable cette dernière interprétation, c'est que les lettres signifient 1, 2

2

par le propriétaire de ce monument. Il s'en trouve des règnes d'Auguste, de Trajan, de Marc-Aurèle, de Gordien, de Claude II dit le Gothique, de Constantin-le-Grand et d'Anastase.

Ainsi l'on peut conclure, avec quelque vraisemblance, que l'amphithéâtre de Chenevière a été fréquenté jusque vers la fin du cinquième siècle.

———————

ARTICLE II.

De la ville de Cran, des vestiges de monumens qui s'y trouvent, et de la Voie Romaine qui la traversait.

Un amphithéâtre, tel que celui que nous venons de décrire, annonce certainement l'existence d'une ancienne ville. Aussi en voit-on des vestiges nombreux au lieu nommé Craon ou Cran, situé au sud-est de ce monument, à une distance d'environ neuf cents mètres. Des fouilles ont été entreprises en ce lieu à diverses époques (1), et on y a trouvé des restes d'habitations, des débris en quantité considérable de tuiles romaines à rebord, employées à la couverture des édifices, et des médailles en grand nombre. On y a découvert des restes d'un mur d'enceinte qui traversait la vallée et s'étendait jusqu'à la rivière de Loing. On a distingué les rues de la ville. Tels sont au moins les détails que nous avons trouvés consignés dans une statistique d'arrondissement manuscrite, qui nous a été communiquée. Munis de ces renseignemens préliminaires, nous avons visité les lieux en détail; nous en avons fait lever un plan exact, et nous avons été ainsi à portée d'acquérir des notions plus précises sur les restes de la ville signalée par l'historien du Gâtinais.

Les ruines que nous avons vues au sud-est de l'amphithéâtre de Chenevière sont situées en face de la ferme de Cran, entre la rivière de Loing et le canal de Briare; elles occupent, en quelque sorte, une île (2) formée par ce canal, une branche principale de la rivière de Loing, et une rigole qui reçoit les eaux d'un déversoir du canal pour les conduire dans une seconde branche du Loing. Les vestiges de constructions

———————

3, 4, etc., suivant leur rang dans l'alphabet, et que l'on connaît des médailles qui portent dans leur légende con. o. c, d'autres cox. o.n.; et cela reviendrait à *officina tertia*, *officina quarta*.

Je crois, dit en terminant M. Visconti, que voilà tout ce que l'on peut dire de plus savant sur cette médaille.

(1) En 1607 et 1608, lors de l'ouverture du canal de Briare, on trouva beaucoup de débris d'antiquités romaines. Voici comment s'exprime à ce sujet l'historien du Gâtinais.

« Creusant les tranchées entre Mont-Boui et Monteresson sur le rivage de la rivière de Loin, en un lieu » appelé *Sevinière*, furent trouvés sur une colline plusieurs vestiges et bâtimens à la romaine, avec les ruines » d'un amphithéâtre; et fouillant plus bas, furent trouvés dans un champ des pilastres et quantité de vieux fon- » demens, et encore en ce champ se trouva un lavoir à la mosaïque et plusieurs médailles portant cette in- » scription: ANTONINVS. AVG. PIVS. COS. III et d'autres où étoit écrit autour ANT. IMPERATOR. En d'autres estoit » l'effigie d'une impératrice avec cette inscription FAVSTINA. ANTONIAL IMP.VXOR, et plusieurs autres en si grande » quantité qu'un fourbisseur, nommé Courtois, les acheta à la livre. (*Hist. du Gâtinois*. Paris, 1630, page 51.)»

(2) Voyez le plan de détails, planche 8, fig. 1er.

se voient sur une espèce de butte un peu élevée au dessus du niveau des rives du Loing. Les principaux occupent un espace de 60 mètres environ de long, sur 50 mètres de large (1). Ils ne consistent plus guère qu'en fondations de murs d'un mètre d'épaisseur, disposées de manière à border les deux côtés d'une rue de 5 mètres de large. La nature de ces murs les fait reconnaître pour être évidemment de construction romaine. On y remarque en effet, dans les parties supérieures, cet appareil de petits moellons que nous avons signalés dans l'amphithéâtre de Chenevière. Quelques parties de ces murs nous ont même présenté des enduits recouverts de peintures qu'on trouve presque toujours plus particulièrement dans les débris des bains romains. Ces restes de murailles sont-ils effectivement tout ce qui subsiste encore d'un ancien établissement de bains que la tradition place à Cran, tradition que nous verrons bientôt confirmée par les témoignages de l'antiquité ? ou bien ne serait-ce que des ruines d'habitations particulières ?

Au nord-est des constructions principales que nous venons de signaler, on trouve les vestiges d'un petit édifice (2) qui pourrait avoir été un temple. En effet, le plan indique une espèce de *cella* qui aurait été environnée, tout autour, d'une galerie; ou bien si ces ruines sont celles d'une habitation particulière, on doit présumer qu'elle était d'un genre fort recherché.

Au sud-ouest des ruines principales, et tout-à-fait sur le bord de la rivière, on voit les fondations d'un bâtiment (3) qui devait être composé de plusieurs pièces. Une seule est entière; elle était à peu près carrée, ayant cinq mètres de côté. L'autre pièce a été ruinée par les eaux du Loing, dans le lit duquel elle se trouve en partie. Plus loin, on aperçoit les fondations d'un mur (4) de près de vingt mètres de longueur qui paraît traverser le lit même de la rivière. Ces constructions, placées ainsi sur le bord de la rivière, ne sont-elles pas plutôt des restes de bains ? C'est ce qu'il est fort difficile de décider, car on n'aperçoit plus, ainsi que l'indique l'historien du Gâtinais, ce qu'il appelle un lavoir à la mosaïque, et qui n'était sans doute autre chose de son temps que des bassins où l'on prenait les bains, et dont le fond était pavé en mosaïque. Au reste la position des ruines de la ville de Cran sur le bord d'une rivière, la nature des constructions qui portent le caractère tout-à-fait romain, le goût des Romains pour les bains et la tradition qui s'est conservée dans le pays, ne permettent pas de douter qu'il y ait eu un établissement de bains dans le local que nous avons décrit. On sait que lorsque les Romains manquaient d'eaux thermales naturelles, ils faisaient chauffer les eaux d'une rivière ou d'une source pour

---

(1) Voyez le plan de détails dans l'espace marqué par les lettres A B C D, planche 8, fig. 1re.
(2) Voyez planche 8, fig. 1, en E. Était-ce un temple consacré à *Segesta*, divinité champêtre, protectrice des moissons dont la ville qui nous occupe avait emprunté le nom?
(3) Voyez *idem* en F.
(4) Voyez *idem* en G.

créer leurs établissemens de bains, où l'on pouvait prendre en même temps le bain froid, le bain tempéré, le bain chaud, et le bain de vapeur. Ce sont des faits que nous avons personnellement observés dans plusieurs circonstances. C'est ainsi que dans le département des Vosges, où nous nous sommes livré à la recherche des antiquités que ce pays renferme, nous avons découvert des bains publics d'eaux chaudes factices à Gran (1), ville ancienne, riche en monumens; à Bleurville (2), située à peu de distance des eaux thermales de Bains et de Plombières; à Lamercy (3) près de Dompaire, et dans une petite vallée à l'ouest de Châtel-sur-Moselle. Dans tous les endroits que nous venons de citer, les bains publics étaient alimentés par des eaux de rivière ou de source que l'on faisait chauffer.

Une chose digne de remarque, c'est qu'on ne découvre guère d'anciennes villes qu'on n'y trouve des bains publics dans leur enceinte ou dans leur voisinage; et comme ces édifices étaient construits avec soin et d'une manière durable, leurs vestiges se sont conservés plus long-temps que les habitations des villes et bourgs où ils étaient établis.

La ville antique dont nous avons décrit les vestiges devait avoir nécessairement son champ de repos où l'on déposait les cendres des morts. Lorsque nous avons exploré les lieux à différentes fois, nous n'avons pas découvert ce cimetière antique. Cependant il nous a été adressé, depuis nos excursions, divers objets d'antiquités trouvés dans un lieu qui pourrait bien être le cimetière de l'antique cité.

À un demi-quart de lieue de Mont-Boui, village situé non loin des ruines que nous avons décrites, et du côté de Gien, dans un champ riverain de la route romaine (4) qui, partant de Sens, passait par Château-Renard, traversait les ruines de Cran et de Chenevière, et venait s'embrancher, non loin de Gien, sur la voie romaine d'Autun à Paris, un propriétaire a fait fouiller son champ, il y a environ deux ans, pour ouvrir des carrières que l'on exploite encore aujourd'hui. À l'ouverture de ces carrières, les ouvriers découvrirent une tombe sans inscription, renfermant des ossemens humains, parmi lesquels on trouva un collier de bronze (5) assez curieux. Il est composé de deux pièces dont l'une peut être, en quelque sorte, considérée comme la clef du collier (6). Ses deux extrémités sont en effet terminées par des tenons de forme conique, qui entrent dans des trous ou mortaises pratiquées dans les deux branches. Ce collier étant fermé, si on voulait se le passer dans le cou, on écartait un peu les branches, ce que permettait la ductilité du bronze;

---

(1) Voir l'extrait de mon travail inséré dans l'Annuaire du départ. des Vosges pour l'année 1823, page 131.
(2) Voir l'Annuaire du départ. des Vosges pour l'année 1822, où un extrait de mon Mémoire sur Bleurville a été inséré.
(3) Voir id., page 58 l'extrait de mon travail sur les antiquités de Lamercy.
(4) Voir la carte générale, planche 1re.
(5) Voir planche 8, fig. 5.
(6) Voir même planche et même figure.

la clef se détachait alors, et laissait au cou un passage suffisant. On le fixait ensuite au cou en en rapprochant les branches contre la clef, et le collier se trouvait ainsi fermé. Le devant (1) du collier offre deux espèces de fleurs réunies par leurs parties supérieures ; mais nous avons vu ces fleurs entièrement détachées dans un beau torque en or massif (2), trouvé récemment dans les environs de Meung. Ce torque n'avait pas de clef, comme le collier de bronze que nous venons de décrire. Elle était inutile, en effet, à cause de la plus grande ductilité de l'or, qui permettait d'ouvrir assez les branches du collier pour le passer dans le cou, et de les rapprocher pour l'y fixer.

Dans la tombe dont nous venons de faire mention, on trouva une lame d'épée (3) en fer, toute rongée par la rouille, avec des espèces de torsades aussi en fer, composées de plusieurs anneaux, mobiles autrefois, mais rendus fixes par la rouille que le temps y a apportée. Il nous est assez difficile d'indiquer quel pouvait être l'usage de ces torsades en fer.

Il nous semble résulter des faits que nous avons exposés, qu'il faut voir ici la tombe d'un Gaulois. Mais cette tombe était-elle antérieure à l'invasion des Romains, ou était-elle postérieure à la conquête? C'est sur quoi il n'est guère facile de prononcer.

Un amphithéâtre, des restes d'anciennes habitations et de monumens publics, des vestiges d'établissemens de bains, un lieu destiné aux sépultures, déterminent incontestablement la position d'une ville antique dans les lieux que nous avons décrits. Aussi l'auteur des Éclaircissemens géographiques sur l'ancienne Gaule, dans sa savante dissertation sur la position de *Genabum*, y place-t-il la ville d'*Aquis-Segeste*. Il s'appuie, pour la détermination de cette position, sur la Table Théodosienne ou de Peutinger, qui indique une voie romaine (4) d'Orléans à Sens, ainsi qu'il suit :

Cenabo XV Fines XXII Aquis-Segeste XXII Agetincum. Le lieu d'*Aquis-Segeste* est indiqué sur cette table par un grand bâtiment carré qui y désigne, partout ailleurs, les établissemens de bains d'eaux thermales, minérales ou autres. D'Anville admet que le lieu désigné sous le nom de *Fines* était placé à Sury-aux-Bois, à la limite des diocèses d'Orléans et de Sens, qui était aussi celle des deux pays des Carnutes et des Sénonais. Mais ce lieu n'a pas conservé, comme ailleurs, des traces de son ancienne dénomination sous le nom de *Feins*, et l'on doit convenir qu'il n'y a aucune analogie entre *Fines* et Sury-aux-Bois. Ce qui lèverait tous les doutes et trancherait toutes les difficultés, ce serait de trouver des restes antiques à la limite indiquée par D'Anville, et il n'en existe pas, au moins que nous sachions, à Sury-aux-

(1) Voir planche 8, fig. 5.
(2) Voir *idem*, fig. 8.
(3) Voir *idem*, fig. 6.
(4) Voir cette route tracée sur la carte générale, planche 1re.

Bois. La ville d'*Aquis-Segeste* aurait occupé, suivant D'Anville, et nous partageons tout-à-fait cette opinion, l'emplacement de Chenevière et de Cran.

Quant à la ville de Sens, sa dénomination celtique est reconnue généralement par tous les antiquaires et tous les géographes dans celle d'*Agetincum* ou *Agredicum*, sous laquelle elle est indiquée dans la Table de Peutinger et dans l'Itinéraire d'Antonin, ou bien encore sous le nom d'*Agendicum*, telle qu'elle est désignée dans les Commentaires de César.

Voici le tableau comparatif des distances marquées dans la Table de Peutinger avec celles prises sur les cartes de Cassini. On sait, et D'Anville l'a très bien établi dans son Traité des mesures itinéraires, placé en tête des Éclaircissemens géographiques sur l'ancienne Gaule, que les mesures de la Table Théodosienne sont en lieues gauloises. Notre célèbre géographe évalue à 1133 t. ½ la lieue gauloise équivalente à 1500 pas romains, et c'est cette évaluation que nous avons suivie ci-après.

TABLE THÉODOSIENNE OU DE PEUTINGER.

Cenabo				toises.
Fines	XV	16,999	8 ¾	lieues de anno toises.
Aquis-Segeste	XXII	24,931	12 ¼	
Agetincum	XXII	24,931	12 ¼	
		66,861	33	

DISTANCES PRISES SUR LES CARTES DE CASSINI.

D'Orléans à Sury-aux-Bois	17,000	8 ½	lieues de nono toises.
Cran et Chenevière, en passant par Lorris . . .	20,000	10	
Sens, en passant par Château-Renard et Courtenay	32,000	16	
	69,000	34 ½	

On voit que les mesures modernes coïncident à peu près pour le total avec les mesures anciennes, et que de légères différences existent seulement dans les distances de détail. Ainsi on ne peut concevoir aucun doute sur l'identité de la route romaine avec la route moderne.

Cette ancienne voie romaine allait rejoindre, à peu de distance d'Orléans, une autre voie dont les itinéraires ne font pas mention, et qui établissait aussi une communication directe entre Sens et Orléans. Nous en parlerons en détail dans le chapitre suivant. Mais nous ne quitterons pas le sujet qui nous occupe sans faire connaître que la route romaine de la Table Théodosienne pourrait bien avoir eu, à partir de Chenevière, un embranchement vers Gien. Ce qui nous porte à le penser, c'est qu'au point d'intersection de la route romaine d'Autun à Paris, que nous décrirons bientôt, avec la route de Figeac à Montargis, vient aboutir un très ancien chemin que nous avons suivi jusqu'à la Bussière. Il est indiqué par de gros points sur la carte de Cassini. Il est probable que l'on retrouverait ce chemin au-delà de la Bussière jusqu'à Chenevière. Mais nous n'avons pas eu le loisir d'en faire la reconnaissance.

D'après ce que nous venons d'exposer sur la route romaine d'Orléans à Sens par *Aquis-Seguste*, il y a de fortes présomptions pour croire qu'Orléans occupe l'emplacement de *Genabum*. Ceux qui connaissent déjà les lumineuses et savantes dissertations de M. Lancelot(1) et de D'Anville (2) sur *Genabum*, ainsi que l'article *Genabum* de la Notice des Gaules par Hadrien de Valois (3), ne conserveront guère de doute à ce sujet. Mais nous allons multiplier les preuves de l'espèce de celle que nous venons de donner; nous en ajouterons d'autres de nature différente, et nous espérons que leur réunion mettra cette vérité dans tout son jour, qu'*Orléans occupe effectivement l'emplacement du Genabum des Commentaires de César.*

(1) Voir la dissertation sur *Genabum*, ancienne ville du pays des Carnutes, par M. Lancelot, tom. VIII des Mémoires de l'Académie des Inscriptions et Belles-Lettres. Mém. pag. 460.

(2) Voir les Éclaircissemens géographiques sur l'ancienne Gaule, dissertation sur *Genabum*, ancienne ville des peuples Carnutes, in-12. Paris, 1741, pag. 167.

(3) *Hadriani Valesii , historiographi regis, notitia Galliarum. Parisiis*, 1675.

CHAPITRE II.

D'UNE ANCIENNE VOIE ROMAINE ALLANT DIRECTEMENT D'ORLÉANS A SENS , DU PONT ROMAIN
DE DORDIVES ET DES RUINES D'UNE VILLE ANTIQUE A LAQUELLE S'APPLIQUE LA POSITION
DU *VELLAUNODUNUM* DES COMMENTAIRES DE CÉSAR.

ARTICLE I.

Description d'une Voie Romaine connue sous le nom de Chemin de César, allant directement d'Orléans à Sens en traver-
sant les marais de Sceaux.

L'ancienne voie romaine (1) qui se dirige de Sens vers Orléans est connue sous
le nom de Chemin de César, non seulement dans toute l'étendue qu'elle occupe depuis
la limite du Loiret vers Dordives jusqu'à Nancré, mais encore depuis Dordives
jusqu'à Sens. Elle se perd dans la commune de Nancré où l'on pourrait croire qu'elle
se terminait, si l'on n'examinait les choses que superficiellement. Mais effectivement
elle ne s'arrêtait pas à Nancré. Un chemin connu sous le nom de chemin Perré ou
Pavé, qui traverse la forêt d'Orléans et vient aboutir sur la grande route d'Orléans
à Reims, en est évidemment la suite. La chaussée de ce chemin se voit encore dans
beaucoup d'endroits de la forêt, mais la plus grande partie est occupée par des
arbres qui y ont poussé de profondes racines et y sont d'une très belle venue. La
trace de l'ancien chemin n'est plus alors annoncée que par son exhaussement au
dessus du sol, ou dans les endroits tout-à-fait bas, par quelques vestiges de fossés
qui avaient été ouverts lors de son existence et de sa fréquentation. Quoi qu'il en
soit, voici, à partir d'Orléans, quelle en est la trace.

La route actuelle (2) d'Orléans à Pithiviers en faisait partie jusque près de son
embranchement avec la route de Briare à Angers. Ce chemin côtoie ensuite, sur la
gauche, la route d'Orléans à Pithiviers qu'il traverse non loin du pont de Boigny.
De là il passe aux barres de Boigny, coupe le chemin de Neuville à Donnery et à
Jargeau aux Trois-Croix, puis la route de Fay, traverse la commune de Philipponet,
et continue un peu en avant de la Cour-Dieu qu'il laisse sur la gauche. Ce chemin
passe ensuite à la droite de Sainte-Radegonde, traverse le bois Chemault et les
Tuileries, et arrive sur le territoire de Nancré. Dans tout cet espace le chemin offre

---

(1) Voir la carte générale, planche 1re où cette ancienne voie est tracée.
(2) Voir la carte générale, planche 1re. On peut suivre facilement sur la carte de Cassini le chemin romain
que nous indiquons ici.

plus ou moins de vestiges de la chaussée pavée de laquelle il a pris son nom. C'est en général une remarque à faire que beaucoup d'anciens chemins connus sous la dénomination que nous avons indiquée, étaient probablement d'anciennes voies que les Romains ont trouvées toutes faites lors de leur invasion dans les Gaules, et dont ils ont continué à se servir en les entretenant. Il est probable, par exemple, que celle dont nous venons d'indiquer la trace un peu tortueuse n'a point été primitivement l'ouvrage des Romains ; car on sait qu'ils traçaient en général leurs chemins en ligne droite, et le chemin de César proprement dit va nous en donner la preuve. La suite du chemin Pavé ou Perré, existant sur le territoire de Nancré, prend déjà le nom de chemin de César jusqu'à Nancré même, où ce chemin disparaît sous les constructions du village.

A partir de Nancré jusqu'à la limite du département du Loiret, le chemin de César se montre presque constamment au dessus du sol et tracé en ligne droite sur les points les plus élevés du pays. Il est dans un état de conservation telle qu'il serait très facile aujourd'hui de le rendre à sa destination première. Dans toute l'étendue du pays que nous venons d'indiquer, on voit les traces du chemin de César. Il passe (1) au milieu de la commune de Batilly, et à 7 ou 8 cents mètres de la petite ville de Beaune, puis il traverse les marais de Sceaux, va en droite ligne sur Dordives, parcourt une petite portion du département de Seine-et-Marne, puis rentre dans le Loiret jusqu'à Dordives à l'extrémité du territoire du département.

Hors du département du Loiret le chemin de César passe à Branles, au grand Bottecourt, à Joui, à Villegardin, à Montachet, et de là, à St-Valérien et à Sens.

De Nancré à Batilly, le chemin de César a beaucoup moins de relief qu'aux environs de la commune de Beaune et au delà ; mais aussi il a une largeur plus grande qui varie de huit à dix mètres. Dans cet espace, et même au delà de Batilly, on distingue sur les bords de la chaussée d'énormes pierres qui en sont comme les bordures. En arrivant vers Beaune le chemin de César est tout-à-fait en relief au dessus du sol. Je l'ai visité dans cette partie en 1823 ; M. le préfet du Loiret désirait alors rendre le chemin de César à son ancienne destination pour l'utilité des communications de la petite ville de Beaune, notamment avec Beaumont. Je me transportai donc sur les lieux pour examiner cette voie romaine. Je reconnus qu'il n'y avait autre chose à faire, pour remplir le but que l'on avait en vue, que d'enlever la terre qui recouvrait la construction romaine, et qui s'y trouve accumulée dans quelques endroits jusqu'à une hauteur de 1 m. 20 c. à 1 m. 60 c. Ce fait ne peut guère s'expliquer que par la fréquentation du chemin par les voitures employées à l'exploitation des champs ; celles-ci déposant chaque année de petites couches de terre enlevées par des temps humides, la chaussée a fini par être cachée sous l'amas qui s'en est fait.

---

(1) Voir la carte générale, planche 1re.

J'ai fait ouvrir une première tranchée dans le chemin de César à peu près à la hauteur de Beaune, afin d'en reconnaître la construction; et voici le résultat de mes observations :

La chaussée a cinq mètres de largeur (1); mais cette largeur, variable, est quelquefois portée à six et même huit mètres dans la portion de la voie romaine comprise entre Beaune et la route de Bellegarde à Beaumont. L'épaisseur de la chaussée est de o m. 90 c. La première couche placée sur le sol naturel a o m. 38 c. d'épaisseur. Les pierres dont elle se compose sont posées à plat sur leur lit de carrière, et maçonnées avec du mortier de chaux et sable. La seconde couche a une pareille épaisseur de o m. 38 c.; mais elle est formée d'un seul rang de pierres posées de champ comme le seraient les voussoirs d'une voûte. Ces pierres sont également liées par une espèce de sédiment. Enfin la troisième et dernière couche a o m. 14 c. d'épaisseur; elle est formée de menues pierrailles qui ont pris une grande consistance et offrent une parfaite liaison. La trace des roues des chars, ou peut-être de voitures plus modernes, était encore empreinte dans cette couche, où elles ont formé des ornières qu'il suffirait de combler pour rendre le chemin à son premier état. D'après le détail dans lequel nous venons d'entrer, on voit que le corps de la chaussée est intact, et plus solide en quelque sorte que vers l'époque de sa première construction, puisqu'il a acquis avec le temps, par la consolidation des mortiers, une résistance plus grande.

Plus loin, en allant vers la route de Beaumont, à 600 mètres environ de la première tranchée, nous en avons fait ouvrir une seconde qui nous a donné des résultats peu différens de ceux que nous venons de signaler. L'épaisseur totale de la chaussée s'est trouvée de o m. 81 c. La première couche de pierre maçonnée, comme on l'a dit, était de o m. 38 c. La seconde couche, formée de pierre posée de champ, mais à sec, avait de 21 à 22 centimètres d'épaisseur, et la couche supérieure, d'une épaisseur pareille de o m. 21 c., était formée de pierrailles, de tuf et de gravois. La largeur de la chaussée, en cet endroit, était de 8 mètres (24 pieds).

A 1200 mètres environ de la route de Beaumont, nous avons fait ouvrir une troisième tranchée (2). Nous avons trouvé là une construction un peu différente. La largeur du chemin est de huit mètres; elle est partagée en trois parties égales dont les deux extrèmes présentent une même construction, et celle du milieu une construction différente. Le milieu de la chaussée, sur une largeur de 2 m. 60 c., offre les mêmes circonstances que nous venons de rapporter. Sur o m. 38 c. d'épaisseur, à partir du fond, ce sont des pierres posées à plat et maçonnées avec du mortier de chaux et sable; le reste de l'épaisseur de la chaussée, qui est de o m. 62 c., consiste en une couche de tuf et de pierrailles. Les deux autres parties de la chaussée sont en pierrailles et tuf sur son épaisseur totale, qui est de un mètre.

_____

(1) Voir le profil, planche 13, fig. 7.
(2) Voyez le profil, planche 13, fig. 8.

On voit, d'après les détails dans lesquels nous venons d'entrer, que la construction du chemin variait selon les matériaux et les moyens que les localités présentaient, et selon la nécessité sans doute d'augmenter la solidité à raison de circonstances locales. Ainsi les Romains ne s'assujétissaient point à un système de construction uniforme dans leurs chaussées. C'est un fait que nous avons eu déjà l'occasion d'observer dans le département des Vosges, qui est traversé par un grand nombre de voies romaines. Là, comme ailleurs, les Romains ne se sont servis que des matériaux que présentaient les localités, et qui se trouvaient, pour ainsi dire, sous leur main.

Nous avons déjà fait remarquer que le chemin de César est en général tracé sur les points les plus élevés du sol. C'est une condition à laquelle les Romains s'astreignaient le plus souvent. Si l'on considère en outre que les chemins étaient eux-mêmes en relief au dessus du sol, on comprendra que, par le seul fait de leur occupation, les Romains se trouvaient les maîtres du pays. Ils voyaient de là tout ce qui s'y passait, et étaient en mesure de se porter sur tous les points menacés.

Le chemin de César passait au milieu des marais de Sceaux. Sa construction, dans cette traversée, mérite d'être observée; il s'élevait sans doute, dans le principe, fort au dessus du fond du marais. Aujourd'hui la chaussée est beaucoup au dessous du niveau des eaux. On distingue toutefois cette chaussée en nombre d'endroits, et on en suit la trace dans toute l'étendue du marais, qui ne laisse pas que d'être considérable. Elle s'annonce par de gros blocs de pierre qui paraissent avoir formé le fond de la chaussée. Ces blocs se voient principalement en quittant la levée qui conduit au pont de Sceaux (1). On est porté à conclure, à l'inspection des lieux, que la partie supérieure de la chaussée qui devait être là, comme nous l'avons remarqué ailleurs, composée de menus matériaux, a été détruite probablement pour arriver à la couche de gros matériaux que l'on a exploités pour l'usage du pays. Nous avons cherché en vain des restes de l'arche romaine élevée sans doute sur la rivière du Fusin, qui a son cours à travers le marais, et passe à l'entrée du village de Sceaux. Cette arche est remplacée aujourd'hui par un pont tout-à-fait moderne, soit sur l'emplacement de l'ancienne arche romaine, soit à côté; car les gens du pays nous ont assuré que la voie romaine était établie dans une partie encore marécageuse aujourd'hui, et qui longe la levée conduisant au pont actuel (2).

L'ancienne voie romaine traverse tout le village de Sceaux (3). En sortant du marais, à l'extrémité de la levée actuelle du pont, sa direction fait un angle obtus, et se continue ainsi jusqu'à la moitié du village. Là elle fait une inflexion nouvelle, presque à angle droit, et se dirige sur un seul alignement dans une grande étendue

(1) Voyez la planche 9 en AB.
(2) Voyez la même planche en CD.
(3) Voyez la même planche.

presque jusqu'à Dordives. Elle passe à deux mille mètres environ de Château-Landon, toujours établie sur les points les plus élevés du sol, dont elle suit bientôt la déclivité pour arriver dans le fond de la vallée de la rivière de Loing (1). Elle a été coupée par le canal de Loing, à l'endroit où est aujourd'hui le pont de ce canal qui a pris son nom du village de Dordives.

ARTICLE II.

D'un Pont romain dont les ruines existent près de la commune de Dordives.

Près de l'endroit dont il vient d'être question, le chemin de César s'infléchit sur la droite pour arriver au pont antique qui en forme la continuation, et qui est établi sur la rivière même du Loing. Ce pont (2) porte tous les caractères d'une construction romaine. Il est tout-à-fait en ruines (3). Il était formé de trois alignemens (4). Le premier alignement, sur 40 m. 63 c. de longueur, n'est autre chose qu'une chaussée maintenue de part et d'autre par deux murs de soutènement et dans laquelle sont pratiquées deux arches de 4 m. 45 c. d'ouverture, chacune séparée par une pile de 1 m. 95 c. d'épaisseur. Ces deux arches étaient destinées sans doute à servir de débouché à la rivière dans les temps de crues.

Le second alignement, faisant à droite un angle de 170° avec le premier, a une longueur de 29 m. 75 c. Il renferme (5) cinq arches en plein cintre de 4 m. 30 c. d'ouverture chacune séparées par des piles de deux mètres d'épaisseur avec des avant-becs prismatiques triangulaires de 1 m 10 c. de saillie. La largeur du dessus du pont est de 5 m. 90 c. Toutes ces arches sont encore dans un assez bon état de conservation. Aucune d'elles au moins n'est rompue.

Le troisième alignement, qui pouvait avoir une longueur de 45 mètres, fait avec le second, un angle de 156° et est établi perpendiculairement sur le lit de la rivière de Loing à l'époque des basses eaux, et par conséquent dans l'endroit le plus profond de cette rivière. Mais toute cette portion du pont est entièrement bouleversée, et pour ainsi dire détruite de fond en comble: il ne subsiste plus que la moitié de la première arche, qui menace d'une ruine prochaine. Toutes les autres voûtes sont

---

(1) Voyez le plan du chemin, planche 12.
(2) Voyez planche 13, fig. 2 et 3.
(3) Voyez même planche, fig. 3.
(4) Voyez même planche, fig. 1.
(5) Voyez idem, idem.

renversées, et l'on en voit les débris au milieu de la rivière. Les piles seules subsistent encore au quart ou à moitié, et même quelques unes n'offrent plus guère que leurs fondations. Il paraît qu'à une époque qui n'est pas très ancienne, on aurait miné et fait sauter ce pont durant des temps de guerre. Telle est au moins la tradition du pays.

Le chemin de César, à la sortie du pont, s'incline à gauche (1) sur cette dernière direction, traverse, élevé au dessus du sol, les prairies qui sont dans le fond de la vallée du Loing, et se continue à travers le village de Dordives, où l'on ne cesse d'en suivre la trace. Les arches du pont romain qui subsistent encore sont, comme nous l'avons dit, en plein cintre, et s'élèvent sur une retraite de huit centimètres de saillie. Les voûtes sont extradossées (2), et les voussoirs, tous inégaux, ont une épaisseur de 0 m. 62 c. L'une des arches renferme jusqu'à trente-cinq voussoirs.

La forme extradossée des voûtes annonce évidemment une construction romaine. Mais ce qui la dénote, pour ainsi dire, encore mieux, c'est l'appareil régulier des pierres qui forment le reste de la construction (3).

La chaussée, comprise dans le premier alignement, offre une largeur variable. À son origine, où elle est la plus grande, cette largeur est de 6 m. 50 c. Dans le second alignement elle est seulement de 5 m. 90 c. Elle devait sans doute être la même dans toute l'étendue du troisième alignement, ce qu'il est impossible de vérifier aujourd'hui, vu l'état de destruction du pont.

Ce pont, qui n'a plus maintenant de parapet, est à ras de la sommité de la clef des voûtes. Il est cependant à croire que, lorsqu'il était fréquenté, il avait des parapets (4) ou garde-fous, et une chaussée d'une certaine épaisseur au dessus des voûtes.

À l'origine de la chaussée du premier alignement, au dessus de la première voûte, on voit encore les ornières (5) que les chars romains ont laissées. Séparées par un intervalle de 0 m. 90 c. ces ornières existent dans l'épaisseur même des voussoirs. Celle de droite a une largeur de 0 m. 23 c. et une profondeur de 0 m. 48 c., tandis que l'ornière de gauche a une largeur de 0 m. 28 c. et une profondeur seulement de 0 m. 20 c. Ces deux ornières correspondaient indubitablement à deux autres semblables que nous aurions certainement retrouvées si nous avions fait quelques fouilles. Les ornières les plus profondes étaient les plus anciennes. On les avait abandonnées lorsque l'on s'était aperçu que les voussoirs étaient trop entamés et que l'existence de la voûte pouvait être compromise. Les ornières les moins profondes sont certainement les plus

---

(1) Voyez planche 12.
(2) Voyez planche 13, fig. 3.
(3) Voyez idem.
(4) Voyez le profil, fig. 4, où nous avons rétabli ces parapets, même planche.
(5) Voyez le profil 5, même planche.

récentes. Au reste, ce que nous avançons ici sur de simples conjectures, nous l'avons constaté ailleurs (1) par des observations directes.

Nous avons dit précédemment que la voie romaine que nous venons de faire connaître n'était pas mentionnée dans les itinéraires anciens, probablement parce qu'elle n'était pas une des grandes communications des Gaules, ou parce qu'elle aura été construite à une époque postérieure à la rédaction des itinéraires : ce qui, du reste, est l'opinion la moins probable. Ce n'est pas le seul exemple d'une voie romaine dont l'histoire ou les itinéraires ne font pas mention. Beaucoup de chemins et même de villes ou de stations antiques sont dans ce cas. Nous pouvons citer entre autres les ruines d'une ville antique à Gran, dans le département des Vosges, qui est traversée par une voie romaine que les itinéraires n'indiquent pas et dont le nom même est entièrement ignoré.

ARTICLE III.

Description des Ruines de la Ville antique dont on voit les vestiges à la sortie du village de Sceaux, et de son indentité avec le *Vellaunodunum* des Commentaires de César.

Nous avons réservé pour la fin de ce chapitre la description des ruines antiques situées à 2400 mètres de la sortie du village de Sceaux vers l'est. Elles se trouvent à la gauche de la route romaine, en face d'une ferme appelée *Maison-Rouge*. Elles occupent un emplacement d'une étendue considérable sur une longueur d'environ sept cents mètres et une largeur de six cents, jonché de débris de tuiles à rebord, employées à la couverture des édifices au temps des Romains, et offrant en nombre d'endroits des fondations en maçonnerie exploitées aujourd'hui par les habitans du pays pour en tirer des matériaux propres à leurs bâtisses. Tel est le premier aspect qu'offre le lieu que nous allons décrire avec plus de détails.

La ville ancienne, qui a certainement existé en cet endroit, offre le spectacle singulier d'une cité ruinée de fond en comble, sur le sol de laquelle le soc de la charrue passe dans tous les sens. Rien d'élevé en construction ne se montre à sa surface, et cependant partout son existence se décèle. Cette espèce de phénomène tout-à-fait remarquable est dû à ce que depuis long-temps sans doute, et encore aujourd'hui même, les fondations des édifices sont exploitées pour en tirer des pierres propres

---

(1) Voir notre Notice sur les Antiquités découvertes dans les fouilles du Canal de Bourgogne, pour la partie comprise dans le département de l'Yonne, insérée dans le tome 12 des Mémoires de la Société royale des Antiquaires de France.

aux constructions actuelles. Il en résulte, après l'extraction et le comblement des fouilles, une dépression du terrain qui indique, jusqu'à un certain point, l'étendue des murs ainsi que leur épaisseur. L'existence de ces fondations est d'ailleurs révélée aux habitans par l'état de la végétation. Partout où ces fondations existent il y a peu de terre végétale au dessus, et par conséquent la végétation est chétive et la récolte peu abondante.

Nous avons cherché à exprimer, dans le plan (1) que nous offrons des ruines en question, toutes ces circonstances. Les fondations qui ont été fouillées y sont indiquées par des lignes ponctuées, et du reste le dessin exprime l'état de la culture et tous les mouvemens du sol. Tout l'emplacement de la ville est de plus couvert, ainsi que nous l'avons dit, de débris de tuiles à rebord qu'il a été impossible d'exprimer en aussi grand nombre que dans la réalité. Nous devons faire observer que l'exploitation des fondations met à découvert une grande quantité de ces tuiles entières tombées le long des murs, et que l'on broie aujourd'hui pour en faire du ciment.

Le mouvement du terrain exprimé dans notre plan indique une partie basse où coule encore aujourd'hui une fontaine qui répand la fraîcheur dans cette sorte de vallée couverte de prairies.

C'est non loin de cette fontaine, vers l'est, que l'on remarque une espèce de monticule (2) dont le niveau supérieur est le même que celui du sol plus élevé que forme l'espèce de coteau de la vallée dont nous venons de parler. La première pensée qui vient à l'esprit, c'est qu'il y avait dans ce lieu une forteresse. Cependant, en l'examinant avec soin, on reconnaît bientôt, au moyen des dépressions du sol qui existent dans les endroits où les fondations ont été fouillées, les vestiges de murs circulaires, ou plutôt elliptiques, qui formaient l'enceinte d'un cirque, et de murs droits se dirigeant au centre de l'édifice et qui, sans doute, étaient destinés à porter les gradins d'un amphithéâtre. Cet état de choses ne se montrerait pas au premier venu ; mais il ne peut échapper à l'observateur accoutumé aux recherches d'antiquités, et nous en avons été vivement frappé. Nous avons ponctué sur notre plan la forme de cet amphithéâtre, tel que nous présumons qu'il a dû exister d'après les vestiges des fondations que nous avons retrouvées. Nous ferons remarquer au reste qu'ici, comme dans beaucoup d'autres villes de la Gaule devenues romaines, l'amphithéâtre, édifice en quelque sorte obligé (3) dans toutes les villes d'un peu d'importance, se trouve placé à l'écart, et qu'on a profité de l'accident que présentait naturellement le terrain pour adosser ce monument à une espèce de colline. Ce

---

(1) Voir la planche 10.

(2) Voir la planche 10.

(3) Il nous semble qu'il en est des amphithéâtres comme des cimetières. Quand on trouve des vestiges de ces derniers, on peut être assuré de l'existence d'une ville dans le voisinage. Il en est de même lorsqu'on trouve des restes d'amphithéâtres.

cirque était-il fermé de tous côtés comme celui de Chenevière dont nous avons donné précédemment la description (1) ? c'est ce qu'il nous est impossible d'affirmer, bien que la chose nous paraisse assez probable. Les vestiges que nous avons observés ne sont pas assez nombreux pour que nous puissions nous livrer avec quelque succès à la recherche des formes entières et complètes de cet édifice. Quant à sa destination, elle ne pouvait guère différer de celle de l'amphithéâtre de Chenevière sur laquelle nous nous sommes suffisamment étendu.

En suivant du nord au sud le plateau auquel se terminait l'amphithéâtre, on ne cesse pas d'apercevoir des vestiges de fondations indiqués, comme nous l'avons dit, par la dépression du sol. Mais ce ne sont plus des habitations; ce sont les restes des dernières demeures des citoyens de l'ancienne cité. On y reconnaît en effet la forme de ces caveaux sépulcraux tels qu'on en a retrouvé à Orléans et dans d'autres lieux, et dont nous parlerons bientôt avec détail. Ils étaient de forme rectangulaire allongée, et recouverts par une voûte cylindrique, circonstances que nous avons recueillies de la bouche même des cultivateurs qui ont coopéré à la destruction des derniers de ces monumens, ou en ont entendu parler. Dans les parois des murs étaient pratiquées des niches où l'on déposait les urnes renfermant des os et des cendres pris sur le bûcher de ceux dont on voulait conserver la mémoire. Tous les laboureurs de l'endroit se sont accordés à nous dire qu'en cultivant leurs champs ils avaient souvent rencontré des restes de cendres et d'os brûlés. C'est dans l'un de ces tombeaux que l'on a trouvé le collier de bronze représenté planche 8, figure 7. Il a cela de remarquable qu'il porte encore une amulette ou bulle. Cette amulette, sur laquelle on voit un cœur, présente une espèce de boîte aujourd'hui dépourvue de son couvercle, et dans laquelle étaient sans doute renfermés des cheveux de personnes chères, ou des parfums précieux.

Nous avons indiqué jusqu'à présent l'emplacement de la ville antique, son cirque ou amphithéâtre, et son champ des morts. Il n'y a guère de doute que si nous eussions eu le loisir de faire exécuter des fouilles sur les lieux, nous n'eussions fait des découvertes importantes.

Nous avons marqué sur notre plan, ainsi que nous l'avons exposé par des lignes ponctuées, les vestiges des fondations qui ont été exploitées. On serait peut-être tenté de se livrer à des recherches sur la forme des édifices d'après ces indications; mais nous devons faire observer qu'on pourrait être entraîné à cet égard dans de graves erreurs; car les traces que nous avons indiquées ne sont pas assez certaines et assez précises pour motiver des restaurations d'édifices. Néanmoins nous ferons remarquer quelques uns de ces vestiges, dont il nous semble qu'on peut déduire des conséquences certaines. Tel est, par exemple, le grand mur (2) marqué en AB sur le

---

(1) Voir le paragraphe 1er de cet écrit et les planches qui s'y rapportent.
(2) Voir la planche 10.

plan et qui nous paraît être avec certitude une portion du mur d'enceinte de l'ancienne ville. Cette enceinte était probablement de forme rectangulaire, ainsi qu'on le voit dans toutes les villes dont la haute antiquité n'est pas douteuse, telles que Bordeaux, Orléans, Autun, et tant d'autres que l'on pourrait citer.

On peut encore indiquer les vestiges d'un aqueduc qui existait suivant la direction ponctuée CD (1). Les cultivateurs en ont détruit la voûte et les piédroits dans la plus grande partie de sa longueur. Mais d'où venaient les eaux qui le remplissaient, c'est ce que nous ne pouvons dire. Peut-être n'était-ce qu'un égoût destiné tout simplement à recevoir les eaux de la ville pour les rejeter dans la rivière du Fusin, qui passe à une petite distance de là.

L'emplacement de l'ancienne ville que nous venons de décrire offre d'autres antiquités qui annoncent la présence des Romains, telles que des médailles et des débris de vases antiques plus particulièrement de couleur rouge ; l'un de ces débris présente une tête de lion (2) d'un beau caractère. La gueule de l'animal a été percée pour l'écoulement des liquides que l'on mettait dans le vase que la tête décorait. D'autres fragmens (3) offrent des animaux élancés tels que des lions, des tigres et des panthères courant dans tous les sens. Ils faisaient sans doute partie de ces beaux vases auxquels nous avons donné le nom de bowls, et que nous avons trouvés en si grande quantité dans les fouilles du grand cimetière d'Orléans.

Un fragment du fond d'un plat de poterie rouge présente le nom ATILIANI, dans lequel les lettres A et N ne font qu'une seule lettre double. Ce nom est celui du potier de la fabrique d'où le vase est sorti.

Nous possédons un fragment demi circulaire d'un verre noirâtre (4) qui nous paraît être l'anse d'un vase ; ce morceau va en s'amincissant vers l'extrémité ; il est cannelé sur toutes ses faces.

Parmi les restes des constructions que les fouilles mettent à découvert, on en trouve qui dénotent l'époque romaine de la manière la moins incertaine. Ce sont des aires de salles ou de chambres d'habitation, formées, à la partie supérieure, de mortier composé à chaux et ciment avec de gros sable, ce qui lui donne une apparence rougeâtre. Le dessus est bien plan et jusqu'à un certain point lissé. Les parois de ces mêmes chambres sont formées d'un crépi de mortier analogue à celui que nous venons d'indiquer, si ce n'est qu'il est fait avec un sable plus fin. Mais la surface apparente de ce crépi est revêtue d'un badigeon d'une belle couleur rouge.

En général les mortiers employés, même dans l'intérieur des constructions, ont une apparence rougeâtre qui annonce la présence d'un peu de ciment.

---

(1) Voyez planche 10.
(2) Voyez planche 11, fig. 1re.
(3) Voyez même planche, fig. 3.
(4) Voyez même planche, fig. 8 et 9.

Indépendamment des aires en béton de ciment, on en trouve en carreaux de marbre blanc dont on a recueilli beaucoup de fragmens.

Un petit objet parfaitement conservé a été ramassé dans les ruines qui nous occupent : c'est un style (1) en cuivre pour écrire sur des tablettes de cire. Le cuivre, bien qu'oxidé, laisse voir en quelques parties sa couleur rouge. Ce style est terminé d'un côté par une pointe qui servait à tracer les caractères, et de l'autre par une sorte de spatule avec laquelle on effaçait les caractères mal tracés, ou qu'on voulait faire disparaître ; sur l'une des faces sont des chiffres romains tels que nous les représentons ici :

IIIXXV........ IIII.

Doit-on prendre les trois premiers traits et les quatre derniers pour de simples ornemens, d'où il résulterait qu'on aurait écrit seulement le nombre XXV ? ou bien ces traits indiquent-ils eux-mêmes des nombres ? C'est ce qu'il est difficile d'affirmer.

Les médailles ramassées dans les ruines, et que j'ai pu me procurer, sont un Trajan grand bronze avec la légende IMP. CAES. NERVAE. TRAIANO. AVG. GER. DAC. P.M. TR. POT. COS..... P.P. Au revers l'empereur debout, regardant à gauche, le bras droit étendu en avant, et la main gauche appuyée sur une haste, avec la légende S.P.Q.R. OPTIMO. PRINCIPI. Dans le champ de la médaille sont les deux lettres S.C.

Un Marc-Aurèle avec une légende fruste dont on lit seulement les premières lettres M. ANTO..... Au revers une femme assise, légende effacée.

Un Domitien, tête laurée à droite avec la légende : IMP. CAES. DOMIT. AVG. GERM. COS. XV. CENS. PER. P.P. Au revers la monnaie debout avec l'exergue MONETA AVGVSTI. Dans le champ S.C.

Un Constantin-le-Grand, tête laurée à droite avec la légende IMP. CONSTANTINVS P.F. AVG. Au revers l'empereur debout, auquel un soldat présente une Victoire. On ne peut lire que le premier mot GENIO de l'exergue. Beaucoup d'autres médailles (2)

_____

(1) Voyez planche 11, fig. 7.

(2) Voici la description de quelques médailles trouvées dans les ruines de l'ancienne ville près de Sceaux qui nous ont été communiquées par M. Salmou de Corbeil :

M. B. — Tête laurée de Néron, à droite. IMP. NERO. CLAVD. CAESAR. AVG. GER. TR. P.P.P.

Revers. Figure casquée assise sur des boucliers. Au bas ROMA ; dans le champ S.C.

P. B. — Tête radiée de Gallien, à droite. GALLIENVS. AVG.

Revers. Une biche. DIANAE. CONS. AVG. Au bas la marque XI.

P. M. — Tête radiée de Salonin, à droite. DIVO. VALERIANO. CAES.

Revers. Bûcher. CONSECRATIO.

P. B. — Tête radiée de Posthume, à droite. IMP. C. POSTVMVS. P.F. AVG.

Revers. Figure de femme debout, tenant dans la main droite une balance, et portant au bras gauche une corne d'abondance. MONETA AVG.

P. B. Tête radiée de Victorin à droite. IMP. C. VICTORINVS. P. F. AVG.

Revers. Femme debout regardant à gauche. PROVIDENTIA.

P. B. — Tête radiée de Claude II dit le Gothique, à droite. IMP. C. CLAVDIVS AVG.

Revers. Femme debout regardant à droite. IVSTITIA. AVG.

ont été trouvées en ce lieu; mais elles ont été dispersées, ou sont entre les mains de personnes dont il est difficile d'en obtenir la communication.

Un anneau (1) en cuivre a été trouvé dans les mêmes ruines. Il est tout-à-fait oxidé, et présente un chaton vide aujourd'hui, mais qui était sans doute autrefois orné d'une pierre gravée ou de quelque autre objet précieux.

Un petit vase (2) en terre cuite avec un enduit couleur de chair, destiné sans doute à renfermer des parfums, et un petit cylindre (3) creux en os, ou plutôt en pierre factice dont il est difficile d'assigner l'usage, à moins que ce ne fût une portion(4) de flûte, complètent le petit nombre d'antiquités extraites de la ville ancienne que nous avons pu nous procurer jusqu'à présent. Sans doute ce nombre augmentera par la suite, à cause des moyens que nous avons pris pour recueillir tous les objets qui pourront être trouvés par les gens de Sceaux, soit en cultivant leurs terres, soit en poursuivant l'extraction des matériaux provenant des fondations des habitations de l'ancienne ville.

C'est à l'efficacité de ces moyens que nous devons une petite statuette (5) trouvée dans le lieu dit le Pré-Haut. Elle représente une femme nue qui paraît sortir du bain. Elle a cinq pouces de hauteur. De la main droite elle tient ses cheveux disposés à la manière des coiffures des dames romaines, et elle a la main gauche appuyée sur une espèce de cippe. Cette petite statue est assez bien conservée. Elle est en pierre calcaire tendre, d'un grain très fin. La tête, qui est séparée du corps, n'a été trouvée dans les ruines qu'un an après le corps; mais il n'y a aucun doute que l'une ne convienne parfaitement à l'autre.

Quelle était la ville qui offre tant d'indices de son ancienne existence? Si nous consultons les anciens itinéraires, tel que l'Itinéraire d'Antonin et la Table Théodosienne ou de Peutinger, nous n'y trouvons nullement mentionnée la voie romaine encore existante entre Orléans et Sens. Ils ne peuvent donc nous offrir aucun appui pour nous conduire à la solution du problème que nous cherchons à résoudre. Cependant, s'il est constant que Jules César partait d'Agendicum (6) (Sens) pour

---

(1) Voyez planche 11, fig. 11.

(2) Voyez même planche, fig. 6.

(3) Voyez même planche, fig. 10.

(4) On conçoit que plusieurs morceaux semblables à celui en question réunis par des viroles puissent former un pareil instrument. Voir la flûte dessinée par Montfaucon, tome 3, page 142, et le Mémoire sur le vieil Evreux, page 60.

(5) Voyez planche 11, fig. 4 et 5.

(6) Nous supposons, avec le plus grand nombre des auteurs, qu'*Agendicum* est Sens, et non pas *Provins*, comme on a voulu récemment l'établir (voir un ouvrage sur *Provins* par M. du Sommerard, un mémoire inséré tome 2, page 397 de la Collection de la Société royale des Antiquaires de France, et une note à la suite du livre 7 des Commentaires de César, traduction de M. Artaud). Notre hypothèse, généralement admise, recevra une confirmation de la discussion même dans laquelle nous allons entrer, si nous faisons voir que les distances indiquées par les Commentaires de César conviennent à Sens et à Orléans, séparés par un intervalle de 28

aller châtier les habitans de Genabum (Orléans) qui s'étaient révoltés contre lui, le conquérant romain a dû parcourir le chemin qui existait à cette époque entre ces deux villes. On nous objectera peut-être que nous admettons ici ce qu'il faut précisément prouver, à savoir, qu'Orléans occupe l'emplacement de *Genabum*. Tout ce que nous avons dit jusqu'à présent donne lieu de le penser. Mais cette assertion ressortira bientôt avec évidence, nous l'espérons au moins, de l'ensemble de notre travail, et surtout de la portion de ce travail où nous traiterons spécialement la question de l'emplacement de Genabum. Ce que nous allons dire dans cet article contribuera puissamment, et nous pouvons dire même d'une manière tout-à-fait décisive, à placer Genabum à Orléans, et augmentera le nombre des preuves que nous réunirons pour parvenir à établir la vérité sur ce point important de géographie comparée.

Le chemin qui existait, à l'époque de la conquête des Romains, entre Orléans et Sens était un chemin établi par les Gaulois. Il était certainement loin d'avoir l'importance et la solidité que les Romains lui ont données depuis. Si donc nous suivons la marche de César, d'Agendicum à Genabum, décrite dans ses immortels Commentaires (1), nous voyons qu'il laisse deux légions et tous les bagages de son

---

lieues de 2000 toises, en suivant la route qui les unit, et non pas à *Provins* et à Orléans, distans de 33 à 34 lieues, et entre lesquels il n'y a pas de chemin direct. D'ailleurs la distance qui se trouverait entre notre position de *Vellaunodunum* et *Provins*, 19 lieues mesurées sur la carte des ponts et chaussées, serait plus considérable, quelque direction que l'on suive, qu'entre *Vellaunodunum* et Orléans, ce qui est tout-à-fait contraire au texte des Commentaires.

(1) Nous donnons ici le texte même des Commentaires extrait du livre 7 de la guerre des Gaules, chapitres X et XI, extrait de l'édition des Elzevirs, 1650, ex emendatione Scaligeri.

« Itaque cohortatus (Cæsar) Œduos de supportando commeatu, præmittit ad Boios, qui de suo adventu doceant, hortenturque ut in fide maneant, atque hostium impetum magno animo sustineant. Duabus Agendici legio-nibus, atque impedimentis totius exercitus relictis, ad Boios proficiscitur.

« Altero die quum ad oppidum Senonum Vellaunodunum venisset, ne quem post se hostem relinqueret, quo expeditiore re frumentaria uteretur, oppugnare instituit, idque biduo circumvallavit. Tertio die, missis ex oppido legatis de deditione, arma proferri, jumenta produci, DC obsides dari jubet. Ea qui conficeret, C. Trebonium legatum relinquit. Ipse, ut quamprimum faceret Genabum Carnutum proficiscitur. Qui tunc primum, allato nuntio de oppugnatione Vellaunoduni, quum longius eam rem ductum iri existimarent, præsidium Ge-nabi tuendi caussa, quod eo mitterent, comparabant. Huc biduo Cæsar pervenit; et castris ante oppidum positis, diei tempore exclusus, in posterum oppugnationem differt, quæque ad eam rem usui sint militibus imperat. »

Il (César) engagea les Éduens à lui envoyer des vivres, fit avertir les Boïens de son approche, les exhorta à rester fidèles et à soutenir vaillamment l'attaque des ennemis. Puis laissant à Agendicum deux légions, avec le bagage de toute l'armée, il se dirigea vers les Boïens.

Le lendemain, étant arrivé à Vellaunodun, ville des Senonais, il résolut de l'attaquer, afin de ne point laisser derrière lui d'ennemis qui gênassent le transport des vivres. La circonvallation fut achevée en deux jours. Le troisième jour, la place proposa de se rendre; elle eut ordre de déposer les armes, de livrer les chevaux et de donner six cents otages. César laissa C. Trébonius, son lieutenant, pour faire exécuter le traité, et marche en toute hâte sur Genabe, au pays des Carnutes. Ceux-ci ne faisaient que d'apprendre le siége de Vellaunodun. Croyant qu'il durerait plus long-temps, ils se disposaient à y envoyer du secours. César y arriva le second jour, et établit son camp devant la place. Mais l'approche de la nuit le força de remettre l'attaque au lendemain: pendans ce temps, il fit ses préparatifs. (*Traduction de M. Artaud.*)

armée à Sens (Agendicum). Il part au secours des Boïens, et il arrive le lendemain devant *Vellaunodunum*, ville des Senonais. Comme il ne voulait laisser aucun ennemi derrière lui, il entreprend le siége de cette ville. Deux jours lui suffisent pour en faire la circonvallation, et le troisième jour des députés lui sont envoyés pour traiter de la reddition de la place. César exige des assiégés qu'ils déposent leurs armes, qu'ils livrent leurs chevaux et donnent six cents otages. Il laisse à son lieutenant C. Trebonius le soin de terminer cette affaire, et il se met lui-même en marche sur Genabum où il arrive au bout de deux jours.

Il résulte de ce que nous venons d'exposer que le conquérant romain mit à peu près deux jours pour arriver d'*Agendicum* à *Vellaunodunum*, et qu'il employa deux jours entiers pour arriver de *Vellaunodunum* à *Genabum*. Ainsi la position de Vellaunodunum partageait à peu près en deux parties égales le trajet d'Agendicum à Genabum. Le chemin d'Orléans à Sens par la voie romaine, mesuré sur les meilleures cartes, a 28 lieues de 2000 toises de longueur, et l'emplacement de la ville antique, dont nous avons donné la description, se trouve précisément à 13 lieues de Sens et à 15 lieues d'Orléans, c'est-à-dire, à peu de chose près, à la moitié du chemin qui sépare les deux villes. Le rapport entre le temps employé par l'armée de César à passer d'*Agendicum* à *Vellaunodunum* et de *Vellaunodunum* à *Genabum*, et les longueurs des chemins comprises entre Sens et l'emplacement de notre ancienne ville, et entre cette ancienne ville et Orléans, ne sont-ils pas extrêmement remarquables? Est-il possible de n'en pas conclure, avec toute espèce de vraisemblance, et même avec certitude, que l'emplacement de la ville ancienne que nous avons découverte est l'emplacement même de Vellaunodunum? L'armée de César marchait sans bagages, et l'on conçoit parfaitement qu'elle a pu faire à peu près sept lieues de 2000 toises par jour. Ainsi cette ville de Vellaunodunum que l'abbé Lebeuf place à Vallan près d'Auxerre, ou à Auxerre même, dont d'Anville assigne la position avec beaucoup plus de vraisemblance à Beaune, et que quelques autres critiques placent à Château-Landon, à Montboui ou Chenevières, et même à Avallon, doit nécessairement occuper le lieu antique que nous avons signalé et qui est situé à 2400 mètres à l'est du village de Sceaux.

Peut-être nous objectera-t-on que si l'emplacement de l'ancienne ville que nous avons découverte était réellement l'ancienne ville de Vellaunodunum, on devrait y retrouver des monumens de l'époque celtique. A cela nous répondrons que rien ne prouve qu'on n'y en ait pas trouvé, et qu'on ne puisse y en trouver encore. Mais d'ailleurs il a dû arriver à Vellaunodunum ce qui est arrivé à toutes les villes celtiques de la Gaule; elle a été transformée, pour ainsi dire, en ville romaine pendant la longue occupation des Romains. C'est le sort qu'ont subi les principales villes de la Gaule bien reconnues pour celtiques, telles que Autun, Bourges, Paris, Auxerre et tant d'autres qu'il serait aisé de citer.

Le chemin antique que nous avons fait connaître existait indubitablement entre

Orléans et Sens à l'époque celtique. Mais en quel temps a-t-il été reconstruit ou perfectionné par les Romains, c'est ce qu'il est fort difficile de dire. Est-ce dans les premiers temps de la conquête ou seulement bien long-temps après ? Rien ne peut nous
guider dans la solution de cette question. Mais, quoi qu'il en soit, il nous paraît bien
établi jusqu'à présent que les deux points extrêmes de cette route sont *Agendicum*
(Sens) et *Genabum* (Orléans), et que le point intermédiaire est *Vellaunodunum*, dont
la position doit être irrévocablement fixée dans l'emplacement des ruines antiques que
nous venons de décrire. Cette conséquence recevra un nouvel appui des recherches
auxquelles nous nous livrerons dans la suite de notre travail.

CHAPITRE III.

DES VOIES ROMAINES QUI, PARTANT D'AUTUN, SE RÉUNISSAIENT A BRIARE, ET CONDUISAIENT A PARIS, EN SUIVANT LE LITTORAL DE LA LOIRE JUSQU'A ORLÉANS. DESCRIPTION DES ANTIQUITÉS DE BRIARE, DE GIEN-LE-VIEUX, DE BONNÉE. CONSÉQUENCES QUI EN RÉSULTENT POUR LA GÉOGRAPHIE COMPARÉE.

ARTICLE I.

Indication de deux Voies romaines d'Autun à Briare et à Paris, et Recherches auxquelles elles ont donné lieu dans le département du Loiret.

La route romaine que nous nous proposons de suivre dans le département du Loiret est indiquée ainsi dans l'Itinéraire d'Antonin :

Augustoduno

Alisincum	M.P.	XXII.
Decetia	M.P.	XXIIII.
Nevirnum	M.P.	XVI.
Condate	M.P.	XXIV.
Brivodurum	M.P.	XVI.
Belca	M.P.	XV.
Cenabum	M.P.	XXII.
Salioclita	M.P.	XXIIII.
Luticia	M.P.	XXIIII.

Nous n'avons point parcouru cette route dans les départemens limitrophes, et nous ne nous proposons point par conséquent d'indiquer quelles sont les positions modernes qui correspondent aux positions anciennes consignées dans la table ci-dessus. Nous ne pouvons toutefois nous empêcher de faire remarquer l'analogie des noms de Decetia, Nevirnum et Condate avec Decise, Nevers et Cône; ce qui suffirait presque pour assurer l'identité des lieux, si d'ailleurs elle n'était confirmée par la coïncidence des distances qui les séparent.

Bien que nous nous proposions de ne traiter que de la route romaine indiquée ci-dessus, et qui est latérale à la Loire, nous ne devons pas négliger de faire mention d'une route méditerranée (1), partant également d'Autun, passant à Château-Chinon, Aunay, Entrains, Saint-Amand, et venant rejoindre la route latérale à la Loire à Briare même. Nous avons retrouvé des vestiges de cette route entre Briare et Thou. Dans cet intervalle on reconnaît en beaucoup d'endroits des restes de chaussée presque intacte. Elle coupe la route royale de Neuchâteau à Bonny-sur-Loire; et c'est au delà, à deux cents mètres environ, qu'elle est le mieux conservée; elle a six mètres de largeur et se trouve construite tout en gros caillou; elle traverse ensuite la rue de Faverelle au moulin Perré.

Les deux routes romaines d'Autun à Paris étant réunies à Briare même, ou à peu de distance en deçà ou au delà de cette position, nous n'avons plus à considérer que la route latérale à la Loire; nous l'avons reconnue à Briare, où elle passe près de l'ancien cimetière romain dont nous parlerons bientôt, et en plusieurs autres points entre Briare et Gien. A la sortie de Briare, la route se perd dans les terres de Beauvoir entre la Thiau et Rivote. On en voit bien la chaussée entre les Rois et Saladou, avant d'arriver au dessus de Gien.

On la retrouve sur le sommet de la côte qui domine cette ville au nord. Elle est connue dans le pays sous la dénomination de chemin Perré ou chemin de César (2). Nous avons fait ouvrir une tranchée dans la partie de ce chemin située à l'est de la route royale d'Uzerches à Montargis, près d'un ravin (3) qui jette ses eaux à la Loire par l'aqueduc des Fondreaux débouchant tout près et en aval du pont de Gien. Nous avons suivi cette ancienne voie à partir du point que nous venons de signaler jusqu'à Gien-le-Vieux. Elle est dans toute cette étendue parfaitement reconnaissable, la plupart du temps bien conservée, et presque toujours en relief au dessus du sol, comme tous les anciens chemins de l'époque des Romains. Elle a 5 m. 50 c. de largeur et se raccorde par des talus avec le terrain naturel. Dans quelques endroits où elle a moins de relief, et où même elle est presque tout-à-fait au niveau du sol, un fossé est ouvert de chaque côté de la chaussée.

Le ravin dont nous venons de parler, ayant détruit la portion de chaussée qui se trouvait sur son passage, nous a fourni le moyen d'en examiner la construction intérieure. Nous avons remarqué d'abord au dessus de la chaussée une couche de terre rapportée de 50 c. d'épaisseur. Cette chaussée (4) se compose de deux couches de pierre. La première, qui repose sur le sol primitif, est formée de grosses pierres, et la seconde l'est de pierres beaucoup plus menues, mais comme rangées à la main et formant un pavage.

(1) Voir la carte générale des voies romaines aboutissant à Orléans, planche 1re.
(2) Voir le plan général de Gien et des environs, planche 17.
(3) Voir id. au point A.
(4) Voir le profil, planche 17.

Nous avons fait ouvrir une tranchée(1) non loin de là, en allant vers Gien-le-Vieux, dans un endroit où le chemin de César est le plus élevé au dessus du sol; mais nous n'y avons trouvé qu'une seule couche de pierres, semblable à la seconde couche dont nous venons de parler, ayant 3o c. d'épaisseur, et composée de pierres d'une grosseur moyenne qui forment un pavage assez régulier.

De là on suit la route romaine jusqu'à la route royale n° 14o, de Figeac à Montargis, qu'elle traverse. A cet endroit on trouve, ainsi que nous l'avons dit précédemment, l'embranchement d'une ancienne route que l'on a suivie jusqu'à La Bussière, et qui paraît être la continuation de la route romaine partant de Sens et passant par Chenevières, l'*Aquis-Segeste* des anciens.

De ce point jusqu'à Gien-le-Vieux, sur une longueur de 17oo mètres, le chemin de César est parfaitement indiqué en ligne droite, quelquefois en relief au dessus du sol, mais le plus souvent creux, parce que la chaussée a été entièrement défoncée, et qu'il n'en reste plus de vestiges. Il traverse Gien-le-Vieux, passe de là à Nevoy, Arcoles, et à peu de distance d'un lieu du nom de Beauches, sis au dessous de Dampierre. Là se trouvent des restes d'anciennes constructions romaines. De temps à autre le soc de la charrue fait surgir à la surface du sol des médailles (2) de l'époque romaine, des débris de vases de terre rouge, et beaucoup de fragmens de tuiles à rebords. Mais nous n'avons reconnu dans cet endroit aucun des caractères qui annoncent les restes d'une ville ou d'une agglomération d'habitations considérable. Le chemin de César se dirige ensuite sur la commune de Bonnée, aux abords de laquelle il en reste des traces évidentes. Il passait probablement de là à Saint-Benoît

---

(1) Voir le plan général de Gien en B, planche 17.

(2) Voici la description des médailles trouvées à Beauches, et qui nous ont été remises par M. le curé de Dampierre :

Argent : — Tête diadémée de *Lucille* (femme de Vérus) à droite. Légende presque entièrement effacée.

Revers. Fig. de femme assise. Légende effacée.

M. B. — Tête laurée de *Vespasien* à droite. IMP. CAES. VESPASIANVS. AVG.... Le reste effacé.

Revers. Une Victoire debout regardant à gauche. VICTORIA..... Le reste effacé.

P. B. — Tête laurée de *Constantin* à droite. CONSTANTINVS. AVG.

Revers. Le Soleil debout. SOLI. INVICTO.

Au pied de la figure, P T R.

Plusieurs médailles du Bas-Empire, toutes frustes.

Un *Marc-Aurèle* et un *Antonin* tout-à-fait frustes.

M. Paulin Pascault nous a remis les médailles suivantes, trouvées au même lieu :

P. B. — Tête nue de *Faustine jeune*. FAVSTINA.

Revers. *Faustine* debout regardant à gauche, et portant sur son sein *Annius Verus* et *Commodus*. SPES. REIP...

P. B. — Tête laurée de *Constantin* à droite. CONSTANTINVS. P. AVG.

Revers. Le Soleil debout. SOLI. INVICTO. COMITI.

Au bas la marque OLN.

P. B. — Tête nue de *Constantin* à droite. Légende effacée.

Revers. Deux génies ailés portant un écusson sur lequel on lit VOT. Légende effacée.

NOTA. Le nouveau curé de Dampierre a une médaille de *Commode* trouvée dans le même lieu.

5

et puis à Châteauneuf. De cette ville jusqu'à Orléans il devait suivre le littoral de la Loire, sans peut-être trop s'écarter du chemin actuel; mais nous n'en avons reconnu de vestiges en aucun endroit, ni dans cet espace ni entre Châteauneuf et Saint-Benoît.

Nous allons maintenant faire la description des antiquités que nous avons découvertes sur plusieurs points de la route romaine qui viennent d'être indiqués. Nous nous occuperons ensuite de rapprocher les positions anciennes des positions modernes, et nous en tirerons, pour la géographie comparée, toutes les conséquences importantes qui en découleront naturellement.

ARTICLE II.

Description des Antiquités de Briare.

Tous ceux qui se sont occupés de géographie comparée, et nous citerons en première ligne notre célèbre d'Anville, ont placé l'ancien *Brivodurum* à Briare. Ils ont été déterminés plutôt par l'analogie des noms et par la considération des distances indiquées dans les itinéraires entre ce lieu et d'autres stations romaines que par des preuves directes de l'antiquité du lieu. Personne, que nous sachions au moins, n'a encore signalé à Briare des débris d'antiquités romaines (1), et cependant il n'en manque pas pour convaincre que cette ville est située sur un emplacement anciennement occupé par les Romains. Nous y avons trouvé en effet des restes de constructions de leur époque. On nous a montré, et nous possédons nous-même des médailles qui y ont été recueillies, des débris de mosaïque, des fragmens de ces beaux vases en terre rouge dont une manufacture existait à Orléans (2). Des fouilles ont procuré des urnes cinéraires, des tombes en pierre avec leurs couvercles, et des pierres tumulaires sur lesquelles des personnages sont sculptés. Ayant observé avec soin toutes ces antiquités, nous allons les faire connaître avec quelques détails.

Des vestiges de constructions antiques existent entre la rivière du Trézé et la Loire, dans un emplacement (3) limité à l'est par la rue des Allées, au nord par le port au vin sis le long du canal, à l'ouest par l'écluse du Barabant, et au sud par la levée de la Loire du même nom. Presque tout ce terrain est couvert de débris de tuiles à rebords. On y rencontre aussi des fragmens de ces grands carreaux qui

---

(1) Notre assertion ne porte que sur l'époque antérieure à notre arrivée dans le département du Loiret.
(2) Voir notre Mémoire sur les antiquités du grand cimetière d'Orléans.
(3) Voir le plan de la ville de Briare, planche 14 en ABCD.

étaient alors employés dans les constructions, plus particulièrement au carrelage des pièces habitées, et de ces petits moellons de forme presque cubique dont on se servait pour le revêtement des murs. On y voit encore de grosses masses de béton fait avec du mortier de chaux et ciment mélangé de cailloux qui a acquis la plus grande dureté. Ce béton était plus particulièrement employé pour former les aires des pièces habitées, et c'était toujours le massif solide sur lequel le carrelage en grands carreaux de terre cuite ou en marbre était posé.

Les restes de murs que nous avons observés en grand nombre sont au niveau du sol; ils annoncent évidemment des distributions d'habitations. Ces fondations, aujourd'hui placées dans des terrains cultivés en jardins, sont continuellement détruites par les propriétaires, qui les font disparaître pour rendre le sol plus productif.

A une profondeur d'un mètre seulement, l'un d'eux, le sieur Girardet, a trouvé un pavage en mosaïque en si mauvais état qu'il n'a pu en conserver un seul morceau entier. Les murs à l'intérieur étaient revêtus d'une couche de chaux vive sur laquelle on avait exécuté des peintures à fresque représentant des arbres, des animaux et même des figures humaines. La même fouille mit à découvert une grande tablette (1) en marbre, cassée à son extrémité, ayant 97 c. de longueur, 61 c. de haut, et 6 c. d'épaisseur. Sur cette tablette est sculpté en relief un griffon dont la partie inférieure se termine en queue de poisson. Le petit rond marqué sur le dessin est un morceau de marbre rapporté.

Plus loin on a découvert une petite cuve en marbre blanc d'un mètre de diamètre et de six centimètres de profondeur; elle a été brisée pour en faire du moellon. On a trouvé en même temps une petite cuillère en bronze représentée planche 16 bis, fig. 17. L'extrémité du manche de cette cuillère a un ornement dont il est difficile de reconnaître la forme. On a recueilli dans la même fouille une petite clef de bronze très fruste, et onze médailles dont une de Néron avec un temple au revers, et l'exergue : PACE. P.R. VBIQVE. PARTA. IANVM. CLVSIT. Une autre médaille, dont la figure est effacée, présente au revers l'autel de Lyon, avec l'inscription au dessous : ROM. ET. AVG. Deux médailles sont au type de Rome VRBS. ROMA, avec la louve allaitant Romulus et Rémus pour revers. Quatre autres médailles sont, l'une au type de Crispus, et trois au type de Constantin. Les trois dernières médailles sont à têtes radiées, mais entièrement frustes.

Le canal latéral à la Loire est tracé (2) au milieu des propriétés où ces objets antiques ont été trouvés. Il n'y a pas de doute que les fouilles qui seront entreprises pour son exécution ne fassent découvrir d'assez nombreuses antiquités.

C'est en travaillant à la démolition des anciens murs dont nous venons de parler

---

(1) Voir la planche 16 bis, fig. 8.
(2) Voir la planche 14.

qu'on recueille souvent des médailles. On nous en a montré de Néron et de Vespasien qui provenaient de ces fouilles. Mais ce qui nous a le plus frappé dans l'exploration du lieu qui nous occupe, c'est une assez petite étendue (1) de terrain jonché, pour ainsi dire, de ces petits cubes de pierre que les anciens employaient dans la confection de leurs mosaïques. Nous en avons ramassé en grand nombre. Il y en a de diverses couleurs. Les unes sont d'un blanc tirant sur le jaune, et les autres ont une couleur noirâtre dans le genre de celle de la pierre de Volvic. Il s'en trouve aussi quantité de couleur rouge. Les petites pierres d'un blanc jaune ont une finesse de grain telle qu'on les prendrait facilement pour du marbre.

Ces débris d'une mosaïque qui a été détruite sur place sembleraient annoncer l'existence d'un ancien établissement de bains; et si l'on doit ajouter foi à ce que disent les propriétaires du terrain que nous avons signalé, ils auraient détruit des bassins ainsi que des fourneaux qui servaient à faire chauffer les eaux. Ces faits, s'ils sont exacts, changent notre conjecture en certitude. Il faut dire encore que l'on trouve dans ce local des débris de marbre qui n'ont pu être employés qu'en placage dans des salles de bains. Au moins ce que nous avons observé en d'autres lieux dans des circonstances analogues ne nous laisse guère de doute à cet égard. Mais d'ailleurs nous avons trouvé des restes de conduits (2) qui peuvent avoir été employés à la distribution des eaux dans les bains; ils consistent en une pierre de 81 c. de long, de 51 c. de large et d'une épaisseur de 16 c. Dans le milieu de cette pierre, sur une largeur de 22 c. et une profondeur de 8 c., est creusé un canal demi circulaire. Il est probable que des pierres pareilles, mises bout à bout, formaient des canaux découverts par où s'écoulaient les eaux. Avec de semblables pierres on pouvait aussi former des canaux couverts et entièrement cylindriques: il n'y avait qu'à les appliquer les unes sur les autres, et les noyer dans une maçonnerie de béton pour les rendre étanches. Une ancienne chapelle, dédiée à saint Étienne, a existé dans l'emplacement (3) des bains que nous venons d'indiquer: c'est sans doute ce qui fait attribuer quelque vertu particulière aux petits cubes de pierre que nous avons signalés. En effet quelques personnes du pays les ramassent dans un esprit de dévotion, et les font porter à des enfans malades. Les habitans ont recueilli dans leurs maisons des fragmens de marbre provenant de la destruction de cette chapelle, et qui portent un caractère tout-à-fait moderne. Des carreaux en pierre de Volvic qu'ils nous ont montrés sont évidemment sortis de la démolition du carrelage. On nous a présenté un morceau de marbre provenant du bénitier de cette chapelle.

Les débris de tuiles à rebords ne se rencontrent pas seulement sur le terrain que nous venons de signaler; on en trouve encore en divers endroits sur le sommet

---

(1) Voir le plan de Briare, planche 14 en E.
(2) Voir le dessin de ces tuyaux de conduite, planche 15, fig. 10.
(3) Voir le plan de la ville de Briare, planche 14 en E.

et sur le penchant du coteau qui borde la rive droite de la Loire, à partir de l'église de Briare (1). Ces trouvailles ont lieu jusque vers l'emplacement du cimetière antique dont nous parlerons bientôt. On a découvert dans ces lieux deux puits qui sont évidemment de construction romaine. Le coteau planté en vignes qui regarde le village de Saint-Firmin est jonché en plusieurs endroits de fragmens de tuiles à rebords; ils se trouvent dans les vignes, entassés, pour ainsi dire, sous le sol, qu'il suffit de découvrir un peu pour les trouver. Ces fragmens sont en quantité si considérable qu'on les ramasse pour en faire du ciment. C'est dans cette localité qu'on a découvert il y a quelques années un petit Mercure en bronze de seize centimètres de proportion; il était à la surface du sol, probablement par suite des remuemens de terre que l'on avait faits dans cet emplacement. Cette petite statue, qui était sans doute un des pénates d'une habitation particulière, était d'une conservation parfaite; elle avait le caducée à la main droite et une bourse dans la main gauche: les yeux seuls paraissaient avoir été altérés. Ce bronze assez curieux a été vendu à Paris. Il avait été acquis par un habitant de Briare, du vigneron même qui l'avait ramassé en cultivant sa vigne.

Outre les antiquités dont nous venons de donner la description, nous avons trouvé, au devant d'une maison sise sur le port au vin, la meule supérieure d'un moulin à bras; elle avait été, nous a-t-on dit, tirée des décombres d'un puits existant dans la partie supérieure de Briare, probablement de l'un des deux puits romains que nous avons signalés. Cette meule a, comme presque toutes celles de cette espèce, 50 c. de diamètre; elle est d'une pierre poreuse formée par l'agrégation d'une grande quantité de petits cailloux, et n'a nullement l'apparence d'une pierre volcanique, matière ordinaire de ces sortes de meules.

Derrière l'habitation qui vient d'être indiquée on a démoli, dans ce que nous appelons l'emplacement des grandes allées, beaucoup de murs de construction romaine. En les fouillant on a recueilli plusieurs médailles. Un propriétaire nous en a montré deux dont les revers avaient été superposés l'un à l'autre, en se joignant pour ainsi dire hermétiquement. Elles avaient été enfermées dans des fondations à un mètre trente centimètres de profondeur au dessous du sol. Il est résulté de cette disposition que les faces exposées à l'humidité se sont revêtues d'une belle patine antique, tandis que les revers offrent encore tout l'éclat et le brillant du cuivre. Les deux médailles sont de moyen bronze aux effigies de l'empereur Antonin et de l'impératrice Faustine sa femme.

Il est évident que la réunion de ces deux médailles ne peut pas être fortuite, et que celui qui les a enfermées dans la maçonnerie a voulu constater l'époque de la fondation d'un édifice. Ainsi cet édifice de *Brivodurum* remonte à une époque qui

_____

(1) Voir planche 14.

ne peut être comprise qu'entre les années 138 et 160 de l'ère chrétienne correspondant à la durée du règne d'Antonin. Mais quoique cette époque remonte déjà à une assez haute antiquité, il est très probable toutefois que *Brivodurum* renferme des restes d'édifices de la première époque de l'établissement des Romains dans les Gaules.

Un particulier ayant fait décombrer un puits (1) qui se trouvait dans une cour où il faisait bâtir, à l'entrée de Briare, du côté de Gien, en retira une grande quantité de tuiles à rebords. Il s'est trouvé mêlé à ces débris des fragmens de vases de terre rouge semblables à ceux que les fouilles entreprises pour la construction de la halle ont fait découvrir en quantité si considérable au grand cimetière d'Orléans. Quatre fragmens ont suffi pour reproduire la forme du beau vase dessiné feuille 15, figure 1re. Le diamètre supérieur de ce vase est en œuvre de 21 c. et sa hauteur de 94 c. ; ses parois sont d'une épaisseur considérable, mais variable toutefois; à la partie supérieure, où elles sont le plus minces, leur épaisseur est de sept millimètres, et dans la partie inférieure elles n'ont pas moins de onze à douze millimètres. A l'intérieur comme à l'extérieur, ce vase est revêtu d'un vernis rouge du plus brillant éclat; sa cassure montre une pâte très compacte et très fine; il est de l'espèce de ceux que nous avons signalés sous la dénomination de bowls (2). Ce vase est tout-à-fait lisse intérieurement; mais il présente extérieurement des ornemens remarquables par leur richesse et placés sous une frise entièrement lisse. La décoration, tout-à-fait supérieure, est composée de ces espèces de fers à cheval que nous supposons formés de tiges de plantes recourbées. Le système d'ornement du reste du vase consiste principalement en quatre médaillons circulaires égaux, placés à des distances égales autour du vase. Chacun de ces médaillons renferme une divinité marine, si l'on en juge par ses deux jambes terminées en queue de dauphin recourbée. Cette divinité est armée d'une massue qu'elle tient à deux mains. De chaque côté, dans le champ du médaillon, sont des espèces de feuilles d'arbres. Dans le haut et dans le bas, de part et d'autre du médaillon, on voit deux petits anneaux. A droite du médaillon principal il en existe un autre d'un plus petit diamètre pour lequel il est difficile d'indiquer ce qu'il pouvait contenir, attendu que les fragmens recueillis ne peuvent le faire connaître. Au dessous de ce petit médaillon est une ligne de zigzags, et l'espace compris entre cette ligne et l'extrémité inférieure des ornemens du vase est rempli par un dauphin regardant à droite, et limité dans l'espace qu'il occupe par d'autres lignes de zigzags tangentes au petit médaillon. Près de la tête du dauphin est un globe sur lequel s'élève un homme debout et nu, regardant à gauche. Cet homme a les deux bras pendans. Derrière lui est un

(1) Voir le plan de la ville de Briare, planche 14 en F.
(2) Voir notre Mémoire sur les antiquités du grand cimetière d'Orléans.

arbre qui a beaucoup d'analogie avec le palmier; sa tige est en effet très élevée et noueuse; ses branches ne commencent qu'à la partie supérieure, et le cœur de l'arbre semble n'être qu'un faisceau de branches plus rapprochées. Ainsi l'ensemble de la décoration du vase consiste en un homme debout, un petit médaillon au dessus duquel est un dauphin, et un médaillon principal qui se trouve répété quatre fois dans le pourtour.

Un autre fragment (1) d'un vase analogue à celui que nous venons de décrire mérite d'être distingué, quoique les ornemens dont il est décoré ne présentent pas des formes très pures. Les parois de ce vase ne sont pas aussi épaisses que celles du précédent; le vernis n'a pas non plus autant d'éclat, et le vase lui-même n'a pas été modelé avec le même soin; sa décoration principale consiste en une espèce de corolle à six pétales traversés de haut en bas par deux bâtons terminés en crosse d'évêque. A côté est un homme debout, grossièrement dessiné, nu, et portant dans la main droite une massue.

Outre ces débris de vases de terre rouge on a trouvé dans le même puits une médaille, assez bien conservée, à l'effigie de Néron, et un fragment d'amphore (2) de poterie commune sur lequel on avait imprimé comme avec un cachet une inscription dont il ne reste plus que les quatre lettres MPVP. Etait-ce simplement la marque du fabricant? ou avait-on voulu indiquer la capacité du vase, ou bien encore l'âge du vin dont on l'avait peut-être rempli, ainsi que ces vers d'Horace autorisent à le conjecturer:

> Hic dies, anno redeunte, Festus.
> Corticem adstrictum pice dimovebit
> Amphoræ fumum bibere institutæ
> Consule Tullo.
> *Lib. III. od. VIII.*

Les amphores portaient aussi les dénominations particulières de *testa* et *diota*, à cause des deux anses qu'elles ont ordinairement.

Dans le quartier de l'est de Briare on a découvert plus récemment deux puits dont la construction remonte indubitablement à l'époque des Romains; ils étaient remplis de décombres, au milieu desquels se sont trouvés les vases 7, 9, 10 et 11 de la planche 16. Ces vases lisses et sans ornemens ne manquent pas d'élégance. L'un d'eux, le n.° 7, est remarquable par le nom du potier ou du propriétaire du vase, imprimé à la surface extérieure de la partie la plus saillante du vase. Ce nom est DIVICATVS.

A la sortie est de la ville de Briare, et sur la gauche de la grande route, est une vigne (3) entourée de murs qui paraît occuper l'emplacement de l'ancien cimetière de la

---

(1) Voyez planche 15, fig. 6.
(2) Voyez planche 16, fig. 8.
(3) Voir le plan de Briare, planche 14 en G.

station romaine de *Brivodurum*. En effet cet emplacement n'est pas éloigné de la route romaine d'Autun à Paris, dont nous avons fait connaître les vestiges dans toute l'étendue du département du Loiret. D'ailleurs tous les chemins aux abords de cette vigne sont remplis de débris de grandes urnes en poterie grise et rougeâtre. Nous y avons recueilli des restes de vases de terre rouge décorés d'ornemens élégans, des fragmens de vases de poterie commune, tous objets qui annoncent l'existence d'un cimetière de l'époque des Romains. Mais d'ailleurs le propriétaire, en cultivant cette vigne, a trouvé des restes d'antiquités qui ne laissent aucun doute sur la vérité de cette assertion, et qui méritent de fixer l'attention des archéologues; ils consistent en urnes cinéraires de verre et de poterie, et en vases de terre rouge d'un usage commun dans la vie domestique. Ces objets remontent tous à une assez haute antiquité. Nous devons fixer particulièrement l'attention sur le joli vase de terre noirâtre de la planche 16, figure 3; sa forme ne manque pas d'élégance; on peut remarquer qu'une partie de sa surface est couverte d'espèces de petites pointes implantées après coup, et dont quelques unes se sont détachées, probablement par suite d'un trop long séjour dans la terre. Ce vase était une urne cinéraire, et l'on n'en peut douter, puisqu'il renfermait, quand on l'a trouvé, quelques fragmens d'os mêlés d'un peu de cendres. Les deux petites coupes de la même planche, figures 4 et 12, sont de ces vases que l'on enfouissait dans les cimetières antiques en souvenir de ceux dont on voulait honorer la mémoire, soit qu'ils eussent aimé la forme de ces vases, soit, ce qui est plus probable, que ces vases leur eussent appartenu. Ces deux petites coupes en poterie rouge ont subi dans la terre de grandes altérations; elles sont bien entières sous le rapport de la forme, mais tout le vernis en a été enlevé, et on n'aperçoit plus que la pâte de la poterie, qui est d'un ton gris et où brillent des parcelles de mica.

La planche 16 bis renferme, sous les n°ˢ 14, 15, 16 et 18, quatre vases qui proviennent de la même localité, et sur lesquels nous ne nous étendrons pas, attendu que nous avons déjà beaucoup parlé de vases analogues. Un seul de ces vases est de terre rouge; les autres sont de poterie commune, à l'exception du petit vase fig. 15, qui est d'une pâte plus fine. Ce vase a cela de remarquable, qu'à l'extrémité de deux diamètres perpendiculaires entre eux, sa forme arrondie a été déprimée pour en faciliter l'usage et faire en sorte qu'on pût le tenir à la main avec plus de sûreté.

On nous a montré, comme provenant des fouilles du cimetière antique de Briare, une urne en verre de forme sphérique, renfermée dans une autre urne en terre cuite. L'urne de verre contenait des os brûlés et des cendres, avec une pierre gravée (1) et une petite boîte (2) plate en bronze présentant la forme de ces patères dont nous

(1) Voir la planche 16 bis, fig. 19.
(2) Voir la planche 16 bis, fig. 13.

faisons usage dans nos appartemens pour relever des draperies. La pierre gravée a évidemment subi l'action du feu, car elle offre une multitude de petites gerçures qui lui donnent l'apparence d'une mosaïque. Le sujet qu'elle présente est un génie ailé et debout, le dieu de l'hymen peut-être, dans l'attitude de la douleur et s'appuyant sur un flambeau renversé. Cette pierre est d'un excellent travail. Ainsi, selon toute apparence, on l'aurait jetée dans le bûcher pour consacrer en quelque sorte la dissolution d'un lien cher à deux époux.

La boîte en bronze est un objet plus précieux encore, et qui vient à l'appui de ce que nous venons d'avancer : elle offre, en effet, le portrait des deux époux que la mort a violemment séparés, et qui ont été probablement réunis dans un même bûcher : les deux objets déposés dans l'urne autorisent au moins à tirer cette conséquence. Mais nous devons donner ici une description particulière de cette boîte remarquable sous tous les rapports, et notamment sous celui de l'art qui en a dirigé l'exécution. La boîte est plate et mince. Elle est ronde, ayant un diamètre de six centimètres et une épaisseur de cinq millimètres seulement. Elle est composée de deux parties dont l'une forme couvercle. L'ornement de ce couvercle est divisé en trois portions limitées chacune par des filets. La portion du milieu est la plus spacieuse ; elle renferme les portraits des deux époux. Ces portraits sont entourés d'un cercle de perles, puis d'un ornement de tiges de plantes formant une sorte de feston, dans les vides duquel sont alternativement un gros point et deux points plus petits. L'ornement se termine par un cercle de petits carrés saillans espacés entre eux, de manière qu'il y ait autant de pleins que de vides.

Les portraits sont coiffés à la romaine. Les cheveux de la femme sont disposés en nattes qui forment comme un diadème au dessus du front, et qui se terminent en boucles derrière la tête jusqu'au bas du col. L'homme a les cheveux courts et frisés. Les deux bustes se regardent. On remarque entre eux, à la partie inférieure, une boule aplatie. Tout le médaillon, composé des deux bustes et des ornemens qui les entourent, paraît avoir été repoussé dans un moule creux, et se présente par conséquent en relief. Toute la boîte a été recouverte d'une peinture noirâtre qu'on peut supposer avoir été appliquée pour imiter le bronze. Dans les parties le plus en relief la couleur a été enlevée, et le cuivre montre à nu sa couleur jaune d'or, de manière qu'on pourrait croire, au premier aspect, que des parties de ce riche médaillon auraient été dorées ; mais il n'en est rien. La boîte présente, dans l'intérieur, le métal revêtu de l'oxide vert que le temps lui a donné. Cette couleur est essentiellement différente de la couleur noirâtre dont nous venons de parler.

Le dessous de la boîte offre un cercle de petits carrés saillans pareils à celui qui termine l'ornement du couvercle. Le vide ou trou qui existe dans ce cercle pourrait faire croire qu'un autre médaillon, représentant peut-être les enfans des deux époux, y était enfermé ; mais ce n'est là qu'une simple conjecture que rien ne justifie.

6

Nous devons à M. le vicomte de Sinety la communication de cette antique curieuse et de la pierre gravée que nous avons décrite.

On a trouvé aussi, dans l'ancien cimetière de Briare, des vases de terre commune avec une anse, des plats, des assiettes, et d'autres ustensiles de ménage entièrement analogues à ceux que nous avons recueillis dans le cimetière antique de Gièvres (1) situé sur les bords du Cher. M. Gaucher, propriétaire de ce cimetière, nous a donné une grande marmite de terre d'un gris cendré de la plus belle conservation et une grande jatte de terre tout-à-fait pareille, qui y ont été trouvées, et dont nous n'avons pas fait exécuter les dessins, parce que la forme en est aujourd'hui bien connue. Il nous a montré en outre un objet qui mérite de fixer l'attention : c'est une fibule en cuivre très ornée et au milieu de laquelle est une mosaïque (2).

Nous devons à M. Gaucher un vase d'une forme assez élégante, représenté planche 16, fig. 5. Il est revêtu d'un vernis d'un noir foncé et brillant. La pâte dont il est formé est de couleur grisâtre, assez onctueuse au toucher. Il nous est fort difficile d'indiquer quel pouvait être l'usage de ce vase, à moins que ce ne fût aussi une coupe ou vase à boire.

Nous devons à l'obligeance du même propriétaire: 1° une petite coupe en poterie rouge avec des feuilles de plantes sur le rebord. Elle est dessinée planche 16, fig. 10, et tout-à-fait pareille à des coupes de même nature trouvées en quantité si considérable au grand cimetière d'Orléans;

2° Une petite urne noirâtre (3) en poterie fort semblable à nos poteries de grès, qui devait sans doute renfermer des parcelles d'os brûlés et de cendres ;

3° Un petit vase (4) de poterie blanchâtre à deux anses, et extrêmement léger. C'était peut-être un vase destiné à renfermer des parfums. On a trouvé un grand nombre de vases semblables dans divers cimetières antiques, fouillés à Bordeaux (5), à Gièvres (6), sur les bords du Cher, et ailleurs (7) encore ;

4° Une petite coupe (8) de couleur grise, d'une forme assez élégante, et qui paraît avoir subi des altérations notables dans la terre;

5° Une fibule ronde (9) de 5 c. de diamètre, incrustée d'émaux et de pâtes de diverses couleurs ;

---

(1) Voir notre Mémoire sur le cimetière antique de Gièvres et sur la découverte de l'antique Gabris, inséré aux Annales de la Société royale d'Orléans, tome 2, page 49.

(2) Voir planche 15, fig. 2 et 3.

(3) Voyez planche 16, fig. 1.

(4) Voyez même planche, fig. 2.

(5) Voyez le travail de M. Jouhannet dans le compte-rendu des travaux de la Société de Bordeaux.

(6) Voyez notre Mémoire inséré aux Annales de la Société d'Orléans, tome 2, page 49.

(7) Voir notamment les Mémoires de la Société royale des antiquaires de France.

(8) Voyez planche 10, fig. 4.

(9) Voir planche 16 bis, nᵒˢ 9 et 10.

6º Deux fibules (1) en bronze absolument semblables, et dont nous avons fait graver une seule;

7º Une petite patère en bronze (2) qui paraît avoir servi à l'usage des sacrifices. Elle a dix centimètres de diamètre, et n'a d'autre ornement qu'un simple filet près du bord;

8º Huit médailles (3) trouvées dans la vigne de M. Gaucher.

Dans une vigne voisine de celle de M. Gaucher on a trouvé une petite figurine (4) en bronze qu'on pourrait, au premier abord, prendre pour la représentation d'un esclave. Cette figure a, en effet, les mains liées derrière le dos. Elle a toutefois un tel caractère que l'on peut penser qu'elle représente quelque objet du culte chrétien. La présence de cette statuette dans un ancien cimetière n'a rien d'extraordinaire.

On reconnaissait depuis quelque temps la nécessité de déblayer, dans le cimetière(5) actuel de Briare, de petits monticules existant le long des parties ouest, nord et est, afin de pouvoir employer le terrain aux inhumations. M. le curé de Briare fit, en conséquence, procéder à l'aplanissement du sol; et, en exécutant ces fouilles, on a découvert un assez grand nombre de débris d'antiquités romaines consistant en tuiles à rebords, en murs dont le parement, bâti en petits moellons cubiques, annonce une construction romaine, et en aire de salle formée de grands carreaux de terre cuite posés sur un massif de béton de couleur rougeâtre, d'une dureté et d'une solidité à toute épreuve. Tout annonce donc ici les restes d'une habitation de l'époque des Romains. On y a trouvé le bras (6) d'une petite statue ayant la main sur

(1) Voir planche 16 bis, nᵒˢ 3 et 4.
(2) Voir même planche, nº 12.
(3) Voici la description de ces médailles :
M. B. — Tête laurée d'Auguste à droite. AVGVSTVS. DIVI. F. PATER. PATRIÆ.
Revers. L'autel de Lyon : au bas ROM. ET. AVG.
M. B. — Tête laurée de Néron à gauche. Légende effacée.
Revers. Une table sur laquelle est un vase. Légende illisible.
M. B. — Tête laurée de Domitien à gauche. CÆSAR. DIVI. VESP. F. DOMITIANVS. AVG.
Revers. Figure debout armée d'un bouclier. TR.P. COS. VII.
Argent. — Tête laurée d'Hadrien à droite. IMP. CÆSAR. TRAIAN. HADRIANVS. AVG.
Revers. Figure debout les mains élevées vers le ciel. P.M.TR. P. COS.... III.
Nota. Cette médaille est fourrée ou revêtue sur toutes ses faces d'une plaque d'argent sur laquelle les empreintes sont en relief, telles que les figures et les caractères.
G. B. — Tête laurée d'Antonin à droite. M. ANTONINVS. AVGVSTVS.
Revers. Jupiter Nicéphore assis. Pas d'exergue.
P. B. — Tête radiée de Probus à droite. Légende fruste.
Revers. Une femme debout avec un bouclier, et présentant une patère. Légende effacée.
P. B. — Médaille de Constantin, fruste.
P. B. — Tête laurée de Crispus à gauche. FL. IVL. CRISPVS. NOB. CAES.
Revers. Un temple au dessus duquel est une étoile et deux vases. PROVIDENTIA. AVGVSTI.
(4) Voir planche 16 bis, nᵒˢ 5, 6 et 7.
(5) Voir le plan de Briare, planche 14 en I.
(6) Voyez planche 15, fig. 9.

une corne d'abondance remplie de fruits. Ce fragment a certainement appartenu à une statue de la déesse *Nehalenia*. On a recueilli dans le même endroit un petit buste (1) de femme, les bras nus et drapée à la manière des Romains. Était-ce une Minerve, ou une statue de tout autre divinité? C'est ce qu'il est difficile de savoir, puisque la tête manque. Du reste, la sculpture n'est pas d'un mauvais travail. Ce petit fragment est d'une pierre extrêmement tendre. Nous avons ramassé nous-même, dans les débris et les pierres jetés hors du cimetière, un reste de socle (2) auquel tient encore le pied d'une statue dont nous n'avons pu retrouver les autres débris.

M. le curé de Briare nous a montré chez lui une portion de colonne tenant à un piédestal dont la partie inférieure est ornée de tiges de fleurs qui nous ont paru avoir une grande analogie avec le lotus, et une portion d'un demi-cylindre ou tronçon de colonne en pierre qui n'offre aucun intérêt.

Il résulte de tous ces faits que les fouilles entreprises dans le cimetière actuel de Briare ont probablement mis à découvert l'emplacement d'une maison de campagne de l'époque des Romains; car nous pensons que la masse des habitations de *Brivodurum* était plus rapprochée de la Loire et se trouvait aux bords de cette rivière, au lieu dit les Grandes Allées, où nous avons signalé l'existence de bains publics, et où l'on ne peut pas donner un coup de pioche sans mettre à nu des fondations de murs d'habitations particulières ou d'édifices publics.

On a recueilli sur l'emplacement du cimetière antique de Briare un assez grand nombre de médailles (3); on nous en a remis quelques unes aux effigies de Tibère,

---

(1) Voyez planche 15, fig. 4 et 5.

(2) Voyez même planche, fig. 8.

(3) Voici la description de ces médailles :

M. B. — Tête laurée de *Tibère* à droite. TI. CAESAR.... le reste illisible.

Revers. L'autel de Lyon. Au bas ROM. ET. AVG.

M. B. — Tête laurée de *Claude* à gauche. TI. CLAVDIVS.... le reste effacé.

Revers. fruste. Figure debout. Dans le champ s.c.

M. B. — Tête laurée de *Néron* à droite. NERO. CAESAR. AVG. GERM....

Revers. Le temple de Janus fermé.... IANVM. CLVSIT. Au bas s.c.

M. B. — Tête laurée de *Domitien* à droite.... DOMIT. AVG. GERM. COS....

Revers. fruste. Un temple à quatre colonnes. Mot illisible au bas. Dans le champ s.c.

M. B. — Tête laurée d'*Hadrien* à droite. HADRIANVS. AVG. COS. III.

Revers. Figure debout à gauche, portant une corne d'abondance et tenant dans la main droite une patère. Légende effacée. Dans le champ s.c.

G. B. — Tête laurée d'*Antonin Pie* à droite. ANTONINVS. AVG. PIVS. P.P.T....

Revers. Figure debout à gauche. Légende effacée. Dans le champ s.c.

M. B. — Tête laurée de *Marc-Aurèle* à droite. M. ANTONINVS. AVG. TR.P. XXII.

Revers. Femme debout à gauche, la main gauche appuyée sur une haste, et tenant dans la main droite une patère au dessus d'un autel.... AVG. COS. III. Dans le champ s.c.

P. B. — Tête laurée de *Constantin-le-Grand* à droite. CONSTANTINVS. IVN. NOB.

Revers. Une palme entre deux soldats au devant desquels sont des enseignes militaires. Légende illisible. Au bas la marque INB.

M. B. — Tête laurée de *Marc-Aurèle* à droite. M. AVREL. ANTONINVS. AVG. TR.P. XXXII.

Claude, Néron, Domitien, Hadrien, Antonin-le-Pieux, Marc-Aurèle, Constantin-le-Grand et Claude-le-Gothique. Nous possédons aussi une médaille de la colonie de Nîmes et une médaille fourrée qui n'offre point d'effigie d'empereur ; mais l'une de ses faces présente un personnage dans un char attelé de quatre chevaux, tenant dans la main droite une branche d'olivier. L'autre face montre une Victoire marchant sur la proue d'un vaisseau.

D'autres médailles (1) en bronze et en argent, trouvées en divers endroits à

Revers. Femme debout, la main gauche appuyée sur la haste, et tenant à la main droite un caducée. FELICITAS AVG. IMP. VIIII. COS. III. P.P. Dans le champ s.c.

M. B. — Tête laurée d'*Antonin Pie* à droite. ANTONINVS. AVG. PIVS. P.P.TR.P. XII.

Revers. Une femme debout la main droite appuyée sur la haste. FELICITAS. AVG. Dans le champ s.c.

M. B. — Tête laurée de *Domitien*, à droite. IMP. CAES. DOMIT. AVG. GERM. COS. XII.

Revers. La Fortune debout. FORTVNA. AVGVSTI. Dans le champ s.c.

P. B. — Tête radiée de *Claude II* dit le Gothique, à droite. IMP. CLAVDIVS....

Revers. Aigle éployée. CONSECRATIO.

(1) Voici la description de ces médailles :

M. B. — Tête laurée de *Domitien* à droite. Légende tout-à-fait fruste.

Revers. La Fortune debout, la main droite appuyée sur un gouvernail et portant au bras gauche une corne d'abondance. FORTVNA. AVGVSTI.

M. B. — Tête nue de *Faustine* à droite. DIVA. FAVSTINA.

Revers entièrement fruste.

G. B. — Tête laurée de *Trajan* à droite. IMP. CAES. NERVA. TRAIANVS. AVG. GERM. DAC.

Revers. Figure assise, très fruste, portant au bras gauche une corne d'abondance.... TR.P.

MÉDAILLES EN ARGENT.

Tête diadémée d'*Otacilia* à droite. OTACIL. SEVERA. AVG.

Revers. Un hippopotame. SAECVLARES. AVG.

Tête radiée de *Volusien* à droite. IMP. CAES. C. VIB. VOLVSIANVS. AVG.

Revers. L'empereur en toge sacrifiant. P.M.TR.P. IIII. COS. II.

Tête radiée de *Trajan Dèce* à droite. IMP. TRAIANVS. DECIVS. AVG.

Revers. Victoire passant, avec une couronne dans la main droite et une palme à la main gauche. VICTORIA. AVG.

Tête radiée de *Trajan Dèce* à droite. IMP. C.M. Q. TRAIANVS. DECIVS. AVG.

Revers. Femme debout, tenant une haste surmontée d'une tête d'âne. DACIA.

Tête laurée de *Caracalla* à droite. IMP. ANTONINVS. PIVS. AVG.

Revers. La Liberté debout. LIBERTAS.

Tête radiée de *Caracalla* à droite. IMP. CAES. M. AVR. ANTONINVS. AVG.

Revers. Femme debout, donnant à manger à un serpent. SALVS. ANTONINI. AVG.

Tête laurée de *Caracalla* à droite. IMP. CAES. M. AVR. ANTONINVS. AVG.

Revers. Victoire marchant, portant une couronne de la main droite et une palme de la main gauche. VICTOR. ANTONINI. AVG.

Tête laurée de *Caracalla* à droite. IMP. ANTONINVS. AVG.

Revers. Rome Nicéphore assise. PM.TR.P. III. COS. III. P.P.

Tête laurée d'*Alexandre Sévère* à droite. IMP. ALEXANDER. PIVS. AVG.

Revers. Mars passant, armé d'un bouclier et d'une lance. MARS. VICTOR.

Tête nue de *Mamée* à droite. IVLIA. MAMAEA. AVG.

Revers. Junon debout. A ses pieds un paon. IVNO. CONSERVATRIX.

Tête diadémée de *Mamée* à droite. IVLIA. MAMAEA. AVG.

Revers. Femme debout, le coude gauche appuyé sur une colonne, et portant à la main droite une espèce d'enseigne. FELICITAS. PVBLICA.

Briare, nous ont été remises par M. Gaucher. Elles offrent les effigies de Domitien, de Faustine, femme d'Antonin Pie, de Trajan, d'Otacilia, de Volusien, de Trajan Dèce, de Caracalla, d'Alexandre Sévère et de Mamée.

L'emplacement des Grandes Allées a fourni quelques médailles dont une de Gordien, qui m'a été remise par M. Paulin Pascaut, dont j'ai déjà eu l'occasion de signaler ailleurs le zèle et l'empressement pour la recherche des antiquités. Cette médaille est d'une conservation parfaite; elle a été ramassée près de l'écluse du Barabant. Elle offre la face de l'empereur tournée à droite, avec l'exergue IMP. GORDIANVS. PIVS. FEL. AVG. Le revers présente une figure assise, tenant dans la main une palme avec l'exergue P.M.TR.P. IIII. COS. I. P.P. Deux autres médailles sont, l'une de Crispus ; sa tête, casquée, regarde à gauche, avec la légende CRISPVS. NOB. CÆSAR ; au revers est un temple presque effacé ainsi que la légende. L'autre est de Tétriens, avec la légende IMP. TETRICVS. P.F. AVG. Le revers est tout-à-fait fruste.

Une fouille que l'administration du canal de Briare vient de faire exécuter tout récemment a procuré la découverte d'une centaine de médailles qui méritaient d'être toutes recueillies et qui sont restées dispersées entre les mains des ouvriers, à l'exception d'une douzaine qui nous ont été remises. Elles ont été trouvées le long de l'emplacement des Grandes Allées, en ouvrant un fossé (1) longeant la levée qui garantit le canal des inondations de la Loire, pour en tirer des remblais destinés à l'exhaussement de cette levée. Ces médailles (2) sont d'Auguste, de Néron, de Titus, Domitien, Trajan et Valérien. La même fouille a produit une fibule en cuivre présentant la forme d'un losange au milieu duquel sont figurés deux cercles.

---

(1) Voir le plan de Briare, planche 14 en IIK.

(2) Voici la description de ces médailles :

G. B. — Tête nue d'*Auguste* à gauche. CÆSAR. AVGVSTVS.

Revers. Figure debout, ayant un bouclier passé dans le bras gauche, et le bras droit élevé en l'air. Exergue effacé. Dans le champ s.c.

M. B. — Tête laurée de *Néron* à droite. IMP. NERO. CÆS. AVG. P. MAX. TR. P.P.P.

Revers fruste. Une figure debout. Dans le champ s.c.

M. B. Tête laurée de *Titus* à droite. T. CÆS. VESPASIAN. AVG.

Revers. Femme debout regardant à gauche. ÆQVITAS. AVGVSTI. Dans le champ s. c.

M. B. Tête laurée de *Domitien* à droi te. CÆSAR. AVG. FIL. DOMITIANVS. COS. V.

Revers. Femme debout et drapée, le bras droit levé en l'air et relevant sa draperie avec la main gauche. Dans le champ. s.c.

M. B. Tête laurée de *Domitien* à droite. IMP. CÆS. DOMIT. AVG. GERM. COS. XV. CENS. PER. P. P.

Revers. La Monnaie debout. MONETA AVGVSTI. Dans le champ s.c.

M. B. — Tête laurée de *Domitien* à droite. IMP.... DOMIT. AVG.....

Revers. Figure debout regardant à droite. VIRTVS.... Dans le champ s.c.

M. B. — Tête radiée de *Trajan* à droite. IMP. CÆS. NERVA. TRAIAN. AVG. GERM. P.M.

Revers fruste. Une femme assise.

G. B. — Tête laurée de *Valérien* à droite. IMP. C.P. VALERIANVS. AVG.

Revers. Femme debout regardant à gauche. Elle porte au bras gauche une corne d'abondance, et tient dans sa main droite une patère, au dessus d'une espèce d'autel. GENIO. POPVLI. ROMANI.

Indépendamment des urnes cinéraires sorties des fouilles du cimetière antique de Briare, on y a recueilli des tombes en pierre calcaire coquillière qui n'étaient guère en usage qu'aux cinquième ou sixième siècles. Nous avons vu pendant long-temps une de ces tombes déposée dans la cour du maître de poste de Briare; elle n'offrait aucune particularité remarquable, étant sans sculpture et sans inscriptions. On a découvert depuis, dans le même cimetière, une pierre tumulaire qui se voit aujourd'hui à la porte de la vigne de M. Gaucher; elle présente une figure de femme en relief d'un très mauvais travail qui ne peut dater que de l'époque de la décadence entière de l'art.

Postérieurement à ces découvertes on en a fait d'autres du même genre sur quelques points de l'emplacement de l'ancienne *Brivodurum*. C'est ainsi qu'on nous a montré sept nouvelles tombes analogues à celles que nous venons de décrire, et trouvées par M. le curé de Briare dans des déblais qu'il a fait exécuter sur une place sise en face de son presbytère. C'est encore ainsi qu'on a trouvé dans une cave de Briare cinq poids antiques en terre cuite tout-à-fait semblables entre eux, et dont un est dessiné sur la planche 16 bis, n° 11.

Les cimetières des Romains étaient, comme on sait, ordinairement situés hors des villes, le long des grandes routes. Celui de Briare est dans ce cas; car la voie romaine d'Autun à Paris, dont nous avons indiqué les vestiges dans le département du Loiret, n'en passait pas bien loin.

Pour placer *Brivodurum* à Briare nous ne faisons valoir ici que l'analogie des deux noms, ainsi que les antiquités que nous venons de décrire, et qui attestent indubitablement l'existence d'une station romaine. Mais nous appuierons cette opinion de l'autorité des itinéraires anciens qui s'accordent avec les cartes modernes, pour prouver que Briare occupe l'emplacement de l'ancienne *Brivodurum*.

Dans ces derniers temps, en ouvrant le canal latéral à la Loire sur le territoire de Briare, on a trouvé au point L (*voir planche* 14) une boîte renfermant une très grande quantité de monnaies romaines en cuivre à l'effigie de divers empereurs. Malheureusement les ouvriers qui ont fait la découverte ont tenu la chose secrète aux agens de l'administration et aux entrepreneurs; ils ont vendu toutes ces monnaies clandestinement dans les environs. Ce n'est qu'en les rachetant de personnes qui se les étaient procurées que M. le baron Roger et M. Lejeune, ingénieur en chef du canal latéral à la Loire, ont pu en recueillir un certain nombre qu'ils ont bien voulu me communiquer. Celles qui appartiennent à M. le baron Roger sont au nombre de 14 (1). Il y en a six en petit bronze, toutes à l'effigie de Constantin, avec

---

(1) Voici la description de ces médailles :

Petit bronze. — Tête laurée de *Constantin* à droite. CONSTANTINVS. P.F. AVG.

Revers. Le soleil debout regardant à gauche. SOLI. INVICTO. COMITI. A l'exergue OPN.

le soleil au revers, et cinq en moyen bronze, au type de Romulus et de Maxence. Les médailles qui sont en la possession de M. Lejeune sont au nombre de 162 (1) dont 2 à l'effigie de Probus, 20 à l'effigie de Maxence, 20 au type de Licinius, 116 à l'effigie de Constantin-le-Grand, 2 au type de Crispus, fils de Constantin, et deux médailles entièrement frustes.

P. B. — Tête laurée de *Constantin* à droite. CONSTANTINVS. P.F. AVG.
Revers. Le soleil debout regardant à gauche. SOLI. INVICTO. COMITI. A l'exergue OPN.
P. B. — Tête laurée de *Constantin* à droite. CONSTANTINVS. P.F. AVG.
Revers. Le soleil debout à gauche. SOLI. INVICTO. COMITI. A l'exergue PTR.
P. B. Tête laurée de Constantin à droite. IMP. CONTANTINVS. P. F. AVG.
Revers. Le Soleil à tête radiée regardant à gauche. Il tient dans la main gauche un globe. SOLI. INVICTO. COMITI. A l'exergue PLA.
P. B. — Tête nue de *Constantin* à droite. FL. VA. CONSTANTINVS. IN. AVG.
Revers. L'empereur debout, armé de la haste et tourné à droite. PRINCIPI. IVVENTVTIS. Exergue illisible.
P. B. Tête laurée de *Constantin* à droite. IMP. CONSTANTINVS. P.F. AVG.
Revers. Le soleil à tête radiée marchant à gauche. SOLI. INVICTO. COMITI. Exergue illisible.
P. B. — Tête laurée de *Constantin* à droite. CONSTANTINVS. P.F. AVG.
Revers. Le Soleil debout marchant à gauche. SOLI. INVICTO. COMITI. A l'exergue ANM.
P. B. Tête laurée de *Constantin* à droite. IMP. CONSTANTINVS. AVG.
Revers. Le soleil à tête radiée marchant à gauche. SOLI. INVICTO. COMITI. A l'exergue PRT.
P. B. — Tête laurée de *Constantin* à droite. IMP. CONSTANTINVS. P. F. AVG.
Revers. Le Soleil debout regardant à droite, la main droite levée et un globe sur la gauche. SOLI. INVICTO. COMITI. Exergue illisible.
P. B. — Tête laurée de *Constantin* à droite. IMP. CONSTANTINVS. P. F. AVG.
Revers. Le Soleil debout regardant à gauche. SOLI. INVICTO. COMITI. A l'exergue PLT.
M. B. — Tête nue de *Romulus* à droite. DIVO ROMVLO. NVBIS. CONS.
Revers. Temple de forme ronde. Au dessus une aigle éployée AETERNAE. MEMORIAE. A l'exergue RT. Valeur 6 fr. d'après Mionnet.
M. B. — Tête laurée de *Maxence* à droite. IMP. MAXENTIVS. P. F. AVG.
Revers. Mars marchant, armé d'un bouclier et d'une lance. Légende illisible.
M. B. — Tête laurée de *Maxence* à droite. IMP. C. MAXENTIVS P.F. AVG.
Revers. Castor et Pollux avec leurs chevaux et leurs attributs. AETERNITAS. AVG. N. A l'exergue MOSTS.
M. B. — Tête laurée de *Maxence* à droite. IMP. C. MAXENTIVS. P.F. AVG.
Revers fruste. TEMPLE hexastile.
M. B. — Tête laurée de *Maxence* à droite. IMP. C. MAXENTIVS. P. F. AVG.
Revers. Temple hexastile dans lequel est l'empereur debout. CONSERV. VRB. SVAE. A l'exergue PR.

(1) Voici la description de ces médailles :
Potin. — Tête radiée de *Probus* à droite. IMP. C.M. AVR. PROBVS. AVG.
Revers. Mars passant. Il porte un trophée et une lance. MARS. VICTOR.
M. B. — Tête radiée de *Probus* à droite..... PROBVS. AVG.
Revers. Une figure debout et au devant d'elle une enseigne militaire. FIDES. EXERCITI.
M. B. — Tête laurée de *Maxence* à droite. IMP. MAXENTIVS. P.F. AVG. (6 médailles semblables).
Revers. Castor et Pollux avec leurs chevaux et leurs attributs. AETERNITAS. AVG. A l'exergue MOSTS.
M. B. — Tête laurée de Maxence à droite. IMP. C. MAXENTIVS. P. F. AVG. (5 médailles semblables).
Revers. Victoire marchant, VICTORIA. AETERNA. AVG. N. à l'exergue MOTSN.
M. B. — Tête laurée de Maxence à droite. IMP. C. MAXENTIVS. P. F. AVG. (2 médailles pareilles).
Revers. Trois enseignes militaires. S. P. Q. R. OPTIMO. PRINCIPI.
M. B. — Tête laurée de Maxence à droite. IMP. C. MAXENTIVS. P. F. AVG. (6 médailles pareilles).
Revers. Rome assise dans un temple hexastyle. CONSERV. VRB. SVAE. Exergue effacée.
M. B. — Tête laurée de Maxence à droite. IMP. MAXENTIVS. P. F. AVG.
Revers. Génie debout, le modius sur la tête, tenant de la main droite une patère et de la gauche une corne

ARTICLE III.

Description des antiquités découvertes à Gien-le-Vieux.

Nous avons dit précédemment qu'en suivant la route romaine d'Autun à Paris, à partir du point où elle se croise avec la route royale n° 140 de Figeac à Montargis, on ne tarde point à arriver à Gien-le-Vieux. Tout-à-fait aux approches de ce hameau, on commence à apercevoir çà et là, dans les champs et les vignes qui bordent la voie romaine, quelques débris de tuiles à rebords, et quelques fragmens de vases de terre rouge, à la vérité très clair-semés. Mais à l'intersection (1) de la route romaine et d'un chemin qui, lui étant presque perpendiculaire, descend par une gorge fort resserrée jusqu'à la route royale n° 152 de Briare à Angers, on a

---

d'abondance avec la chlamyde : GENIO. POP. ROM. Dans le champ T. A l'exergue PTR. Une autre médaille de Maxence entièrement fruste.

P. B. — Tête laurée de *Licinius* à droite. IMP. LICINIVS. P.F. AVG.

Revers. Génie debout le *modius* sur la tête, tenant de la main droite une patère et de la gauche une corne d'abondance et la chlamyde, GENIO. POP. ROM. Dans le champ TR. A l'exergue NTR. et PTR. (12 méd. pareilles).

P. B. — Tête laurée de *Licinius* à droite. IMP. LICINIVS. P.F. AVG. (6 médailles pareilles).

Revers. Apollon debout. SOLI. INVICTO. COMITI. A l'exergue CARP.

P. B. — Tête laurée de *Licinius* à droite. IMP. LICINIVS. P.F. AVG.

Revers. Jupiter Nicéphore debout, un aigle à ses pieds. IOVI. CONSERVATORI. AVG. Dans le champ A.

P. B. — Tête de *Licinius* presque entièrement effacée. IMP. LICINIVS. P.F. AVG.

Revers. Mars debout tenant une lance et un bouclier. MARTI. CONSERVATORI. Exergue détruite.

M. B. — Tête laurée de *Constantin* à droite. CONSTANTINVS. P.F. AVG.

Revers. L'empereur debout la main gauche appuyée sur la haste. PRINCIPI. IVVENTVTIS. A l'exergue PLN.

M. B. — Tête laurée de *Constantin* à droite. IMP. CONSTANTINVS. P.F. AVG.

Revers. Figure debout, la main gauche appuyée sur la haste. IOVI. CONSERVATORI Dans le champ T.

M. B. — Tête casquée de *Constantin* à gauche. IMP. CONSTANTINVS. P.F. AVG.

Revers. Figure debout. CONCORDIA. AVG. NN. Dans le champ T. A l'exergue PTR.

M. B. — Tête laurée de *Constantin* à droite. IMP. CONSTANTINVS. P.F. AVG.

Revers. L'empereur debout en habit militaire tenant un globe et une lance. PRINCIPI IVVENTVTIS. Dans le champ ST. A l'exergue PTR.

M. B. — Tête laurée de *Constantin* à droite. IMP. CONSTANTINVS. P.F. AVG. (41 médailles pareilles).

Revers. Le soleil debout. SOLI. INVICTO. COMITI. Dans le champ des lettres qui varient. A l'exergue PTR. PLC. PLN. OMC. ATR. OLN., et d'autres marques encore.

P. B. — Tête laurée de *Constantin* à droite. IMP. CONSTANTINVS. P.F. AVG. (71 médailles avec même type et même revers).

Revers. Le soleil debout. SOLI. INVICTO. COMITI. Dans le champ T. A l'exergue LNC.

NOTA. Dans ce nombre de 71 médailles la légende de la face varie. Ainsi on lit IMP. CONSTANTINVS. AVG.

Les lettres du champ de la médaille varient ainsi que celles de l'exergue. Nous ne nous sommes pas attachés à les reconnaître toutes, ce qui eût d'ailleurs été quelquefois impossible, vu l'état fruste de la médaille.

P. B. — Tête nue de *Crispus* à droite. FL. IVL. CRISPVS. NOB. CAES. (12 médailles pareilles).

Revers. Crispus debout vêtu du *paludamentum*, tenant la haste de la main droite et une boule du monde dans la main gauche. PRINCIPI. IVVENTVTIS. Dans le champ TF. A l'exergue STR.

(1) Voir le plan général de Gien, planche 17 en c.

7

mis à découvert un mur de peu d'épaisseur qui est évidemment de construction romaine, et dont la démolition a produit des décombres au milieu desquels on reconnaît des tuiles à rebords presque entières et des fragmens de grosses briques. La suite de ce mur existe derrière une haie, et il serait très facile d'en continuer l'exploration. Nous ne devons pas laisser ignorer que, dans une première excursion, on nous avait signalé en cet endroit l'existence d'une ancienne porte appelée, nous a-t-on dit, la Porte de César. Rien sur les lieux ne présente aujourd'hui le moyen de vérifier jusqu'à quel point est fondée la vérité de cette assertion; la faible épaisseur du mur que nous avons signalé ne doit pas donner à penser que ce soit un mur d'enceinte.

Au delà du point où les deux chemins se croisent, en s'avançant sur la route romaine vers Orléans, on aperçoit sur la droite, à une distance de 20 à 30 mètres, un endroit (1) récemment excavé pour ramener le sol à sa fertilité naturelle, et d'où l'on a tiré beaucoup de matériaux qui ont été employés à des constructions nouvelles; quelques uns de ces matériaux ont été cependant transportés sur le chemin de César où ils se voient encore aujourd'hui. On y reconnaît les débris de tuiles à rebords et de briques, et des fragmens d'un moulin à bras en granit gris, tous objets qui ont appartenu à des constructions ou à des usages romains.

Après avoir examiné ces restes d'antiquité, nous sommes venus reprendre le chemin qui descend par une pente assez escarpée sur la route royale n° 152. Avant d'arriver au sommet de la pente, nous avons encore vu, dans le chemin même, un mur de construction romaine (2) dont on a extrait des matériaux de la même nature que ceux dont nous avons déjà parlé. Ces ruines sont éparses, isolées, et nullement liées par une suite de vestiges de constructions continues. Mais nous devons faire mention ici, pour compléter tout ce que nous avons pu recueillir de faits au sujet de Gien-le-Vieux, de plusieurs renseignemens qui nous ont été donnés par feu M. Vallet, curé de Gien. Ce respectable prêtre eut la bonté de nous accompagner dans la première excursion que nous fîmes aux ruines de Gien-le-Vieux. En nous montrant des terrains aujourd'hui en culture de blés et en nature de vignes (3) situés sur la gauche du chemin qui descend à la route royale n° 152, il nous assura qu'on y avait trouvé des caves, les unes rondes, les autres carrées, et des fondations de divers édifices. Mais déjà on n'en aperçoit plus de traces. On aurait aussi recueilli dans cet emplacement quelques médailles (4) aux effigies de Gallien, Salonine, Posthume, Victorin, Tetricus, Claude-le-Gothique et Maximien.

---

(1) Voir le plan général de Gien, planche 17, en D.
(2) Voir le plan général id., planche 17 en E.
(3) Voir le plan général de Gien, planche 17 en F.
(4) Voici la description de ces médailles : Tête radiée de *Gallien* à droite. GALLIENVS AVG.

On nous a remis à nous-mêmes quelques médailles récemment ramassées sur l'emplacement de Gien-le-Vieux. Un particulier, en fouillant son champ, voisin de la route romaine, trouva à un mètre et demi de profondeur un carrelage de grands carreaux posé sur un épais mortier de ciment rouge, et dans un âtre de cheminée, un monceau de charbons et de cendres auquel était mêlée une médaille de Maximien Hercule (1), qui nous a été donnée. Dans d'autres champs tout près de celui-là, deux particuliers ramassèrent, l'un, deux médailles en bronze d'Antonin Pie (2), et l'autre, une médaille en argent à l'effigie de Vespasien (3).

Postérieurement à ces trouvailles il en a été fait d'autres encore. Un particulier, en arrachant les fondations d'un mur qui gênait sa culture, a recueilli une médaille fourrée à l'effigie de Tibère d'une très belle conservation. En voici la description :

Tête nue de *Tibère* à droite. TI. CAESAR. DIVI. AVG. F. AVGVSTVS.

Revers. Femme assise dans une chaise curule, la main droite appuyée sur la haste, et tenant à la main gauche une branche d'olivier. PONTIF. MAXIM.

Le même particulier a trouvé au même endroit une épingle en ivoire à tête travaillée, et un petit instrument en bronze en forme de pince. Ses fouilles l'ont mis aussi en possession de l'un de ces moulins à bras que l'on trouve si fréquemment

---

Revers. Un centaure lançant une flèche. APOLLINI. CONS. AVG.

Tête radiée de *Gallien* à droite. GALLIENVS. AVG.

Revers. Une panthère marchant à gauche. LIBERO. P. CONS. AVG.

Tête diadémée de *Salonine* à droite. SALONINA. AVG.

Revers. Vesta assise. VESTA.

Tête radiée de *Postume* à droite. IMP. C. POSTVMVS. P.F. AVG.

Revers. Jupiter marchant, lançant la foudre et portant son aigle. IOVI. PROPVGNATORI.

Tête radiée de *Victorin* père à droite. IMP. C. VICTORINVS. P.F. AVG.

Revers. Le soleil debout marchant à gauche. INVICTVS.

Tête radiée de *Tétricus* à droite. IMP. C. TETRICVS. AVG.

Revers. Figure debout marchant à gauche ; elle tient dans la main droite une couronne et porte au bras droit une palme. PAX. AVG.

Tête radiée de *Claude-le-Gothique* à droite. IMP. CLAVDIVS. AVG.

Revers. Autel allumé. CONSECRATIO.

Tête radiée de *Maximien* à droite IMP. MAXIMIANVS. P.F. AVG.

Revers. Jupiter debout, tenant le foudre dans la main droite et ayant la main gauche appuyée sur la haste IOVI. CONSERVATORI. AVGG.

(1) Voici la description de cette médaille.

M. B. — Tête radiée de *Maximien* à droite. IMP. MAXIMIANVS. AVG.

Revers. Figure debout portant une victoire sur un globe. FR. AVGG. Au bas de la figure III.

(2) M. B. — Tête laurée d'*Antonin Pie* à droite.... ANTONINVS. AVG. PIVS.

Revers. fruste. Femme assise sur un bouclier. Légende effacée.

Tête laurée d'*Antonin Pie* à droite.... ANTONINVS.

Revers. Figure de femme debout. Légende effacée.

(3) Tête laurée de *Vespasien* à droite. CAESAR. VESPASIANVS.

Revers. Une truie. Exergue entièrement effacé.

NOTA. Le module de cette médaille est de 0,018.

dans les ruines des habitations gallo-romaines, et dont le diamètre est d'environ
o m. 5o c. Enfin on a recueilli au même lieu une plaque de ceinture gauloise qui
nous a été communiquée par M. de Noury fils, et dont nous donnons la représentation dans la planche 16 bis, n⁰ˢ 1 et 2. La boucle manque à cette antique; mais, en
jetant les yeux sur des objets analogues et plus complets, exprimés dans la planche 7
de l'atlas joint au recueil des monumens antiques de l'ancienne Gaule, publié par
M. Grivaud de La Vincelle, il est facile de s'en faire une idée. Cette plaque de ceinture était ornée de dix rosettes en forme de clous dont il ne reste plus que six. Ces
clous étaient rivés en dessous pour fixer la plaque sur le cuir. Il y a aussi en dessous
des tenons qui entraient dans le cuir de la ceinture, et donnaient plus de solidité
à cet ornement. Cette plaque est un alliage antique de cuivre et probablement d'étain,
dans la proportion d'un vingtième, et peut-être d'un peu de zinc. Il se rapproche
assez du métal des canons par son apparence et ses caractères physiques. Quoique
dur et aigre, il est encore susceptible d'être limé, foré et ciselé. Cette plaque de
ceinture est recouverte de patine sur la face qui n'a pas été travaillée.

Il est donc incontestable, d'après tous ces faits, qu'il y a eu à Gien-le-Vieux des
habitations romaines. Mais constituaient-elles une ville, ou un bourg, ou tout simplement un hameau ? C'est une question à laquelle il est facile de répondre. On peut
affirmer d'abord que ce n'est point une ville. Car nulle part on ne trouve, sur un
vaste emplacement, de ces débris multipliés qui attestent l'existence d'habitations
nombreuses et pressées. Mais surtout on ne retrouve en aucun endroit de ces vestiges d'amphithéâtre qui se rencontrent toujours ordinairement dans les villes de
quelque importance. Ce n'était pas non plus un bourg, les restes de constructions
ne sont pas assez multipliés. Il est tout-à-fait probable que c'était tout simplement
un hameau dont les habitations étaient distribuées çà et là le long de la route
romaine comme on y voit aujourd'hui les maisons de Gien-le-Vieux.

A peu près au sommet de l'escarpement du chemin qui conduit à la route royale
n° 152, est un grand mur de clôture qui le borde et qui est soutenu par des contre-
forts assez multipliés. Il fermait le clos dépendant autrefois du prieuré de Saint-
Pierre. Une ancienne église, sous l'invocation de ce saint, aujourd'hui démolie,
était attenante à ce mur. Les personnes qui l'ont vue prétendent qu'elle conservait des traces d'une haute antiquité, et qu'elle pouvait avoir été primitivement
un temple dédié à Jupiter. Elles m'ont fait comprendre qu'elle offrait des obscénités
qu'on ne pouvait rencontrer que dans un édifice païen, et que l'on avait dû masquer
par un plâtrage. D'après les indications qui nous ont été données, l'église de Saint-
Pierre était composée d'une nef et de deux bas-côtés communiquant ensemble par
des arcades surbaissées portées sur des piliers ou colonnes. Si ces indications
sont exactes, cet édifice pourrait remonter jusqu'au IXᵉ siècle. Mais il faudrait
l'avoir vu pour juger si sa construction devrait être reportée à une époque déjà si
reculée, ce qui exclurait d'ailleurs l'opinion qu'il eût été antérieurement consacré

à quelque divinité du paganisme, opinion qui nous paraît tout-à-fait improbable.

A l'origine du clos du prieuré de Saint-Pierre est une rue de Gien-le-Vieux (1) perpendiculaire au chemin que nous avons suivi jusqu'à présent. La partie de droite est bordée de maisons qui font face à l'ancien clos du prieuré, la partie gauche traverse les vignes et les champs de Gien-le-Vieux, et l'on n'y voit guère qu'une ou deux habitations. Ce chemin conduit bientôt à une fontaine renommée dans le pays et connue sous le nom de *Fontaine Riaudine.* La source sort du fond d'un petit vallon (2) formé par deux collines dont la pente est bien prononcée. Elle est ombragée par une touffe de saules et par différens arbres qui présentent au dessus de la fontaine un abri de la plus grande fraîcheur. L'eau qui s'en échappe suit, jusqu'à la grande route située à peu de distance de là, le reste du vallon planté de part et d'autre de saules et de peupliers. Les eaux traversent la route; mais elles ne sont jamais assez abondantes pour aller se perdre dans la Loire.

Rien n'est plus champêtre que la position de cette fontaine. Le nom de Riaudine qu'elle porte encore aujourd'hui semble annoncer qu'elle a été autrefois consacrée à Diane. Elle a sans doute été témoin du culte que nos ancêtres les Celtes rendaient en cet endroit mystérieux aux eaux dont Diane était chez eux l'emblème, ainsi qu'elle l'est devenue depuis chez les Romains.

Revenons maintenant au sommet du coteau près du mur de clôture du prieuré, et suivons le chemin perpendiculaire (3) à la route romaine sur lequel nous étions tout-à-l'heure. Il présente à gauche un grand escarpement, et il est bordé sur la droite par le grand mur de clôture du prieuré de Saint-Pierre, à l'extrémité duquel on remarque deux sources assez abondantes qui épanchent leurs eaux sur le chemin même. On arrive bientôt sur la route royale n° 152. Un peu à gauche et perpendiculairement à cette route, s'ouvre, sur une longueur de plus de 500 mètres, un chemin (4) dont la pente est d'abord assez raide et qui paraît être la continuation du chemin de Gien-le-Vieux dont nous venons de parler en détail. Si jamais le hameau romain dont nous avons indiqué les vestiges a eu une communication avec la Loire, c'est par ce sentier qu'elle a dû exister. Il est bordé de part et d'autre de vignes et de champs en culture où l'on n'aperçoit aucun vestige d'antiquités que des terres continuellemcment remuées ne manqueraient pas de faire surgir à la surface du sol, s'il y avait jamais eu là des habitations de l'époque des Romains. On n'y voit même pas de traces d'habitations modernes, ce qui se conçoit parfaitement d'ailleurs, car tout ce sol est submergé par la Loire à chaque crue un peu forte, et l'inondation du mois de

---

(1) Voir le plan général de Gien, planche 17 en G.
(2) Voir le plan général de Gien, planche 17.
(3) Voir même planche en G.
(4) Voir *idem* en H.

décembre 1825, qui a été considérable, s'est approchée jusqu'au pied du coteau, à moins de 50 mètres de la route de Briare à Angers.

Aux abords du fleuve (1) rien n'annonce des vestiges de constructions anciennes. On n'aperçoit les restes d'aucune levée qui aurait abouti à un port ou qui aurait bordé la Loire pour protéger le sol contre les inondations, et former un quai. Portant plus loin nos investigations, nous avons exploré le lit de la Loire non seulement dans la direction du chemin, mais encore de part et d'autre en amont et en aval, à une assez grande distance, et nulle part nous n'avons aperçu de vestiges de constructions sous l'eau qui puissent annoncer l'existence d'un pont. Nous avons fait nos explorations plusieurs fois, et les faits que nous consignons ici sont le résultat de courses fréquentes et d'examens réitérés. Les observations que nous avons recueillies ont été faites dans les circonstances les plus favorables, notamment en 1825. Cette année-là les eaux ont été très basses et sont descendues jusqu'à 0 m. 10 c. au dessous de leur étiage ordinaire. Elles étaient de plus, à l'époque de notre visite, d'une transparence remarquable, et si le lit du fleuve avait renfermé des fondations de piles et de culées, ou d'autres constructions de cette nature, elles n'auraient pu nous échapper. La dernière exploration que nous avons faite a eu lieu le 26 mars 1830, et nos recherches ont encore été vaines pour retrouver les fondations d'un pont dont quelques auteurs ont annoncé assez légèrement l'existence en face de Gien-le-Vieux.

Nous avons abordé de l'autre côté du fleuve, près de la ferme et de la maison de campagne de Port-Gallié ou Gallet. Il ne reste rien aujourd'hui sur cette localité qui annonce l'existence d'un port. La Loire n'offre même là qu'une plage basse et peu propre à un pareil établissement. Mais tout près de la ferme s'ouvre un chemin assez large qui paraît fort ancien. Il est plus généralement abaissé au dessous qu'élevé au dessus du sol environnant. Il offre dans quelques unes de ses parties des restes d'empierrement. Nous avons suivi cette ancienne voie presque en droite ligne jusqu'au chemin de Gien à Orléans par Sully. Elle se continue au delà de ce chemin jusqu'à Coullons.

En parcourant le chemin de Gien à Orléans par Sully, pour revenir dans Gien, nous avons reconnu, dans les matériaux approvisionnés pour son entretien, quelques débris de tuiles à rebords. D'après des questions que nous adressâmes à des cultivateurs, on nous indiqua le lieu d'où ces matériaux étaient sortis. Notre attention se trouva donc naturellement excitée à examiner avec plus de soin le sol que nous parcourions. Mais nous ne fûmes pas peu surpris, en approchant de l'Église de Poilly, d'apercevoir dans un jardin un tas considérable de tuiles à rebords de la plus parfaite conservation, beaucoup de moellons provenant de la démolition de constructions romaines, des débris de grands carreaux, des briques de moyenne dimension

_____

(1) Voir le plan général de Gien, planche 17.

avec une encoche pour les saisir, et des fragmens de placage en marbre. Tous ces débris sortaient d'une construction romaine qui existait dans le jardin même, et sur laquelle on n'a pu nous donner que des renseignemens incomplets, attendu que celui qui avait fait les fouilles n'existait plus.

Les restes de constructions éparses qu'on nous a signalés çà et là nous portent à croire que là, comme à Gien-le-Vieux, il a existé un hameau de l'époque gallo-romaine.

Nous n'avons pas voulu quitter les parages dont nous nous étions proposé une exploration complète et détaillée sans suivre la route romaine au delà de Gien-le-Vieux. Nous savions d'ailleurs par la dissertation (1) de M. Paultre qu'il existait un camp romain reconnu par cet officier, et dont la situation était indiquée au milieu d'un bois portant le nom de Bois des Marceaux. Nous avions à cœur de reconnaître ce camp dont les parapets et les fossés, quoique couverts d'arbres, étaient, selon M. Paultre, faciles à distinguer. Une petite butte, située vers l'une des portes du camp, indiquait le prétoire. Nos investigations nous ont fait reconnaître, au milieu du bois des Marceaux, une butte circulaire plate sur le dessus, élevée à peu près de deux mètres au dessus du sol, ayant environ 20 à 25 mètres de diamètre, et entourée d'un fossé de cinq mètres de largeur. Est-ce là le camp signalé par M. Paultre? Nous sommes tout-à-fait portés à le croire. Mais cet emplacement nous a semblé être bien plutôt celui d'un château fort du moyen-âge que celui d'un camp romain. Nous avons d'ailleurs cherché en vain les parapets du prétendu camp; ils ne se sont pas offerts à nos recherches. Au reste, nous avons parfaitement reconnu l'étang et les fontaines d'où naît un petit ruisseau qui va se jeter dans la Loire au dessous des ruines de Gien-le-Vieux. Près de cet étang se trouve une ferme appelée Montfort, nom que M. Paultre croit provenir d'une tour ou d'un fort qui protégeait une aiguade servant à la cavalerie romaine. Montfort et ce petit ruisseau sont indiqués sur la carte de Cassini.

ARTICLE IV.

Description des ruines de Bonnée.

Bonnée est un bourg du département du Loiret qui se trouve situé environ à la moitié du chemin dirigé presque perpendiculairement sur la Loire depuis

---

(1) Voir cette dissertation dans les Annales des voyages, de la géographie et de l'histoire publiées par Malte-Brun, tome 4 de la 6e souscription et 24e de la collection, cahier 70. Avril 1814. Pages 57 et 58.

les Bordes jusqu'à Saint-Père. Ce bourg, dont la population ne s'élève pas aujourd'hui au delà de 250 habitans, occupe l'emplacement d'une ville qui paraît
avoir été fort importante sous la domination romaine. On en jugera probablement
comme nous, quand on connaîtra les détails dans lesquels nous allons entrer.
Notre attention fut éveillée sur cette localité par les débris de constructions
évidemment romaines que nous remarquâmes, en faisant une de nos tournées,
dans la cour de M. le maire des Bordes. Interrogé par nous sur la localité d'où
venaient ces débris, il nous signala le territoire de Bonnée d'où l'on extrait de
temps immémorial, nous a-t-il dit, des matériaux pour les bâtisses nouvelles; et
c'est de l'un des champs possédés par M. le maire des Bordes sur ce territoire
que provenaient les matériaux que nous avions sous les yeux. Nous avons fait
différentes excursions en divers temps sur l'emplacement des ruines sises à
Bonnée, notamment en août et octobre 1829, et plus récemment au mois de mars
1830. Nous allons rendre compte de l'ensemble des observations que nous y avons
faites.

Le chemin des Bordes à Saint-Père est très large et se dirige droit sur la Loire,
ainsi que nous l'avons dit. Quand on est arrivé à peu près au milieu du trajet,
on prend, en s'écartant du grand chemin, un sentier situé à droite (1). En le
suivant, on n'est pas peu surpris de trouver de part et d'autre les champs qui le
bordent couverts à la surface d'une prodigieuse quantité de débris de tuiles à
rebords mêlés à des fragmens de tuiles creuses et de vases de terre rouge et grise,
et à quelques débris de moulins à bras, restes qui annoncent évidemment des
ruines de l'époque des Romains. Ces seules apparences suffisent pour indiquer un
lieu d'importance très anciennement habité. Mais les conséquences que nous tirions
de ce premier aspect furent bientôt confirmées par le produit des exploitations
de vieux murs que nous apercevions dans la plaine.

Le sentier que nous avions suivi jusqu'alors, un peu en relief au dessus du sol,
et d'une consistance fort solide, pourrait être les restes d'une ancienne rue de la
ville. Nous le quittâmes à peu près au tiers de sa longueur pour nous écarter
sur la droite, dans le but d'examiner des matériaux provenant de fouilles qui
avaient déjà frappé de loin nos regards. Là (2), nous trouvâmes une grande
quantité de matériaux, provenant des fondations d'un édifice, parmi lesquels
nous reconnûmes des tuiles à rebords tout entières, et des briques de grande
dimension ordinairement employées dans les constructions romaines. Ces résultats
nous déterminèrent à entreprendre nous-mêmes quelques fouilles et nous les fîmes
exécuter dans une petite salle rectangulaire de 2 m. 50 c. de long sur 2 m. de

_____

(1) Voir le plan topographique de Bonnée, planche 18.
(2) Voir le plan topographique de Bonnée, même planche en A.

large. Ses murs avaient environ o m. 70 c. d'épaisseur et étaient revêtus à l'intérieur d'un ciment très dur et bien poli. L'aire de la salle était formée d'un épais massif de mortier de ciment rougeâtre. A l'une des extrémités de cette petite salle était un conduit en terre cuite de forme rectangulaire qui traversait le mur et se prolongeait encore au delà. L'intérieur de ce conduit était noirci par la fumée. Nos fouilles mirent à découvert un grand nombre de débris de ces tuyaux en terre cuite, et un morceau de chaudière en cuivre rouge entièrement oxidé. Elles nous procurèrent en outre plusieurs fragmens de ces beaux vases de terre rouge avec des figures d'hommes, de plantes et d'animaux en relief, qui attestent d'une manière si évidente la présence des Romains.

Un maçon de Sully qui exploite ces ruines depuis 1790, et qui avait extrait tous les matériaux que nous voyions encore sur place, nous a assuré qu'il avait trouvé et détruit une quinzaine de ces petites pièces toutes semblables à celle que nous venions de faire fouiller, et dans lesquelles il a ramassé du charbon ainsi qu'il est arrivé à nous-mêmes d'en recueillir quelques morceaux. Tout nous porte donc à croire qu'il faut voir dans les ruines qui nous occupent un établissement de bains.

Nos fouilles nous ont procuré quelques médailles. Dans le nombre il y en a trois de Posthume (1), une de Victorin (2), une autre en bronze du plus petit module et tout-à-fait fruste, et une médaille en potin présentant à la face un temple exastyle, et au revers un aigle aux ailes éployées. L'état fruste de cette dernière médaille ne permet pas de lire les caractères qui sont autour de l'aigle.

Nous avons aussi trouvé dans nos fouilles plusieurs petits cubes d'émail bleu provenant sans doute d'une mosaïque qui décorait le pavé de l'une des salles de l'établissement de bains, et, chose assez remarquable et que nous avons rencontrée ailleurs dans des circonstances analogues (3), nous avons ramassé dans cet endroit des coquilles d'huîtres.

Le même maçon de Sully que nous avons déjà cité, et qui exploite depuis nombre d'années les ruines de Bonnée, nous donna des renseignemens fort étendus

---

(1) Voici la description de ces médailles :
P. B. — Tête radiée de *Postume* à droite.... F.F. AVG. *Nota.* Le module est de 0,01.
Revers. L'empereur debout, tenant la haste d'une main et de l'autre un globe.
P. B. — Tête radiée de *Postume* à droite. Légende effacée. *Nota.* Le module est de 0,015.
Revers. L'empereur debout, relevant une femme à genoux. RESTITVTOR. GALL.....
P. B. — Tête radiée de *Postume*. Légende effacée. *Nota.* Le module est de 0,013.
Revers entièrement fruste.
(2) Voici la description de cette médaille :
Tête radiée de *Victorin* père à droite. VICTORINVS. AVG. *Nota.* Le module est de 0,017.
Revers. Soleil passant, étoile dans le champ. INVICTVS.
(3) A Bleurville, dans le département des Vosges, nous avons trouvé un grand bassin d'un établissement de bain romain comblé en partie par des coquilles d'huîtres.

8

sur l'espèce d'industrie qu'il exerce aux dépens des fondations de monumens qui, jusque-là, n'avaient attiré les regards de qui que ce soit, bien qu'elles attestent cependant l'existence d'une ville importante. Quant à ce qui s'élevait au dessus du sol et que le temps avait respecté jusqu'à lui, il s'est chargé d'y mettre bon ordre et de tout détruire. C'est ainsi qu'il nous a signalé la démolition faite par lui-même de deux piliers en belle pierre d'appareil qui se trouvaient de chaque côté du chemin conduisant de Bonnée à Saint-Benoît (1) et qui étaient entaillés pour recevoir des portes. Il nous conduisit sur l'emplacement où il les avait arrachés, et nous assura qu'il existait des murs de circonvallation à ces jambages de porte. Mais nous n'avons plus vu que les excavations provenant des fouilles du maçon de Sully. Ce qui est certain, c'est qu'en deçà de la porte de ville présumée, les champs sont couverts d'une grande quantité de tuiles à rebords, et qu'au delà, vers la Loire, on n'en aperçoit plus de vestiges.

Tous les renseignemens que nous a donnés le maçon de Sully, et ceux que nous avons pris auprès de plusieurs propriétaires de champs dans l'emplacement de l'ancienne ville, ont pu nous donner des idées assez justes sur son étendue. Mais ce qui dénote encore mieux son importance, ce sont les ruines d'un cirque ou amphi-théâtre (2) qui se trouve un peu à l'écart de l'endroit où elle était située sur la gauche du chemin des Bordes à Sully, et tout près de l'église de Bonnée. Nous ferons ici la même remarque que nous avons faite à *Aquis-Segeste* et à *Vellauno-dunum* sur le choix de l'emplacement de cet édifice. A Bonnée, comme dans ces deux derniers endroits, les Romains ont profité d'une butte naturelle à laquelle ils ont adossé l'amphithéâtre. La première fois que nous visitâmes les lieux, nous fûmes frappés de la vue de ce monticule naturel d'une hauteur peu considérable, mais dont l'élévation ressort en quelque sorte davantage au milieu d'un pays tout-à-fait plat. Ayant parcouru ce monticule dans tous les sens, nous ne tardâmes pas à reconnaître les fondations du mur extérieur de l'enceinte d'un cirque, pratiquées dans sa partie la plus élevée et formant une demi-courbe elliptique (3). Ces fondations sont en exploitation depuis nombre d'années, et les débris qu'elles fournissent, et dont j'ai pu examiner encore une partie sur les lieux, ne laissent aucun doute qu'elles soient de construction romaine. Nous y avons partout en effet remarqué des fragmens de tuiles à rebords et de grandes briques. Mais si nous avions pu avoir quelque incertitude sur la nature de ces constructions, elles auraient été bientôt levées par l'examen du parement intérieur du mur d'enceinte que l'on aperçoit encore intact à son extrémité vers la gauche, en regardant le fond du

---

(1) Voir le plan topographique de Bonnée, planche 18 en B.
(2) Voir le plan topographique de Bonnée, planche 18, et le plan plus détaillé de l'amphithéâtre, planche 19.
(3) Voir la planche 19.

cirque. Là, en effet, on voit de ces assises alternatives composées de trois rangées de petits moellons cubiques bien taillés et de trois assises de grandes briques, genre de construction qui remonte à la plus haute antiquité (1) chez les Romains et qu'ils ont importé dans les Gaules.

Après avoir examiné le premier mur d'enceinte du cirque, nous reconnûmes bientôt deux autres murs intérieurs du même édifice, exécutés sur des courbes équidistantes et laissant entre eux un intervalle de sept mètres. Nous découvrîmes aussi des murs tendant au centre de l'arène. Il n'y a pas de doute que ce système de construction ne fût destiné à supporter les gradins de l'amphithéâtre. L'arène est bien dessinée par la partie plate du sol que les murs entourent. Mais était-elle formée d'une demi-courbe qu'aurait fermée un mur droit ou d'une courbe tout entière comme à Chenevière? c'est ce que rien n'a pu nous indiquer sur les lieux. Si le cirque de Bonnée servait en même temps de théâtre, il est probable qu'on y élevait des constructions provisoires en charpenté ou de toute autre manière pour suppléer à l'établissement permanent de la scène ou *proscenium*, ainsi que nous avons fait remarquer que cela pouvait se pratiquer à *Aquis-Segeste*.

Le hasard nous a procuré deux médailles ramassées dans l'enceinte du cirque de Bonnée, savoir : une Faustine mère moyen bronze, revêtue d'une belle patine antique et une médaille petit bronze de Constantin-le-Grand (2). Nous avons aussi ramassé dans la même enceinte un petit anneau en bronze de forme octogone tout-à-fait oxidé. Des fouilles, que l'on entreprendrait avec ordre dans ces ruines, mettraient sans doute à découvert des objets importans.

Depuis notre première exploration des ruines de Bonnée, on a fait, au mois d'avril 1834, des fouilles dans l'emplacement du cirque, afin d'en arracher des pierres pour des constructions nouvelles. Ces fouilles ont mis à découvert un fût de colonne de 1 m. 50 c. environ de diamètre construit en moellon ordinaire et en ciment. Le vigneron de Bonnée qui les avait entreprises trouva, à 3 mètres environ de profondeur, un massif de maçonnerie de 2 mètres en carré sur o m. 3o c. d'épaisseur, lequel reposait sur un lit de chaux vive et de gravier de Loire

---

(1) Dans un voyage que nous avons fait sur les bords du Rhône, on nous a montré à Vienne des murs construits d'une manière tout-à-fait semblable à ceux en question et qui remontent à la plus haute antiquité.

(2) Voici la description de cette médaille :

P. B. — Tête laurée de *Constantin* à droite. CONSTANTINVS. NOB.

Revers. Le soleil debout, la tête radiée. SOLI. INVICTO. COMITI. Dans le champ, de chaque côté de la figure, s.c.

On nous a remis depuis deux autres médailles trouvées dans le cirque de Bonnée, savoir, un *Hadrien* et un *Néron*.

Argent. — Tête laurée d'*Hadrien* à droite. HADRIANVS. AVG. IMP.

Revers. Une victoire ailée.... III. P.P.

M. B. — Tête nue de *Néron* à gauche... NERO. CAESAR. AVG. P. MAX.

Revers. Une victoire ailée, la main gauche appuyée sur un globe. Dans le champ, s.c.

Entre ce lit de chaux et le massif de maçonnerie, il vit un morceau de métal de forme aplatie et plus pesant que ne le comportait sa grosseur apparente. Ce morceau était de forme elliptique ayant 60 millimètres dans sa plus grande dimension et 45 millimètres dans la plus petite. Son épaisseur est de 10 millimètres. S'il a reçu quelque empreinte, ce qui est assez probable, elle est aujourd'hui entièrement effacée. Avait-on voulu enfouir dans la fondation un objet destiné à en rappeler l'époque. C'est là l'opinion qui se présente le plus naturellement à l'esprit. Le morceau de métal est d'une nature intermédiaire entre la fonte de fer et l'acier. Il se rapproche de ce qu'on appelle dans les forges des Vosges, *acier sauvage* ou *acier de filière*. Cette matière, d'après ce que nous a assuré M. de Rozière, ingénieur en chef des mines, doit avoir subi deux fusions.

Les fouilles dont il vient d'être question ont produit trois médailles frustes, dont deux à l'effigie de Faustine jeune, et la troisième d'un très petit module à l'effigie d'un tyran des Gaules.

A une demi-lieue environ de Bonnée, en suivant le chemin qui longe la Loire et qui conduit de cette commune à Saint-Benoist, on trouve un champ planté en *epicea*, où des fouilles ont fait découvrir divers objets d'antiquité annonçant l'existence d'un cimetière de l'époque des Romains, tels que des urnes, différens vases et ustensiles en poterie commune, et çà et là quelques fragmens de verre. Le sol offre encore en beaucoup d'endroits des débris de poterie commune. Lorsque les gens du pays se livrent à quelques recherches en ce lieu, ils ont soin de se munir d'une broche de fer avec laquelle ils sondent le terrain ; lorsqu'ils éprouvent quelque résistance, ils ont la certitude que leurs fouilles ne seront pas infructueuses, et c'est seulement alors qu'ils les entreprennent. M. Campagne, alors piqueur des ponts-et-chaussées, employé sous nos ordres, a fait ainsi des recherches dans ce local, et il a tiré du sein de la terre une douzaine de vases entiers. Mais à peine ces vases avaient-ils vu le jour qu'ils tombaient en morceaux. La poterie, pénétrée d'humidité et pourrie en quelque sorte, n'avait plus assez de consistance pour se soutenir. Nous nous sommes transportés nous-mêmes sur les lieux ; mais, pendant le peu de temps que nous avions à donner à leur exploration, les sondes avec la broche de fer ne nous ont rien indiqué qui pût nous déterminer à faire des fouilles. Nous avons donc été réduits à emporter un grand vase de terre grise et une espèce de plat de terre blanche d'une forme assez élégante, qui avaient été trouvés précédemment dans cet emplacement.

Les faits que nous venons de signaler indiquent donc, sans aucun doute, un cimetière de l'époque romaine qui ne pouvait appartenir qu'à la ville gallo-romaine dons la commune de Bonnée occupe l'emplacement. Ainsi nous avons retrouvé de cette ville antique l'emplacement qu'elle occupait, le cirque qui était un édifice obligé dans les villes d'un peu d'importance, et le champ du repos où l'on déposait les cendres des morts, et que l'on plaçait presque toujours au bord des grands chemins.

L'étendue du cirque qui pouvait contenir un assez grand nombre de spectateurs, ne permet pas de douter que la ville n'eût une population assez considérable. Mais quelle était cette ville? L'examen attentif des itinéraires ne nous a pas laissés long-temps dans l'incertitude à ce sujet. Considérant la position de Bonnée, intermédiaire entre Briare et Orléans, ayant la certitude que la position de *Brivodurum* est à Briare, et présumant avec beaucoup de vraisemblance que celle de *Genabum* est à Orléans, il nous est venu dans la pensée que la position de Bonnée pourrait bien correspondre au *Belca* de l'Itinéraire d'Antonin et de la Table Théodosienne. Nous nous mîmes donc à comparer les distances données par ces deux itinéraires en lieues gauloises entre *Brivodurum* et *Belca* avec la distance qui se trouve aujourd'hui entre Briare et Bonnée, et nous ne fûmes pas médiocrement satisfaits en voyant la concordance, pour ainsi dire parfaite, de ces mesures. En effet, l'Itinéraire d'Antonin et la Table de Peutinger sont d'accord pour assigner XV lieues gauloises entre *Brivodurum* et *Belca*. Ces quinze lieues équivalent, d'après l'évaluation de Danville, à 16,999 toises, et cette distance est précisément celle qui existe entre Briare et Bonnée, mesurée sur la carte de Cassini. La précision de cette mesure, entre le centre de Briare et le centre des ruines de Bonnée, est véritablement très remarquable. Tout nous porte donc à conclure, avec autant de certitude qu'on peut le faire en pareille matière, que Bonnée nous offre les ruines de l'ancienne *Belca* sur la position de laquelle on a tant varié jusqu'à présent. Mais nous reviendrons tout à l'heure sur la détermination de cette position géographique d'une haute importance.

ARTICLE V.

Conséquences qui résultent de tous les faits établis dans les articles précédens pour la géographie comparée.

Avec les antécédens que nous avons posés, nous pouvons maintenant aborder les questions de géographie comparée que nous nous proposons de traiter.

Nous allons reprendre le tableau des distances extrait de l'Itinéraire d'Antonin que nous avons cité au commencement de ce chapitre en traduisant les lieues gauloises qui y sont mentionnées en toises et en lieues de 2000 toises. Nous prendrons, comme nous l'avons déjà fait pour l'évaluation de la lieue gauloise, celle qu'adopte Danville dans le Traité des mesures itinéraires qui précède les éclaircissemens géographiques sur l'ancienne Gaule, et qu'il porte à 1133 toises 1/4. Nous ne nous occuperons des distances qu'à partir de Nevers jusqu'à Paris.

Voici le tableau de ces distances extrait de l'édition de Wesselingue :

Decetia

Nevirnum	M. P. XVI	18,132 toises.	9,0660 lieues de 2000 toises.
Condate	M. P. XXIV	27,198	. . . 13,5990
Brivodurum	M. P. XVI	18,132	. . . 9,0660
Belca	M. P. XV	16,999	. . . 8,4995
Cenabum	M. P. XXII	24,931	. . . 12,4655
Salioclita	M. P. XXIIII	27,198	. . . 13,5990
Luticia	M. P. XXIIII	27,198	. . . 13,5990
Total	M. P. CXLI	159,788	. . . 79,8940

Exposons maintenant le tableau des distances modernes des lieux que nous avons précédemment considérés et qui peuvent correspondre aux positions de l'itinéraire. Les mesures sont prises sur les cartes de Cassini.

De Decise à

Nevers	17,000 toises.	8,5000 lieues de 2000 toises.
Cosne	26,300	. . . 13,2500
Briare	15,600	. . . 7,8000
Bonnée	16,999	. . . 8,4995
Orléans	20,550	. . . 10,2750
Saclas	27,700	. . . 13,8500
Paris	30,200	. . . 15,1000
	154,349	. . . 77,1745

La Table de Peutinger indique, à peu de chose près, les mêmes lieux que l'Itinéraire d'Antonin, si ce n'est que la position de *Massava* est prise pour intermédiaire entre *Nevirnum* et *Brivodurum*, et que la station intermédiaire de *Salioclita* est supprimée. Quant à cette dernière circonstance, la somme des deux distances mentionnées dans l'Itinéraire d'Antonin est remplacée dans la Table de Peutinger par 47 lieues gauloises qui n'en diffèrent que d'une lieue. Voici, au reste, la citation de la Table de Peutinger, édition de Scheyb :

Degenæ

Ebirno	XVI	. . . .	18,132 toises	9,0660 lieues de 2000 toises.
Massava	XVI	. . . .	18,132 . . .	9,0660
Bruioduro	XVI	. . . .	18,132 . . .	9,0660
Belca	XV	. . . .	16,999 . . .	8,4995
Cenabo	XXII	. . . .	24,931 . . .	12,4655
Luteci	XLVII	. . . .	53,263 . . .	26,6315
Total	CXXXII		149,589	74,7945

Le tableau des distances modernes des lieux correspondant aux positions antiques que nous venons de citer est le suivant; il a été dressé d'après des mesures
prises sur les cartes de Cassini :

De Décise à

Nevers	17,000 toises.	8,5000 lieues de 2000 toises.
Mesves	16,000 . . .	8,0000
Briare	25,900 . . .	12,9500
Bonnée	16,999 . . .	8,4995
Orléans	20,550 . . .	10,2750
Paris.	57,900 . . .	28,9500
	154,349	77,1745

Nous ferons remarquer d'abord que la position de *Belca*, par rapport à *Brivodurum*, est donnée, par le même chiffre XV, dans la Table de Peutinger et dans
l'Itinéraire d'Antonin, et que l'évaluation de ces 15 lieues gauloises, en mesures de
notre époque, coïncide avec la distance même qui existe entre Briare et Bonnée :
la coïncidence toutefois de ces deux itinéraires, pour la distance totale entre *Nevirnum* et *Lutetia*, n'existe point, puisque l'Itinéraire d'Antonin présente 141 lieues
gauloises, tandis que la Table Théodosienne n'en accuse que 132, ce qui fait une
différence de 9 lieues gauloises ou 10199,25 toises, c'est-à-dire à très peu près cinq
de nos lieues. Si l'on vient maintenant à comparer la distance totale entre Nevers
et Paris, mesurée sur la carte de Cassini avec les chiffres résultant de l'évaluation
en toises des distances des deux Itinéraires, on voit que l'Itinéraire d'Antonin donne
une distance plus longue de 5439 toises, et la Table de Peutinger une distance plus
courte de 4760 toises. On peut se rendre compte, par la comparaison des tableaux
que nous venons de donner, des points de détail où ces différences existent. Quoi
qu'il en soit, il nous semble résulter évidemment de ces tableaux que les positions
de *Nevirnum*, *Massava*, *Condate* et *Brivodurum* doivent être fixées à Nevers,
Mesves, Cosne et Briare, positions indiquées d'ailleurs, comme nous en avons
déjà fait la remarque, par l'analogie, je dirai presque la similitude des dénominations nouvelles comparées aux anciennes. Mais ce qui ne manquera pas de frapper
l'esprit, c'est l'accord parfait de l'Itinéraire d'Antonin, de la Table de Peutinger
et de la distance de Briare à Bonnée pour placer *Belca* dans ce dernier lieu, ainsi
que nous venons de le faire remarquer. Cela nous conduit à une conséquence que
nous avons déjà tirée précédemment et sur laquelle nous revenons ici, parce qu'il
ressort de nos tableaux que la position de Gien-le-Vieux ne peut pas être celle de
Genabum non seulement à cause de sa distance à Briare qui n'est que de 6000
toises, mais encore parce que la position de *Belca* devant être intermédiaire entre
Brivodurum et *Genabum*, si Gien-le-Vieux était *Genabum*, *Belca* devrait se trouver entre Briare et Gien-le-Vieux. Or, il n'y a pas moyen de le placer entre ces deux

points avec les distances données par les itinéraires; et d'ailleurs aucune position
antique ne se rencontre entre Briare et Gien-le-Vieux. C'est donc une conséquence
forcée et qui résulte des itinéraires que nous venons de comparer, que *Brivodurum*
doit être placée à Briare, *Belca* à Bonnée, et *Cenabum* à Orléans. Mais cette position de *Cenabum* à Orléans est encore confirmée par la concordance satisfaisante
des mesures données par l'Itinéraire d'Antonin et la Table de Peutinger, entre *Genabum* et *Lutèce*, avec celles du tableau où sont consignées les distances réellement existantes entre Orléans et Paris.

L'ancienne voie sur laquelle les distances ont été comptées se retrouve à la sortie
d'Orléans. Elle traverse le faubourg Saint-Vincent (1) de cette ville, passe à la
Croix-Fleury, à Saint-Lyé, Autruy et Saclas, et va jusqu'à Étampes. Toute cette
portion de chemin n'a guère été abandonnée que depuis environ 600 ans. Mais
d'Étampes à Paris il est assez probable que la voie romaine devait suivre, à peu
de chose près, la route actuelle. Ses vestiges s'observent sans incertitude auprès
d'Autruy, et ce qu'on appelle la chaussée de Saint-Lyé n'a reçu probablement cette
dénomination qu'à cause de son élévation en relief au dessus du sol. C'est suivant
cette direction que nous avons pris les mesures consignées dans les tableaux précédens qui offrent, ainsi que nous venons de le dire, une concordance fort satisfaisante.
En effet, les plus fortes différences se trouvent entre Briare et Orléans, ou plutôt
entre Bonnée et cette ville, et entre Orléans et Paris. Cette dernière différence
s'expliquerait à la rigueur par l'incertitude des points de départ et d'arrivée. Quant
à la première, nous avouons qu'il nous est assez difficile d'en donner l'explication.
Mais nous devons faire remarquer que l'obligation où l'on s'est mis, dans la com-
position des itinéraires anciens, d'indiquer les distances en nombres ronds, peut
être une source d'erreurs, lorsqu'il s'agit de grands intervalles. Il est bien vrai que
les différences, se trouvant tantôt en plus, tantôt en moins, peuvent se compenser.
Mais aussi il pourrait arriver, par un cas singulier, que l'erreur fût toujours dans
le même sens.

La position de *Cenabum* à Orléans est encore confirmée d'une autre manière par
la Table de Peutinger même. Cette Table marque en effet ainsi la distance de *Cæsarodunum* à *Cenabum* ainsi qu'il suit :

Cæsaroduno LI *Cenabo*.

Or, ces 51 lieues gauloises, équivalant, d'après les bases que nous avons adoptées
précédemment, à 57,795 toises, sont, à très peu de chose près, la distance de 57,500

---

(1) Voir le plan topographique d'Orléans, planche 20, sur laquelle cette route est indiquée, et la carte géographique, planche 1re.

toises, mesurée sur les meilleures cartes modernes, et qui sépare d'Orléans la ville de Tours, où tous les géographes et les archéologues admettent sans contestation la position de *Cæsarodunum*.

On nous objectera peut-être que les conséquences que nous venons de tirer portent sur *Cenabum*, et non pas sur le *Genabum* des Commentaires de César.

Mais nous pensons avec Danville (1) que le *Cenabum* de l'Itinéraire d'Antonin et de la Table Théodosienne, le *Cenabum-Carnutum* de Ptolémée (2), le *Genabum emporium Carnutum* de Strabon (3), et le *Genabum* des Commentaires de César, sont une seule et même ville. L'identité des deux noms paraît démontrée à M. de Valois, qui, dans sa Notice de la Gaule, article *Bagacum* (4), cite une autorité qui prouve qu'autrefois on employait indifféremment la lettre C pour la lettre G, et réciproquement. C'est ainsi que les Cévennes sont nommées dans les Commentaires de César, tantôt *Cebenna mons*, et tantôt *Gebenna*.

Pour ce qui est de la position de *Belca*, fixée à Bouzy (5) par Danville, elle est inadmissible. Elle ne résulte, pour notre célèbre géographe, que de la recherche qu'il a faite sur la carte d'un lieu qui fut à peu près en concordance avec les mesures données par les itinéraires, et dont la dénomination actuelle eût un air de famille avec la dénomination ancienne, bien que la similitude des deux noms se réduise à celle de la première lettre. Mais, du reste, on n'a jamais découvert, que nous sachions au moins, des vestiges d'antiquités à Bouzy.

C'est ici le lieu de faire mention de l'opinion du savant abbé Lebeuf sur les trois importantes positions du *Genabum* et du *Vellaunodunum* (6) des Commentaires de César, et du *Belca Carnutum* des itinéraires. Nous n'avons pas dû le faire aux différens articles dans lesquels nous avons assigné les ruines correspondantes à ces trois positions. Cet examen sera placé ici plus convenablement.

L'abbé Lebeuf, adoptant la position de Gien pour celle du *Genabum* des Commentaires de César, fait partir les légions du conquérant, d'*Agendicum*, ville du Senonais, et les fait arriver à *Vellaunodunum*, qu'il place à Vallan (7) près d'Auxerre. En supposant que cette ville d'*Agendicum* fût située à Sens même ou dans

---

(1) Voir les Éclaircissemens géographiques sur l'ancienne Gaule, page 169.

(2) Cenabum (Κεναβον), 22......, 47-45. Claud. Ptolemæi. lib. 11, page 47.

(3) Γεναβον τὸ τῶν Καρνούτων ἐμπόριον, κατὰ μέσον που τον πλοῦν συνοικούμενον. *Strab. geog. lib.* 4. *pag.* 191. *ed. Paris* 1620.

(4) Constat nimirum quod Festus et Ausonius præter cæteros scribunt C olim fuisse quod postea C, et litteram C vice Gammæ sive G prius functam esse. *Hadriani Valesii Notitia Galliarum, Pag.* 73.

(5) Voir les Éclaircissemens géographiques sur l'ancienne Gaule, page 175.

(6) Voir la carte générale, planche 1re, où nous avons ponctué en noir la route ancienne indiquée par l'abbé Lebeuf.

(7) Voyez la dissertation de M. l'abbé Lebeuf sur le *Vellaunodunum* et le *Genabum* des Commentaires de César insérée au tome 2 du Recueil de divers écrits pour servir d'éclaircissemens à l'histoire de France, et de supplément à la notice des Gaules, page 179 et suivantes.

9

les environs, les légions romaines auraient parcouru les deux premiers jours 30,200 toises, plus de 15 lieues de 2000 toises; et les deux autres jours, 39,000 toises, près de 20 lieues; ce que l'on peut considérer comme étant en rapport avec les distances de temps données par les Commentaires, bien que la marche qui en serait résultée pour les troupes aurait été plus que forcée. Mais en plaçant *Genabum* à Gien, l'abbé Lebeuf a bien senti qu'il ne pouvait plus suivre la route romaine latérale à la Loire pour arriver à Paris. Faisant donc deux positions différentes du *Cenabum* des itinéraires et du *Genabum* des Commentaires de César, il place *Belca* à Cran ou Chenevière où nous avons assigné la position d'*Aquis Segeste* (1), *Cenabum* à Chenou, dans les environs de Château-Landon, où il n'y a pas traces d'antiquités, et *Salioclita* à Sailly, ou plutôt à Chailly (2). L'auteur, d'ailleurs, ne signale nulle part des restes de voies romaines, et il semble qu'en portant le compas sur la carte, il n'a cherché que des noms de lieux qui eussent une faible analogie avec les positions anciennes qu'il voulait fixer. La supposition de l'abbé Lebeuf est donc tout-à-fait gratuite. Tout ce que nous avons dit précédemment réfute assez ses assertions, presque uniquement fondées sur des analogies de noms auxquelles il est absolument impossible d'accorder la moindre confiance. Qui pourra jamais croire en effet à la concordance de *Belca Carnutum* avec Cran, situé près de Mont-Boui ou de Mont-Bouch, comme l'écrit l'abbé Lebeuf, de *Cenabum*, *Canabum* ou *Cenapum* avec Chenou? Eh bien! voici cependant l'analogie qu'y trouve le savant académicien (3). *Belca* existe encore dans la dénomination de Bouech, et *Carnutum* dans celle de Cran. En vérité, c'est pousser trop loin la manie des rapprochemens en fait d'identité de noms, et il ne faut pas moins que l'autorité de l'abbé Lebeuf pour s'arrêter seulement un instant à de si pauvres preuves. Mais nous ne nous occuperons pas plus long-temps de son travail, qui a été examiné avec une attention suivie et amplement réfuté (4) par Danville, dans sa savante dissertation sur *Genabum*, insérée dans les Éclaircissemens géographiques sur l'ancienne Gaule.

M. Paultre, qui, dans une dissertation (5) spéciale que nous combattrons bientôt, renouvelle l'opinion de l'abbé Lebeuf sur la position de *Genabum* à Gien, veut que les ruines de Cran soient celles de *Vellaunodunum*. Si une pareille assertion

---

(1) Voir le chapitre 1er art. 2, pag. 13 et 14.

(2) Chailly dont il est ici question est Chailly-en-Bierre dans les environs de Fontainebleau. Le nom de Sailly, qui aurait en effet quelque analogie avec Salioclita, ne se trouve pas sur les cartes les plus récentes et les plus détaillées: on n'y rencontre que les noms de Chailly et de Cely, appartenant à des communes différentes, bien que l'abbé Lebeuf désigne une même position indifféremment sous les dénominations de Sailly et de Cely. (*Voir sa Dissertation, page* 229.)

(3) Voir *idem*, page 227 et 228.

(4) Voir les Éclaircissemens géographiques, page 180 et suivantes.

(5) Voir le tome 24 des Annales des voyages, de la géographie, de l'histoire, par Malte-Brun, page 34.

pouvait avoir quelque vraisemblance, il s'ensuivrait que les 19 lieues et demie
qui séparent Sens et Gien auraient été parcourues en quatre jours ; ce qui
assurément n'aurait rien que de très-ordinaire, mais ne serait pas en rapport
avec la célérité de la marche des légions romaines indiquée par les Commentaires :
car César avait fait laisser à Sens les bagages de son armée ; ce qui donne bien à
entendre qu'il voulait la faire avancer à marches forcées. Il faudrait d'ailleurs que la
distance la plus longue, celle qui sépare Sens de Cran ou de Chenevière, et qui est
de 12 lieues, eût été parcourue en moins de temps que les sept lieues et demie
qui séparent Cran de Gien.

CHAPITRE IV.

DISSERTATION SUR L'EMPLACEMENT DU GENABUM DES COMMENTAIRES DE CÉSAR.

ARTICLE Iᵉʳ.

Gien-le-Vieux peut-il occuper l'emplacement de *Genabum* ?

Au point où nous sommes arrivé de nos explorations et de nos recherches, nous pouvons nous livrer plus particulièrement à la discussion qui doit, nous l'espérons au moins, fixer invariablement la position de *Genabum* à Orléans. Et d'abord nous allons examiner si Gien-le-Vieux occupe l'emplacement de cette ancienne ville, et nous ferons voir ensuite qu'Orléans se trouve sur cet emplacement.

Le dernier écrit (1) où l'on ait traité la question qui va nous occuper, est une dissertation historique et critique sur l'ancienne ville de *Genabum* par M. le lieutenant-colonel Paultre, insérée dans le tome 24 des Annales des voyages, de la géographie et de l'histoire, par Malte-Brun. M. Paultre, dans cet écrit, n'émet

---

(1) On annonce, dans le 7ᵉ volume des Mémoires de la Société royale des Antiquaires de France, publié en 1826, un mémoire de M. Mangon de La Lande, tendant à prouver que Gien-le-Vieux occupe l'emplacement de l'ancienne ville de *Genabum*. Nous ne pouvons entreprendre la réfutation de cet écrit, qui n'est pas publié, mais quelles que soient les raisons apportées par l'auteur pour soutenir son opinion, nous osons espérer qu'elles se trouveront réfutées d'avance par notre travail, et nous sommes d'autant plus fondé à croire que nous établirons notre opinion avec quelque succès que nous avons visité avec un soin particulier les lieux dont nous parlons, ce que ne paraît pas avoir fait M. Mangon de La Lande.

Dans le numéro du Bulletin des sciences de M. de Férussac, 7ᵉ section du mois d'avril 1827, on annonce que M. Mangon de La Lande a adressé à la Société royale des Antiquaires de France une nouvelle rédaction de son Mémoire sur *Genabum*. M. Alexandre Barbié du Bocage, chargé d'en faire un rapport verbal à la Société, a cru s'apercevoir que M. de La Lande n'a point eu sous les yeux ce que Danville, de Valois et l'abbé Lebeuf ont écrit sur cette matière. À cette observation, M. de La Lande a répondu qu'il a écrit sur *Genabum* par convic-

pas une opinion nouvelle; il ne fait que reproduire celle avancée par M. l'abbé Lebeuf dans sa Dissertation sur le *Vellaunodunum* et le *Genabum* des Commentaires de César, publié dans le recueil de divers écrits pour servir d'éclaircissemens à l'histoire de France et de supplément à la notice des Gaules. Mais comme cet officier paraît avoir exploré en militaire des lieux que probablement l'abbé Lebeuf ne s'est jamais donné la peine de visiter, et qu'à ce titre l'opinion renouvelée par M. Paultre pourrait prendre aux yeux de quelques personnes plus de consistance, nous avons dû nous attacher à réfuter ce dernier sur une question qui peut-être n'en devrait plus être une aujourd'hui. Nous avons déjà annoncé précédemment que la position de *Genabum* nous semblait complétement déterminée par Lancelot et notre célèbre Danville ; mais puisque l'on suppose que la chose est encore indécise, malgré les recherches les plus savantes et les plus approfondies, il est nécessaire d'examiner si les faits sur lesquels on se fonde ont été bien observés, et si les conséquences qu'on en tire sont valables et dignes d'inspirer de la confiance aux géographes et aux voyageurs.

La question que nous nous proposons d'examiner a long-temps été controversée, et, s'il fallait nommer tous ceux qui s'en sont occupés, la liste en serait longue. Nous rappellerons seulement ici les noms des principaux auteurs (1) qui se sont livrés à l'examen de cette question. Parmi les partisans de l'opinion qui place *Genabum* à Orléans, on doit compter Aimoin, moine de Saint-Benoît-sur-Loire, qui vivait sous le roi Robert aux Xe et XIe siècles ; Hugues, moine de la même abbaye, qui écrivait au commencement du XIIe siècle ; Gilles de Paris, Robert-Gaguin, Papire-Masson, Joseph Scaliger, Aubert Lemire, Cellarius, Baudran, Sanson, Adrien de Valois et Jean de Verninac, religieux bénédictin de la congrégation

---

tion et sans chercher à réfuter aucun des auteurs qui ont traité la question avant lui. Il annonce que sa conviction n'eût pas été ébranlée, parce que la foi des monumens est une grande autorité ; et que c'est d'après des monumens gaulois, et en calculant les distances, qu'il a cherché à rétablir la véritable origine d'une ville gauloise.

On verra, par l'étendue des recherches auxquelles nous nous sommes livré, que c'est aussi par l'examen des monumens que nous voulons arriver à prouver l'identité de *Genabum* et d'Orléans, et qu'une question de cette nature ne peut être résolue sans discuter avec soin les écrits de ceux qui ont émis une opinion contraire. La conviction ou le sentiment de celui qui traite un pareil sujet ne suffisent point , si des preuves nombreuses et des faits authentiques ne leur servent de base. C'est alors seulement que cette conviction peut passer dans l'esprit des lecteurs.

Nota. Cette note était rédigée lorsque M. Mangon de La Lande n'avait, pour ainsi dire, qu'annoncé son Mémoire au public. Ce Mémoire est connu aujourd'hui, et se trouve inséré dans les *Mélanges d'archéologie* publiés en 1831 par M. Bottin. La lecture attentive du travail de M. Mangon de La Lande ne nous a point ébranlé, et nous persistons toujours à penser que les lecteurs trouveront dans notre travail la réfutation des argumens de cet honorable archéologue pour placer *Genabum* à Gien, et des faits péremptoires pour écarter absolument une semblable opinion.

(1) Voir la Dissertation de dom Toussaint Duplessis, avec des remarques d'un ami de l'auteur, publiée en suite de la Description de la ville et des environs d'Orléans, par Daniel Polluche, page 3.

de Saint-Maur, dans sa réponse à M. l'abbé Lebeuf restée en manuscrit (1),
Lancelot et Danville, dans ses Éclaircissemens géographiques sur l'ancienne
Gaule.

Au nombre de ceux qui placent *Genabum* à Gien, il faut compter Marius Niger,
Blaise de Vigenère, traducteur des Commentaires de César; Hotman, savant juris-
consulte de Bourges; André Duchesnes, dans ses Antiquités et recherches; le
P. Lempereur, le géographe de La Martinière, le savant abbé Lebeuf, chanoine de
la cathédrale d'Auxerre, et M. le colonel Paultre, C'est l'opinion de ces deux derniers que nous allons nous attacher plus particulièrement à réfuter.

L'opinion que M. Paultre veut faire prévaloir au sujet de la position de *Genabum*
à Gien-le-Vieux lui semble fondée sur des faits qu'il croit incontestables. A Dieu
ne plaise que nous révoquions en doute la sincérité et la bonne foi de l'auteur! nous
croyons à la conviction (2) dont il est pénétré; mais il serait à désirer que cette
conviction fût établie sur des faits mieux avérés. Ceux que M. Paultre met en
avant sont loin, en effet, de mériter la confiance qu'ils lui inspirent. On en peut déjà
juger ainsi d'après la description détaillée que nous avons donnée des ruines existant à Gien-le-Vieux et dans les environs. Mais il est important d'entrer maintenant
à ce sujet dans de plus grands détails.

M. Paultre avance (3) qu'on découvre encore aujourd'hui les fondations presque
entières de l'enceinte de *Genabum*. Mais quelle pouvait être la nature de cette
enceinte? César lui-même va nous l'apprendre dans un passage curieux de ses Commentaires où il décrit ce qu'étaient, lors de l'invasion des Romains, les murs d'enceinte des villes de la Gaule. Nous empruntons ce passage à la traduction de Blaise
de Vigenère, qui nous paraît avoir rendu parfaitement le sens du texte (4), bien
qu'il s'exprime dans un langage un peu vieilli :

« Les quelles (murailles) par toute la Gaule sont presque basties en ceste sorte.

---

(1) Ce manuscrit nous a été communiqué par M. Petit-Sémonville, bibliothécaire de la ville d'Orléans.
(2) Voyez la fin de la Dissertation de M. Paultre, page 76.
(3) Voyez pages 26, 53, 65 de la Dissertation de M. Paultre.
(4) Nous prenons ce texte dans la Bibliothèque latine-française publiée par Panckoucke, traduction de M.
Artaud, liv. 7, chap. 23 :

Muris autem omnibus Gallicis hæc fere forma est. Trabes directæ, perpetuæ in longitudinem, paribus inter-
vallis distantes inter se binos pedes, in solo collocantur : hæ revinciuntur introrsus, et multo aggere vestiun-
tur. Ea autem, quæ diximus, intervalla grandibus in fronte saxis effarciuntur. His collocatis et coagmentatis,
alius insuper ordo adjicitur, ut idem illud intervallum servetur, neque inter se contingant trabes, sed paribus
intermissæ spatiis, singulæ singulis saxis interjectis, arte contineantur. Sic deinceps omne opus contexitur,
dum justa muri altitudo expleatur. Hoc quum in speciem varietatemque opus deforme non est, alternis trabibus ac saxis, quæ rectis lineis suos ordines servant; tum ad utilitatem et defensionem urbium summam habet
opportunitatem; quod et ab incendio lapis, et ab ariete materia defendit, quæ, perpetuis trabibus pedes qua-
dragenos plerumque introrsus revincta, neque perrumpi, neque distrahi potest.

« Il y a de grosses tronches de bois esquarry couchées de long par terre en plate-
« forme tant qu'elles peuvent régner, à pareilles distances de deux pieds l'une de
« l'autre, entaillées par dedans et enduites de force argille. Ces espaces que nous avons
« dit, sont par le front de la cortine remplis de gros quartiers de pierre de taille : et
« après les avoir bien assemblés et cimentés ensemble, l'on adjouste un autre rang
« par dessus, gardant tousiours le même ordre des intervalles ou espaces, et que les
« tronches ne se touchent pas l'un l'autre, mais laissant les mêmes distances
« entre deux, chacune d'icelles soit fermement jointe et serrée contre son quartier
« de pierre, et ainsi conséquemment est tissu tout le reste de la besongne, jusqu'à
« ce que le mur soit de hauteur compétente. C'est ouvrage de poultres et quartiers
« de pierre entrelacez l'un parmi l'autre, outre ce que par sa gentillesse et variété
« il n'est pas désagréable à l'œil, gardans ces deux étoffes dont il est composé une
« certaine proportion de lignes droites s'entrecroisantes en forme d'échiquier,
« a une grande commodité pour la conservation et défense des places : car la pierre
« garde que le feu ne s'y pregne, et le bois que les pierres de batterie n'y fassent
« brèche, parce que les poultres de la portée presque de quarante pieds estant en-
« taillées et assemblées en croisant l'une sur l'autre avec de grosses chevilles, ne
« permettent qu'on n'enfonce ny démolisse la muraille. »

Y a-t-il rien qui ressemble à cela dans ce que rapporte M. Paultre de l'enceinte
de Gien-le-Vieux et dans les faibles restes que nous avons aperçus nous-même, et
que nous avons fait connaître ? Et peut-on admettre qu'après plus de dix-huit cents
ans il serait resté des vestiges de constructions de la nature de celles décrites
par César ? L'emplacement d'aucune ville gauloise n'en montre pas en effet que
nous sachions. Il y a donc certitude que Gien-le-Vieux ne peut présenter et ne
présente pas réellement de débris d'enceinte d'une ville celtique. M. Paultre admet
que Gien-le-Vieux était une petite ville dans les douzième et treizième siècles, et il faut nécessairement qu'il convienne que les débris d'enceinte (1) qu'il
annonce avoir remarqués, et que nous n'avons pas retrouvés, sont de la même
époque.

M. Paultre aurait reconnu des vestiges de places publiques et des restes d'édifices
plus ou moins considérables (2). Malgré nos investigations nous n'avons pu les
retrouver ; et l'auteur n'entre pas dans d'assez grands détails sur la nature et l'espèce de ces constructions et sur leur caractère propre, pour qu'on puisse prononcer
en connaissance de cause sur l'époque qu'on devrait leur assigner. Pour ce qui est
des vestiges de constructions subsistantes aujourd'hui, et que nous avons signalées (3),

(1) Voyez la Dissertation de M. Paultre, page 53.
(2) Voyez idem.
(3) Voyez l'article 3 du chapitre précédent.

ils ne nous paraissent point constituer, ainsi que nous l'avons fait remarquer, une ville romaine, et surtout nous n'y avons rien remarqué qui puisse être reculé jusqu'à l'époque celtique.

Un autre fait capital sur lequel s'appuie l'opinion de M. l'abbé Lebeuf, renouvelée par M. Paultre, c'est l'existence des restes d'un pont qui aurait été situé sur la Loire, précisément en face de Gien-le-Vieux. Toute la différence qui existe entre le sentiment de ces deux auteurs, c'est que le savant académicien suppose que c'est un pont en bois (1) *duquel les anciens ont vu au 17ᵉ siècle des vestiges au fond de la rivière*, tandis que suivant M. Paultre ce serait un pont en pierre (2) dont les fondations en maçonnerie encombreraient encore le lit du fleuve et nuiraient à la navigation, au point que l'on serait obligé d'*indiquer les ruines des piles par des balises*. Nous avons décrit (3) en détail ce que les lieux nous ont présenté à ce sujet, et l'on n'y peut trouver rien qui justifie les assertions de l'un et l'autre auteur. Nous devons ajouter maintenant qu'ayant consulté les registres où l'on consigne tout ce qui se fait chaque année sous la direction des ingénieurs pour le nettoiement du lit de la Loire, nous n'avons rien vu dans l'indication des pierres ou matériaux extraits en face de Gien-le-Vieux, qui puisse autoriser à conclure qu'on a détruit en cet endroit d'anciennes maçonneries dans le lit du fleuve. Ce qu'on y a fait à différentes époques se réduit à l'extraction de tuf, de roches et de cailloux qui se découvrent dans le fond de la Loire, lorsque, par suite de la variation de son cours, le thalweg se déplace. Alors les sables qui couvrent en général le lit du fleuve sont entraînés, et mettent à découvert ces pierres, ces cailloux et ces roches que le balisage enlève pour la sûreté de la navigation. Nous ne nous sommes pas contentés seulement des renseignemens que nous ont fournis les registres du balisage; nous nous sommes adressé à des ingénieurs et à des conducteurs des ponts-et-chaussées qui ont dirigé et surveillé durant de longues années le nettoiement du lit de la Loire. Tous les détails qu'il nous ont transmis ne sont pas de nature à fortifier en rien l'ancienne existence d'un pont en face de Gien-le-Vieux. Cependant la croyance qui s'est établie dans le pays que ce village pouvait occuper l'emplacement de l'ancien *Genabum* ne devait reposer que sur les discours tenus par les mariniers; mais en réalité elle n'a pour fondement que l'ambition bien louable sans doute, de la part des habitans de Gien, d'aspirer à l'honneur d'occuper l'emplacement d'une ville gauloise qui a fait tant de sacrifices pour défendre les libertés du pays contre les envahissemens de la puissance romaine.

Mais si effectivement Gien-le-Vieux occupait l'emplacement de *Genabum*, le pont

---

(1) Voir la Dissertation citée de l'abbé Lebeuf, page 213, tome 2 du recueil de divers écrits pour servir d'éclaircissemens à l'histoire de France.

(2) Voir la Dissertation citée de M. Paultre, page 54.

(3) Voir chapitre 4, article 3, page 54.

qui en aurait dépendu aurait été séparé de la ville, ce qui est peu probable et tout-à-fait contraire au texte de César qui s'exprime ainsi : *et quod oppidum Genabum pons fluminis Ligeris contingebat* (1), *veritus ne noctu ex oppido profugerent, II legiones in armis excubare jubet.* D'où il résulte que le pont touchait la ville de *Genabum.* Alors la ville aurait occupé un espace immense, ce dont on peut juger à la vue du plan (2). Mais, s'il en était ainsi, on retrouverait des vestiges de ce vaste emplacement, ce qui n'a point lieu, d'après ce que nous avons dit précédemment (3); et d'ailleurs il faudrait admettre que la plus grande partie de la ville de *Genabum* aurait été établie sur un sol submersible par les eaux de la Loire, sans qu'aucun ouvrage d'art l'eût protégée contre le fléau des inondations, puisque nulle part il n'en reste aujourd'hui de vestiges. Alise, Gergovie et tant d'autres villes gauloises qui n'avaient pas plus d'importance que *Genabum* n'offrent-elles pas aujourd'hui, quoique détruites depuis long-temps, des restes évidens de leur ancienne existence et de leur étendue?

---

(1) Jean de Verninac, dans une dissertation manuscrite en réponse à celle de l'abbé Lebeuf, que nous avons déjà signalée, adopte le mot *contingebat* au lieu de *continebat*, que renferment beaucoup d'éditions des Commentaires de César. Nous suivons cette leçon qui, d'ailleurs, ne manque pas d'autorités respectables. En effet, ayant consulté dans la seule bibliothèque d'Orléans les diverses éditions des Commentaires qui s'y trouvent, nous avons constaté que le mot *contingebat* se trouve dans les éditions suivantes :

Basle,   1539, in-8°.
Lyon,   1543, in-8°. — *Griffius.*
Lyon,   1543, in-8°. — *Dolet.*
Basle,   1544, in-8°.
Lausanne, 1571, in-fol°.
Lyon,   1574, in-8°.
Venise,   1584, in-8°.
Lyon,   1618, in-12.
Paris,   1590, in-fol°. — *Largelier,* traduction de Blaise de Vigenère, qui s'exprime ainsi :

« Et d'autant que le pont qui est là sur la rivière de Loyre joignait à la ville, etc., etc. »; traduction qui admet évidemment le mot *contingebat.*

Mon ami M. Robert, l'un des conservateurs de la bibliothèque de Sainte-Geneviève, a bien voulu compulser toutes les éditions des Commentaires de César qui se trouvent à cette bibliothèque. Il résulte de ses recherches que le mot *continebat* paraît plus fréquemment employé que le mot *contingebat*, et que dans quelques éditions on a employé ces deux mots tout à la fois, l'un dans le texte et l'autre dans les notes. C'est ainsi que la grande édition de Londres porte dans le texte *continebat*, mais une note marginale dit : *alias contingebat.* Les Elzevires ayant adopté la leçon de Scaliger offrent dans leurs éditions le mot *continebat*, et les éditeurs qui ont publié après eux le texte des Commentaires, ont suivi leurs traces. Les Aldes présentent le mot *contingebat.* Au reste, si, comme il y a lieu de le croire, *continebat* vient de *cum tenere*, et *contingebat* de *cum tangere*, l'un ou l'autre mot serait assez indifférent pour exprimer l'idée à laquelle nous nous attachons. Nous pensons toutefois que *contingebat* s'adapte mieux aux localités que nous avons fait connaître.

La dissertation de Jean de Verninac, restée manuscrite, est forte de logique et de bons raisonnemens; mais elle est rédigée dans les termes les moins convenables, et l'on pourrait dire les plus grossiers. C'est une chose digne de remarque que la rudesse des expressions employées par l'auteur, et le ton peu mesuré de son langage qui donnent à toute sa dissertation un air de diatribe dirigée contre l'abbé Lebeuf.

(2) Voyez le plan topographique de Gien moderne et de Gien-le-Vieux, planche 17.

(3) Voyez le chapitre III, article 3, pag. 53 et 54.

10

Si les deux faits principaux sur lesquels M. Paultre s'appuie pour justifier son opinion manquent de bases solides, les autres faits secondaires ne sont peut-être pas mieux fondés. Par exemple, il annonce que des médailles (1) des premiers temps de Rome et quelques fragmens de sculpture trouvés à Gien-le-Vieux avaient été conservés par des curieux, mais qu'ils ont été perdus de nouveau. Quelque effort que nous ayons fait, à quelques personnes que nous nous soyons adressé, toutes animées d'ailleurs du désir de conserver à la ville de Gien ou à Gien-le-Vieux l'honneur d'occuper l'emplacement de l'ancien *Genabum*, il nous a été impossible de nous procurer aucune médaille de l'époque de la république. Nous avons cité d'ailleurs les médailles d'une époque postérieure que nous avons trouvées nous-même. S'il était vrai que Gien-le-Vieux fût l'ancien *Genabum*, comme il est constant d'après l'autorité (2) même des Commentaires que deux légions romaines y ont tenu leur quartier d'hiver, lors de la deuxième expédition des Romains contre les Carnutes, serait-il possible qu'on n'y rencontrât pas continuellement des pièces de monnaie qui avaient cours au temps de César? En vain dira-t-on que *Genabum* est une ville celtique qui ne peut offrir que des monumens celtiques (3); puisque des légions romaines y ont passé un quartier d'hiver, on devrait nécessairement y trouver des médailles du temps de la république.

Une des raisons sur lesquelles s'appuie M. Paultre, c'est qu'il suppose que *Genabum*, incendiée et abandonnée au pillage, a été détruite de fond en comble (4), de manière qu'il n'y serait pas resté pierre sur pierre. Mais le texte de César, en s'exprimant ainsi : *oppidum diripit atque incendit, prædam militibus donat,* ne nous paraît pas devoir admettre une pareille hypothèse. On peut même dire que le texte des Commentaires prouve que l'assertion de l'auteur de la dissertation que nous combattons est tout-à-fait hasardée, puisqu'effectivement, ainsi que nous venons de le dire, deux légions romaines ont pu encore se mettre plus tard à couvert durant tout un hiver dans les maisons de *Genabum*. Mais, d'ailleurs, quelle est la ville ancienne que l'on pourrait citer comme ayant été complétement détruite par les événemens d'une guerre? Que de villes dont l'histoire raconte le sac et le pillage, sans que pour cela elles aient été entièrement détruites et abandonnées! Thèbes

---

(1) Voyez la dissertation de M. Paultre, pages 53 et 54.

(2) Voici le passage extrait du liv. 8, chapitre 5 des Commentaires :

César, erumpentes eo maxime tempore acerrimas tempestates quum subire milites nollet, in oppido Carnutum Genabo castra ponit, atque in tecta partim Gallorum, partim quæ conjectis celeriter stramentis, tentoriorum integendorum gratia erant inædificata, milites contegit.

César ne voulut point exposer ses soldats à toutes les rigueurs de la saison la plus rude : il établit son camp à Genabe, ville des Carnutes, et logea ses soldats, soit dans les habitations gauloises, soit sous des tentes recouvertes à la hâte d'un peu de chaume.

(3) Voyez la dissertation de M. Paultre, pages 51, note 1.

(4) Voyez *idem*, pages 35, 56 et 66.

d'Egypte, par exemple, si l'on prenait à la lettre les témoignages de l'histoire, aurait été plusieurs fois pillée, saccagée et entièrement détruite, et cependant on admire encore aujourd'hui les restes magnifiques de ses temples et de ses palais qui étonnent l'imagination, tant il est difficile de détruire de fond en comble une grande cité.

Au reste, la position de *Genabum*, qui offrait un pont sur la Loire n'était-elle pas assez importante pour que les Romains la conservassent, et peut-on croire que sans nécessité ils l'eussent rendue déserte et inhabitée?

M. Paultre dit que les Romains (1), jaloux de conserver à eux seuls un passage qui leur devenait si intéressant, ne voulurent plus permettre, depuis la conquête, d'y construire une ville, et se contentèrent de faire garder cette position par un camp permanent. Mais où sont les preuves d'une pareille assertion? quels sont les témoignages historiques qui l'attestent? Quoi! après que les Romains victorieux dans toutes les parties de la Gaule en étaient devenus les maîtres absolus, ils n'auraient pas voulu, par des considérations pusillanimes, qu'une position importante fût habitée par des peuples qui n'étaient plus à craindre? cela est absolument hors de toute vraisemblance. Mais d'ailleurs l'histoire s'énonce tout autrement sur *Genabum*. Quelque part que cette ville ait existé, à Gien ou à Orléans, il est certain, ainsi que nous l'avons déjà fait remarquer, qu'elle n'a pas été détruite de fond en comble, puisque César y est revenu et y a fait tenir leur quartier d'hiver à deux de ses légions. En outre Strabon, mort vers la 12ᵉ année du règne de Tibère, en parle comme d'une ville non seulement subsistante, mais encore florissante, puisqu'elle était à son époque le marché principal des Carnutes (2).

Suivant M. Paultre (3), les Romains ont voulu détruire *Genabum*, et se sont contentés de garder le passage par un camp permanent. En admettant l'existence de ce camp dont nous ne sommes pas certains d'avoir retrouvé les vestiges, et qui d'ailleurs ne nous paraît pas de l'époque des Romains, où serait la nécessité de lui donner la destination indiquée par l'auteur de la dissertation que nous combattons. Ce camp n'a-t-il pas pu exister indépendamment de toute considération relative à *Genabum*? Il est certain que, dans la position qui lui est assignée, il se trouverait avantageusement placé. Mais pourquoi ne serait-ce pas un de ces camps nombreux que la France offre en une multitude d'endroits, et qui, à des époques diverses, ont été occupés comme des positions militaires qui rendaient maîtres de tout le pays? D'ailleurs, il faut considérer que ce camp, si tant est qu'il a existé, était déjà fort éloigné du pont qu'il était destiné, suivant M. Paultre, à garder et à défendre.

---

(1) Voyez la dissertation de M. Paultre, pages 55 et 56.

(2) Ρυις δὲ οὗτος παρὰ Γεναῦον τὸ τῶν Καρνούτων ἐμπορίον, κατὰ μέσον που τὸν πλοῦν συνεικούμενον, ἐκβάλλει πρὸς τὸν Ωκεανόν. Ligeris autem Genabum præterfluens, quod est Carnutum emporium fere ad medium fluminis conditum, in Oceanum exit.

(3) Voir sa dissertation, page 56.

M. Paultre veut tirer un grand parti de ce qu'une rue de Gien (1), située du côté de la route romaine que nous avons décrite (2), porte le nom de *rue de la Genabie.* A la vérité, la route romaine traverse Gien-le-Vieux : si cette position n'est pas celle de *Genabum,* comme nous en sommes convaincus, et qu'Orléans occupe l'emplacement de cette ancienne ville, la dénomination de la rue en question ne sera-t-elle pas encore convenable, puisque la rue qui le porte tend (3) à la route romaine conduisant à Orléans, c'est-à-dire à *Genabum?* Au reste, nous ne voulons rien conclure de cette circonstance pour placer *Genabum* à Orléans ; et s'il était vrai, comme l'avance Hadrien de Valois (4), que cette dénomination de *rue de la Cena-bie* fût récente, et que les habitans de Gien ne l'eussent adoptée que dans la vue de revendiquer l'honneur d'occuper l'emplacement de l'ancien *Genabum,* on serait bien forcé de convenir qu'on ne peut tirer de là aucune conséquence raisonnable.

A l'occasion de cette rue de la Genabie, l'abbé Lebeuf, qui certainement n'avait point vu les lieux dont il parle, dit (5) « qu'il ne descendra pas dans le détail de « tout ce qu'on a trouvé de restes d'anciens bâtimens dans le faubourg appelé la « Genabie, parce que, selon lui, quand il y aurait encore des antiquités romaines, « elles ne feraient rien à son sujet. » Mais un fait certain, c'est qu'il n'a jamais existé de ruines romaines dans le faubourg de la Genabie, quoi qu'en disent l'abbé Lebeuf et les lettres de plusieurs personnes du dernier siècle qu'il avait en sa possession, et qui en faisaient foi. La dénomination de Porte de César qu'on avait donnée aux ruines d'une porte de Gien, qui ne subsiste plus aujourd'hui, n'avait aucune espèce de fondement. La construction à laquelle elle était appliquée était moderne, datant tout au plus des guerres civiles de la France.

Il est difficile de tirer aucun parti favorable au système de M. Paultre de l'existence du port Gallié, d'après ce que nous en avons dit (6). Si cet endroit a été fréquenté par les marchands du Berry et des provinces d'au delà de la Loire qui faisaient le commerce avec la ville de *Genabum,* il faut convenir qu'il ne reste plus aucun vestige d'une aussi noble et aussi utile destination.

Il n'est pas non plus possible de tirer parti, dans l'intérêt de ce même système, de l'existence de la fontaine Riaudine dont ni M. Paultre ni l'abbé Lebeuf ne

(1) Voir sa dissertation, page 64.
(2) Voyez le chapitre Ier, art. 1er de ce Mémoire, page 32.
(3) Voyez le plan topographique, planche 17, comprenant Gien moderne et Gien-le-Vieux, ainsi que le chemin Perré ou de Jules César.
(4) Voici le passage extrait de la Notice des Gaules, d'Hadrien de Valois, art. *Genabum,* page 226.
« Nam ætate patrum nostrorum habitatores loci, ut patriæ suæ nomen Genabi vendicarent ejus suburbano Genabiæ nomen imposuere. (Genabie).
(5) Voyez la dissertation de l'abbé Lebeuf, pag. 213, 214 et 232.
(6) Voyez l'art. 3 du chap. III de ce Mémoire, pag. 54.

parlent même pas. Cette fontaine peut bien rappeler la religion des druides, un lieu destiné à leurs sacrifices; mais cette circonstance n'entraîne nullement la conséquence que Gien-le-Vieux occupe l'emplacement de la ville celtique de *Genabum*. On pourrait même tirer de ce voisinage une conséquence tout-à-fait contraire, puisqu'on sait que c'est au milieu des bois et loin des lieux habités que les Celtes pratiquaient leur culte.

M. Paultre admet toutefois à Orléans l'existence de *Cenabum* (1), mais non pas du *Genabum* de César, et à cet effet il compose une histoire à laquelle il ne manque, pour être vraie, que d'être fondée sur des documens authentiques. Sa ville de *Genabum*, cité gauloise qui, dans son opinion, ne peut montrer aucun monument de l'époque des Romains, a été, selon lui, détruite de fond en comble, et ce n'est pas d'elle que les auteurs et les itinéraires ont pu parler, puisqu'elle n'existait plus. Mais les habitans de *Genabum* dispersés ont été chercher ailleurs une autre patrie dans l'emplacement même où est aujourd'hui Orléans, à *Genabum*, et la véritable cité de *Genabum*, c'est-à-dire Gien, « s'est vue, dit l'auteur, disputer par « une fille ingrate jusqu'à son nom et jusqu'à ses malheurs qui lui avaient donné « dans l'histoire une place honorable. » Ainsi que nous l'avons dit, toutes ces assertions sont sans fondement historique.

L'abbé Lebeuf distingue (2) aussi le *Cenabum* de l'Itinéraire du *Genabum* des Commentaires de César, et il s'appuie sur ce que l'Itinéraire, tel que nous l'avons maintenant, n'ayant été écrit qu'après le temps de Constantin, si l'on avait voulu désigner la ville d'Orléans, on l'aurait indiquée sous le nom d'*Aureliani*. Il y a différentes opinions sur l'auteur de l'Itinéraire. Bergier paraît les avoir toutes conciliées et les savans le reconnaissent. Jules César est le premier auteur de l'Itinéraire, Antonin l'a perfectionné, Ethicus y a fait des additions, et d'autres auteurs y ont sans doute encore mis la main. Il est ainsi facile d'expliquer comment le dernier rédacteur de l'Itinéraire a pu laisser subsister le nom de *Genabum* au lieu de le remplacer par celui d'*Aureliani*. D'ailleurs, ainsi que l'observe (3) très judicieusement D'Anville, les villes de la Gaule avaient deux noms, le celtique qui était l'ancien, et le nom du peuple, ou le romain, qui était postérieur, et il est assez digne de remarque que les itinéraires emploient presque toujours le nom celtique quoique l'autre dénomination fût déjà en usage. C'est ainsi que Tours est désignée sous le nom de *Cæsarodunum*, Sens *Agendicum*, Reims *Durocortorum*, Amiens *Samarobriva*, etc.

Nous avons admis précédemment, avec Hadrien de Valois et D'Anville, l'identité des deux noms de *Cenabum* et de *Genabum*, et nous sommes confirmé dans cette

---

(1) Voyez la dissertation de M. Paultre, page 69.
(2) Voyez la dissertation de l'abbé Lebeuf, page 226.
(3) Voyez les Éclaircissemens géographiques sur l'ancienne Gaule, page 187 et 188: *Dissertation sur Genabum.*

opinion par tout ce que nous avons dit pour prouver qu'il est impossible que le *Genabum* de César ait été détruit de fond en comble, ainsi que le supposent l'abbé Lebeuf et M. Paultre, tandis que tout démontre au contraire que cette ville n'a pas cessé d'exister.

M. Paultre, pour justifier le système qui lui fait placer *Genabum* à Gien-le-Vieux, s'attache à un passage des Commentaires d'où il infère que César, après avoir passé le pont de *Genabum*, se trouva immédiatement dans le Berry (1). Voici ce passage (2): *exercitum Ligerim transducit atque in Biturigum fines pervenit.* D'Anville démontre (3) que ce n'est pas dans ce sens que le mot *pervenit* peut s'interpréter. Il fait voir par des rapprochemens pris dans les Commentaires mêmes que le vrai sens de ce mot demande un espace à parcourir entre le pont de *Genabum* et les frontières du Berry. Mais, d'ailleurs, en supposant encore qu'on pût adopter le sens indiqué par M. Paultre, l'expression manquerait d'exactitude; car dans l'antiquité le milieu de la rivière de Loire faisait la limite des *Carnutes* et des *Bituriges*, comme aujourd'hui il sépare le département du Loiret du département du Cher. Ainsi César se serait trouvé dans le Berry avant d'avoir entièrement traversé le pont et lorsqu'il aurait eu atteint seulement le milieu de ce pont que l'on voudrait prétendre avoir existé sur la Loire, en face de Gien-le-Vieux.

L'auteur de la dissertation que nous combattons insiste sur ce que César, parti d'*Agendicum* (Sens), pour arriver au secours de la Gergovie des Boïens, but principal de son expédition, a dû prendre le plus court chemin, et ce plus court chemin, ainsi que le montre D'Anville (4), est par Auxerre et Decise, et non par Gien, bien que le chemin de Sens à Gien fût plus court que celui de Sens à Orléans, pour arriver au pays des Boïens. En passant par Orléans, César a certainement allongé son chemin. Mais, ainsi que l'observent très judicieusement Lancelot (5) et D'Anville (6),

---

(1) Voyez page 65 de la dissertation de M. Paultre.

(2) Nous croyons convenable de citer ici le passage entier des Commentaires relatif à la prise et au sac de *Genabum.*

Genabenses, paulo ante mediam noctem silentio ex oppido egressi, flumen transire cœperunt. Quâ re per exploratores nuntiata, Cæsar legiones, quas expeditas esse jusserat, portis incensis, intromittit, atque oppido potitur; perpaucis ex hostium numero desideratis, quin cuncti vivi caperentur, quod pontis atque itinerum angustiæ multitudini fugam intercluserant. Oppidum diripit atque incendit, prædam militibus donat, exercitum Ligerim transducit, atque in Biturigum fines pervenit. *De Bello Gallico,* lib. vii, cap. xi.

En effet, vers minuit, ils sortirent en silence et se mirent à passer le fleuve; César averti par ses éclaireurs, mit le feu aux portes, introduisit les légions qu'il avait tenues prêtes, et s'empara de la place. Peu d'ennemis échappèrent: presque tous furent pris, les issues et le pont étant trop étroits pour tant de fuyards. César pille et brûle la ville, abandonne le butin aux soldats, leur fait passer la Loire et arrive sur le territoire des Bituriges. (*Traduction de M. Artaud*).

(3) Voyez les Éclaircissemens géographiques sur l'ancienne Gaule, pages 230 et 231.

(4) Voyez *idem*, page 210 et 211.

(5) Voyez sa dissertation sur *Genabum*, tome 8 des Mémoires de l'Académie des Inscriptions et Belles-Lettres, page 457.

(6) Voir les Éclaircissemens géographiques, pages 212 et 213.

les Romains avaient une injure à venger, et la punition exemplaire qu'ils devaient tirer de *Genabum* n'était pas moins utile à leurs intérêts que la levée du siége de Gergovie. César, pouvant faire l'un et l'autre sans trop de perte de temps, n'y a point manqué. Ainsi, de ce que ce conquérant aurait pu prendre le plus court chemin, il ne s'ensuit pas qu'il l'ait pris effectivement, et qu'on puisse s'autoriser de cette possibilité pour retrouver nécessairement la position de *Genabum* dans cette direction. D'ailleurs, il faut remarquer que les expressions du texte des Commentaires, *ad Boïos proficiscitur*, n'indiquent réellement pas que César ait voulu prendre le plus court chemin pour arriver au point qui paraissait être le but principal de son expédition.

M. Paultre reconnaît que Gien, moderne (1) ne réunit aucune des conditions qui porteraient à conclure qu'il occupe l'emplacement de l'ancien *Genabum*. Son pont est évidemment moderne. On n'y trouve aucune trace d'antiquité gauloise ni romaine. C'est une ville tout-à-fait récente, qui portait dans la basse latinité les dénominations de *Giemus*, *Caïomus*, *Giomus*, *Gianum*, *Gienum*, peu analogues avec *Genabum*. A cet égard nous partageons entièrement le sentiment que l'inspection des lieux a suggéré à M. Paultre, et nous ne nous arrêterons pas sur ce sujet, malgré les assertions hasardées de l'abbé Lebeuf qui veut que depuis deux cents ans (2), à partir de l'époque où il écrivait, on ait détruit beaucoup d'antiquités dans le faubourg de la Genabie. Nous avons déjà rejeté ces faits comme apocryphes (3); mais nous ne devons pas laisser ignorer toutefois qu'on a trouvé à Gien, et sur son territoire, quelques médailles (4) de l'époque des Romains. Mais n'en peut tirer aucune conséquence relativement à la question qui nous occupe. En effet, les lieux circonvoisins

---

(1) Voir la dissertation de M. Paultre, page 52.

(2) Voir la dissertation de l'abbé Lebeuf, page 232.

(3) Voir page 76 de cet écrit.

(4) Voici la description de quelques unes de ces médailles trouvées dans les champs et dans les chemins aux alentours de Gien, et près des tours et portes de la ville.

M. B. — *Tête de Claude* à gauche. Légende illisible.

Revers. Figure casquée debout dans l'attitude de lancer un javelot de la main droite, et ayant un bouclier passé dans le bras gauche. Dans le champ s.c.

G. B. — Tête laurée d'*Hadrien* à droite. Légende effacée. Revers fruste.

M. B. — Tête laurée de *Marc-Aurèle* à droite. m. avrel. antoninvs....

Revers. La Félicité debout. felicitas.... cos. iii. p.p.

Dans le champ s.c.

M. B. — Tête laurée de *Sévère Alexandre* à droite. imp. alexander. pivs. avg.

Revers. Mars passant armé d'un bouclier et d'une lance. mars. vltor.

P. B. — Tête radiée de *Gordien Pie* à droite.... gordianvs. pivs. fel. avg.

Revers. Figure debout regardant à gauche. Légende fruste.

P. B. — Tête radiée de *Postume* à droite. imp. c. postvmvs. p.p. avg.

Revers. Hercule armé de la massue. Légende illisible.

P. B. — Tête radiée de *Claude-le-Gothique* à droite. imp. clavdivs. avg.

Revers. Femme debout regardant à gauche. Elle porte dans la main droite une palme et au bras gauche une corne d'abondance. annona.

ont été habités par les Romains ainsi que nous l'avons fait voir. Qu'y a-t-il d'extraordinaire que çà et là on trouve quelques médailles romaines?

Beaucoup de personnes, voulant à toute force que Gien occupe l'emplacement de
Genabum, s'en prennent aux traducteurs des Commentaires et aux anciens écri-
vains qui ayant enlevé, d'abord sans examen et sans y attacher d'importance, le
nom de *Genabum* à la ville de Gien pour le donner à Orléans, ont forgé la dénomination de *Giemus* qu'ils ont appliquée à Gien. Mais peut-on croire que si une
longue habitude d'appliquer à Gien la dénomination de *Genabum* eût réellement
existé, elle eût pu s'effacer? La puissance des traditions est trop forte pour qu'il en
arrive ainsi.

ARTICLE II.

Orléans occupe l'emplacement du *Genabum* des Commentaires de César ; conséquence qui résulte de la position topographique de cette ville, et des antiquités nombreuses qu'on y a trouvées en divers temps et en diverses circonstances.

Maintenant qu'il s'agit de prouver directement qu'Orléans occupe l'emplacement
de l'ancienne ville de *Genabum*, nous pourrions à notre gré accumuler les faits pour
établir une pareille assertion. Mais notre intention ne peut pas être de reproduire
les savantes dissertations de Lancelot et de D'Anville qui ont, on peut le dire, résolu
complétement la question. Nous voulons seulement exposer toutes les circonstances,
et résumer en quelque sorte les faits principaux qui doivent forcer à admettre
l'assertion que nous avançons.

Nous nous sommes aidé d'un plan topographique en ce qui concerne Gien-le-
Vieux, pour démontrer que cette position n'offre point les conditions nécessaires
pour satisfaire au texte des Commentaires, puisque ce texte exige que la ville de
Genabum ait été contiguë à la rivière de Loire. Nous ferons aussi usage d'un plan
topographique (1) d'Orléans afin de montrer qu'au contraire cette ville remplit toutes
les conditions imposées par les Commentaires de César pour satisfaire à la position
de *Genabum*.

La ville, nous voulons parler de l'ancien emplacement de *Genabum*, déterminée
par une enceinte presque carrée tracée en noir (2) sur le plan, commence sur le
bord même de la Loire. Elle s'élève bientôt sur le penchant du coteau, de manière
à se trouver au dessus des plus hautes inondations du fleuve. L'ancien pont qui

---

(1) Voir ce plan, planche 20.
(2) Voir le plan topographique d'Orléans, planche 20.

aboutissait tout-à-fait à l'ouest de la ville (1) était formé de deux parties liées entre elles par un terre-plein établi sur deux mottes ou îles qui ont aujourd'hui entièrement disparu. La première partie du pont, celle contiguë à la ville, et qui la touchait (2) pour ainsi dire, se composait de cinq arches. La seconde partie en renfermait quatorze, compris l'arche de moindre ouverture jetée sur le fossé large et profond qui séparait le fort des Tourelles du boulevard des Tourelles, et dans lequel l'eau de la Loire coulait en tout temps, en sorte que le pont avait dix-neuf arches (3). Le plan de l'ancien pont d'Orléans, que nous avons jugé à propos de reproduire ici (4), reçoit une pleine et entière confirmation d'un document précieux recueilli par M. Lottin dans les archives de la ville. C'est le procès-verbal (5) d'une visite de

---

(1) Voir le plan topographique d'Orléans, planche 20.

(2) Voir *idem*.

(3) Voir le plan de l'ancien pont d'Orléans, planche 20 bis.

(4) Voir la planche 20 bis.

(5) Voici la copie littérale de cette pièce curieuse :

VISITATION DU VIEUX PONT D'ORLÉANS.

Aujourd'hui vingt six yesme de septembre 1630 du matins, honorables hommes Etienne Mariette, Pierre Maris et Jehan-Jacques Thoinard, maistres et administrateurs des pontz de ceste ville d'Orléans, se sont en la présence de moy Jacques Musnyer, notaire royal au chastellet d'Orléans, suivant l'ordonnance de messieurs les maires et eschevins de ceste ville d'Orléans, et aussy en la présence de honnorables hommes Charles Gombault et Nicolas Tbias, eschevins de la dicte ville, commis et deliéguez par les dits sieurs maire et aultres eschevins d'icelle pour le fait de la présente visitation, transportez appelez avecq eulx Pierre Sinson, maistre charpentier en grosserie, Jacques Boudin, maistre masson et tailleur de pierre, et Estienne Guillemeau, maistre scruzier, demourant au dict Orléans, soubz les arches arqeaulx (petites arches), et aultres endroits du dict pont affin de par eulx venir et visiter quelles repparations il y convient et sont nessessaires affaires, lesquels Sinson, Boudin et Guillemeau ont, en proceddant à la dicte visitation, après avoir deulx pris et reçu le serment au cas requis et accoustumé, dict et déclaré et rapporté qu'il est besoing et nessessaire faire tant aux arches arqeaulx que auxtres endroits du dict pont ce qui en suict.

PREMIÈREMENT.

1re arche. — *A la première arche du costé des Augustins* ou y a ung pont de bois et pont-levis, à la cullée qui porte le pont des Tourelles et corps-de-garde, il fault mettre plusieurs carreaux de pierres de taille et remplir la fracture d'esclat de pierre au bout du dict pont, et le tout de chau, sable et simant, et mettre des crampons de fer au pillier du dict pont-levis, rejointager les quartiers qui sont de pierre de taille et qui sont suspendus en lair au dessoulz du pignon de corps-de-garde.

Item, *au pillier qui porte les tourelles du costé du dict pont-levis*, mettre une gargouille de pierre dure et ung corbeau pour le dessoulz, laquelle gargouille servira à regetter les eaux qui descoulent de dessus le pont.

2e arche. — A la seconde arche mettre plusieurs parpins et quartiers contre les banderetz, remplire de pendans ou besoing est, et à la clef de la dicte arche mettre plusieurs pendans, le tout à chau, sable et simant, remplir larqeau de la dicte arche de devant de pierre, chau, sable et simant, et mettre un maistre pau (pieu) et plusieurs aultres à la pointe du dict arqeau, la dicte pille remplir la cresche de pierre des mollons de chau, sable et simant pour conserver la pille et rejointager d'esclats des pierres avecq chau et simant la joue allentour des banderetz du costé damont de la dicte arche et mettre à la cresche de la première pille une bande de fer en double esquerre sur la limande, et sellée en plomb dans le corps de la pille.

3e arche. — A la trois yesme arche fault reparer larqueau du costé de la Mothe lemplire de pierre menus et rassoir les banderetz, remplir de plusieurs fractures desclats de pierre, chau et simant, reffaire le batardeau et mettre plusieurs paulz tout allentour du dit arqeau, resparer la pointe de la pille du costé du vent d'amont, et remplir d'esclats de pierre, chau et simant, et mettre des bandes de fer de chascune six piods de longueur

I I

ce pont faite au mois de septembre 1630 par les maîtres et administrateurs des ponts de la ville d'Orléans, en présence de MM. les maires et échevins pour constater les réparations à y faire; chaque arche est passée en revue depuis la première *arche du costé des Augustins,* jusqu'à *la dix-neuf yesme et dernière arche sur la cullée du costé de la ville.*

---

sellée en plomb avecq cloux par voye et crampons rivez affin de tenir plusieurs quartiers qui menassent ruine.

4ᵉ *arche.*—A la quatre yesme arche, du costé des Augustins fault mettre ung quartier d'assiette de pierre de taille, rejointager la pille et arche d'esclats, chau, sable et simant, reprendre une conquavitez qui est soubz la dicte arche, en la longueur d'une thoise ou environ soubz la profondeur de trois pieds dans le corps de la pille; du costé des Augustins, mettre des pauls à larqeau et remplire la cresche de pierre, de mollon, chau, sable et simant.

5ᵉ *arche.*- A la cinq yesme arche, fault resparer tout allentour de la cresche de pautz et remplir larqeau de pierres menues à la hauteur de trois pieds de chau, sable et simant, rassoir les banderetz du costé damont de chau, sable et simant; comme aussy rassoir les banderetz du costé du bas aussy de chau, sable et simant, et au poincteau de la dicte pille, metre deux barres de barres de fer de chacun costé qui sont mis en plomb.

6ᵉ *arche.* — A la six yesme arche y celle convient rejointager et mettre quelque carreaux à lentour de la pille.

7ᵉ *arche.* — A la sept yesme arche du costé de la Mothe, remplir larqeau de pierre menues et garny la dicte arche de pautz; et du costé des Augustins, fault mettre plusieurs parpins et quartiers de pierre dure l'encoignure de neuf pieds qui se trouve de creux soubz la dicte pille de la dicte arche du costé du vent d'aval, remplire soubz la dicte voustre d'esclats de pierre, chau et sable, refaire la cresche garny de pautz; allentour le poincteau de la dicte pille seront garnys de barres de fer comme dessus, et rejointager les poincteaulx de la dicte cresche, et mettre quelque banderetz à la dicte arche du costé d'abas.

8ᵉ *arche.* — A la huit yesme arche, du costé des Mothes, convient mettre plusieurs parpins de pierre dure; soubz la longueur de six pieds ou environ de pareille haulteur, mettre plusieurs pendans; au milieu de la dicte voûste, soubz la hauteur de trois thoises ou environ, reboucher plusieurs jointz d'esclats de pierre, resparer la cresche et battre des pautz tout allentour de la dicte pille, et la garnir de pierre menue, le tout de chau, sable et simant; et du costé des Augustins, resparer la cresche et poincteau, et remplire des pierres menues et barres de fer comme dessus.

9ᵉ *arche, la Belle-Croix.* — A la neuf yesme arche, aspellez la Belle-Croix, du costé des Mothes, fault mettre une pierre de taille à la pille, rejointager la dicte pille desclats de pierre; tout allentour resparer la cresche de la dicte pille en la longueur de deux thoises ou environ, et la remplir de pierre menue; mettre des bandes de pierre à la pointe de la dicte pille, et du costé des Augustins y a une conqavité soubz l'arche de la pille de neuf pieds en la longueur de neuf pieds, rejointager la pille d'esclats de pierre, chau, sable et simant, resparer la cresche tout allentour des pautz de pierre menue comme dessus.

10ᵉ *arche.* — A la dix yesme arche, du costé des Mothes, y a une conqavitté soubz la pille de la dicte arche de la profondeur de sept pieds en la longueur de neuf pieds qui convient remplire de pierre de taille; joinctager la pille de la dicte arche, et remplir larqeau tout allentour de pierre menue, et mettre au dict poincteau des bandes de fer; et du costé des Augustins y a une conqavitté soubs le poincteau de trois pieds ou environ et en la longueur de quatre pieds qu'il convient remplire de pierre de taille et rejointager d'esclats de pierre, chaux, sable et simant, remplire et faire la cresche comme dessus.

11ᵉ *arche.* — A la onze yesme arche, du costé des mothes, fault à larqeau sur lequel est la maison où demeure Jehan Aumant et Guilletier, rejointager le poincteau d'esclats, chau, sable; regarnir larqeau de pierre menues; et du costé des Augustins mettre des ranges de pierre de taille de la longueur de neuf pieds, remplire larche de pierre menue comme dessus; mettre plusieurs pendans à la voulte de la dicte arche.

12ᵉ *arche.* — A la douze yesme arche du costé des Mothes, fault resparer les concavittez qui y sont, rejointager et remplir desclats de pierre, chau, sable et simant; et du costé des Augustins, fault mettre une pierre a larqeau, remplire de pierre menue et rejointager la voulte desclats; chau et sable comme dessus.

13ᵉ *arche.* — A la treize yesme arche fault piquer et mettre plusieurs pautz allentour d'icelle arche au lieu

Cet ancien pont, devenu inutile par la construction du pont nouveau ouvert au passage public en 1760, a été successivement détruit, et il ne reste aujourd'hui que

de ceulx qui y sont et qui sont pourry et cassés, refaire la cresche de la dicte arche à neuf, et mettre des barres de fer au poincteau de la dicte arche.

14ᵉ *arche.* — A la quatorze yesme arche il fault boucher plusieurs trous qui sont dans la voulte d'icelle ; est besoing battre des paulz allentour du pillier de pierre qui porte la superficye de la maison de Gandan ; mettre du costé d'amont plusieurs banderetz et pendans à la voulte, et raccommodé la cullée.

Dudit jour de relevé.

15ᵉ *arche.* — A la quinze yesme arche, les entrepreneurs qui ont entrepris de refaire la dicte arche ont abbatu une muraille despendant de l'ospital Sainct-Antohaine, ensemble le recoing de la muraille qui va à la dicte muraille de l'ospital au quai du Petit-Puits, et trois arbouttans qui soustenaient la dicte muraille qui est nessessaire de rediffier et remettre en pareil estat qui elles estaient auparavant; et à l'avent bec du costé de la maison de la foretz, il convient mettre deux quartiers de pierre de taille.

16ᵉ *arche appelée l'arche Camuse.* — A la seizième arche appelée l'arche Camuse, il convient reprandre une concavittée qui est soubz l'avenbec du poincteau ; ensemble refaire la cresche et joinctager les joinctz du poincteau et remplire d'esclats, chau, pierre , sable et simant, et mettre plusieurs quartiers de pierre, à la pille du costé des Mothes.

17ᵉ *arche appelée la Grande Voye.* — A la dix-sept yesme arche appelée la Grande-Voye fault remettre plusieurs pendans à la voulte de la dicte arche de chau , sable et simant, refaire entièrement la cresche à neuf du costé de la Pucelle; et du costé du Chastellet y a une concavitté de deux thoises long sur la hauteur , de sept piedz et six piedz de profondeur et rejoinctager le poteau de la dicte pille et voultre, et oultre faire un poincteau à neuf à la longueur de cinq thoises, et y mettre un maistre pau ferré , faire une cresche à neuf qui sera remplie de pierre menue.

18ᵉ *arche.* — A la dix-huit yesme arche fault remettre quelques banderetz du costé d'amont au lieu de ceux qui sont crevez et rompues et rejoinctager d'esclats de pierre, chau et simant la voultz de la dicte arche et mettre des quartiers à fleur d'eau ; dans la pille en la fasse qui regarde le Chastellet, et de l'austre costé en la fasse qui regarde les Mothes, fault refondre à neuf le poincteau de la dicte dernière pille et reprendre une concavitté qui est soubz la dicte pille, ihirant en abas au dessoulz du dict poincteau.

19ᵉ *et dernière arche sur la cullée du costé de la ville.* — A la dix-neuf yesme et dernière arche qui porte sur *la pille cy dessus et sur la cullée du costé de la ville*, fault mettre et appliquer des paulz le long de larqeau des deux costés de la dicte arche et tout allentour d'icelle avecq un poincteau de bois, lequel arqeau est besoin remplire de pierre menues; le long de la dicte arche du costé de la ville, y a des concavittez, faire une cresche a neuf de la longueur de cinq thoises, et garnire la dicte cresche de pierre menues.

Lesquelles sus dictes réparations Sinson et Guillemeau ont dict et affirmé estres très nessessaires de faire incontinant et sans delay, et expecialement celles contenues aux articles cottés en marge par une croix double et simple et auxquels Sinson, Boudin et Guillemeau a costé, par le dict Mariette, paié la somme de six livres pour leurs peines, salaires et vacations d'avoir faict la dicte visitation dont et quittance dont lettre présens noble homme maistre Estienne Larone , advocat à Orléans ; Marc Lemarre , procureur au bailliage, prévosté et siège présidial d'Orléans et conseillz des dicts maistre provisurs du dict pont; Vincent Payen dict la Botte , concierge de la maison de l'augin du dict pont , et Francois Musnyer, clerc, demourant au dict Orléans pour tesmoings. La mynutte des présentes est signée des dicts échevins, provisurs, notaire et temoyngs.

MUSNYER.

Nous ne pouvons nous empêcher de faire remarquer ici que toutes les prévisions mises en avant par nous dans notre lettre à MM. les membres de la Société royale des Antiquaires de France, sur l'emplacement du fort des Tourelles de l'ancien pont d'Orléans, sont pleinement confirmées par ce procès-verbal. Nous n'avions , au reste , pas besoin de cette pièce pour notre conviction personnelle , et nous sommes persuadé que ceux qui nous ont lu avec quelque attention n'en avaient pas besoin non plus. Mais cette preuve de la vérité des bases sur lesquelles nous avons établi nos raisonnemens et nos preuves nous a procuré toutefois une grande satisfaction.

Un autre procès-verbal de visite de l'ancien pont d'Orléans , faite à une époque antérieure à 1630, en 1555, nous a été adressé, postérieurement à celui que nous venons de citer, par l'infatigable investigateur M. Lottin. Il constate également que le nombre des arches du pont d'Orléans était de dix-neuf. Comme notre intention, est de donner au public tous les documens qui nous sont parvenus sur le pont d'Orléans , nous avons fait imprimer cette pièce telle qu'elle nous a été adressée dans l'explication de la planche 20 bis. Nous y avons été

les fondations (1) de ses piles qui se voient encore dans le lit de la Loire, au dessous du niveau des basses eaux du fleuve, lorsque ses eaux sont transparentes. C'était probablement, avec des changemens et des modifications que le temps y aura apportés, celui qui existait à l'époque des Romains (2). Bien que ces expressions, *quod oppidum Genabum pons fluminis Ligeris contingebat*, dont se sert César pour en indiquer la position, ne supposent pas nécessairement que le pont ne fût qu'à une des extrémités de *Genabum*, on ne peut nier toutefois qu'elles ne s'accordent parfaitement avec la situation du pont d'Orléans relativement à la première enceinte (3). Cette position du pont était assez bizarre; mais elle est, en quelque sorte, justifiée par celle des ponts existans dans d'anciennes villes gauloises à la même époque. Ainsi à Tours (*Cæsarodunum*), à Nantes (*Namnetes*), et à Auxerre (*Autissiodurum*), les ponts étaient situés à peu près de la même manière qu'à Orléans (*Genabum*). Il est à croire que tel était l'usage de nos ancêtres, usage peut-être motivé par des raisons qu'il nous serait difficile d'apprécier aujourd'hui.

L'ancien pont d'Orléans était-il celui même de l'époque des Gaulois? C'est ce qui est peu probable, et sur quoi il est toutefois difficile de prononcer, les Commen-

---

d'autant mieux déterminé que ce procès-verbal est suivi 1° d'un devis rédigé en 1668, et qui avait pour but de changer, en ce qui concerne la première arche, un état de choses constaté dans le procès-verbal de 1630, et consigné dans la Vue d'Orléans d'Israël Sylvestre (voir la planche 6 de notre lettre à MM. les membres de la Société royale des Antiquaires de France, sur l'emplacement du fort des Tourelles), pour le ramener à l'état où était cette arche en 1555 ; 2° d'une soumission d'entrepreneur pour l'exécution des travaux de ce devis qui n'ont eu lieu qu'en 1688, vingt ans plus tard, et dont l'objet était de transformer en une arche en pierre la travée en charpente qui faisait suite au pont-levis du fort des Tourelles.

Nous nous contenterons de faire remarquer ici qu'il est assez curieux de voir justifiée, par le procès-verbal de visite de 1630, l'exactitude du dessin d'Israël Sylvestre, artiste fort distingué à l'époque dont nous nous occupons (voir ce que nous en disons page 11 et suivantes de notre lettre précitée).

(1) Voir le plan des ruines de l'ancien pont joint à notre lettre à MM. les membres de la Société royale des Antiquaires de France sur l'emplacement du fort des Tourelles, planche 1er.

(2) Perronnet, en rendant compte dans son ouvrage de la démolition de l'ancien pont d'Orléans, rapporte que, dans plusieurs parties de sa fondation, on a trouvé des pieux de bois de chêne d'un beau noir d'ébène jusqu'à leur centre. Il fait la remarque qu'on peut juger de l'antiquité de ces pilotis par le temps considérable qu'il faut pour noircir ce bois jusque dans le cœur, d'après la connaissance que l'on a que cette couleur n'a pénétré au plus que d'une ligne en 22 ans dans un pareil pieu, et qu'il est vraisemblable que cette opération se fait plus lentement en s'approchant du centre.

Perronnet ne dit pas quelle était la dimension des pieux, mais il n'est guère possible de supposer qu'ils eussent moins de dix pouces de diamètre, ce qui donne cinq pouces ou 60 lignes pour l'épaisseur des couches concentriques. Il en résulterait donc que ces pieux, arrachés en 1760, auraient été enfoncés dans le lit de la Loire en 440, à raison de 22 ans par chaque ligne d'épaisseur de la couche noire, en supposant la pénétration de cette couche égale à chacune de ces périodes. Mais si l'on admet leur diminution proportionnelle en rapprochant du centre, et si l'on considère en outre que, lorsque les pieux furent arrachés, ils pouvaient être arrivés déjà depuis long-temps à leur entière coloration, on reconnaîtra que l'époque de l'enfoncement de ces pieux dans le lit de la Loire peut bien être reportée jusqu'à l'an 270, au temps du règne d'Aurélien, et même plus loin encore dans l'antiquité.

Nous ne devons pas omettre ici toutefois que Perronnet exprime qu'il n'entend parler que de l'antiquité des pilots, parce que le pont, quoique ancien, n'était pas d'une construction assez solide pour qu'on pût la reporter aussi loin.

(3) Voir le plan topographique d'Orléans, planche 20.

taires ne s'expliquant point sur la nature et l'espèce du pont de *Genabum*. Était-il construit en bois ou en pierre? César ne le dit pas davantage. Il nous paraît assez vraisemblable qu'il était construit en bois. A cette époque le pays était couvert de forêts qui fournissaient en abondance les matériaux les moins dispendieux et les plus propres, pour ainsi dire, à une pareille construction. Mais nous ne doutons pas, d'après ce que nous venons de dire, que la position de l'ancien pont ne soit celle du pont Gaulois. Cet ancien pont nous paraît, du reste, offrir tout-à-fait l'aspect d'un pont romain (1). Ses arches, en effet, sont nombreuses et en plein cintre, telles que celle du pont de Dordives (2) précédemment décrit. Mais, d'ailleurs, on nous a assuré que lors de la démolition des deux arches attenant au Châtelet, on a trouvé dans la maçonnerie une assez grande quantité de médailles romaines (3). Ce fait important nous a été attesté par M. l'abbé Nutin, vicaire et chanoine honoraire de la cathédrale de Sainte-Croix, d'où l'on pourrait conclure que si l'ancien pont (4)

(1) Consulter les extraits du profil de la ville ducale et épiscopale d'Orléans, jadis capitale du royaume du même nom, et de la vue d'Orléans dessinée par Israël Sylvestre et gravée par F. Colignon vers 1660, joints à notre lettre précitée sur l'emplacement du fort des Tourelles de l'ancien pont.

(2) Voir page 20 et suivantes de cet écrit et le dessin du pont, planche 13.

(3) M. l'abbé Nutin a bien voulu nous communiquer un grand nombre de médailles ramassées à Orléans, parmi lesquelles se trouvent celles recueillies lors de la démolition de l'ancien pont. Mais malheureusement ces dernières n'ont pas été mises à part, et nous ne pouvons les indiquer ici.

(4) Nous devons faire ici mention d'une opinion dont feu l'abbé Dubois, théologal de la cathédrale d'Orléans, nous a plusieurs fois entretenu relativement au pont d'Orléans de l'époque des Romains. Il supposait que lorsque Aurélien avait rebâti les murs de la cité de *Genabum*, il avait aussi rebâti le pont qui devait se trouver en face de la poterne Chesneau, près d'une ancienne tour portant le nom de la croiche Meuffroy (voir le plan topographique d'Orléans, planche 20, et le plan d'Orléans au temps de Jeanne d'Arc, joint à notre histoire du siége d'Orléans, publiée en 1833). Ce pont, suivant l'abbé Dubois, n'aurait pas été en droite ligne : une première partie serait venue aboutir à la Mothe-Saint-Antoine, aujourd'hui entièrement détruite, et l'autre partie se serait dirigée obliquement au cours de la rivière pour arriver au porteau du Coq (voir le plan d'Orléans, planche 20). L'opinion de l'abbé Dubois n'est malheureusement fondée que sur des conjectures, loin d'être appuyée sur des faits évidens, tels que des restes encore subsistans, dans le lit de la Loire, de ce prétendu pont romain.

Le 22 août 1829, la Loire étant basse et ses eaux transparentes, nous nous sommes déterminé à aller reconnaître des pieux que nous avions déjà aperçus dans les bras de rivière au delà du duits, en face de la poterne. Deux motifs nous déterminaient à faire cette reconnaissance, le premier de faire enlever les pieux, s'ils étaient nuisibles à la navigation, et le second de reconnaître si la quantité de ces pieux, l'ordre et la régularité de leur disposition dans toute la largeur du bras de la Loire au delà du duits, permettaient d'admettre l'opinion émise par feu l'abbé Dubois qu'ils annonçaient l'existence et les restes d'un ancien pont. Toutes les recherches que nous avons faites dans le lit de la Loire, ne nous ont montré que deux rangées de pieux parallèles, séparées par un intervalle de 3 à 4 mètres, dirigées très obliquement sur le cours de la rivière, et qui paraissent être les restes d'anciens duits. Ces rangées de pieux font un angle plus ouvert que les pieux du duits actuel avec le cours de la rivière. Nous n'avons pas bien pu reconnaître si tous ces pieux forment une ligne continue, parce qu'un espace vide les sépare dans le sens de la longueur de cette ligne, et nous serions assez disposés à croire qu'ils sont les restes de plusieurs duits successifs, tels qu'on en voit indiqués sur d'anciens plans d'Orléans. Mais un fait certain, c'est que ces rangées de pieux se prolongent dans la direction sud-est nord-ouest, et qu'au delà, dans le sens de la largeur du bras de la Loire, nous n'avons plus aperçu aucun vestige de pieux, et par conséquent rien qui puisse rappeler des restes de piles d'un ancien pont; et cependant dans toute la partie de la Loire comprise entre le duits et la rive droite, il y a dans beaucoup d'endroits une grande profondeur d'eau, et les restes des piles d'un ancien pont s'y manifesteraient évidemment, s'il en avait existé.

n'était pas entièrement de construction romaine, il montrait au moins encore quelques unes de ses parties bâties ou restaurées par les Romains.

Il suit de tout ce que nous venons de dire que la situation d'Orléans sur la Loire, et le pont qui y a toujours existé, sont parfaitement d'accord avec les indications des Commentaires de César, et nous avons démontré que rien de tout cela n'a lieu pour Gien-le-Vieux.

A l'identité en quelque sorte des localités, nous avons ajouté l'identité des distances données par les itinéraires anciens et les cartes modernes les plus exactes pour fixer la position de *Genabum* à Orléans (1). Mais nous avons à détruire une objection qui pourrait être tirée des Commentaires mêmes contre la position de *Genabum* à Orléans. Elle résulterait du passage où César rapporte que le meurtre des citoyens romains à *Genabum* ayant eu lieu au lever du soleil, la nouvelle en fut sue aux confins de l'Auvergne avant neuf heures du soir, c'est-à-dire 12 à 15 heures après l'événement, quoiqu'il y eût une distance de 160 milles environ (2).

Il est visible d'abord qu'il n'y a point à chercher une rigueur mathématique dans l'expression de la distance indiquée par César, et le point de l'arrivée de la nouvelle n'est ni moins vague ni moins incertain. L'heure du départ des courriers qui l'ont transmise est sujette aussi à la même incertitude. Ainsi voilà deux élémens qui doivent faire renoncer à toute espérance d'une donnée mathématique dans l'évaluation de la distance. Or, si l'on prend Riom, déjà un peu au delà des confins de l'Auvergne, comme représentant le terme de l'arrivée de la nouvelle du soulèvement des Carnutes à *Genabum*, on compte 66 lieues de 2000 toises de Riom à Orléans, et 57 lieues de Riom à Gien, ce qui fait une différence de 9 lieues, et nous nous demandons avec Lancelot si une différence si peu considérable doit être de quelque considération dans une pareille circonstance (3); et y a-t-il rien qui s'oppose à

Le 21 août 1830, les eaux étant au dessous de l'étiage, et le bras de la Loire qui longe le portereau entièrement à sec, au moins dans la partie qui se trouve en face de la poterne Chesneau, j'ai visité ce bras. J'ai vu tout-à-fait à découvert et à sec les pieux que j'avais reconnus précédemment pour être ceux d'un ancien duits, et toutes les conjectures que j'avais formées alors ont été confirmées sans aucune espèce de doute. Mais c'est en vain que j'ai recherché dans le lit tout-à-fait à sec des restes de constructions ou de pilotis qui auraient pu annoncer l'existence d'un ancien pont, je n'en ai point retrouvé. Ainsi les conjectures de feu l'abbé Dubois sont tout-à-fait sans aucune espèce de fondement.

(1) Voyez précédemment page 62 et suivantes de cet écrit.

(2) Voici le texte extrait de l'édition de Panckoucke, traduction de M. Artaud, livre 7, chapitre 3.

Celeriter ad omnes Galliæ civitates fama perfertur (nam ubi major atque illustrior incidit res, clamore per agros regionesque significant: hunc alii deinceps excipiunt, et proximis tradunt, ut tunc accidit): nam, quæ Genabi oriente sole gesta essent, ante primam confectam vigiliam in finibus Arvernorum audita sunt, quod spatium est millium circiter CLX.

Cette nouvelle parvint bientôt à tous les états de la Gaule; car toutes les fois qu'il arrive quelque événement remarquable, ils l'annoncent aux campagnes et aux contrées voisines par des cris qui se transmettent de proche en proche. Ainsi ce qui s'était passé à Genabe au lever du soleil fut su des Arvernes avant la fin de la première veille, à une distance de près de 160 milles (55 lieues, disent les notes).

(3) Voir la dissertation de Lancelot, tome 8 des Mémoires de l'académie des Inscriptions et Belles Lettres, pag. 454.

admettre une célérité un peu plus ou un peu moins grande pour franchir cette diffé-rence? Mais d'ailleurs les 160 milles de César, en partant de l'évaluation du mille romain que D'Anville porte à 755 toises 3 pieds, représentent 60 1/2 lieues environ de 2000 toises. Si le point d'arrivée de la nouvelle mentionnée par César est Riom, il s'ensuit que pour Orléans il s'en manque de six lieues, et pour Gien de trois lieues et demie, que les distances à Riom ne coïncident avec la distance donnée par César.

Or, peut-on, d'après ce résultat, affirmer que *Genabum* soit plutôt à Gien qu'à Orléans? Ainsi la preuve que les partisans de l'opinion qui place *Genabum* à Gien voudraient tirer de la distance donnée par César, est bien loin d'être péremptoire. Sans doute la distance approximative donnée par les Commentaires n'est pas à négliger. Mais, pour être de quelque poids dans la discussion, il faudrait qu'elle accompagnât d'autres preuves et d'autres circonstances qui pussent faire pencher la balance entre Gien-le-Vieux et Orléans.

Une de ces circonstances, c'est qu'Orléans a toujours été une ville commerçante, tandis qu'il n'y a rien qui constate dans l'histoire le commerce de Gien-le-Vieux ou de Gien moderne. Des personnes dignes de foi nous ont assuré qu'on a trouvé dans les environs d'Orléans des médailles de l'antique ville de Marseille : ce qui sem-blerait confirmer l'importance d'Orléans sous le rapport commercial (1), car cette ville satisfait complètement à la condition d'avoir été le marché, l'*emporium* des Carnutes, puisqu'elle se trouve à proximité de la capitale du pays, *Autricum*, aujourd'hui Chartres, tandis qu'il est très difficile, pour ne pas dire impossible, de prouver que Gien ait été du pays des Carnutes, et dans tous les cas il ne se serait tout au plus trouvé qu'à la limite de ce pays, situation peu probable pour un commerce intérieur très actif tel que paraît avoir été celui de *Genabum*.

Le savant abbé Lebeuf, dont nous combattons l'opinion sur la position de *Genabum* qu'il place à Gien, sentait bien qu'on pouvait lui objecter que l'absence de monumens romains dans cette localité, ou au moins de monumens qui pussent conduire à des conséquences motivées, car il ne connaissait point les vestiges antiques que nous avons signalés, était un obstacle à l'adoption de son sentiment, et que l'opinion qui place *Genabum* à Orléans finirait par prévaloir. Aussi dans sa disser-tation (2) sur le *Vellaunodunum* et sur le *Genabum* des Commentaires de César,

(1) On a trouvé dans les environs d'Orléans des médailles grecques, l'une d'Alexandre, à Fourneaux sur la route de Tours, et deux de Philippe, à la hauteur de Saint-Mesmin sur la route de Cléry. Alexandre est repré-senté sous la figure de Jupiter Ammon.
Au revers un homme dans un bige avec l'exergue : ΑΛΕΞΑΝΔΡΟΣ.
Les deux médailles de Philippe de Macédoine offrent une tête barbue de Jupiter Olympien à droite. Le revers de l'une présente un homme dans un bige, et celui de l'autre un homme à cheval. Tous deux ont pour exergue ΦΙΛΙΠΠΟΥ.
(2) Voir le tome 2 du recueil de divers écrits pour servir d'éclaircissemens à l'Histoire de France, pages 245 et 246.

le savant académicien voudrait que les partisans de cette dernière opinion prouvassent auparavant l'antiquité d'Orléans sans pétition de principes. « Il faudrait, « dit-il, qu'on y trouvât, comme dans d'autres villes, des monumens romains du « premier ou du second siècle, de ces monumens qu'on pût assurer avoir été taillés « sur le lieu, et n'avoir pas été apportés d'ailleurs. Ces sortes de monumens, quand « même ils ne seraient que du second siècle, s'ils sont autres que des médailles, « serviraient au moins d'indices que le pays était habité quelque temps après la « conquête des Gaules par les Romains. »

L'abbé Lebeuf ajoute encore « qu'il serait à souhaiter, pour autoriser l'antiquité « de la fondation d'Orléans, qu'on y eût trouvé des débris de temples ou de statues « considérables, ou au moins d'anciens vestiges de la substitution des rits du « christianisme à un paganisme enraciné. »

Ce n'est qu'à ces conditions que le savant académicien pourrait consentir à voir Orléans établi sur l'emplacement de *Genabum*.

Eh bien, nous croyons être en mesure de satisfaire à toutes les exigences de l'abbé Lebeuf. Nous allons montrer d'abord à Orléans des monumens gaulois qui peuvent avoir été construits au 1ᵉʳ ou au 2ᵉ siècle, sous l'influence de la domination romaine, et qui pourraient même être tout-à-fait antérieurs aux Romains. Le lecteur jugera si nous ne nous faisons pas illusion. Nous ferons connaître ensuite d'autres monumens qui attesteront que l'ancien *Genabum* n'a pas cessé d'être occupé par les Romains. Mais, avant d'entrer en matière, nous devons faire observer que D'Anville, cherchant à réfuter l'abbé Lebeuf à l'occasion de ses exigences pour admettre que *Genabum* peut être placé à Orléans, se contente de lui répliquer (1) que Gien, où il place *Genabum*, ne satisfait pas plus qu'Orléans aux conditions qu'il exige, et que la plupart des villes de la Gaule, réputées cependant anciennes, ne présentent pas davantage ces monumens qu'il voudrait qu'on y trouvât. D'Anville ignorait tous les faits que nous allons mettre au jour.

Beauvais de Préau, dans ses Essais historiques (2) sur Orléans, rapporte que, dans les fouilles entreprises en 1741 pour établir les fondations de l'église de l'abbaye de Bonne-Nouvelle, aujourd'hui la préfecture, on trouva des sculptures représentant des divinités, des satyres, des faunes, etc., qui faisaient partie des ornemens d'un édifice bâti par les Romains.

Jean de Verninac, religieux bénédictin de la congrégation de Saint-Maur dont nous avons déjà cité une dissertation manuscrite sur *Genabum*, s'explique d'une manière plus précise encore sur ces antiquités. Il rapporte qu'en faisant les fondations d'une nouvelle église dans la même place où était celle qui fut construite par

---

(1) Voir les Éclaircissemens géographiques sur l'ancienne Gaule, dissertation sur *Genabum*, page 245.
(2) Voir page 104 de cet ouvrage.

les libéralités du roi Robert, les ouvriers, en creusant la terre, découvrirent à 5 ou 6 mètres de profondeur de grandes pierres, des figures ou plutôt des têtes de Bacchus, d'Apollon, de Bacchantes, des restes d'un Mercure, d'un dieu Faune et de deux grands bas-reliefs, grand nombre de chapiteaux et de colonnes, des architraves, des frises, en un mot, les débris d'un temple d'idoles. « Vous pouvez, dit Jean de Verniuac en s'adressant à l'abbé Lebeuf, venir et examiner ce qui est entier; les pierres brisées en morceaux plus ou moins grands qui ne présentaient rien de reconnaissable ayant été employées dans les fondemens. »

En faisant des recherches dans les manuscrits de la bibliothèque d'Orléans, que nous devons à l'obligeance de M. Petit-Sémonville d'avoir pu consulter, nous avons retrouvé la copie d'une lettre adressée au révérend père D. Montfaucon le 14 novembre 1741, par D. Jean Maguin, religieux de Bonne-Nouvelle. Cette lettre, fort curieuse sous le rapport des faits qui nous occupent, paraît être la source commune à laquelle ont puisé les auteurs que nous venons de citer. Elle est trop importante à l'objet que nous avons en vue pour ne pas la donner ici en entier.

« Il y a bien des années que j'eus l'honneur de vous envoyer quelques pièces
« d'antiquités, entre autres une hache de cuivre rosette qui avait servi aux sacri-
« fices, auxquelles vous fîtes un si bon accueil que si, depuis ce temps-là, je m'étais
« trouvé dans quelques endroits où l'on eût découvert des antiquités semblables,
« je n'aurais pas manqué de vous en faire part pour vous marquer ma parfaite
« reconnaissance.

« C'est dans cette vue que j'aurai l'honneur de vous dire qu'en fouillant dans les
« terres de notre église de Bonne-Nouvelle d'Orléans, on a trouvé quantité de
« pierres taillées et encore un plus grand nombre d'autres qui n'ont été qu'ébauchées.

« Il paraît que les premières ont été employées à quelque édifice des payens, puis-
« qu'on y trouve des figures de divinités, des satyres, des faunes qui ne permettent
« pas de douter qu'elles n'aient fait partie des ornemens d'une architecture toute
« payenne. Si j'avais su dessiner, je n'aurais pas manqué d'en tirer des esquisses à
« mesure qu'on les a découvertes. Mais comme elles ont été pour la plupart remises
« dans les fondemens ou retaillées pour servir dans les murs de la face, je n'ai pu
« vous envoyer que les principales qu'on a réservées par curiosité.

« On a donc d'abord trouvé dans les terres, à 15 ou 16 pieds de bas, une tête
« d'Apollon qui servait de chapiteau à un pilastre d'au moins 25 à 30 pieds de
« hauteur, comme il paraît par le diamètre des morceaux de pierres cannelées qui
« composaient ces pilastres, lesquels ont plus de trois pieds de diamètre; et ces
« chapiteaux ont trois pieds dix pouces de face en largeur, et un peu plus de deux
« pieds de hauteur.

« La face d'Apollon a un pied et demi de hauteur et autant de largeur, y compris
« les cheveux qui ne sont presque qu'ébauchés quoique cordelés ou en cadenettes
« autour du front. Il y a une bandelette large d'un pouce et demi, et au côté droit

12

« est représentée une lyre gravée fort grossièrement et seulement d'une ligne de
« profondeur. Il paraît que le chapiteau était enclavé dans le mur de près de deux
« pieds avec un pied de saillie, laquelle saillie est ornée par les côtés de feuilles
« d'acanthes qui ne paraissent aussi qu'ébauchées.

« Un autre chapiteau représente une tête de Bacchus. Le visage de celui-ci est
« mieux travaillé et mieux fini que le précédent, et il est aussi caractérisé par sa
« chevelure composée de pampres de vignes et de raisins.

« Un troisième chapiteau de même hauteur et largeur que les précédens repré-
« sente une tête qui me parut d'abord être d'un Mercure à cause d'une espèce de
« caducée que je crus apercevoir au côté droit de la face. Mais l'ayant examiné, je
« reconnus aisément que ce n'est qu'un bâton ou bourdon autour duquel est entor-
« tillée une espèce de ruban. Le visage est orné d'une chevelure courte qui ne descend
« que deux pouces plus bas que la bouche, à peu près semblable à celle d'Apollon,
« mais mieux gravée et plus finie, et non coupée, mais recoquillée par le bas.

« On a encore trouvé quantité de figures mutilées pour la plupart, et toutes
« profanes qui représentent des faunes, des satyres, et autres nudités indécentes
« qu'on s'est fait une loi de soustraire aux yeux du public. La plupart de ces blocs
« de pierre sont de 4 à 5 pieds cubes, et seulement ébauchés. Il est à présumer, par
« la situation où ils étaient en terre, qu'ils n'auraient été placés là que pour servir
« de fondement à l'église que l'on vient de démolir, laquelle, à ce que l'on croit,
« était du 8ᵉ au 9ᵉ siècle, et qu'au moyen de ces quartiers de pierre, tous liés par
« des crampons de fer, on avait pu ne fonder qu'à 15 ou 16 pieds de profondeur,
« au lieu qu'aujourd'hui, pour trouver le solide, il a fallu creuser jusqu'à 28 ou
« 30 pieds; et au contour qu'occupait le rond point, jusqu'à 42 pieds.

« Sans doute que si l'on avait fouillé en entier tout l'espace que doit occuper le
« sol de l'église que l'on bâtit, on aurait trouvé beaucoup plus de pierres, soit
« taillées ou seulement ébauchées, comme celles qu'on a tirées. Mais comme l'on s'est
« contenté de creuser pour les fondemens des murs de face, du contour du rond-
« point, et pour les piliers de la nef et des basses ailes, on n'a presque trouvé que
« des pierres dépareillées et des quartiers de pierres travaillées, qui ne représentent
« que des figures mutilées, de même que des ornemens d'architecture comme des
« morceaux de bases, de corniches, de frises, d'architraves, etc. ; d'autres de
« colonnes, de pilastres, etc., les autres parties étant restées dans les endroits où
« l'on n'a pas fouillé.

« Les corniches sont ornées de feuillages couchés, de denticules, etc., les archi-
« traves de patenôtres, et d'autres n'ont que de simples moulures ou des doucines. Il
« y a aussi plusieurs pierres sur lesquelles on a trouvé des boucliers en relief,
« mais sans aucune inscription, non plus que sur toutes les autres pierres. Enfin
« on a encore trouvé quantité de fleurons de même goût à peu près que celui des
« figures. Ils ont deux pieds en carré.

« J'oubliais de vous dire qu'on a encore trouvé la moitié inférieure d'un piédestal
« de trois pieds de large sur quatorze pouces de hauteur, où est représenté en relief
« l'enlèvement d'Europe par Jupiter transformé en taureau. On n'y voit que la moitié
« du corps d'Europe qui paraît assise, c'est-à-dire la partie inférieure, les jambes et
« les cuisses nues. La partie supérieure du corps était sans doute représentée dans
« l'assise de pierre posée sur celle-ci. Le taureau y paraît tout entier, et il est assez
« semblable à celui qui est représenté dans la 4ᵉ figure de la planche 19 du
« 1ᵉʳ volume de vos antiquités, excepté que le taureau y est couché ayant les jambes
« repliées sous le ventre comme s'il nageait, etc. »

D. Bernard de Montfaucon étant mort le 21 décembre 1741 n'a pu faire usage
de ces renseignemens dans son grand ouvrage sur les antiquités.

Nos recherches dans les manuscrits de la bibliothèque d'Orléans nous ont en
outre procuré la copie d'une sorte d'inventaire (1) des objets trouvés dans les fouilles
de l'église de Bonne-Nouvelle. Quoique leur désignation soit indiquée en des termes
différens de ceux employés dans la citation que nous venons de faire, il est facile
de reconnaître qu'on a voulu désigner les mêmes objets.

On trouvera peut-être exubérantes les citations que nous venons de faire. Mais
elles sont tellement importantes pour l'objet que nous avons en vue, que c'est une
obligation pour nous de montrer les faits à leur origine, et au moment, pour ainsi
dire, où ils ont été constatés par ceux qui en ont été les témoins oculaires.

---

(1) Voici cet inventaire :

ANTIQUITÉS TROUVÉES DANS LES FONDEMENS DE L'ÉGLISE DE BONNE-NOUVELLE EN 1741.

« Sur une pierre à peu près carrée de 2 pieds de large sur 1 pied 10 pouces de haut, une grosse tête de ronde
« bosse à peu près de 15 pouces, d'un jeune homme sans barbe, la bouche extrêmement ouverte, un diadème
« sur le front, les cheveux longs et bouclés en tresse des deux côtés du visage, ouvrage fort grossier.

« Sur une pareille pierre, une tête de Bacchus couronnée de pampres et de raisins, la bouche riante et assez
« ouverte, un thyrse à côté.

« Sur une autre pierre plus petite, la tête d'une jeune personne frisée sur le front et sur les côtés, coupée à
« la bouche entre les deux lèvres. A côté est une espèce de thyrse.

« Une figure nue plus de demi-bosse depuis un peu au dessus des épaules jusqu'au bas des cuisses, d'un jeune
« homme, la main droite contre la cuisse, et tenant une espèce de bourse.

« Un autre tronc nu, les bras pendans sur la cuisse, cassé, avec des cuisses velues de satyre.

« Des jambes depuis le genou, d'une figure, au bas desquelles sont des enfans couchés, l'un sur le côté,
« l'autre sur le dos.

« Une cuisse et la jambe d'une figure qui était appuyée sur un cippe sur le bord duquel on voit le bout des
« doigts.

« Un fût de colonne cannelé qui était engagée dans le vif à plus des deux tiers.

« Une espèce de candélabre antique en bas-relief.

« Sur une grande pierre, deux jambes nues d'une personne qui était assise sur un taureau abattu à terre.

« Un bouclier de relief ovale vu dans la moitié.

« De grandes architraves ou chapiteaux de piliers ornés de feuilles d'acanthe ou autres feuillages de diffé-
« rentes manières.

« D'autres architraves avec la frise et les modillons.

« Un flambeau sculpté et tel qu'on les représente sur les tombeaux. »

Est-il possible, en effet, de méconnaître ici les restes d'un temple payen ? La présence de simulacres de divinités que les Gaulois honoraient principalement, tels que Mercure et Apollon, ne doit-elle pas faire soupçonner même que quelqnes unes de ces antiquités sont tout-à-fait gauloises? César dans ses Commentaires s'exprime (1) ainsi sur le culte des Gaulois : *Deum maxime Mercurium colunt......* *post hunc Apollinem, et Martem, et Jovem, et Minervam.* Dans tous les cas, le temple payen, dont nous venons d'indiquer les débris, doit certainement avoir été élevé peu de temps après la conquête. Mais, d'ailleurs, il ne serait pas le seul monument de cette époque. Nous citerons particulièrement les antiquités décrites dans la notice (2) que nous avons publiée sur la fontaine de l'Étuvée près d'Orléans. Elles comprennent une inscription fort curieuse qui ne peut pas être, ainsi que nous l'avons conjecturé, de beaucoup postérieure à la conquête des Gaules par les Romains. Nous avons aussi retrouvé, dans l'examen des antiquités du grand cimetière (3), de quoi justifier une conséquence qui nous reporte à la même époque, c'est à savoir que, peu de temps après la conquête, il a été établi par les Romains sur l'emplacement où a existé depuis le grand cimetière, et où se trouve aujourd'hui la halle au blé, une manufacture de poterie où l'on fabriquait non seulement des vases de terre rouge, et des vases à l'imitation des Étrusques, qui étaient des objets de luxe à cette époque, mais encore des amphores et des vases de poterie commune.

Nous croyons donc avoir indiqué à Orléans, pour satisfaire à toutes les exigences de l'abbé Lebeuf, des monumens du 1er et du 2e siècle qui attestent la présence des Romains dans cette antique cité. Nous allons voir maintenant si une suite non interrompue d'autres monumens n'annonce pas la présence des Romains à Orléans dans les siècles postérieurs.

Nous devons citer d'abord l'enceinte romaine bâtie à l'époque du règne d'Aurélien (4) au 3e siècle. C'est une vérité généralement reconnue, qu'à l'époque du règne de cet empereur, les vieux murs de l'antique cité qui existait au lieu où est maintenant Orléans, et qui, sans doute construits de la manière décrite par César (5), étaient tombés de vétusté, ont été reconstruits par les Romains (6). C'est alors que l'ancienne ville celtique a pris le nom de son nouveau fondateur, celui de *civitas Aurelianorum,* ou bien simplement *Aureliani, Aurelianum,* dont on a fait d'abord *Orliens,* dénomination usitée jusqu'à l'an 1440, ainsi qu'il résulte des recherches de feu

---

(1) Voir le chapitre 17 tout entier du livre 6 de la Guerre des Gaules, qui a trait au culte des Gaulois.

(2) Voir le tome 7 des Annales de la société des Sciences, Arts et Belles-Lettres d'Orléans, page 143.

(3) Voir nos antiquités du grand cimetière d'Orléans publiées en 1831, grand in-fol., avec 16 planches lithographiées. Imprimerie de P. Dupont et Laguionie.

(4) Aurélien est entré dans les Gaules en 273 ou 274 pour combattre Tetricus qui s'était emparé de cette riche contrée.

(5) Voir ce que nous avons dit page 71 de cet écrit.

(6) Voir le plan topographique d'Orléans, planche 20, où l'on a tracé les diverses enceintes de la ville. Celle de forme presque carrée, tracée en noir, est de l'époque d'Aurélien.

l'abbé Dubois dans les archives de la ville, et puis *Orléans* le nom actuel. Des pièces de monnaie confirment d'ailleurs cette dénomination. Feu M. Hallier d'Hauteroche nous a montré, dans sa précieuse collection de médailles, une pièce d'or de la première race présentant une tête humaine à droite avec la légende AVRELIANIS et portant au revers une croix sur un globe avec la légende XRETVLEVS, et au bas la marque AV, indiquée par une lettre double comme on en remarque dans les inscriptions romaines. Il nous a fait voir aussi un denier d'argent de la 1ʳᵉ race qui offre une croix et a pour légende AVRIL..... FIT. Le revers présente une tête imberbe radiée, et à l'exergue la marque AR, exprimée également avec une double lettre. Un autre denier d'argent nous a été donné par M. Athanase de Villevêque. On y voit deux personnages qui paraissent prêter serment sur un autel; on lit la légende LVDOVICVS. Au revers une croix avec la légende AVRELIANIS CIVITAS. Cette pièce est de Louis VI dit le Gros. L'étymologie si naturelle du nom d'Orléans que nous venons de donner écarte toute idée de faire remonter jusqu'à Marc-Aurèle la reconstruction des murs de la cité gauloise dont Orléans occupe la place.

Si l'on ne savait pas que les murs de la première enceinte d'Orléans sont de construction romaine, on peut dire qu'ils parleraient pour ainsi dire d'eux-mêmes pour nous l'apprendre. En les examinant avec attention, ils montrent jusqu'à l'évidence leur origine tout-à-fait romaine. Leur construction consiste en effet dans ces assises alternatives composées de trois rangées de grandes briques et de trois rangées de petits moellons cubiques formant des paremens d'une régularité parfaite (1); et l'on sait que c'est là qui caractérise tout-à-fait une bâtisse de l'époque des Romains. Les vestiges de ces constructions ne se retrouvent qu'à la partie inférieure du mur de la première enceinte. On les reconnaît sur le quai de la Tour Neuve au débouché de la rue des Tanneurs; dans la rue de l'Écu-Vert de part et d'autre d'une tour parfaitement conservée qui portait le nom de Tour Blanche (2) et dont la partie inférieure est elle-même de construction romaine; au fond des maisons nᵒˢ 23 et 25 de la rue du Bourdon-Blanc, autrefois nommée rue des Vieux-Fossés, et dans l'emplacement de l'ancienne église de la Conception. Les murs qui forment les cours de ces maisons présentent de grandes portions de bâtisses tout-à-fait semblables à celle que nous avons décrite. Le mur de fond de la maison nᵒ 23 est surtout dans un état de conservation telle qu'on pourrait croire qu'il vient d'être construit.

Pour ne pas nous éloigner du quartier qui nous occupe, nous signalerons la construction romaine (3) dans les caves d'une maison qui fait le coin de la rue des Tanneurs et de celle de la Folie. On y voit parfaitement conservée. Le mur romain forme le fond des caves qui ne sont autre chose elles-mêmes que de petites casemates

(1) Voir le dessin de cette construction, planche 21, fig. 8.
(2) Voir le plan de cette tour, planche 21, figure 5.
(3) Voir même planche, figures 6 et 7.

ou réduits voûtés bâtis postérieurement à l'enceinte romaine à une époque sans doute où il fallait se mettre à l'abri des projectiles. Ces petites casemates (1) placées en avant du mur d'enceinte, c'est-à-dire dans l'intérieur de la ville, sont disposées sur deux rangées de six chacune ayant 1 m. 50 c. de profondeur et 2 m. 10 c. de largeur, et séparées par une allée de 1 m. de large.

Les caves de la plupart des maisons de la rue du Bourdon-Blanc, notamment celles du n° 29, et la maison de la rue de l'Évêché qui touche au palais épiscopal, montrent également des restes de la construction romaine. Il est utile de consigner ici que la façade de l'évêché est établie sur les murs mêmes de l'enceinte antique.

Ces murs se voient encore dans la maison des écoles des filles de Sainte-Croix, derrière l'appartement du prédicateur, dans le chantier sis cloître Sainte-Croix. Aujourd'hui, et les murs et les bâtimens que nous citons ont été détruits, pour faire une grande place en avant de la halle au blé. Nous devons faire observer toutefois que les parties visibles du mur d'enceinte ne présentaient, dans l'étendue que nous venons de citer, que des débris de briques romaines employées lors de leur reconstruction.

Le mur romain se montre dans le cellier de la maison de la Barbacanne qui répond au fond du cul de sac de ce nom, dans la maison de la rue des Hennequins, n° 24, qui appartenait autrefois à l'abbé de Saint-Mesmin (2), et dans presque toutes les maisons des rues de l'Aiguillerie et des Hôtelleries qui sont appuyées sur ces murs. On aperçoit notamment des restes de murs romains dans le bâtiment de la Poissonnerie.

On ne fait qu'indiquer ici les endroits principaux où la construction romaine a été remarquée. Mais si l'on avait la patience et le temps de descendre dans toutes les caves des maisons qui sont appuyées sur la première enceinte d'Orléans, on trouverait, nous n'en doutons pas, presque partout, des indices de constructions de l'époque des Romains.

La ville a fait tout récemment l'acquisition des maisons dites de l'Épervier, ainsi nommées de l'auberge à laquelle elles étaient destinées, dans le dessein de les démolir pour élargir le passage qui conduit à la cathédrale et à la préfecture. Ces

---

(1) Voir planche 21, figures 6 et 7.

(2) Nous lisons dans une notice rédigée par M. Beauvais de Préau, et lue à la société littéraire d'Orléans le 26 juillet 1782, qu'à cette époque on voyait dans la maison abbatiale de l'alleu Saint-Mesmin le morceau le plus grand et le mieux conservé de l'ancienne enceinte des Romains.

« Ce mur, suivant l'auteur, a 8 p⁴˙ 8ᵉ (2ᵐ 81) environ d'épaisseur. Il est revêtu de trois rangées de moellons « avec trois rangées de grosses briques de 12ᵉ (0,32) à 16ᵉ (0,43) de longueur, 10ᵉ (0,27) à 11ᵉ (0,29) de « largeur, 2ᵉ (0,054) d'épaisseur. Le fond du mur est fait avec du mortier de chaux et du gros sable ou jard « auquel on a mêlé des morceaux de briques de la grosseur du jard. On compte à partir du sol sept épaisseurs « de trois rangées de briques, espacées les unes des autres d'environ 15ᵉ (0,40) à 16ᵉ (0,43). Les trois rangées de « briques ont une épaisseur de 9ᵉ (0,24) à 10ᵉ (0,27) en tout. De cet endroit jusqu'à l'Hôtel-Dieu, le mur est « pareil, mais refait et masqué presque partout. Il s'y rencontre une tour du même ouvrage, si ce n'est « qu'elle présente un travail nouveau par devant. »

Ces constructions, parfaitement reconnaissables en 1782, sont détruites aujourd'hui ou cachées sous de nouveaux crépis qui les rendent très difficiles à distinguer.

démolitions ont mis en évidence un beau pan de mur romain faisant partie du côté du rectangle de l'ancienne enceinte qui s'étend de l'est à l'ouest. Ce mur a de sept pieds et demi (2 m. 43 c.) à huit pieds (2 m. 60 c.) d'épaisseur. Ses paremens, à partir seulement du niveau du sol, présentent alternativement trois rangées de briques et trois rangées de petits moellons d'appareil. L'intérieur de la maçonnerie est une espèce d'*opus incertum* composé de moellons et de fragmens de briques noyé dans un excellent mortier de couleur rougeâtre, et d'une grande dureté. Les briques qui entrent dans la construction du parement sont de dimensions diverses. Nous en avons mesuré qui ont une longueur de 16° (0 m., 43) sur une largeur de 10° 4¹ (0 m., 28), et une épaisseur de 1° 6¹ (0 m., 04). Les plus petites briques ont une longueur de 12° 6¹ (0 m., 34), une largeur de 9° (0 m., 24), et une épaisseur de 1° 3¹ (0 m., 03).

Le pan de mur a une hauteur totale d'environ 10 mètres ; mais quatre mètres de hauteur seulement à partir du sol sont bâtis à la manière des Romains. Le reste est sans aucun doute une construction du moyen âge élevée au dessus pour satisfaire, en ce qui concerne la défense de la ville, aux besoins de l'époque. Ce pan de mur a été démoli jusqu'à sa fondation, et l'on a pu remarquer qu'à partir du fond, il s'élevait par des retraites successives jusqu'au niveau du sol. En même temps qu'on a exécuté sa démolition, on s'est occupé de celle des restes encore subsistans de l'une des tours qui accompagnaient la porte Parisis. Il paraît que cette tour avait été reconstruite à une époque récente, car son soubassement n'a présenté que des voûtes en ogive dont l'usage a commencé au plus tôt vers le 11° ou le 12° siècle. En démolissant la partie des murs de ce soubassement qui était dans la prolongation du mur romain, on a trouvé un moellon dont toutes les faces étaient bien dressées et dont une offre des caractères hébreux (1). Ce qui reste de l'inscription est trop peu considérable pour qu'on en puisse saisir le sens.

Mais cette trouvaille n'est pas la seule qui ait été faite lors des démolitions dont nous venons de parler. Les ouvriers qui y étaient employés ont ramassé dans les décombres un as romain de la plus belle conservation. Il présente d'un côté la tête de Janus à double face, et de l'autre une proue de navire avec la marque de l'unité au dessus. On sait que les as étaient fort en usage au temps de la République, et qu'ils sont tombés en désuétude sous le règne des empereurs. Ainsi celui dont nous nous occupons a été perdu aux lieux où il a été trouvé à l'époque de la conquête. Cette conséquence est au moins d'une très grande probabilité.

On a trouvé en outre dans les mêmes décombres des médailles très frustes d'Hadrien, d'Antonin Pie, de Marc-Aurèle, de Lucius Verus, de Faustine jeune, de Licinius père, et de Constantin-le-Grand.

Dans la démolition du mur romain même nous avons ramassé un fragment d'une

_____

(1) Voir planche 23, fig. 15.

table de marbre offrant les restes de trois lignes de beaux caractères romains. On ne voit plus que les vestiges d'une portion de lettre de la première ligne. Les deux autres lignes présentent les caractères suivans :

AV.

IOM.

Ils ont de 40 à 45 millimètres de hauteur et sont exécutés avec un soin qui doit faire reporter cette inscription aux beaux temps de l'art. Ainsi les Romains avaient déjà élevé des monumens dans la ville gauloise dont Orléans occupe l'emplacement avant la reconstruction des murs de cette ville sous Aurélien.

Lorsqu'on est parvenu aux fondations de la tour de la porte Parisis dont nous venons de parler, la démolition a procuré de très grosses pierres dont quelques unes offrent des restes de sculptures romaines. On y remarque des débris de pilastres cannelés, des frises ornées d'enroulemens et de rosaces (1), et une grande pierre (2) qui a fait partie de la corniche d'un édifice. Cette corniche a dans son galbe quelque analogie avec la corniche égyptienne. On y remarque des trous de scellemens qui ont pu servir à maintenir un placage en marbre ou en bronze. On a recueilli aussi des débris de corniches (3) avec un grand nombre de moulures dans le style de l'architecture des Romains. L'extraction des pierres commençant à devenir difficile et dispendieuse, on n'a point poussé les fouilles jusqu'à la dernière limite des fondations.

En 1833, lorsque M. Lutton-Mandard a entrepris la démolition des anciens murs de la ville attenant à sa propriété sise sur le quai de la Tour-Neuve et près de la rue des Bouchers, on a trouvé dans les fouilles des fondations, à 7 mètres à peu près de profondeur au dessous du sol actuel, de grosses pierres analogues à celles dont nous venons de parler, posées à sec et présentant des restes de membres d'architecture, tels qu'un tronc (4) de colonne cannelée, un reste de chapiteau (5) dans le style égyptien, des corniches (6) avec modillons et rosaces, un débris de statue (7) plus grande que nature, un reste de pilastre (8), un fragment de voussoir (9) et un morceau de corniche (10) dont le galbe se rapproche de la corniche égyptienne. Mais l'objet antique le plus remarquable que les fouilles aient produit est une pierre tumulaire (11) d'une conservation parfaite. Nous avons vu la plus grande partie de

---

(1) Voir planche 23, fig. 4 et 5.
(2) Voir même planche, fig. 16.
(3) Voir   *idem*,   fig. 1, 11 et 13.
(4) Voir   *idem*,   fig. 6.
(5) Voir   *idem*,   fig. 7.
(6) Voir   *idem*,   fig. 3 et 14.
(7) Voir   *idem*,   fig. 10.
(8) Voir   *idem*,   fig. 12,
(9) Voir   *idem*,   fig. 8,
(10) Voir   *idem*,   fig. 9.
(11) Voir   *idem*,   fig. 2.

ces antiquités dans un voyage que nous fîmes à Orléans au moment même où on en faisait la découverte. Nous devons les dessins que nous en publions aujourd'hui à M. Pensée qui nous a souvent prêté, pour nos recherches, le secours de son talent.

Cette pierre tumulaire a 1 m. 3o c. de hauteur, une largeur de o m. 61 c., et son épaisseur est de o m. 5o c. Dans un encadrement de o m. 93 c. de hauteur, et de o m. 36 c. de largeur, on a sculpté en relief l'effigie d'un personnage qui paraît être de l'époque gallo-romaine. Il est en effet revêtu du *sagum*, vêtement qui n'est autre chose qu'une espèce de blouse dont l'usage s'est perpétué jusqu'à nos jours. Il tient à deux mains un instrument, sans doute caractéristique de sa profession: c'est une espèce de pic en fer, pointu à son extrémité, où se trouve une branche recourbée qui pourrait être employée à piocher et labourer la terre. Cet instrument (1) de labourage est terminé, à l'autre bout, par un pommeau arrondi dans lequel est percé un œil. Le *sagum* est serré autour du cou, au moyen d'un cordon dont les deux bouts, terminés par une fleur de lotus, retombent sur la poitrine. On remarque au bas des jambes des anneaux, si ce n'est toutefois un ornement qui indique la fin d'une sorte de pantalon serré dont le personnage est vêtu par dessous le *sagum*. A la partie supérieure de l'espèce de niche dans laquelle le personnage est sculpté, et dans un encadrement pratiqué dans la pierre, est l'inscription suivante, dont nous avons le fac simile.

Il est à remarquer que cette inscription renferme une double et une triple lettre, ce qui se rencontre assez souvent dans les inscriptions des premiers temps de la domination romaine dans les Gaules. Les sigles et les mots sont séparés par des points de forme triangulaire. Les mots de l'inscription ont été placés de telle manière qu'on ne paraît pas avoir calculé l'espace qu'ils devaient occuper. Ainsi lorsqu'on est arrivé au dernier mot la place a manqué, et l'on a réduit les dimensions et la place de deux ɪ qui en font partie. On doit même croire que l'espèce de point mis au dessus de la dernière lettre est un A qui n'a pu trouver sa place à la suite du mot. Si ces conjectures sont fondées il faudrait lire ainsi l'inscription en toutes lettres : DIIS. MANIBVS. ET. MEMORIÆ. MARCO. MARSILLIA. *Aux dieux Manes et à la mémoire....* Dans presque toutes les inscriptions de cette forme que renferme le recueil de Gruter, le nom de celui dont on honore la mémoire vient à la suite au génitif. Si dans l'inscrip-

---

(1) Nous ne nous dissimulons point que l'explication que nous donnons ici de l'instrument dont le personnage est armé ne soit fort conjecturale; car on peut y voir tout autre chose que ce que nous indiquons ici. Ne serait-il pas possible, par exemple, de prendre cet instrument pour une arme de guerre, pour le *gœsum* gaulois, espèce de javelot qui se lançait de loin sur l'ennemi ? Au reste, notre tâche est remplie en faisant connaître cette antiquité curieuse; d'autres, plus heureux que nous, en pourront peut-être donner une explication satisfaisante.

tion qui nous occupe le nom du mort est, comme nous sommes fort porté à le croire, *Marco Marsillia*, nom tout-à-fait gaulois et qui pouvait très bien ne pas se décliner comme les noms romains, les conditions de la forme de l'inscription sont tout-à-fait remplies. Dans le cas où l'on serait porté à croire que notre inscription, sans avoir égard aux conditions que sa forme ordinaire impose, doit exprimer une dédicace du monument de la part de celui qui a voulu honorer la mémoire du mort, on doit lire alors : *Marsillia à Marcus.*

Tout doit faire présumer que le personnage dont la pierre tumulaire représente l'effigie existait dans l'espace de temps qui s'est écoulé depuis la conquête des Romains jusqu'à la construction du mur d'enceinte de la ville, sous l'empereur Aurélien dont Orléans a emprunté son nom. Ces antiquités nous conduisent donc à la même conséquence que nous venons de tirer tout à l'heure au sujet de celles trouvées à la porte Parisis : c'est que le *Genabum* des Gaulois était le siége d'une colonie romaine bien long-temps avant qu'Aurélien en eût fait reconstruire le mur d'enceinte. Cette conséquence est d'ailleurs confirmée et tout-à-fait corroborée par d'autres déductions que nous avons fait connaître ailleurs. (Voir notre travail sur les antiquités du grand cimetière d'Orléans, publié en 1831.)

Les murs de l'enceinte romaine ont éprouvé, malgré leur solide construction, les ravages des hommes et du temps. On sait que la ville d'Orléans ayant été deux fois brûlée et une troisième fois pillée par les Normands (1), ses murs furent presque entièrement détruits, et qu'ils furent de nouveau rebâtis, vers 880, par Gauthier, évêque d'Orléans, qui a occupé le siége épiscopal depuis 871, ou peu auparavant, jusqu'à 891. Dans cette reconstruction on a élevé considérablement les murs pour satisfaire, ainsi que nous l'avons déjà dit, aux besoins de l'époque et à l'usage des armes qu'on employait dans ces temps plus rapprochés de nous. On y voit çà et là des matériaux romains tels que des débris de tuiles et de briques.

Après le mur d'enceinte de la ville nous pouvons citer, comme un des monumens les plus importans qui annoncent la présence des Romains à Orléans, les Arènes (2),

---

(1) Aldevralde, moine de Saint-Benoît, auteur contemporain, s'exprime ainsi : « Bis civitate incendio concremata, tertio distracta, nullus jam et defensionis ac tutelæ videbatur usus inesse, donec venerabilis ejusdem urbis Galterius muros per cuncta fere destructos civitatis restaurans defensioni coaptavit populum. » (Manuscrit de la bibliothèque d'Orléans, n° 435.)

(2) Nous ne pouvons partager l'opinion de M. Pagot, architecte du département du Loiret (voir les Annales de la société des Sciences, Arts et Belles-Lettres d'Orléans, tome 4, page 76), qui voit dans le monument dont il est ici question un théâtre romain, bâti sur le même modèle que celui dont Vitruve fait mention. Nous sommes porté à croire que si les ruines de l'édifice eussent été relevées au moment où elles ont été découvertes, et avant qu'on les eût détruites, on aurait peut-être trouvé plus d'élémens pour en obtenir le plan, et que l'on se serait assuré que cet édifice était de forme elliptique et par conséquent un amphithéâtre ; car dans toutes les Gaules on n'a pas trouvé, que nous sachions au moins, un seul théâtre sur le plan de celui de Vitruve : nous faisons abstraction du théâtre d'Orange, existant dans une province qui était déjà toute romaine avant l'invasion de César. Mais des amphithéâtres y existent en grand nombre, tels que ceux de Drévant, Néris, Gran, Tintiniac, Valognes, Saintes, Bordeaux, etc., et nous comptons dans le département du Loiret les amphithéâtres de Chenevières, de Bonnée et de la ville antique sise près de Sceaux, décrits dans ce Mémoire. Tous ces édifices

découvertes en 1821 , lorsqu'on s'est occupé du nivellement de la promenade extérieure qui conduit de la porte Bourgogne au nouveau quai du Roi. Il sera toujours
regrettable qu'on ait cru devoir détruire les vestiges de cet édifice pour en employer
les matériaux à la construction du quai du Roi; car ce monument est assurément
un de ceux qui attestent le mieux la haute importance de la ville à l'époque de la
domination romaine. La construction romaine s'y est montrée en effet dans des murs
régulièrement bâtis par assises alternatives de trois rangées de grosses briques
et de trois rangs de moellons presque cubiques régulièrement appareillés. Les
briques avaient 4o c. de longueur sur 3o c. de largeur, et o4 c. à o5 c. d'épaisseur.
Ce genre de construction est absolument le même que nous avons signalé
dans les murs d'enceinte de la ville, rebâtis par Aurélien : aussi sommes-nous
portés à croire que les Arènes ainsi que ces murs d'enceinte doivent être de
la même époque. Une moitié des Arènes a été détruite; mais l'autre moitié subsiste
probablement encore sous les décombres qu'on y a rapportés, et sous les maisons
bâties dans son emplacement. Ce qui est digne d'admiration, c'est la situation de
cet édifice sur le penchant du côteau (1), en face de la Loire, d'où la vue se porte
au loin sur un pays d'une grande richesse. On se figure facilement tout ce que cette
situation devait ajouter de charme au spectacle dont on venait jouir dans son enceinte.

   Les Arènes ont procuré la découverte d'un très grand nombre de médailles.
Beaucoup ont été dispersées. M. Athanase de Villevêque en a recueilli un certain
nombre, parmi lesquelles il s'en trouve à l'effigie de Vespasien, d'Hadrien, d'Antonin Pie, de Marc-Aurèle et de Faustine. Ces médailles (2) sont en argent. Des
médailles (3) de bronze sont aux types de César, d'Auguste, de Tibère, de Néron,
de Domitien, de Nerva, de Trajan, d'Hadrien, d'Antonin Pie, de Marc-Aurèle,
de Faustine jeune et de Lucius Verus. Si nous pouvons en croire les renseignemens
qui nous ont été donnés, on a recueilli dans l'enceinte des Arènes beaucoup de
médailles du temps de Constantin et du Bas-Empire. On nous a montré aussi
quelques pièces de monnaies françaises fort anciennes qu'on y a ramassées.

---

ont la forme elliptique. Mais d'ailleurs, pour ce qui concerne l'amphithéâtre d'Orléans , la question nous paraît
résolue par une charte d'Odon , citée dans les Preuves des Antiquités historiques de l'Église royale de Saint-
Aignan d'Orléans , par Hubert. Cette charte confirme la donation à Robert, duc de France et abbé du mo-
nastère de Saint-Aignan, d'une vigne sise dans un clos appelé les *Arènes.* Voici comment elle s'exprime :
   In N N. D. Dei æterni et saluator N. I. Christi, Odo, gratia Dei, Rex. Nouerit omnium fidelium industria, quia
charissimus nobis *Robertus dux Francorum et Abbas Monasterii S. Aniani* nostræ excellentiæ intimauit, quod
quædam Dei ancilla nomine *Logia* vineam clausi quod dicitur Arena cum omnibus areis in circuitu ipsius monasterii et prope ipsam vineam sitas, *et insulam cum aqua Ligeris* et omnibus adiacentibus in iis proprietarium
æternaliter *Canonicis* habendum et possidendum tradidit, ut ipsi successores eorum hæc omnia absque
alicuius futuri Abbatis contradictione possiderent. (*Preuves des Antiquités, etc. pag.* 76.)
   (1) Voir le plan topographique d'Orléans , planche 20 en A.
   (2) Voir à la fin de ce Mémoire, sous la cote A, la description des médailles d'argent trouvées dans l'enceinte
des Arènes.
   (3) Voir *idem.*

On a trouvé, en outre, dans les Arènes, des débris de grandes amphores qui servaient à contenir des liquides, de l'eau probablement, pour l'usage de ceux qui se donnaient en spectacle.

Au nord de l'amphithéâtre, on a découvert une grande quantité d'ossemens humains, sans doute ceux des gladiateurs qui succombaient dans les combats.

Mais la présence des Romains sur l'emplacement d'Orléans n'est pas seulement attestée par les monumens que nous venons de faire connaître, elle est encore signalée par leurs tombeaux, retrouvés en dernier lieu dans le cloître de Saint-Aignan, et bien auparavant, dans l'enclos de l'abbaye de Saint-Euverte.

Durant l'hiver de 1820 à 1821 l'autorité fut conduite à déblayer le sol (1) du cloître de Saint-Aignan pour fournir des remblais au quai du Roi alors en construction. On mit à découvert beaucoup de sarcophages en pierre coquillière qui remontent déjà à une époque assez reculée dans l'antiquité. Ces tombes étaient plus larges à la tête qu'aux pieds. On recueillit dans les fouilles un assez grand nombre de médailles romaines. Mais ce qui caractérise surtout une époque romaine assez reculée, c'est la découverte d'un caveau qui a certainement servi à des sépultures. Ce petit monument se trouvait à peu près au milieu du cloître (2) et presque vis-à-vis de la porte d'entrée de l'église actuelle de Saint-Aignan. Voici quelle était sa disposition : son grand axe était dirigé du nord au sud. Son plan (3), de la forme d'un rectangle, était terminé par un hémicycle situé à la partie sud, où se trouvait un escalier (4) dirigé de l'est à l'ouest par lequel on arrivait dans le caveau. On doit faire observer que l'hémicycle était en partie recouvert par une portion de voûte en cul-de-four dont il existait encore des restes au moment de la découverte. Les marches de l'escalier étaient formées par des briques posées de champ. Au bas de cet escalier on trouvait une porte cintrée qui donnait entrée dans l'intérieur du caveau situé au sud. Ce caveau pouvait avoir cinq mètres de long sur trois mètres de large, et trois mètres de hauteur sous la voûte en plein cintre dont il était couvert. Le mur du fond renfermait deux niches (5) cintrées qui paraissent avoir eu la destination de recevoir des urnes sépulcrales. Tout ce caveau était revêtu d'un enduit assez épais, d'un grain fin, dont la surface avait été elle-même revêtue d'un badigeon de couleur jaunâtre. Il paraît qu'à peu de hauteur au dessus du sol, une raie noire régnait tout autour des murs du caveau. On voit de semblables peintures dans la plupart des édifices de l'époque des Romains, et notamment dans leurs bâtimens de bains. Lors de la découverte de ce caveau, on

---

(1) Voir l'emplacement du cloître de Saint-Aignan sur le plan topographique d'Orléans, planche 20 en C.
(2) Voir même planche et même point.
(3) Voir la planche 21, fig. 1.
(4) Voir même planche, fig. 1, 2 et 4.
(5) Voyez la coupe du caveau, planche 21, fig. 3.

l'a trouvé rempli de décombres; ce qui dénote assez qu'on ne devait y rien rencontrer de ce qui y avait été primitivement déposé. En effet on n'y a trouvé ni urnes ni médailles, si ce n'est toutefois quelques petites pièces de monnaie du temps de Constantin, ramassées dans les décombres du caveau. On nous en a présenté une petite du module de quinze millimètres, recueillie par un des ouvriers employés aux fouilles de Saint-Aignan. Elle offre le profil de l'empereur Constantin regardant à droite. La légende est entièrement effacée. Le revers, assez fruste, montre un homme à cheval derrière lequel est un personnage dans l'action de marcher. Les caractères de la légende sont illisibles.

On a trouvé dans le cloître de St-Aignan, ainsi que nous l'avons dit, un assez grand nombre de médailles dont quelques unes ont été recueillies par M. de Villevêque, et d'autres déposées à la bibliothèque d'Orléans, ou restées dans les mains de divers particuliers. Parmi celles-ci (1) il y en a de Jules César, de Claude, de Domitien, d'Hadrien, de Marc-Aurèle et de Commode. Il y a tout lieu de croire que la plupart étaient la pièce de monnaie que l'on déposait dans la bouche des morts ou dans les tombes, pour payer le passage au nocher Caron. Ainsi le cloître de Saint-Aignan était établi sur un ancien cimetière qui remonte à l'époque de la domination romaine. Mais d'ailleurs il ne peut rester aucun doute sur une pareille conséquence; car il est constant, d'après une charte (2) d'Agius, évêque d'Orléans, qu'en 854, et par conséquent un peu avant les courses des Normands, les chanoines de Saint-Aignan représentèrent à cet évêque que les environs de leur cloître, qui, depuis un grand nombre de siècles, *per multa curricula annorum*, servaient de cimetière, étaient tellement encombrés de corps morts qu'on ne pouvait y creuser une fosse sans trouver un cadavre. En conséquence le cimetière fut transféré à cette époque près de l'endroit que l'on a nommé d'abord la chapelle de Saint-Aignan et ensuite l'église de Notre-Dame du Chemin. Quelques siècles après, ce cimetière fut aussi abandonné, et transféré dans l'emplacement qu'on a appelé depuis le Grand-Cimetière, près de la cathédrale de Sainte-Croix.

D'autres monumens sépulcraux de la nature de celui du cloître de St-Aignan ont été trouvés à Orléans, notamment dans l'enceinte de l'abbaye de Saint-Euverte. Nous devons à M. Athanase de Villevêque les détails dans lesquels nous allons entrer relativement à la découverte de ces derniers monumens. C'est à notre instigation qu'il prit la résolution de recueillir ses souvenirs et de rédiger quelques notes. Par les explications que nous lui avons données, nous lui avions fait sentir l'importance de ces documens. C'est en appropriant les bâtimens de l'ancienne abbaye de Saint-

---

(1) Voyez à la fin de ce Mémoire la description des médailles trouvées dans le cloître de Saint-Aignan sous la cote B.

(2) Cette charte se trouve rapportée dans les Preuves de l'antiquité de l'église de Saint-Aignan, page 55, par Hubert. Un vol. in-4°, à Orléans, de l'imprimerie de Hotot, 1661.

Euverte à une filature de coton qu'on a fait cette découverte. Au mois de mars 1805, M. de Villevêque, voulant faire dans sa cour une plantation d'arbres fruitiers, y fit exécuter des fouilles; mais on rencontra bientôt à quelques pouces au dessous du sol une maçonnerie extrêmement dure qui, pour être détruite, exigea l'emploi de pics et de fortes pioches. On découvrit d'abord un mur en gros moellons d'un mètre d'épaisseur dans la direction de l'est à l'ouest. La face du côté du nord était revêtue en pierres de taille. Le propriétaire des bâtimens de l'abbaye de Saint-Euverte, qui avait l'intention de bâtir l'année suivante, fut très satisfait de cette trouvaille, qu'il poursuivit avec ardeur. Voici quel fut le résultat des fouilles. On mit à découvert une sorte de galerie (1) ou corridor à ciel ouvert de 3 m. 40 c. de largeur environ, bordé de chaque côté d'espèces de caveaux ou de chambres sépulcrales. On a reconnu les restes de six de ces caveaux du côté du sud, et d'un même nombre du côté du nord (2). Mais ces derniers sont engagés dans les fondations de la maison conventuelle, ainsi qu'on le voit figuré au plan. On a pu reconnaître toutefois, en en déblayant l'entrée, qu'ils étaient tous semblables et de même construction que les caveaux qui sont en face. Le cinquième de ces caveaux (3) du côté du sud a été trouvé presque entier. Le mur qui le sépare du corridor est bâti tout en pierre de taille, et a une épaisseur de 50 c. Les autres murs ont une épaisseur d'un mètre, et sont construits à la manière des Romains, par couches alternatives de moellons d'appareil et de briques. Une porte cintrée de 1 m. 60 c. de hauteur, et de 65 c. de largeur établit la communication du corridor avec l'intérieur du caveau; mais comme il y a une différence de 32 c. entre le sol du corridor et celui du caveau, on arrive de l'un à l'autre au moyen de deux marches de chacune 16 c. de hauteur. Ce caveau (4) a 3 m. 24 c. de longueur sur 2 m. 92 c. de profondeur, et une hauteur de 2 m. 60 c. sous clef; il est recouvert d'une voûte cylindrique en plein cintre (5) dans le sens de sa plus grande dimension. L'épaisseur de cette voûte est de 50 c. environ. L'aire de ce caveau est formée d'un dallage de pierres posées sur un massif de maçonnerie de moellons et de grandes briques, semblable à celle que nous avons déjà indiquée. Cette chambre sépulcrale a été trouvée dans un état de conservation parfaite. On y a ramassé quelques médailles, et dans un des angles on a trouvé une urne en terre cuite scellée en plomb et renversée, de 32 à 38 c. de hauteur. Cette urne a été enlevée par des ouvriers sans qu'on ait pu savoir ce qu'elle contenait; mais il n'y a pas de doute qu'elle ne renfermât les cendres du personnage qui s'était choisi cette sépulture.

---

(1) Voyez le plan, planche 22, fig. 1.
(2) Voyez même planche et même fig.
(3) Voyez le plan, même planche en E.
(4) Voyez *idem*,   *idem*, fig. 1re et les coupes fig. 3 et 4.
(5) Voyez les coupes, même planche, fig. 3 et 4.

Tous les autres caveaux étaient semblables à celui que nous venons de décrire; mais ils étaient presque tous ruinés, et leurs murs n'avaient plus que peu d'élévation au dessus du sol primitif.

Du côté de l'est la galerie ou corridor était fermée par un gros mur, de manière qu'il n'y a pas lieu de supposer que les chambres sépulcrales se prolongeaient au delà; mais il n'en est pas ainsi du côté de l'ouest: des vestiges de murailles indiquent évidemment que la série des caveaux du nord se continuait vers l'ouest. Leur destruction date probablement d'une époque très reculée. Les caveaux du sud ne paraissent pas avoir été plus nombreux que les six dont les vestiges ont été retrouvés.

Dans le mur qui sépare la 3ᵉ chambre sépulcrale de la 4ᵉ, toujours du côté du sud, on remarqua en dedans de la galerie une grande pierre de 65 c. de hauteur et de 1 m. 46 c. de longueur qui différait des dimensions des autres pierres. On l'arracha et l'on reconnut qu'elle fermait l'entrée d'une tombe (1) dans laquelle on trouva quelques ossemens et deux urnes en terre cuite avec trois plats en poterie de couleur rouge mêlés à des débris de charbon. Les os étaient calcinés et provenaient évidemment des cendres d'un bûcher.

Tous les autres caveaux qui avaient été détruits plus anciennement, et qui étaient remplis de décombres, offrirent des fragmens d'urnes en terre semblable à celle que nous avons signalée, ainsi que des débris de plats et de vases de terre rouge dont la pâte était d'une grande finesse. On trouva aussi dans les fouilles deux lampes romaines (2) et des urnes en terre de couleur d'or (3) semblables à des vases dont nous avons recueilli des fragmens sur l'emplacement d'une ancienne manufacture de poterie au Grand Cimetière. Les ouvriers qui ont trouvé ces urnes les ont portées avec empressement à des orfèvres qui les ont bientôt détrompés de leurs illusions. Malheureusement les vases ont été brisés sans qu'on ait su positivement ce qu'ils contenaient. On recueillit dans les décombres beaucoup de médailles (4) dont quelques unes sont dans la collection de M. Athanase de Villevêque. Elles sont d'Auguste, de Vespasien, de Titus, d'Hadrien, de l'impératrice Sabine, d'Antonin Pie et des deux Faustines: d'où l'on peut conclure que les derniers personnages dont les cendres ont été déposées dans ces caveaux ont cessé de vivre dans le cours du 2ᵉ siècle de notre ère, de l'an 138 à l'an 160, puisqu'on n'a pas trouvé dans les chambres sépulcrales de médailles des règnes postérieurs. Ainsi voilà encore évidemment des monumens des premier et second siècles comme en veut l'abbé Lebeuf, pour admettre qu'Orléans occupe l'emplacement de l'ancien *Genabum*.

La partie supérieure des caveaux était entièrement détruite; en sorte qu'on ne

---

(1) Voir le plan, planche 22, fig. 1 en F.

(2) Voir le dessin de ces lampes, planche 22, fig. 5 et 6.

(3) Cette couleur était due au mica employé dans le vernis dont les vases étaient revêtus. (Voir notre Mémoire sur les antiquités du Grand-Cimetière d'Orléans).

(4) Voyez la description de ces médailles à la suite de ce Mémoire, sous la cote C.

Euverte à une filature de coton qu'on a fait cette découverte. Au mois de mars 1805,
M. de Villevêque, voulant faire dans sa cour une plantation d'arbres fruitiers, y
fit exécuter des fouilles; mais on rencontra bientôt à quelques pouces au dessous
du sol une maçonnerie extrêmement dure qui, pour être détruite, exigea l'emploi
de pics et de fortes pioches. On découvrit d'abord un mur en gros moellons d'un
mètre d'épaisseur dans la direction de l'est à l'ouest. La face du côté du nord était
revêtue en pierres de taille. Le propriétaire des bâtimens de l'abbaye de Saint-
Euverte, qui avait l'intention de bâtir l'année suivante, fut très satisfait de cette
trouvaille, qu'il poursuivit avec ardeur. Voici quel fut le résultat des fouilles. On mit
à découvert une sorte de galerie (1) ou corridor à ciel ouvert de 3 m. 40 c. de
largeur environ, bordé de chaque côté d'espèces de caveaux ou de chambres sépulcrales. On a reconnu les restes de six de ces caveaux du côté du sud, et d'un même
nombre du côté du nord (2). Mais ces derniers sont engagés dans les fondations de
la maison conventuelle, ainsi qu'on le voit figuré au plan. On a pu reconnaître
toutefois, en en déblayant l'entrée, qu'ils étaient tous semblables et de même construction que les caveaux qui sont en face. Le cinquième de ces caveaux (3) du côté
du sud a été trouvé presque entier. Le mur qui le sépare du corridor est bâti tout
en pierre de taille, et a une épaisseur de 50 c. Les autres murs ont une épaisseur
d'un mètre, et sont construits à la manière des Romains, par couches alternatives
·de moellons d'appareil et de briques. Une porte cintrée de 1 m. 60 c. de hauteur,
et de 65 c. de largeur établit la communication du corridor avec l'intérieur du
caveau; mais comme il y a une différence de 32 c. entre le sol du corridor et celui
du caveau, on arrive de l'un à l'autre au moyen de deux marches de chacune 16 c.
de hauteur. Ce caveau (4) a 3 m. 24 c. de longueur sur 2 m. 92 c. de profondeur,
et une hauteur de 2 m. 60 c. sous clef; il est recouvert d'une voûte cylindrique en
plein cintre (5) dans le sens de sa plus grande dimension. L'épaisseur de cette
voûte est de 50 c. environ. L'aire de ce caveau est formée d'un dallage de pierres
posées sur un massif de maçonnerie de moellons et de grandes briques, semblable
à celle que nous avons déjà indiquée. Cette chambre sépulcrale a été trouvée dans
un état de conservation parfaite. On y a ramassé quelques médailles, et dans un des
angles on a trouvé une urne en terre cuite scellée en plomb et renversée, de 32 à
38 c. de hauteur. Cette urne a été enlevée par des ouvriers sans qu'on ait pu savoir ce qu'elle contenait; mais il n'y a pas de doute qu'elle ne renfermât les cendres du personnage qui s'était choisi cette sépulture.

---

(1) Voyez le plan, planche 22, fig. 1.
(2) Voyez même planche et même fig.
(3) Voyez le plan, même planche en E.
(4) Voyez *idem*,   *idem*, fig. 1re et les coupes fig. 3 et 4.
(5) Voyez les coupes, même planche, fig. 3 et 4.

Tous les autres caveaux étaient semblables à celui que nous venons de décrire; mais ils étaient presque tous ruinés, et leurs murs n'avaient plus que peu d'élévation au dessus du sol primitif.

Du côté de l'est la galerie ou corridor ét it fermée par un gros mur, de manière qu'il n'y a pas lieu de supposer que les chambres sépulcrales se prolongeaient au delà; mais il n'en est pas ainsi du côté de l'ouest: des vestiges de murailles indiquent évidemment que la série des caveaux du nord se continuait vers l'ouest. Leur destruction date probablement d'une époque très reculée. Les caveaux du sud ne paraissent pas avoir été plus nombreux que les six dont les vestiges ont été retrouvés.

Dans le mur qui sépare la 3ᵉ chambre sépulcrale de la 4ᵉ, toujours du côté du sud, on remarqua en dedans de la galerie une grande pierre de 65 c. de hauteur et de 1 m. 46 c. de longueur qui différait des dimensions des autres pierres. On l'arracha et l'on reconnut qu'elle fermait l'entrée d'une tombe (1) dans laquelle on trouva quelques ossemens et deux urnes en terre cuite avec trois plats en poterie de couleur rouge mêlés à des débris de charbon. Les os étaient calcinés et provenaient évidemment des cendres d'un bûcher.

Tous les autres caveaux qui avaient été détruits plus anciennement, et qui étaient remplis de décombres, offrirent des fragmens d'urnes en terre semblable à celle que nous avons signalée, ainsi que des débris de plats et de vases de terre rouge dont la pâte était d'une grande finesse. On trouva aussi dans les fouilles deux lampes romaines (2) et des urnes en terre de couleur d'or (3) semblables à des vases dont nous avons recueilli des fragmens sur l'emplacement d'une ancienne manufacture de poterie au Grand Cimetière. Les ouvriers qui ont trouvé ces urnes les ont portées avec empressement à des orfèvres qui les ont bientôt détrompés de leurs illusions. Malheureusement les vases ont été brisés sans qu'on ait su positivement ce qu'ils contenaient. On recueillit dans les décombres beaucoup de médailles (4) dont quelques unes sont dans la collection de M. Athanase de Villevêque. Elles sont d'Auguste, de Vespasien, de Titus, d'Hadrien, de l'impératrice Sabine, d'Antonin Pie et des deux Faustines: d'où l'on peut conclure que les derniers personnages dont les cendres ont été déposées dans ces caveaux ont cessé de vivre dans le cours du 2ᵉ siècle de notre ère, de l'an 138 à l'an 160, puisqu'on n'a pas trouvé dans les chambres sépulcrales de médailles des règnes postérieurs. Ainsi voilà encore évidemment des monumens des premier et second siècles comme en veut l'abbé Lebeuf, pour admettre qu'Orléans occupe l'emplacement de l'ancien *Genabum.*

La partie supérieure des caveaux était entièrement détruite; en sorte qu'on ne

(1) Voir le plan, planche 22, fig. 1 en F.
(2) Voir le dessin de ces lampes, planche 22, fig. 5 et 6.
(3) Cette couleur était due au mica employé dans le vernis dont les vases étaient revêtus. (Voir notre Mémoire sur les antiquités du Grand-Cimetière d'Orléans).
(4) Voyez la description de ces médailles à la suite de ce Mémoire, sous la cote C.

peut que présenter des conjectures sur la manière dont ils étaient terminés. Nous supposons que les voûtes étaient recouvertes par de petits toits en tuiles de la forme de ceux que nous avons représentés dans l'élévation, planche 22, fig. 2, à moins que les voûtes ne fussent revêtues à l'extérieur par un enduit qui les mettait à l'abri des intempéries de l'air, hypothèse toutefois peu probable dans un climat comme celui de la Gaule.

Le même emplacement de l'abbaye de Saint-Euverte a montré encore d'autres constructions antiques indiquées sur le plan. Elles consistent en deux gros murs (1) de trois mètres d'épaisseur, offrant une construction de la même nature que celle que nous avons décrite. Elles semblent être des restes d'une fortification. Mais un fait digne de remarque, c'est qu'en travers de ce mur on a découvert un bassin (2) de 5 m. 20 c. de diamètre hors œuvre, et de 3 m. de diamètre dans œuvre, bâti solidement, et qui conservait encore l'eau dont il avait été rempli. Les ouvriers, en le perçant par le bas, donnèrent une issue à l'eau, qui s'écoula avec force pendant une demi-heure. En poursuivant la démolition, on reconnut que les murs du bassin étaient bien enduits en bon mortier de pouzzolane, et quoiqu'on ne retrouvât pas de carrelage au fond du bassin, la bonté de la maçonnerie et du ciment dont elle était revêtue, avait empêché toute infiltration.

En outre de ces antiquités, des fouilles faites au point A du plan (3) mirent à découvert des tombes en pierre de forme rectangulaire sur le couvercle de l'une desquelles on lisait le nom de VERVVTANVS. Il paraît que beaucoup d'autres de ces tombes offraient des vestiges d'inscriptions qu'on a négligé de recueillir.

Au point B (4) on fit aussi la découverte de plusieurs tombes dont une paraît avoir servi de sépulture à une femme. Elle avait 1 m. 60 c. de longueur, et l'on y trouva un collier d'ambre et de verroterie qui a été recueilli par M. de Ville-vêque. D'autres tombes en pierre d'un seul morceau, au nombre de six, avaient 2 mètres de longueur sur 54 centimètres de hauteur hors œuvre.

Au point C (5) on déterra neuf à dix tombes semblables à celles dont nous venons de parler. Elles étaient placées dans toutes les positions, souvent les unes au dessus des autres. Toutes étaient exactement fermées par une seule pierre à recouvrement. Elles se sont trouvées depuis 0 m. 65 c. jusqu'à 3 m. 57 c. de profondeur. Dans le nombre on en a rencontré une qui renfermait un cercueil de plomb et qui avait 2 mètres 3 centimètres de long sur 54 centimètres de large.

Les fouilles firent découvrir aussi des chapiteaux d'ordre dorique et des tronçons de colonnes.

_____

(1) Voyez planche 22 en P.
(2) Voyez même planche en G.
(3) Voyez planche 22.
(4) Voyez idem, fig. 1.
(5) Voyez idem.

Dans la partie D (1) du bâtiment de l'abbaye de Saint-Euverte, où l'on eut l'occasion de faire des fouilles jusqu'à 4,50 et 5 mètres de profondeur pour le nouvel établissement de la filature, on trouva, en 1817, les squelettes de plus de 40 individus posés jusqu'à cinq les uns au dessus des autres, et séparés par une couche de terre de 32 à 40 centimètres.

Il résulte de tous les détails dans lesquels nous venons d'entrer que l'emplacement de l'abbaye de Saint-Euverte était, dans l'antiquité, un lieu destiné aux inhumations. On peut y étudier, en effet, les divers usages suivis dans les différens siècles pour procéder à la sépulture des morts. Ainsi, dans les temps les plus reculés, on brûlait les corps et on en renfermait les cendres dans les tombeaux. Plus tard on déposa les morts dans des tombes en pierre. C'est ce qui résulte d'inscriptions latines mises sur ces tombes, telles que celle de *veruntanus* que nous avons citée, et des médailles romaines qui y ont été trouvées, et qui étaient sans doute, comme nous l'avons déjà dit plus haut, en parlant de celles trouvées dans le cloître de Saint-Aignan, le tribut que les morts devaient payer au nocher Caron. L'usage des tombes en pierre (2) paraît avoir tout-à-fait prévalu vers le sixième siècle, et s'être propagé même jusqu'au treizième siècle. Mais on faisait usage alors, concurremment, de cercueils en bois. On trouve aussi des tombes en plâtre (3) qui sont de ces époques.

Mais le cimetière antique de Saint-Euverte ne se bornait pas à l'enclos de l'abbaye; il se prolongeait beaucoup plus loin, probablement sur l'emplacement actuel du fossé ouvert bien postérieurement à son établissement, puisque ce fossé ne date que de l'époque de la troisième enceinte de la ville sous Louis XI, mais bien certainement au delà du fossé comme nous allons le voir (4).

Pendant les mois d'hiver de l'année 1829 jusqu'au mois de mai, M. le maire d'Orléans a employé des ateliers de charité à abaisser le boulevart de *Madame*, derrière Saint-Euverte, afin de rétrécir les fossés de la ville et de les ramener aux dimensions qu'ils ont ailleurs. Ce boulevart a été abaissé de 4 m. à 4 m. 30 c.

Dans ces fouilles on a trouvé les restes d'un caveau sépulcral de construction romaine signalée par des assises alternatives de moellons et de doubles rangées de grandes briques. La distance des pieds-droits de la voûte, qui était en plein cintre, est de 2 m. 82 c. Cette voûte, dont la naissance est de part et d'autre de 10 c. en retraite sur le nu du mur, avait un rayon de 1 m. 50 c. Le caveau ne se conserve pas

---

(1) Voyez planche 22, fig. 1re.

(2) Voir à ce sujet un traité sur les anciennes sépultures, faisant partie des dissertations sur l'histoire ecclésiastique et civile du diocèse de Paris, par l'abbé Lebeuf, tom. I, pag. 219 et suivantes.

(3) Nous avons vu une tombe de cette espèce dans les environs de Montargis, sur le chemin de cette ville à Châtillon-sur-Loing. Elle avait été trouvée vide.

(4) Voir le plan topographique d'Orléans, planche 20 en B.

Comme nous avons en vue de recueillir tout ce qui a été signalé à Orléans en fait d'antiquités, nous ne pouvons nous dispenser d'extraire le passage suivant d'une notice lue à la Société littéraire d'Orléans, le 26 juillet 1782, par M. Beauvais de Préau, auteur des *Essais Historiques sur Orléans*. Elle concerne particulièrement le local de l'abbaye de Saint-Euverte. Ce passage est un peu vague, et les objets qui y sont indiqués ne sont pas décrits avec assez de précision pour qu'on reconnaisse bien leur destination. Mais il ajoute quelques documens nouveaux à ceux que nous avons exposés, et c'est pour nous une raison suffisante d'en faire la citation.

« En 1743, les chanoines réguliers de Saint-Euverte ruinèrent une terrasse qui « régnait le long de leur cloître sur le jardin. On trouva, en baissant les terres, les « fondemens de l'extrémité de leurs dortoirs qu'ils avaient abattus plusieurs années « auparavant. Ces fondemens, qui étaient autrefois hors du rez-de-chaussée, étaient « de trois pieds et demi d'épaisseur et beaucoup plus anciens que l'ouvrage qu'on « avait élevé dessus, ainsi qu'il en était de tout le bâtiment dont cette extrémité « faisait partie. Ces fondemens servaient de parois à un cénacle carré, et toute leur « surface était chargée de peintures à personnages, comme il était aisé de le voir par « quelques parties reconnaissables qui en restent sur les pierres qu'on enleva alors. « Après avoir vidé les décombres qui remplissaient cet espace, à quatre ou cinq « pieds de profondeur, on trouva deux cuves ou bassins de briques au rez-de- « chaussée ancien, de forme d'un quarré long, arrondi par l'un des bouts, toutes « deux près l'une de l'autre, et opposées par leur surface. La plus grande des deux « avait trois pieds trois pouces de profondeur, trois pieds de longueur sur deux pieds « huit pouces de largeur. La seconde était plus petite des deux tiers en tout sens « que la première. Elles étaient toutes deux revêtues d'un enduit ou mastic de brique « de l'épaisseur d'un doigt et fort dur. A côté était un puits. »

Il résulte de cette citation que les antiquités dont il y est fait mention sont bien romaines. Les peintures dont il est question faisaient sans doute l'ornement de

---

Revers. Junon portant deux enfans sur les bras, et en ayant deux autres debout à ses côtés. IVNO. AVGVSTA. Dans le champ s.c.

Tête de *Salonine* à droite. SALONINA. P.FEL. AVG. (Potin. Mod. 0,025).

Revers. Femme assise. VENVS. GENITRIX.

Alliage. Mod. 0,022. — Tête radiée de *Postume* à droite. IMP. C. POSTVMVS. P.F. AVG.

Revers. Mars debout. VIRTVS. AVG.

P. B. — Tête radiée de *Postume* à droite..... MVS. P.F. AVG.

Revers. Une galère. Légende effacée.

P. B. — Tête nue de *Constantin* à droite.... NVS. P.F. AVG.

Revers. Deux victoires portant une couronne au milieu de laquelle on lit VOT V MVLT X — VICTORI.... Dans le champ s.c. à l'exergue AMP.

M. B. — Tête diadèmée de *Faustine* jeune à droite. FAVSTINA. AVGVSTA.

Revers fruste.

P. B. — Tête radiée de *Claude II* dit le *Gothique* à droite. IMP. CLAVDIVS....

Revers. La Fortune debout. FORTVNA. REDVX.

quelque caveau sépulcral remarquable ; mais il ne nous est pas aussi facile de donner l'explication des espèces de baignoires dont parle M. Beauvais de Préau, à moins qu'elles ne servissent à laver les corps des morts avant de les placer sur le bûcher qui devait les réduire en cendres, destination qui serait justifiée par le voisinage du puits dont il est fait mention dans la note.

Nous avons vu précédemment que le cloître de Saint-Aignan a dû être à Orléans, dans la haute antiquité, un lieu de sépulture ; il en est donc aussi de même d'une partie de l'emplacement de Saint-Euverte. Ces cimetières étaient, suivant l'usage des Romains, placés au bord des grandes routes, et c'est ce qui avait effectivement lieu ici, puisque la grande voie romaine d'*Augustodunum* (Autun) à *Lutèce* (Paris) passait au faubourg Bourgogne, et se dirigeait ensuite au faubourg Saint-Vincent, à Fleury, à Saint-Lié, etc., ainsi que nous l'avons précédemment (1) établi. Le cimetière de Saint-Aignan se trouvait à la gauche de cette route et celui de Saint-Euverte à la droite.

Il résulte de tous les détails que nous avons successivement donnés sur les antiquités trouvées à Orléans, qu'on a recueilli dans cette ville une grande quantité de médailles. Nous les avons signalées en chaque lieu qui a fait l'objet de notre examen et de nos recherches. Mais nous devons faire mention d'un bien plus grand nombre (2) encore dont le lieu de trouvaille est incertain, et qui ont été toutefois recueillies à Orléans. On en a ramassé sur les remparts lors des fouilles entreprises pour l'exécution des promenades qui embellissent aujourd'hui la ville d'Orléans, sur les boulevarts extérieurs en face du champ carré (3) sis en avant du cimetière de Saint-Vincent et au long de l'ancienne enceinte romaine (4). Ce qu'il y a de fort remarquable, c'est qu'on a trouvé à Orléans, et dans les environs, des médailles (5) de l'époque de la république romaine précisément de celles que nous prétendons qu'on trouverait à Gien-le-Vieux, si ce lieu était l'emplacement de l'ancien *Genabum* où les légions romaines avaient passé un quartier d'hiver. Elles sont en argent et des familles *Antonia, Hosidia, Julia, Junia, Marcia, Platoria* et *Vibia*.

CONCLUSIONS DE TOUT CE QUI PRÉCÈDE.

Il résulte d'un aussi grand nombre de faits réunis que la position de *Genabum* est bien à Orléans ; que les Romains n'ont jamais abandonné cette position ; qu'ils y

----

(1) Voir page 68 de ce Mémoire.
(2) Voir la description de ces médailles à la suite de ce Mémoire, sous la cote F.
(3) Voir la description de ces médailles à la suite de ce Mémoire, sous la cote D.
(4) Un Verus de très petit module.
(5) Voir la description de ces médailles à la suite de ce Mémoire, sous la cote E.

ont formé des établissemens attestant indubitablement leur présence, et nous con-
clurons, avec l'auteur des *Eclaircissemens géographiques sur l'ancienne Gaule,* que.
« quelques efforts que l'on fasse on ne pourra jamais enlever à Orléans sa première
« antiquité. La position de *Genabum* à Orléans sera toujours un point géographi-
« que des plus incontestables, puisqu'il est fixé par le témoignage des anciens écri-
« vains latins et grecs, par le texte et les marches de César, par les itinéraires, enfin
« par des voies romaines qui sont un monument subsistant encore de nos jours; »
et nous ajouterons par une multitude de débris d'antiquités qui surgissent de toutes
parts à Orléans, pour peu que l'on veuille ouvrir le sein d'une terre féconde en
monumens de l'époque des Romains, et même de l'époque des Gaulois.

CHAPITRE V.

DES PRINCIPAUX *TUMULUS* EXISTANT DANS LE DÉPARTEMENT DU LOIRET, ET DE QUELQUES RUINES
SITUÉES AUX ENVIRONS DE MONTARGIS.

ARTICLE Iᵉʳ.

Des Tumulus.

Notre travail sur les antiquités du département du Loiret serait incomplet, si nous ne faisions pas connaître les principaux *tumulus* que nous avons été à portée d'observer, et qui méritent à tous égards de fixer l'attention. Plusieurs de ces monumens existent dans la région du département du Loiret dont nous avons plus particulièrement exploré les antiquités. Dans le cours de cet écrit nous en avons déjà signalé un de ce genre à Gien. Sa situation est indiquée sur le plan topographique de cette ville (1). En descendant la Loire on en trouve deux autres fort considérables, l'un sur la rive gauche du fleuve à Lion en Sullias, appelé *Butte-de-Lion*, et l'autre sur la rive droite près de Châteauneuf, connu sous le nom de *Butte-du Mont-aux-Prêtres*.

Non loin d'Orléans, dans la partie méridionale du département du Loiret, il existe encore un autre *tumulus* d'une assez grande importance connu sous la dénomination de *Butte-de-Mesierre*, du nom du village sur le territoire duquel il est situé.

La portion de la Sologne, enclavée dans le département du Loiret, renferme un grand nombre de *tumulus* d'une élévation peu considérable. Nous pourrons en dire quelque chose, puisque nous avons eu l'occasion d'en faire fouiller un entièrement.

Nous allons donner maintenant la description détaillée de ces différens monumens.

_____

(1) Voir la planche 17.

§ 1er. — *Butte de* Lion *en Sullias.*

Le *tumulus* de Lion est situé sur le territoire de la commune de ce nom, non loin du chemin qui, sur la rive gauche de la Loire, conduit d'Orléans à Gien par Sully (1). Il s'élève au milieu d'une plaine rase où il est en quelque sorte un accident singulier, sa hauteur étant de 11 mètres au dessus du sol environnant. La base de la butte de Lion est tracée circulairement avec un rayon de 32 mètres. Le terrain sur lequel elle s'élève est moyennement de 14 m. 50 c. au dessus de l'étiage de la Loire. On n'aperçoit aux environs aucune trace d'excavations d'où auraient pu être tirées les terres qui ont servi à la construction de ce *tumulus*. Mais on ne peut douter qu'elles ne proviennent du sol même environnant dont on a enlevé une couche égale jusqu'à une grande distance. Au pied de la butte, et dans tout son pourtour, il existe un fossé quelquefois rempli d'eau. Ce fossé est moderne et a été ouvert, d'après les renseignemens qui nous ont été donnés, il y a environ une trentaine d'années. C'est en le creusant qu'on s'est aperçu qu'il existe un mur circulaire en pierre de taille qui entoure toute la butte, et qui est maintenant caché sous le sol. Dans ce fossé on a trouvé des débris de tuiles romaines en assez grande abondance. Si l'on en croit les traditions conservées par un des habitans les plus âgés du pays, il y aurait sous la butte des constructions souterraines, ce dont on a jugé par différentes circonstances qu'il convient de rapporter ici. Le propriétaire de cette butte étant un jour à la chasse, il y a 25 ou 30 ans, voulut la gravir, mais il en fut empêché par la grande quantité d'eau qui remplissait le fossé. Le lendemain, lorsque tout portait à croire que ce fossé devait être encore plein, le vieillard qui raconte aujourd'hui le fait, et qui, jeune alors, accompagnait son maître à la chasse, fut tout étonné de le trouver entièrement vide. Voulant chercher à expliquer cette circonstance fort extraordinaire, il fit le tour de la butte et remarqua au fond du fossé vers le sud un trou d'environ 70 c. de largeur qui paraissait être profond et par lequel les eaux s'étaient sans doute échappées. Il jeta des pierres dans ce trou, et plus tard il y enfonça une perche de plus de quatre mètres de longueur qui n'atteignait pas encore le fond. C'est d'après ces circonstances qu'on a conclu, avec beaucoup de probabilité, qu'il y a sous la butte un souterrain. Les éboulis occasionnés par ce trou ont laissé voir un petit mur en briques se dirigeant du côté des champs. On a trouvé près de ce mur du mâche-fer, ou plutôt des scories de forges et des vitrifications, qui pourraient faire penser que, dans l'antiquité, il y avait dans le voisinage des exploitations de minerai de fer.

D'après les fouilles qui ont été faites en diverses circonstances dans les monumens du genre de celui qui nous occupe, on sait qu'en général les reliques que l'on con-

(1) Voir la planche 25.

fiait à la terre étaient enfermées dans le sol naturel que l'on creusait pour les recevoir, et ce n'était qu'après cette opération qu'on élevait la butte de terre qui les recouvrait. Il y a donc de très grandes probabilités que le *tumulus* de Lion, dont l'importance est annoncée par sa hauteur et son étendue, pourrait renfermer un ou plusieurs caveaux souterrains dans lesquels on aurait déposé les cendres des morts dont on a voulu honorer la mémoire. Il n'y aurait que des fouilles conduites avec intelligence qui pourraient faire connaître jusqu'à quel point ces conjectures sont fondées. On a plusieurs fois tenté d'en entreprendre ; mais on a sans cesse éprouvé de la résistance de la part du propriétaire qui, s'imaginant que des trésors sont cachés dans sa butte, a toujours fait naître de grandes difficultés, en imposant pour les fouilles des conditions onéreuses et en quelque sorte inexécutables. On aperçoit toutefois vers le nord une excavation, qui pourrait faire croire qu'à une certaine époque on a voulu sérieusement exécuter des fouilles ; mais il est facile de s'assurer, et c'est d'ailleurs un fait qui est resté dans la mémoire des habitans, que ces fouilles n'ont été entreprises que pour tirer de la terre à bâtir.

Le vieillard dont nous avons parlé tout-à-l'heure assure avoir trouvé, il y a une vingtaine d'années, en travaillant sur la butte vers l'est, une statue d'homme en pierre à laquelle il ne manquait qu'un bras et qui avait, à peu près, un mètre trente centimètres de hauteur. Il l'avait déposée dans le fossé ; mais les enfans l'ont cassée et en ont dispersé les morceaux, qui sont probablement maintenant enfouis ; car une investigation faite avec soin à la surface de la butte ne nous en a laissé apercevoir aucune trace. Le même vieillard a trouvé dans cette localité une grande pierre ayant la forme d'un carré long, et qu'il a cru reconnaître pour une tombe. N'ayant pu l'enlever avec l'aide de son fils, il l'a laissée, dit-il, où elle se trouvait, enfoncée dans la terre à l'est de la butte.

La butte de Lion est aujourd'hui couverte de bois ; mais telle n'a pas toujours été sa culture. Elle a été d'abord fort long-temps inculte. Il paraît que le propriétaire qui habitait le château de la Ronce, situé tout près de là, y a fait planter de la vigne, il y a une trentaine d'années (1). C'est le vieillard auquel nous devons les renseignemens que nous venons de produire, qui a planté cette vigne : il l'a cultivée et exploitée jusqu'en 1818, époque à laquelle le propriétaire actuel, M. de Boissoudi, l'a fait arracher pour la remplacer par le bois dont la butte est aujourd'hui couverte.

D'après tout ce que nous venons d'exposer, il est à peu près certain que des fouilles entreprises dans la butte de Lion ne seraient pas stériles sous le rapport de l'archéologie, et que l'on pourrait y trouver des objets curieux qui récompenseraient amplement le zèle de ceux qui les entreprendraient et dédommageraient des dépenses dans lesquelles on pourrait être entraîné.

---

(1) Nous devons faire remarquer que les renseignemens dont nous faisons ici usage nous étaient donnés en 1829.

Nous ne terminerons pas ce qui a rapport à la butte de Lion sans rappeler qu'on a trouvé non loin de là un assez bon nombre d'instrumens en bronze, désignés en général sous la dénomination de *haches celtiques.* C'est entre Lion en Sullias et Saint-Gondon que cette trouvaille a été faite, à 1,000 mètres environ de la butte que nous venons de décrire, et à 400 mètres d'une petite rivière du nom de *Gué romain*, sur une autre butte peu sensible aujourd'hui, appelée le Mont, qui paraît aussi avoir été un *tumulus*, mais qui, depuis long-temps livrée à la culture, a beaucoup perdu de sa forme primitive. M. Campagne, que nous avons déjà eu l'occasion de citer, et qui a un goût prononcé pour les recherches d'antiquités, nous a adressé un des instrumens que nous venons de signaler. Nous nous abstenons d'en donner le dessin, attendu que ces instrumens sont bien connus, et qu'on en voit figurer dans presque tous les ouvrages d'archéologie.

§ II. — *Butte du Mont-aux-Prêtres.*

La butte du Mont-aux-Prêtres se trouve à peu de distance de Châteauneuf; non loin de la grande route qui conduit de Briare à Angers. Si l'on suit le chemin de la Croix-de-Pierre (1) au port d'amont de Châteauneuf, situé presque perpendiculairement à la grande route, on passe précisément au pied de cette butte. Elle est établie sur un coteau dont la plus grande inclinaison est dirigée suivant le profil GH (2). Elle rencontre ce coteau à 5 mètres environ au dessous du sommet, du côté le plus élevé. Les tranches horizontales, jusqu'à la rencontre du terrain naturel, sont des courbes du genre elliptique, aplaties dans le sens de l'inclinaison du coteau, et qui deviendraient à peu près circulaires si les sections étaient parallèles au plan du coteau; d'où il résulte que le *tumulus* en question est un cône à base elliptique, mais qui a été élevé sur une base circulaire tracée à la surface du sol. Le sommet du cône a été placé d'aplomb sur le centre du cercle.

La butte de Lion que nous venons de décrire a été élevée, ainsi que nous l'avons dit, de la même manière que celle du Mont-aux-Prêtres. Seulement comme elle a été tracée sur un terrain presque horizontal, la base a conservé sa forme circulaire; ce qui n'arrive pas ici à cause du mouvement du sol et de l'inclinaison du coteau.

La butte du Mont-aux-Prêtres occupe sur le coteau, du nord au sud, un espace de 50 mètres, et sa hauteur réduite au dessus du sol du coteau est de 7 m. 44 c. De l'est à l'ouest, l'espace qu'elle embrasse est de 54 mètres, et sa hauteur, réduite au dessus du sol du coteau, est de 8 m.

Ce *tumulus* est aujourd'hui planté en vignes appartenant à divers propriétaires. Nous n'avons aperçu à la surface du sol aucun débris d'antiquités qui pût nous faire connaître s'il est de l'époque gallo-romaine ou de l'époque purement gauloise.

---

(1) Voir la planche 25.
(2) Voir *idem.*

Quoi qu'il en soit, il est assez probable que des fouilles que l'on entreprendrait donneraient des résultats intéressans. La dénomination de butte du *Mont-aux-Prêtres* que porte ce *tumulus* vient peut-être de cérémonies religieuses qui s'y pratiquaient dans l'antiquité, ou même dans des temps moins éloignés de nous.

§. III. — *Butte de Mesierre.*

La butte de Mesierre a pris son nom du village sur le territoire duquel elle est située. Elle est tout-à-fait sur le bord du chemin (1) qui conduit de Mesierre à *Cléry*, ville remarquable par la belle église que Louis XI y a fait bâtir et dans laquelle il a son tombeau.

Le sol sur lequel cette butte s'élève est à peu près horizontal; aussi sa base présente-t-elle la forme presque circulaire, telle qu'elle a été primitivement tracée sur le terrain même qui a peu de mouvement.

Dans le sens de la ligne AB, de l'est à l'ouest (voir la planche 26), la base de la butte de Mesierre occupe sur le sol une largeur de 69 mètres; et dans le sens de la ligne CD, c'est-à-dire à peu près du nord au sud, elle s'étend sur une largeur de 72 mètres, d'où on peut conclure que le rayon du cercle tracé sur le sol pour limiter la butte avait à peu près 35 mètres.

La hauteur de la butte au dessus du sol environnant est moyennement de 11 m. 79 c.

Un fossé existe à la base de la butte pour la séparer des propriétés voisines et pour recevoir les eaux qui s'écoulent à la surface. Cette butte est plantée en bois : un chemin tracé en spirale conduit à son sommet. Tout fait présumer qu'il a été exécuté dans les temps modernes.

Les dictons populaires sur ce *tumulus* sont assez singuliers. La Sainte Vierge, selon ce que racontent les habitans du lieu, voulant nettoyer les ordures du Paradis les a toutes ramassées dans son tablier, et en a formé la butte de Mesierre. Cependant, comme il restait encore quelques ordures, il en est résulté une petite butte aujourd'hui détruite qui était située non loin de la grande, à la rencontre du chemin qui conduit à l'Émérillon.

Nous avons fait quelques tentatives auprès du propriétaire de la butte de Mesierre pour obtenir l'autorisation d'y faire des fouilles. Mais les obstacles qui se sont présentés dans cette circonstance sont de la même nature que ceux que nous avons éprouvés pour la butte de Lion. Le propriétaire, se figurant qu'on devait trouver des trésors, a fini par nous faire savoir, après nous avoir fait long-temps attendre, qu'il entreprendrait lui-même les fouilles que nous voulions exécuter; ce qu'il n'a point fait. Il est probable, du reste, que le résultat de ces fouilles ne pourrait être que fort intéressant sous le rapport de l'histoire et de l'archéologie.

_____

(1) Voir la planche 26.

§ IV. — *Tumulus du territoire de la commune de Saint-Cyr-en-Val.*

Il existe un assez grand nombre de *tumulus* dans la portion de la Sologne enclavée dans le département du Loiret. Ils sont en général de petites dimensions. Ils nous offraient par conséquent la facilité de les faire fouiller. Le territoire de la commune de Saint-Cyr-en-Val, située près d'Orléans, au delà de la Loire, en renferme plusieurs. Nous nous transportâmes sur les lieux avec M. le baron de Morogues, maire de cette commune, et nous allâmes visiter les buttes qui se trouvent dans les dépendances de la ferme de la Planche, appartenant à M. d'Arlon. Là existent, dans un espace assez resserré, quatre à cinq *tumulus* de petites dimensions. Après les avoir examinés les uns après les autres, nous prîmes la résolution de faire fouiller celui qui était le plus considérable. Il était élevé de 3 m. 40 c. à peu près au dessus du sol. Les fouilles ont été exécutées par tranches horizontales. Lorsqu'on a eu enlevé à peu près 2 m. 10 c. d'épaisseur de terre, on a trouvé une urne en poterie commune d'une assez forte dimension, cassée en dix à douze morceaux. Elle renfermait des ossemens, et quand les fouilles sont arrivées au niveau du sol environnant, qui est, ainsi qu'il vient d'être dit, à 3 m. 40 c. au dessous du sommet de la butte, on a trouvé encore deux urnes en poterie commune également cassées, et la forme imprimée dans la terre de plusieurs autres qui paraissent avoir été détruites et consumées entièrement sur la place même. Mais lorsqu'on est arrivé au déblai dans le sol naturel, on a trouvé, sur une superficie de deux mètres en carré, et sur une épaisseur de six centimètres, une couche de charbon animal provenant de l'incinération des os des morts auxquels cette dernière demeure avait été consacrée. Ces minces résultats, quoique non dénués d'intérêt, ne nous engagèrent point à continuer nos fouilles; car il était probable qu'en nous adressant à des *tumulus* moins considérables, nous obtiendrions des résultats encore moins satisfaisans. Nous avions d'ailleurs épuisé les fonds très minimes qui avaient été mis à notre disposition pour ce genre de recherches.

Nous devons, en terminant ce que nous avons à dire sur les *tumulus* du département du Loiret, rappeler ici que nos recherches ont été entreprises sous l'influence d'une Commission des Antiquités, instituée en 1828 par M. le vicomte de Riccé, alors préfet du Loiret, en vertu d'une circulaire du ministre de l'intérieur, M. de Martignac. On sait que M. le duc Decaze, alors qu'il occupait le ministère de l'intérieur, recommanda, par une circulaire en date du 8 avril 1819, à tous les préfets de France de reprendre les recherches qui avaient été provoquées en 1810, sur les antiquités nationales. A cette lettre était joint un rapport très étendu de l'Académie des Inscriptions et Belles-Lettres, et des questions posées par cette illustre société pour guider dans les recherches que l'on provoquait. On répondit au désir manifesté par le ministre, et de toutes parts il arriva à l'Académie des Inscriptions et Belles-Lettres de nombreux mémoires dont les plus intéressans furent l'objet de

récompenses accordées par le ministre, et qui consistaient en trois médailles d'or
distribuées chaque année par cette académie. Tout prospérait à cette époque pour
l'étude des antiquités, lorsque M. de Corbière arriva au ministère de l'intérieur.
Ce ministre trouva alors qu'il y avait lieu de couper court aux recherches de ce
genre, et il écrivit circulairement à MM. les préfets pour les en prévenir, en leur
annonçant qu'il fallait cesser, jusqu'à nouvel ordre, toute espèce de correspondance
à ce sujet, et que désormais il ne serait plus distribué de médailles d'or par l'Académie
royale des Inscriptions et Belles-Lettres pour prix d'archéologie (1). Tout ceci se
passait en 1824. Mais l'élan était donné, les recherches archéologiques et historiques
ne furent pas moins continuées dans toute l'étendue de la France, malgré le mauvais
vouloir de M. de Corbière, et ce fut en vain qu'on voulut en arrêter la marche et
les progrès. Des temps meilleurs vinrent bientôt toutefois, et l'état des choses fut
changé à l'arrivée de M. de Martignac au ministère de l'intérieur. Ce ministre,
protecteur éclairé des arts et des lettres qu'il cultivait avec succès, rétablit bientôt
les médailles d'or qui avaient été supprimées, et adressa une nouvelle circulaire à
MM. les préfets pour provoquer la continuation des recherches sur les antiquités nationales. C'est en vertu de cette circulaire, ainsi que nous venons de le dire, que M. le
vicomte de Riccé institua, vers le mois de juillet de l'année 1828, la Commission
des Antiquités du département du Loiret. Cette Commission, présidée par Mgr. Bru-
maud de Beauregard, évêque d'Orléans, amateur très éclairé et très érudit de nos
antiquités nationales, était composée de MM. le président Des Portes, le président
De Laplace, De L'Espin, recteur de l'académie d'Orléans; le baron De Morogues,
Jollois, ingénieur en chef du Loiret; Boucher de la Rupelle, ingénieur des ponts-
et-chaussées; le comte de Tristan, Thion, docteur en médecine, le docteur Pelle-
tier, Pagot, architecte; De Lockhart. M. Jollois fut nommé par ses collègues secrétaire de cette Commission qui tint sa première séance le 28 juillet 1828. Le 17

---

(1) Voici la lettre que M. le préfet du Loiret écrivit à ce sujet au président de la Société royale des Sciences,
Belles-Lettres et Arts d'Orléans :

« Orléans, le 30 avril 1824.

« Monsieur le président,

« Le 18 mai 1819 j'ai eu l'honneur d'adresser à la Société un exemplaire de la circulaire de M. le ministre de
l'intérieur, du 8 avril précédent, relative aux recherches à faire sur les antiquités de la France.
« Son Excellence me mande que les Mémoires qui ont été fournis sur cet objet paraissent devoir être plus
que suffisans pour la rédaction du Recueil qui doit être publié sur les recherches archéologiques de la France,
et elle m'invite à faire cesser jusqu'à nouvel ordre toute espèce de correspondance.
« Veuillez avoir la bonté de donner connaissance de cette disposition à ceux de MM. les membres de la
Société qui s'occuperaient de la recherche des antiquités, et les prévenir en même temps qu'il ne sera plus,
après le concours de cette année, décerné de médaille d'or par l'Académie royale des Inscriptions pour prix
d'archéologie. »

décembre de cette même année, elle arrêta que des instructions particulières (1) seraient rédigées pour la recherche des antiquités dans le département du Loiret, en prenant pour base les questions posées par l'Académie des Inscriptions et Belles-

(1) Nous croyons devoir donner ici ces instructions dont la publication peut être utile.

Instructions sur les recherches archéologiques, historiques, etc., à faire dans le département du Loiret.

L'Académie des Inscriptions et Belles-Lettres a rédigé des questions générales, applicables à la recherche des antiquités dans toute l'étendue de la France : ces questions générales ne trouvent pas toutes leur application dans chaque département; mais aussi chaque département a des objets spéciaux de recherches qui n'entraient pas nécessairement dans le cadre des instructions données par l'Académie des Inscriptions et Belles-Lettres. Il est donc utile, en partant de ce cadre pour établir une marche uniforme, de faire, pour chaque département, des instructions qui leur soient plus particulièrement applicables; et c'est ce qui a déterminé la Commission des Antiquités, instituée par M. le préfet, pour le Loiret, à rédiger les instructions particulières qu'on va lire; ces instructions ont été adressées à MM. les sous-préfets, en les invitant à favoriser les recherches qu'elles signalent, et à les communiquer à MM. les maires de chaque commune de leur arrondissement.

MONUMENS CELTIQUES OU GAULOIS.

1° Rechercher dans la commune les buttes de terre rapportées, qui ont servi de tombeaux, et qui sont généralement connues sous le nom de *tombelles* ou *tumuli.*

Il existe de ces tombelles dans la partie du département enclavée dans la Sologne.

On en voit deux fort remarquables : l'une à la sortie de Châteauneuf, sur la route de Gien; l'autre sur le territoire de la commune de Lion-en-Sullias.

Indiquer ceux de ces tombeaux qui n'ont pas été fouillés; donner leurs dimensions, leur mode de construction. Quand il y en a plusieurs sur le même local, en donner la position respective, et en dresser le plan général, s'il est possible.

Ceux de ces tombeaux qui ont été fouillés ont donné lieu à quelques découvertes; dire si l'on y a trouvé des ossemens, du charbon, des haches, des débris d'armes ou d'outils, des médailles, des anneaux de fer et de bronze, des fibules ou agrafes de vêtemens, des vases ou débris de vases de terre rouge, grise ou autre; décrire tous ces objets, s'il n'est pas possible de les faire connaître directement à la Commission des Antiquités.

Les tombelles se trouvent communément sur les bords des chemins, sur des lieux élevés, et à la lisière des bois.

2° Rechercher tous les monumens en pierres simplement posées ou superposées, connus du vulgaire, dans divers endroits, sous les noms de *pierres aux fées, pierres levées,* etc., auxquelles on a attribué la dénomination de monumens celtiques; donner les dimensions de ces monumens; si l'on y a fait des fouilles, faire connaître les objets qui y ont été trouvés.

L'arrondissement d'Orléans renferme de ces monumens dont plusieurs ont déjà été décrits; il s'en trouve en abondance dans le pays chartrain qui l'avoisine, et qui était, pour ainsi dire, le centre du culte druidique.

MONUMENS ROMAINS ET DU MOYEN AGE.

3° Le département est traversé par plusieurs routes romaines dont il importe de bien connaître la direction; il serait très utile de les suivre dans tout le pays qu'elles ont traversé autrefois; les lacunes qu'elles présentent aujourd'hui proviennent de leur destruction par le soc de la charrue, ou bien sont dues à d'autres circonstances qu'il est difficile d'apprécier maintenant.

La plus longue des routes romaines qui traversent le département du Loiret est celle qui établit une communication entre Autun (l'ancienne Bibracte) et Paris (l'ancienne Lutèce). Deux embranchemens partent d'Autun pour établir cette communication: l'un au travers des terres par Entrains, Saint-Amand, Thou et Briare, et l'autre en suivant le littoral de la Loire par Nevers, Cosne et Briare. Ces deux embranchemens doivent avoir eu leur point de jonction soit en deçà, soit au delà de Briare : il faudrait rechercher ce point. L'une des deux routes se voit encore sur les hauteurs au dessus de Gien; elle traverse Gien-le-Vieux et se dirige

Lettres. Le secrétaire fut chargé de préparer ce travail. M. le préfet en adressa des copies à MM. les sous-préfets de Gien et de Montargis, qui durent, de leur côté, en extraire ce qui concernait les diverses communes de leur arrondissement, pour les

---

sur Orléans. Il serait très important de reconnaître ses vestiges dans tout l'intervalle qui se trouve entre la limite de la Nièvre et Orléans.

Entre Briare et Orléans, il a existé sur cette route une station romaine qu'il serait intéressant de retrouver, c'est celle de Belca. Les distances en sont ainsi marquées dans l'Itinéraire d'Antonin :

(*Brivodarum condate*). . . . . . . m.p. XVI

Belca . . . . m.p. XV

(*Cenabum*) . . . . m.p. XXII.

La lieue gauloise est évaluée par D'Anville à 1133 toises 1/4.

Un lieu situé à Beauches, près de Dampierre, et où l'on trouve des vestiges d'antiquités romaines, pourrait convenir à cette station romaine.

La route romaine dont il est ici question se dirige, en sortant d'Orléans par Saint-Lyé, Saclas; reconnaître ses vestiges dans le département du Loiret, et les indiquer soit au moyen des lieux qu'elle traverse, soit en en levant un plan régulier.

Une ancienne voie romaine existe entre Orléans et Sens; les cartes de Cassini en montrent une bonne partie : elle passe dans le département, à Dordives, à Sceaux, dont elle traverse les marais, et à Nancrai. A partir de ce dernier point, la route se perd dans la forêt. Il faudrait en rechercher les traces jusqu'à Orléans, et les exprimer sur un plan exact.

Une position ancienne doit se trouver sur cette route; c'est celle du *Vellaunodunum* des Commentaires de César, sur lequel on a tant varié. L'emplacement d'une ville ancienne, dont la position n'a encore été signalée par aucun auteur, se trouve à 2000 mètres environ en avant de Sceaux, du côté de Sens. Il est important de recueillir toutes les médailles, les statues, et en général tous les objets d'antiquités que le local procure aux habitans de Sceaux et des environs qui exploitent les fondations des anciennes habitations, afin d'en tirer de la pierre pour leurs constructions nouvelles.

Une autre route romaine part de Sens en passant par Chenevière sis entre Montbouy et Montcresson; elle peut se diriger sur Orléans ou sur Gien, ou avoir des embranchemens sur l'une et l'autre ville. Il est très utile de rechercher les vestiges de cette route, qui peut donner plus ou moins d'importance aux opinions qui placent *Genabum* à Gien ou à Orléans. Si l'on trouve des vestiges de l'embranchement sur Gien, il faudra continuer les recherches dans l'hypothèse d'une communication ancienne entre Gien et Bourges. La route qui vient d'être indiquée traverse un emplacement de ville ancienne que D'Anville reconnaît pour être l'*Aquis segeste* de la Table Théodosienne : il est sis près du château de Chenevière, et montre encore assez bien conservés les restes d'un amphithéâtre et de quelques habitations romaines.

Une route romaine allait d'Orléans à Chartres, une autre partait de la même ville d'Orléans et traversait la Sologne. Il est très intéressant d'en rechercher les vestiges dans le Loiret.

D'autres routes romaines, qui seraient peut-être connues sous la dénomination de *chemin de Brunehaut*, sur lesquelles personne n'aurait encore donné d'indications, peuvent exister dans le département : il faut en faire la recherche et les signaler.

Des circonstances particulières peuvent présenter des sections de chaussées romaines ouvertes par des accidens quelconques, tels, par exemple, que l'irruption d'un torrent. En profiter pour examiner la construction de ces chaussées, dont on donnera une description détaillée. Les anciennes routes romaines s'annoncent en général par un grand relief au-dessus du sol et par de longues directions en lignes droites, autant que le terrain le permet; leur tracé suit le plus ordinairement les parties les plus élevées du sol qu'elles traversent.

4° Vérifier si, sur ces routes romaines, il n'en existerait pas encore, et rechercher si on n'a pas trouvé autrefois des bornes milliaires; en donner la description, la situation, et mesurer la distance qui les sépare, si l'on en trouve plusieurs sur la même route.

5° Des villes et des stations anciennes existaient à peu de distance et au long même des routes romaines. Détruites aujourd'hui, aucune construction apparente n'en signale l'emplacement : cependant il est toujours facile de le reconnaître en y apportant quelque attention. Toutes les fois qu'on trouvera un grand espace couvert de nombreux fragmens de tuiles à rebords, qui servaient, à l'époque des Romains, à la construction des

communiquer aux maires. Dans le travail que nous publions aujourd'hui, nous avons eu pour objet de satisfaire, autant qu'il était en nous, à ces instructions. Mais on comprendra facilement qu'il ne nous a pas été possible d'en remplir tout le cadre.

édifices, on peut être assuré que là existait une ancienne ville. Ces fragmens de tuiles à rebords sont, pour ainsi dire, inaltérables et indestructibles; la charrue ne fait que les retourner et les changer de place. On trouve aussi parmi ces débris des fragmens de tuiles creuses qui s'employaient pour recouvrir les joints des tuiles plates à rebords, que l'on plaçait sur la charpente des toits; mais ils sont en général beaucoup moins nombreux. Lorsqu'on a reconnu ces premiers indices, on en trouve bientôt d'autres en recherchant les vestiges des fondations des murs, de l'enceinte des monumens publics et des habitations particulières; partout où la végétation est faible et languissante, on peut être assuré qu'il existe des murs enfouis. Il faut alors les mettre à découvert, et c'est ce que font eux-mêmes les habitans du pays, qui les exploitent comme des carrières.

En décrire le mode de bâtisse avec ou sans ciment, en pierres grandes ou petites, carrées, rectangulaires ou en losanges, en briques ou en carreaux, etc. Si l'on trouve des murs d'enceinte, en décrire les tours rondes ou carrées, les portes. Si l'on a trouvé des restes d'établissemens de bains, d'étuves, de conduits de chaleur et de tuyaux servant à la conduite des eaux, des vestiges d'aqueducs, les décrire dans le plus grand détail; faire connaitre les traditions conservées dans le pays relativement à ces sortes de constructions; vérifier si les pierres employées à ces constructions sont les mêmes que celles des carrières actuellement en exploitation.

Il existe presque toujours, dans le voisinage des villes anciennes, des cimetières, tellement que, lorsqu'on a trouvé la ville, on est bientôt conduit à la découverte du cimetière, et réciproquement.

Les cimetières romains sont presque toujours situés non loin des routes; on les reconnait aux vestiges que l'on y retrouve de l'endroit où l'on brûlait les corps : en en fouillant le sol, on y découvre des urnes, grandes ou petites, en poterie commune, en poterie fine de couleur rouge, ou en verre; ces dernières sont ordinairement renfermées dans des massifs de pierre pour en assurer la conservation.

Toutes ces urnes contiennent ordinairement des os brûlés et des cendres; elles renferment aussi des médailles, et quelquefois des bijoux précieux à l'usage du mort. Outre les urnes enfouies dans le cimetière, on trouve encore des vases vides de toutes les sortes, des ustensiles de ménage, des miroirs, et, en général, des objets précieux à l'usage de ceux dont on a voulu honorer la mémoire : tous ces objets se trouvent à très peu de profondeur au dessous de la surface du sol.

Ces mêmes cimetières peuvent offrir des sarcophages en pierre, avec ou sans inscriptions, selon que le cimetière a servi à diverses époques ou pendant une longue suite de siècles.

6° Rechercher les anciennes limites du pays des Carnutes, dont Chartres, anciennement *Autricum*, était la capitale, et *Genabum* le port sur la Loire.

7° Indiquer les villages où l'on remarque des briques romaines ou de grands carreaux employés dans les murs des habitations, s'informer des endroits d'où ils ont été tirés; faire connaitre les noms de lieux remarquables par leur singularité et qui peuvent mettre sur la voie de quelques rapprochemens historiques.

8° Indiquer exactement tous les emplacemens où l'on a trouvé, à différentes époques, des antiquités quelconques, et la nature de ces antiquités; faire connaitre les traditions relatives à ces lieux, et les ouvrages qui en ont déjà parlé.

Si l'on a trouvé et si l'on trouve habituellement des médailles, indiquer à quel règne elles appartiennent.

9° Rechercher et décrire toutes les inscriptions ou fragmens d'inscriptions, soit grecques, soit latines, soit du moyen âge, qu'on croit antérieures au 10° siècle, et qui se trouveraient dans le département; donner des *fac-simile* d'après les procédés suivans :

Pour obtenir ce qu'on appelle un *fac simile*, il faut se munir d'une boîte d'encre d'imprimerie et d'une feuille de papier peu collé et flexible; au moyen d'un tampon ou balle d'imprimeur, on tamponne le marbre ou la pierre de l'inscription, et l'on applique la feuille de papier, ou successivement plusieurs feuilles de papier sur la pierre, en appuyant avec la main : il résulte de cette opération, faite avec soin, que les lettres se marquent en blanc sur la feuille noircie; ce moyen est plus sûr que de copier.

Une autre méthode, qui s'applique aussi aux sculptures, consiste à fixer sur le modèle un papier très fin et très compact à la fois. On a un large tampon en peau retournée et rembourrée, qu'on charge de bonne mine de plomb mise en poudre impalpable : il suffit de passer avec légèreté le tampon sur le papier, et une seule

Il aurait fallu pour cela beaucoup plus de temps que nous n'en avions à notre disposition, et une résidence encore plus prolongée dans le département du Loiret, quoique nous y soyons resté pendant huit années consécutives. La lacune sera remplie par les hommes de mérite et de science qui ne manquent pas dans ce département.

---

fois, en appuyant cependant d'une manière convenable ; l'empreinte est marquée nettement par dessus et du premier coup. Si les figures sont sculptées en creux, elles se dessinent en blanc sur un fond noir ; et si elles sont en relief, elles se dessinent en noir sur un fond blanc. Le tampon, en passant sur les parties pleines, et trouvant de la résistance, laisse nécessairement le noir, et, quand il vient à rencontrer un creux, il ne marque plus faute de point d'appui. A la vérité, il faut que le papier ait en même temps assez de finesse, de ténacité, même de souplesse, pour se prêter à toutes les formes et résister à la pression ; autrement on ne réussirait pas du tout, ou que très imparfaitement, et on n'obtiendrait pas des contours très arrêtés ; mais, en opérant avec soin, on a, par ce moyen, en quelques minutes, l'empreinte d'une surface de trois à quatre mètres carrés, quelque chargée qu'elle soit de caractères ou de figures.

10° Existe-t-il des vestiges de camps romains ou du moyen âge, en indiquer la situation, le développement de leurs contours, la nature des fortifications qu'ils présentent, en lever des plans exacts.

11° Rechercher et décrire toutes les anciennes abbayes, tous les anciens châteaux et toutes les constructions faites depuis le commencement du 10° siècle jusqu'à la fin du 14°; donner des dessins de celles qui sont suffisamment conservées ; rechercher les plans et dessins des parties qui n'existent plus, s'il est possible de les retrouver dans quelques archives, ou bien indiquer les ouvrages imprimés où il peut en être fait mention ; recueillir les renseignemens propres à en donner une histoire complète.

Parmi les anciennes abbayes qui ont existé dans le département du Loiret, on doit citer au premier rang l'abbaye de Saint-Benoist-sur-Loire, dans l'arrondissement de Gien ; celles de Saint-Mesmin et de la Cour-Dieu, dans l'arrondissement d'Orléans ; celle de Ferrière, dans l'arrondissement de Montargis.

Recueillir les épitaphes et inscriptions qui pourraient être utiles pour l'histoire de ces abbayes ; les anciennes chartes, les anciens titres et les anciennes chroniques qui les concernent.

12° Continuer les mêmes recherches pour les châteaux, abbayes ou autres constructions depuis la fin du 14° siècle jusqu'à nos jours, qui se font remarquer soit par leur architecture, soit par leur destination ancienne ; rapporter ce qu'en disent les traditions populaires ; faire connaître ceux de ces bâtimens qui ont été détruits ; dire ce que sont devenus et où ont été transportés les tombeaux, ornemens ou débris curieux qui y existaient ; donner les titres des ouvrages qui en ont parlé.

On peut signaler ici le château d'Yèvre-le-Chatel, dans l'arrondissement de Pithiviers ; les châteaux de Saint-Brisson et de Sully, dans l'arrondissement de Gien, etc.

13° Réunir les anciens sceaux des villes, villages, seigneuries, abbayes, bailliages, prévôtés, communautés, etc.

14° Rechercher et indiquer les églises qui, reconstruites à différentes époques, conservent encore actuellement des vestiges de constructions très anciennes, et qui peuvent remonter jusqu'au 7° siècle.

L'arc en plein cintre est en général caractéristique de cette époque.

Il se montre plus particulièrement dans les portes extérieures avec des décorations du temps. Fournir des dessins et des descriptions exacts de ces restes d'architecture ; vérifier s'il existe dans les anciennes églises des vitraux peints, avec des inscriptions, des chiffres, des monogrammes ou des armoiries ; en donner des dessins.

15° Existe-t-il dans certaines fêtes patronales des usages locaux qui soient remarquables par leur bizarrerie, et que l'on fasse remonter à des temps reculés, indiquer ces usages et rechercher leur analogie avec les cérémonies du paganisme.

16° Toute personne qui déterrera d'anciennes statues, d'anciens tombeaux, d'anciennes inscriptions en caractères quelconques, d'anciennes armures, d'anciens vases de cuivre, d'étain ou même de terre, des médailles de l'époque romaine ou du temps de nos rois, de quelque métal qu'elles soient, est invitée à en donner avis au maire de sa commune, qui est prié d'en informer, soit directement, soit indirectement, la Commission des Antiquités. Les ouvriers, qui auront trouvé ces divers objets, et qui les remettront soit à MM. les

16

La dernière séance de la Commission des Antiquités eut lieu le 27 janvier 1829.
Il est inutile d'exposer ici en détail comment les travaux furent tout à coup arrêtés.
Les instructions dont la Commission désirait et provoquait la plus grande publicité
auprès de M. le préfet devinrent le motif de la tiédeur qui s'empara tout à coup de
ce magistrat. Les réunions ne furent donc plus provoquées, et les travaux lan-
guirent tout-à-fait.

Mais, indépendamment des travaux entrepris sur les *tumulus*, et dont il vient d'être
fait mention, la Commission des Antiquités du Loiret s'est encore occupée d'autres
recherches dont nous allons parler succinctement.

M. le docteur Thion a fait exécuter des fouilles dans la sablière des Barres, sise
sur la route d'Orléans à Châteaudun, territoire de la commune du Boulet, dans le
but de rechercher des ossemens fossiles d'un grand intérêt. Il a été exécuté de semblables fouilles, et dans le même but, dans la sablière de Chevilly. Les résultats de
ces fouilles ont été déposés au musée d'histoire naturelle de la ville d'Orléans, et
feront sans doute l'objet de mémoires rédigés par M. Thion. Il serait hors de notre
sujet d'entrer ici dans de plus grands détails.

___

sous-préfets et maires, soit à des membres de la Commission des Antiquités, recevront une rétribution
équivalente à leur valeur.

RECHERCHES PARTICULIÈRES SUR ORLÉANS.

17° Indiquer les portions des murs d'enceinte qui sont aujourd'hui enfermées dans les habitations particulières ; visiter les caves qui en renferment les fondations ; examiner avec soin le genre de construction de ces
murs, et le décrire avec détail.

Toutes les fois que des circonstances particulières conduisent à la démolition de quelques portions de ces
murs, en examiner la construction jusqu'à la fondation même ; remarquer attentivement si elle ne serait pas
établie sur des *substructions* plus anciennes, gauloises peut-être.

Recueillir avec un soin scrupuleux les objets d'antiquités que l'on peut trouver alors soit au long de ces
murs, soit dans l'intérieur de la construction elle-même, telles que médailles, pièces de monnaies, pierres
avec inscription, statuettes, vases et débris de vases.

18° Rechercher les deniers d'or et d'argent frappés sous les rois de France dans l'atelier monétaire d'Orléans.

19° Dresser un plan historique d'Orléans, où seraient signalées toutes les maisons qui ont reçu des personnages importans et dont l'histoire fait mention ; donner des notices sur ces personnages et rappeler les faits
historiques qui se rattachent à eux.

Étendre ces recherches à la banlieue d'Orléans.

20° Signaler toutes les maisons particulières et tous les édifices publics qui portent l'empreinte du goût des
arts, depuis l'époque de leur renaissance sous François Ier ; indiquer tous les objets relatifs aux arts qu'on
peut y rencontrer et qui méritent l'attention des connaisseurs ; donner des plans, coupes, élévations et détails de sculpture de ces édifices, et rédiger des notices qui les fassent bien connaître.

ARTICLE II.

M. le général Bardin, propriétaire du Châtelet, sis dans les environs de Montargis sur le bord du canal de Loing, a signalé à la Commission des Antiquités l'existence d'un ancien aqueduc qui était resté entièrement ignoré jusqu'au moment où le hasard le lui fit découvrir. Un bras de la rivière de Loing (1) coule à peu de distance de la propriété du Châtelet. Cette même propriété est bordée par un petit ruisseau nommé l'*Oiseau-Blanc*, qui se jette dans le canal de Loing. C'est en fouillant à peu de distance de l'Oiseau-Blanc, dans la direction de ce petit ruisseau, et à quelques mètres du point marqué H (2), qu'un ouvrier, travaillant à creuser un fossé, s'enfonça tout à coup jusqu'aux reins dans le sol, et s'en retira mouillé sans être blessé : c'était la voûte d'un aqueduc qui s'était écroulée sous lui. Cet évènement éveilla l'attention de M. le général Bardin, qui poursuit ainsi la description de sa découverte dans le compte qu'il en rend à la Commission des Antiquités du Loiret.

« Je fis creuser plus profondément et dans une grande longueur. Je trouvai à « quatre pieds au dessous du niveau du sol, une voûte construite en pierre du pays, « et maçonnée à chaux vive. Dans plusieurs endroits cette voûte était brisée (3), « parce que les racines d'ormes s'y étaient introduites et avaient disjoint les « pierres.

« L'aqueduc a une largeur d'un mètre, et sous voûte, une profondeur d'un mètre « quinze centimètres. Il était plein d'eau, et le fond contenait près d'un demi-mètre « de vase. L'eau y était dormante mais non gâtée, attendu qu'elle communique « avec celle de la rivière. Il y a été vu, et j'y ai vu moi-même des poissons énormes « nommés garboteaux, qui y vivaient emprisonnés et dans l'obscurité.

« La découverte de cette portion d'aqueduc m'a déterminé à pousser plus loin « mes recherches, et pendant le temps des basses eaux, j'ai saisi l'instant où le lit « de la petite rivière nommée l'Oiseau-Blanc était presque à sec, pour y creuser dans « la direction des ouvertures déjà faites. J'ai retrouvé au fond du lit de la rivière « la continuation de l'aqueduc. La partie supérieure de la voûte était à un tiers de « mètre environ au dessous du lit de ce cours d'eau.

---

(1) Voir la planche 27.
(2) Voir même planche.
(3) Voir planche 27, le plan général et les plans de détails aux lettres c.

« En arrivant à une partie de la propriété où il y avait autrefois un moulin (1) à
« eau qui a été démoli en 1751, la voûte et tous les travaux de maçonnerie se
« trouvent détruits : probablement cette démolition aura eu lieu quand on aura
« édifié ce moulin ; mais il est singulier qu'il n'en soit resté aucun souvenir dans le
« pays ; il n'y avait pas la moindre tradition de l'existence de cet aqueduc ; les vieillards
« de cette contrée n'en ont jamais ouï parler.

« Au delà de l'emplacement où le moulin a existé, et près d'un pont sous lequel
« l'Oiseau-Blanc se décharge dans le canal, il y avait de tout temps une source où
« les passans venaient se désaltérer (2). J'ai voulu reconnaître ce que c'était que cette
« source prétendue dont l'affluent répondait précisément à la direction de l'aque-
« duc. En faisant creuser et débarrasser quantité de pierres, j'ai retrouvé la voûte
« parfaitement reconnaissable et qui a été visiblement rompue de main d'homme ;
« j'ai poursuivi beaucoup plus loin dans l'intérieur de ma terre ; j'ai encore retrouvé
« le même aqueduc qui amène continuellement de l'eau admirable pour sa limpidité,
« et qu'il prend à une source dont on ignore le point de départ, » à moins que ce
ne soit en B, dans le voisinage d'un camp romain dont il va être fait mention tout
à l'heure (3).

« Ainsi, dans une grande partie de ma propriété d'une étendue à peu près d'un
« demi-quart de lieue, il existe un aqueduc souterrain dont on ne connaît ni le point
« d'arrivée ni le point de départ ; il servait de conduit à de l'eau d'une pureté parfaite.
« Cet aqueduc était creusé au fond d'un sol marécageux et dans le cœur d'un lit de
« pierre blanche : il est beaucoup plus bas que le lit de la rivière de Loing et que
« le fond des puits du château. On ne devine pas à quelle intention il a pu être établi
« un pareil monument. On ne voit pas d'édifices circonvoisins pour l'utilité desquels
« tant de travaux auraient été entrepris ; dans quelle intention transporter si dis-
« pendieusement des eaux dans un pays tout aquatique, et à deux ou trois portées
« de fusil d'une grande rivière ? De pareils travaux n'auront pu se faire que par
« épuisemens ; il aura fallu pratiquer dans le roc une tranchée de trois mètres de
« profondeur et de quatre ou cinq mètres de largeur dans un espace d'une longueur
« inconnue. Il n'aura été possible de bâtir qu'après avoir opiniâtrement épuisé au
« moyen de vis d'Archimède. » Comment expliquer ensuite cette dérivation de l'aqueduc à angle droit (4) qui semble porter les eaux vers le village de Chalet, et qui
ferait supposer que la construction du reste de l'aqueduc passait sous la rivière de
Loing ?

Les travaux de canalisation entrepris depuis Henri IV, et le creusement de

---

(1) Voir son emplacement à la première lettre c, à gauche de la planche 27, fig. 1.
(2) Voir le plan général et le plan de détail, fig. 2 en a, planche 27.
(3) Voir le plan général, fig. 1, et le plan détaillé, fig. 4 de la planche 27.
(4) Voir la planche 27, fig. 2 en u.

la rivière artificielle de l'Oiseau-Blanc, ont brisé en plusieurs parties l'ancienne
ligne de l'aqueduc, et ne permettent pas qu'on en puisse suivre aisément la trace.

Le savant M. Thénard, pair de France, a bien voulu analyser les eaux de cet
aqueduc, et en donner, écrite de sa main, la description qui suit : « L'eau est restée
« limpide et a conservé toute sa liquidité primitive. Cette eau ne contenait presque
« aucune matière étrangère; elle précipite, mais à peine, par le muriate d'argent;
« elle ne précipite pas par le muriate de barite; elle se trouble légèrement par l'ébul-
« lition, et laisse déposer un peu de carbonate de chaux; elle se trouble à l'instant
« par l'oxalate d'ammoniaque; enfin elle ne contient que des traces de sel marin, et
« par là j'entends moins de $\frac{1}{100000}$; plus, un peu de carbonate de chaux dont la dis-
« solution est facilitée par une petite portion d'acide carbonique.

« C'est une eau qui n'est pas minérale et qui ne contient aucun principe actif; on
« pourrait la boire très bien, elle serait meilleure que celle d'Arcueil. »

Nous avons vu fort en détail tout l'aqueduc déconvert par M. le général Bardin,
et nous n'hésitons pas à croire qu'il est de construction romaine. Le genre de sa
bâtisse, la nature des matériaux qui y sont employés, et la dureté des mortiers ne
nous laissent aucun doute à cet égard. Un fait bien remarquable, c'est que l'eau qui
coule dans l'aqueduc a sa pente dans un sens opposé à celui des versans du pays et
du fil de la rivière de Loing, ce qui doit faire présumer qu'elle provient d'une source
ou d'un ruisseau éloigné.

M. Boucher de la Rupelle a fait connaître à la Commission des Antiquités, des
ruines plus importantes encore que cet aqueduc et qui se trouvent presque dans la
même localité. La planche 27 en donne la situation et le plan (voir fig. 5). Nous
avons nous-même visité ces ruines lorsque les fouilles étaient commencées. Ces
constructions sont placées au sommet du coteau et dominent la vallée. Sous le
rapport de l'occupation militaire du pays, c'est un point important. Mais il nous
serait impossible, avec le peu de constructions qui ont été mises à découvert, de
prononcer s'il faut voir là les restes d'un château fort, ou une simple habitation.
Tout ce que nous pouvons assurer, et ce que prouvent suffisamment quelques faits
que nous allons développer, c'est qu'il faut y reconnaître une construction de
l'époque des Romains. Elle est située au milieu d'un camp romain dont les vestiges
ne peuvent laisser aucun doute. Ils ont été reconnus en détail par M. le général
Bardin. Les limites de ce camp sont bien marquées par deux fossés ou ravins dont les
débouchés sont indiqués en D et en E (1). La distance de l'un à l'autre des deux fossés
est de 650 mètres environ. La limite du camp vers le chemin de Montargis
à Cepoy n'est point prononcée. Mais du côté de la rivière elle est déterminée
par un sol abrupte qui domine la vallée de Loing sur une hauteur de près de dix

_____

(1) Voir le plan général, fig. 1, et les plans de détails, fig. 4 et 5 de la planche 27.

mètres. Ce camp, d'après l'estimation de M. le général Bardin, pouvait contenir au moins une légion romaine. Il avait, selon son opinion, une correspondance par eau et une correspondance par terre du côté du nord-ouest. L'une et l'autre de ces communications devaient répondre au pont romain de Dordives (1) qui faisait franchir la rivière de Loing à la voie romaine de Sens (*Agendicum*) à Orléans (*Genabum*).

Appuyé à la prairie ou au marais, car autrefois c'en était un, que des travaux successifs ont assaini, le camp était de ce côté à l'abri de toute tentative. De l'autre côté, il dominait une vaste plaine qu'il tenait en respect à perte de vue.

A la superficie du camp on a trouvé quantité de débris de poteries et de tuiles romaines et même des médailles en assez grand nombre que l'on n'a pu nous représenter parce qu'elles ont été dispersées. C'était déjà un indice suffisant pour annoncer l'existence de constructions romaines. Mais ce qui a surtout déterminé à entreprendre des fouilles sur le coteau de Montenon, ce sont des trouvailles de débris romains dans les terrassemens faits au pied de ce coteau pour l'élargissement du chemin de halage du canal de Loing. Ces fouilles, entreprises sur une longueur de 60 mètres environ et une largeur de 14 mètres, ont tout d'abord mis à découvert une grande quantité de tuiles romaines et beaucoup de tuiles creuses qui recouvraient les joints des tuiles plates. Les maçonneries mises à nu (2) ont montré dans leur confection l'emploi de larges briques qu'on trouve habituellement dans les constructions romaines, ainsi que nous avons déjà eu l'occasion d'en faire la remarque dans plusieurs pages de cet écrit.

Les fouilles exécutées au sommet du coteau de Montenon (3) ont montré des aires tout entières en mortier de chaux et de ciment rougeâtre sur lesquelles on établissait des carrelages avec de grands carreaux de terre cuite ou de marbre, et même des mosaïques. On a trouvé de nombreux débris de l'une et l'autre espèce. Une pierre assez tendre sur laquelle sont tracées comme trois branches de palmiers, et beaucoup de débris de vases en poterie grise et rouge semblables à ceux que nous avons recueillis à Orléans et dans d'autres localités du département du Loiret, ont été un des résultats des fouilles peu étendues qui ont été exécutées. Un bois de cerf et des fragmens d'une aire de chambre entièrement en mosaïque font partie des objets remarquables que l'on a rencontrés. L'un des murs mis à découvert a offert un enduit de mortier de chaux et sable ayant plus de 27 millimètres d'épaisseur, revêtu d'une couche très blanche sur laquelle des peintures crues, de différentes couleurs, ont été appliquées. C'est là un des caractères constans des décorations des

---

(1) Voir ce que nous avons dit de la situation et de la construction de ce pont, pag. 20 et suivantes de cet écrit.
(2) Voir planche 27, fig. 5.
(3) Voir même planche et même figure en A.

appartemens romains, notamment dans les salles particulières de bains, et dans les établissemens de bains publics. Les fouilles ont mis à découvert des débris de charbon et de cendres, d'où l'on pourrait conclure que le bâtiment a été incendié. Mais nous sommes bien plutôt porté à croire que ce sont des restes du foyer qui chauffait les eaux destinées aux salles de bains.

Dans quelques parties des ruines qui nous occupent, les fouilles ont été poussées jusqu'à l'extrême fondation, et nous avons reconnu qu'elle est établie sur une espèce de craie ou castine sur laquelle on a répandu une couche de cailloux. Cette fondation est à peu près à 2 m. 27 c. en contre-bas du terrain naturel, et la partie de mur encore subsistante était recouverte de 32 à 64 centimètres de terre seulement.

Les antiquités que nous venons de signaler et de décrire ne sont pas les seules qui aient été observées dans cette localité. Il y a long-temps déjà qu'on avait acquis quelques lumières qui auraient dû mener plus tôt à d'autres découvertes. On lit, en effet, dans le Dictionnaire universel de la France (6 vol in-12, Paris, 1771), au mot Montargis, tome 4, page 507. « En 1725, en fouillant des terres au long de la levée « près de Cepoy, on découvrit une antiquité assez curieuse; c'était une grotte ou « chambre souterraine pavée de petites pierres de toutes couleurs (1) de six lignes en « carré rangées par compartimens avec beaucoup d'adresse, et représentant diverses « figures de fleurs et d'animaux. On y voit entre autres un canard avalant un « poisson fort bien représenté. Le voisinage de la rivière qui cotoie le nouveau « canal fit conjecturer que cet endroit avait été autrefois une salle de bains. »

M. le général Bardin serait porté à conclure de tous ces faits que les localités que nous venons de décrire étaient l'emplacement de l'ancienne *Aquis Segeste* indiquée par la Table de Peutinger. Les faits cités précédemment et les opinions que nous avons émises sur la position de cette ville antique, ne nous permettent pas d'être de son avis.

Les ruines dont nous venons de donner une idée beaucoup trop succincte, mériteraient d'être explorées d'une manière plus étendue. Les circonstances dans lesquelles nous nous sommes trouvé ne nous ont pas permis de le faire. Mais les constructions sont là et on les retrouvera toujours quand on voudra en reprendre l'exploration, et y exécuter des fouilles assez en grand pour pouvoir reconnaître complétement l'origine de l'aqueduc, ses rapports avec l'édifice, et leur destination.

---

(1) Voir la planche 27, fig. 1 en F.

DESCRIPTION DES MÉDAILLES

AUXQUELLES ON RENVOIE DANS LE COURS DU MÉMOIRE.

Nota. Si l'on a suivi avec attention les conséquences que nous avons tirées, dans le cours de notre Mémoire, des médailles recueillies dans les localités que nous avons décrites, de la nature et de l'espèce de ces médailles, constatant, pour ainsi dire, des faits historiques, on ne sera pas étonné de voir le long catalogue que nous en publions ici. Mais il n'échappera pas à la sagacité du lecteur que, considérant les médailles comme autant de monumens propres à jeter sur l'histoire des clartés imprévues, il nous a paru d'une grande importance de consigner ici toutes celles que nous avons recueillies nous-même, ou que nous ont fait connaître des personnes dignes de toute notre confiance. La grande quantité des médailles de plusieurs règnes trouvées dans une même localité indique certainement qu'elle a été plus fréquentée, et qu'elle avait plus d'importance que d'autres localités où l'on ne rencontre que çà et là quelques médailles éparses. La nature et l'espèce des médailles conduisent aussi à des conséquences sur l'époque de l'occupation ou de la traversée des lieux par les armées romaines. C'est ainsi que l'on peut conclure du plus grand nombre de médailles trouvées à Orléans qu'à Gien-le-Vieux, que cette dernière localité ne doit pas occuper l'emplacement de *Genabum.* La nature et l'espèce des médailles, notamment celles du temps de la république, viennent à l'appui de cette conséquence. (Voir notre Mémoire, page 109.)

A

DESCRIPTION DES MÉDAILLES TROUVÉES AUX ARÈNES D'ORLÉANS.

MÉDAILLES D'ARGENT.

A. — Tête nue d'Auguste dans une couronne de chêne. CAESAR.
Revers. Candélabre dans une couronne faite de patères et de têtes de bœufs. AVGVR
A. — Tête laurée de Vespasien à droite. IMP. CAESAR. VESPASIANVS. AVG.
Revers. Une aigle éployée sur un socle; dans le champ de la médaille de chaque côté de l'aigle, COS. VII.
A. — Tête de Matidie diadémée et ornée de perles à droite. DIVA. AVGVSTA. MATIDIA.
Revers. Aigle éployée. CONSECRATIO.
A. — Tête laurée d'Hadrien à droite. HADRIANVS. AVGVSTVS.
Revers. Figure assise tenant dans la main droite une petite Victoire et dans la main gauche une corne d'abondance. En exergue, COS. III.
A. — Tête laurée d'Hadrien à droite. IMP. CAESAR. TRAIANVS. HADRIANVS.

17

Revers. Femme debout (Sabine), tenant d'une main la double tête de Janus, et de l'autre la tête radiée du Soleil. P. M. TR. P. COS. III. ; dans le champ de la médaille, de chaque côté de la figure, AETER. AVG.

Médaille fourrée. Tête laurée d'Hadrien à droite. HADRIANVS. AVG. COS. III. P. P.

Revers. Femme debout, en repos. TRANQVILLITAS. AVG. P. P.

A. — Tête laurée d'Antonin Pie à droite. ANTONINVS. AVG. PIVS. P. P. TR. P. COS. III.

Revers. Tête nue de Marc-Aurèle. AVRELIVS. CAES. AVG. PII. F. COS.

A. — Tête laurée d'Antonin Pie à droite. ANTONINVS. AVG. PIVS. P. P. TR. P. COSS. III.

Revers. Femme assise. TR. P. XIX. COS. III.

A. — Tête laurée d'Antonin Pie à droite. ANTONINVS. AVG. PIVS. P. P. TR. P. XVII.

Revers. Femme debout, tenant à la main droite un instrument de sacrifices (le *Præfericulum*), et du bras gauche quelque chose de fruste. COS. III.

A. — Tête diadémée de Faustine (mère). DIVA. FAVSTINA.

Revers. Cérès assise tenant des épis. CERES.

A. — Tête nue de Marc-Aurèle à droite. AVRELIVS. CAES. AVG. ANTON. PII. AVG. FILI.

Revers. Mars debout, ayant un bouclier passé dans le bras droit et la main gauche appuyée sur la haste. TR. POT. X. COS. II.

A. — Tête nue de Marc-Aurèle à droite. AVRELIVS. CAES. ANTON. AVG. PII. F.

Revers. Figure debout, tenant dans la main gauche une corne d'abondance, et ayant la main droite appuyée sur la haste. TR. POT. X. COS. II.

A. — Tête laurée et barbue de Commode à droite. COMM. ANT. AVG. P. BRIT.

Revers. Femme debout, portant d'une main une Victoire, et de l'autre une corne d'abondance, modius et proue de vaisseau. ANN. P. M. TR. P. X. IMP. VII. COS. IIII. P. P.

A. — Tête diadémée de Lucille à droite. LVCILLA. AVGVSTA.

Revers. Vénus debout, appuyée sur un bouclier. VENVS. VICTRIX.

A. — Tête diadémée de Crispine à droite. CRISPINA. AVG.

Revers. Autel allumé. DIIS. GENITALIBVS.

A. — Tête diadémée de Crispine à droite. CRISPINA. AVGVSTA.

Revers. Junon debout, tenant la patère et la haste; à ses pieds un paon. IVNO.

MÉDAILLES EN BRONZE.

G. B. — Tête nue de César à droite. CAESAR. P. MAX.

Revers. Une proue de vaisseau sur laquelle est une Victoire.

M. B. — Tête radiée d'Auguste à gauche. DIVVS. AVGVSTVS. PATER.

Revers. Un foudre ; de chaque côté, dans le champ de la médaille, S. C.

M. B. — Tête laurée d'Auguste à droite. Légende effacée.

Revers. Une couronne au milieu de laquelle sont les deux lettres S. C. 2 médailles pareilles.

M. B. — Tête radiée d'Auguste à gauche. DIVVS. AVGVSTVS. PATER.

Revers. Rome assise; de chaque côté, dans le champ de la médaille, S. C.

M. B. — Tête laurée d'Auguste à droite. Légende effacée.

Revers. Autel de Lyon; au bas, ROMAE. ET. AVG.

M. B. — Tête de Jules César couronnée de lauriers et adossée à celle d'Auguste. Dans le champ de la médaille, IMP. DIVI. F.

Revers. Un crocodile placé au devant d'un palmier. Dans le champ de la médaille, au dessus du crocodile, COL. NEM.

Deux médailles semblables.

M. B. — Tête laurée de Tibère à gauche. TI. CAESAR. DIVI. AVG. F. AVGVSTVS. IMP.

Revers. Dans le champ de la médaille, S. C.

Légende. PONTIF. MAXIM. TRIBVN. POTEST. XXVIII.

G. B. — Tête laurée de Néron à droite. NERO. CAESAR. AVG. P. MAX. TR. P. P. P.

Revers. Rome assise; au dessous, ROMA.

G. B. — Tête laurée de Domitien à droite. IMP. DOMITIANVS. DIVI. VESP. F. AVG. GER. Le reste effacé.

Revers. Femme debout (l'Abondance), portant à la main gauche une corne d'abondance.... A. AVGVST. De chaque côté de la figure. S. C.

G. B. — Tête laurée de Domitien..... DOMITIAN. AVG. P. M.
Revers. Figure debout (Minerve), ayant un bouclier passé dans le bras gauche et la main droite levée en l'air. TR. P. COS. VII...... FS. VIII. P.P. De chaque côté de la figure, s. c.
M. B. — Tête laurée de Nerva à gauche...... AVG. P.M. TR. P. COS. III. P.P.
Revers. La Liberté debout. LIBERTAS. AVGVSTA. De chaque côté de la figure, s. c.
M. B. — Tête laurée de Nerva à droite. IMP. NERVA. CAES. AVG. P.M. TR. P. COS. III. P.P.
Revers fruste.
M. B. — Tête laurée de Nerva à droite. IMP. NERVA. CAES. AVG..., Le reste effacé.
Revers. Deux mains jointes. CONCORDIA..... VM. Au dessous, dans le champ de la médaille, s. c.
M. B. — Tête laurée de Nerva à droite. IMP. NERVA. CAES. AVG. P.M. TR. P! COS. III. P.P.
Revers. Deux mains jointes. CONCORDIA. EXERCITVVM. Au dessous, dans le champ de la médaille, s. c.
G. B. — Tête laurée de Nerva à droite. IMP. NERVA. CAES. AVG. P.M. TR. P. II. COS. III.
Revers. Figure de femme assise (la Fortune), tenant une palme à la main gauche. FORTVNA. Au dessous de la figure, s. c.
G. B. — Tête laurée de Trajan à droite. IMP. CAES. NERVAE. TRAIANO. AVG. GER. DAC. P.M. TR. P. COS. V. P.P.
Revers. Femme debout, tenant de la main droite une balance et de la gauche une corne d'abondance. S.P.Q. R. OPTIMO. PRINCIPI.
M. B. — Tête laurée de Trajan à droite. Même légende.
Revers. Le bouclier gaulois. Même légende.
2. M. B. — Tête laurée de Trajan à droite. Même légende.
Revers. Victoire ailée marchant; elle tient de la main droite une couronne, et une palme de la main gauche. Même légende. Dans le champ, s. c.
M. B. — Tête laurée de Trajan à droite. Même légende.
Revers. Aigle romaine entre deux enseignes. Même légende.
G. B. — Tête laurée d'Hadrien à droite. IMP. CAESAR. TRAIANVS. HADRIANVS. AVG.
Revers. Femme assise (la Sécurité). PONT. MAX. TR. POT. COS. III. Au dessous de la figure, SECVR. AVG.
G. B. — Tête laurée d'Hadrien à droite. Même légende.
Revers. Le même.
G. B. — Tête laurée d'Hadrien à droite. HADRIANVS. AVGVSTVS.
Revers. La déesse Rome assise sur des dépouilles, tenant de la main droite une Victoire et dans la main gauche une corne d'abondance. COS. III.
G. B. — Tête laurée d'Hadrien à droite. IMP. CAESAR. TRAIANVS. HADRIANVS. AVG.
Revers. Femme debout, portant le bras droit en avant, et ayant dans la main gauche une corne d'abondance. PONT. MAX. TR. POT. COS. III. Dans le champ, de chaque côté de la figure, s. c.
G. B. — Tête laurée d'Antonin Pie à droite. ANTONINVS. AVG. PIVS. P.P. TR. P. COS. III.
Revers. Marc-Aurèle jeune. AVRELIVS. CAESAR. AVG..... COS..... Au dessous de la figure, s. c.
G. B. — Tête nue de Faustine jeune à droite. FAVSTINA. AVGVSTA.
Revers. Femme debout (la Fécondité), ayant la main droite appuyée sur une haste, et portant sur la main gauche un enfant. FECONDITAS. Dans le champ, s. c.
G. B. — Tête laurée de Lucius Verus à droite. L. VERVS. AVG. APM. PARTH. MAX.
Revers. Une Victoire ailée marchant à gauche, tenant dans la main droite une couronne et dans la gauche une palme. TR. POT. VII. IMP. IIII. COS. III. Dans le champ de la médaille, de chaque côté de la figure, s. c.

Médaille gauloise trouvée dans les Arènes.

Tête barbare à longs cheveux bouclés.
Revers. Cheval courant. Trois ronds avec un point dans le milieu. En exergue, placée dans les jambes du cheval, ARV. POP. (*arva populi*).

B

DESCRIPTION DES MÉDAILLES TROUVÉES DANS LE CIMETIÈRE DE SAINT-AIGNAN.

MÉDAILLES EN ARGENT.

A. — Tête laurée d'Hadrien à droite. IMP. CAESAR. TRAJANVS. HADRIANVS. AVG.
Revers. Victoire ailée portant un trophée. P.M. TR. P. COS. III,
A. — Tête laurée d'Hadrien à droite. HADRIANVS. AVG. COS. III. P.P.
Revers. Femme debout, portant des lauriers. FELICITAS. AVG. III.
A. — Tête laurée et barbue de Pertinax à droite. IMP. CAES. P. HEL. PERTIN. AVG.
Revers. Femme assise, tenant des épis. OPI. DIVIN. TR. P. COS. II.
Plomb antique. — Tête laurée et barbue de Septime Sévère à droite. L. SEP. SEV. PERT. AVG. IMP. X.
Revers. Mars nu debout, tenant des épis et la haste. MARTI. PACIFERO.
A. — Tête nue de Julia Soemias à droite. IVLIA. SOEMIAS. AVG.
Revers. La même tête et légende incuse.

MÉDAILLES EN BRONZE.

M. B. Tête de Jules César couronnée de lauriers et adossée à celle d'Auguste. Dans le champ de la médaille .
IMP. DIVI. F.
Revers. Un crocodile placé au devant d'un palmier. Dans le champ de la médaille, au dessus du crocodile
COL. NEM.
M. B. — Tête laurée de Claude à gauche. TI. CLAVDIVS. CAESAR. AVG. P.M. TR. P. IMP.
Revers. La Liberté debout. LIBERTAS. AVGVSTA.
M. B. — Tête laurée de Claude à gauche. Même légende.
Revers. Mars debout, ayant un bouclier passé dans le bras gauche, et le bras droit levé en l'air. De chaque
côté de la figure et au bas, S. C.
M. B. — Tête laurée de Domitien à droite. IMP. CAES. DOMIT. AVG. GERM. COS. XVI. CENS. PER. P.P.
Revers. Une figure debout (la Fortune), portant à la main droite une corne d'abondance. FORTVNA. AVGVSTI.
De chaque côté de la figure, S. C.
M. B. — Tête laurée de Domitien à droite. IMP. CAES. DOMIT. AVG. GERM. COS. XI. CENS. PER. P.P.
Revers. Figure debout (la Monnaie), tenant dans la main droite une balance, et dans la main gauche une
corne d'abondance. MONETA. AVGVSTI. De chaque côté de la figure, S. C.
M. B. — Tête laurée de Domitien à droite. IMP. CAES..... GERM. COS. XII. CENS. PER. P.P.
Revers. Figure debout, portant dans la main gauche une corne d'abondance. IO ... AVGVSTI. De chaque côté
de la figure, S. C.
G. B. — Tête laurée d'Hadrien à droite. IMP. CAESAR. TRAJANVS. HADRIANVS. AVG.
Revers. Femme debout. PONT. MAX. TR. POT. COS. III. De chaque côté de la figure, S. C.
G. B. — Tête laurée d'Hadrien à droite. HADRIANVS. AVG. COS. III.
Revers. Une Victoire ailée en repos. De chaque côté de la figure, S. C.
Médaillon. — Tête laurée de Marc-Aurèle à droite. M. ANTONINVS. AVG. TR. P. XXV.
Revers. Une couronne au milieu de laquelle on lit : PRIMI. DECENNALES. COS. III. S. C.
G. B. — Tête laurée de Marc-Aurèle à droite. M. ANTONINVS. AVG. TR. P. XXIX.
Revers. Mars marchant à gauche. Légende effacée.
G. B. — Tête laurée de Commode à droite. M. COMMODVS. ANTONINVS. PIVS. AVG.
Revers. Femme debout et voilée, répandant des parfums sur un trépied allumé. Légende effacée. Au dessous
de la figure, COS. III. Dans le champ de la médaille, de chaque côté, S. C.

C

DESCRIPTION DES MÉDAILLES TROUVÉES A SAINT-EUVERTE.

Médaillon. — Tête laurée d'Auguste. CAESAR. PONT. MAX.

Revers. Autel de Lyon entre deux Victoires. Au dessous, ROM. ET. AVG.

G. B. — Tête laurée de Vespasien à droite. IMP. CAESAR. VESPAS. AVG. P.M. TR. P.P.P. COS. III.

Revers. Mars debout, portant sur sa main droite une Victoire ailée, et ayant la main gauche appuyée sur la haste. Exergue, ROMA. Dans le champ, S. C.

G. B. — Tête laurée de Vespasien à droite. DIVVS. AVGVSTV. VESPASIANVS.

Revers. Rome casquée debout. Dans le champ de la médaille, de chaque côté de la figure, S. C.

G. B. — Tête laurée de Vespasien à droite. IMP. CAES. VESPAS. AVG. P.M. TR. P.P.P. COS III.

Revers. Mars dans l'attitude du combat. MARS. VICTOR.

G. B. — Tête laurée de Vespasien à droite. IMP. CAES. VESPAS. AVG. P.M. TR. P.P.P. COS. III.

Revers. La Fortune debout; à ses pieds est un globe; elle porte sur le bras gauche une corne d'abondance. FORTVNAE. REDVCI. Au dessous de la figure, S. C.

G. B. — Tête laurée de Vespasien à droite. IMP. CAESAR. VESPASIAN. AVG. TR. P.P.P. Le reste effacé.

Revers. La Santé assise. SALVS. AVGVSTA. Au dessous de la figure, S. C.

M. B. — Tête radiée de Vespasien à droite. IMP. CAES. VESP. AVG. P.M.T.P. COS. III.

Revers. La Félicité debout. FELICITAS. AVGVSTA. Dans le champ de la médaille, de chaque côté de la figure, S. C.

M. B. — Tête laurée de Vespasien à gauche. IMP. CAES. VESP. AVG. P.M..... Le reste effacé.

Revers. La Félicité debout. FELICITAS..... Le reste effacé. Dans le champ et de chaque côté de la figure, S. C.

M. B. — Tête laurée de Vespasien à droite. IMP. CAES. VESPASIANVS. AVG. COS. III.

Revers. Une Victoire ailée sur une proue, tenant à la main une couronne. VICTORIA. AVGVSTI.

G. B. — Tête laurée de Titus à gauche. IMP. T. CAES. VESP. AVG. P.M. TR. P.P.P..... III.

Revers. Femme debout. Dans le champ, S. C.

G. B. — Tête laurée de Titus à gauche. IMP. T. CAES. VESP. AVG. P.M. TR. P.P.P. COS. III.

Revers. Femme debout (l'Abondance), tenant dans la main gauche une corne d'abondance..... AVGVST.

G. B. — Tête laurée de Titus à droite. T. CAES. VESPASIAN. IMP. PON. TR. P. Le reste effacé.

Revers. Mars marchant. La légende est effacée.

M. B. — Tête laurée de Titus à gauche. IMP. T. CAES. VES. AVG. P.M. TR. P. COS....

Revers. Une Victoire ailée sur la proue d'un vaisseau, tenant de la main droite une couronne. VICTORIA. AVGVST.

G. B. — Tête laurée d'Hadrien à droite. HADRIANVS. AVG. COS. III. P.P.

Revers. Figure debout (l'Espérance). SPES. P.R. Dans le champ et de chaque côté de la figure, S. C.

G. B. — Tête laurée d'Hadrien à droite. IMP. CAESAR. TRAIANVS. HADRIANVS. AVG.

Revers. Figure de femme assise (la Concorde). PONT. MAX. TR. P. COS..... Le reste effacé. Au dessous de la figure, CONCORDIA.

G. B. — Tête laurée d'Hadrien à droite. IMP. CAESAR. TRAIANVS. HADRIANVS. AVG. P.M. TR. P. COS. III.

Revers. Femme assise. LIB..... PVBLICA. Au dessous, S. C.

G. B. — Tête laurée d'Hadrien à droite. IMP. CAESAR. TRAIANVS. HADRIANVS. AVG. Le reste effacé.

Revers. Femme debout, portant dans la main gauche une corne d'abondance, et ayant la main droite étendue en avant. PONT. MAX. TR. P. COS. III. Dans le champ, de chaque côté de la figure, S. C.

M. B. — Tête diadémée de Sabine à droite. SABINA. AVGVSTA. HADRIANI. AVG.

Revers. Figure de femme assise. Légende effacée. Au dessous de la figure, S. C.

G. B. — Tête laurée d'Antonin Pie à droite. ANTONINVS. AVG. PIVS. P.P. TR. P. XI.

Revers. Femme debout. ANNONA. AVG. Au dessous de la figure. COS. IIII. Dans le champ, de chaque côté de la figure, S. C.

G. B. — Tête laurée d'Antonin à droite. ANTONINVS. PIVS. P.P.P.M.

Revers. Femme assise. TR. POT. COS. IIII. Dans le champ et de chaque côté de la figure, S. C.

G. B. — Tête laurée d'Antonin Pie à droite. ANTONINVS. AVG. PIVS. Le reste effacé.

Revers. Femme assise..... cos. iiii. Au bas de la figure, s. c.

G. B. — Tête laurée d'Antonin Pie à droite. IMP. CAESAR. AEL...... ANTONINVS. AVG. PIVS. P.P.
Revers. Une femme debout, tenant dans la main droite une balance et dans la main gauche une corne d'abondance. tr. pot. XIII. cos. IIII. Dans le champ et de chaque côté de la figure, s. c.

G. B. — Tête laurée d'Antonin Pie à droite. ANTONINVS. AVG. PIVS. P.P. TR. P. COS. III.
Revers. Femme assise. Dans le champ et de chaque côté de la figure, s. c.

G. B. — Tête laurée d'Antonin Pie à droite. ANTONINVS. AVG. PIVS. P.P. TR. P.
Revers. Femme debout, la main droite appuyée sur un gouvernail. cos. III. Dans le champ et de chaque côté de la figure, s. c.

G. B. — Tête laurée d'Antonin Pie à droite. ANTONINVS. AVG. PIVS. P.P. TR. P.
Revers. Femme debout, tenant de la main droite une branche de laurier, et de la gauche une corne d'abondance..... AVG..... COS. IIII. Dans le champ et de chaque côté de la figure, s. c.

M. B. — Tête laurée d'Antonin Pie. ANTONINVS. AVG. PIVS. Le reste effacé.
Revers. Femme debout, ayant une corne d'abondance dans la main gauche. cos. iiii. Dans le champ et de chaque côté de la figure, s. c.

G. B. — Tête de Faustine (mère) à droite. DIVA. FAVSTINA.
Revers. Femme assise (l'Éternité). AETERNITAS.

G. B. — Tête diadémée de Faustine (mère) à droite. DIVA. FAVSTINA.
Revers. Femme debout (l'Éternité), AETERNITAS. Dans le champ et de chaque côté de la figure, s. c.

G. B. — Tête diadémée de Faustine (mère). FAVSTINAE. AVG. CONIVGI.
Revers. Figure de femme debout. Légende effacée. Dans le champ et de chaque côté de la figure, s. c.

G. B. — Tête une de Faustine jeune à droite. FAVSTINA. AVGVSTA.
Revers. Femme debout (l'Hilarité), tenant à la main droite une palme, et dans la main gauche une corne d'abondance. HILARITAS. Dans le champ et de chaque côté de la figure, s. c.

G. B. Tête laurée d'Antonin Pie à droite. ANTONINVS. AVG. PIVS. Le reste effacé.
Revers. L'empereur dans un quadrige. Au dessous, cos. iiii.

D

M. B. — Tête laurée d'Auguste à droite. Légende effacée.
Revers. L'autel de Lyon. Exergue fruste.

M. B. — Tête laurée de Tibère à droite. Légende effacée.
Revers. L'autel de Lyon. Exergue effacée.

M. B. — Tête laurée de Domitien à droite..... DOMIT. AVG. GERM.
Revers fruste.

M. B. — Tête laurée d'Hadrien à droite. Légende effacée.
Revers entièrement fruste.

G. B. Tête laurée d'Antonin Pie à droite. ANTONINVS. AVG. PIVS. P.P. TR. P. COS....
Revers fruste.

G. B. — Tête laurée d'Antonin Pie à droite. ANTONINVS. AVG. PIVS.....
Revers. Une figure debout. Légende effacée.

M. B. — Tête laurée de Marc-Aurèle à droite. Légende effacée.
Revers fruste.

M. B. — Tête laurée de Marc-Aurèle à droite. Légende effacée.
Revers entièrement fruste.

M. B. — Tête laurée de Marc-Aurèle à droite. M. ANTONINVS.....
Revers. Une figure assise. Légende entièrement effacée. Dans le champ, s. c.

G. B. — Tête diadémée de Crispine à droite. CRISPINA... Le reste effacé.
Revers fruste.

G. B. —Tête diadémée de Crispine à droite. CRISPINA.....
Revers entièrement effacé.
G. B. — Tête radiée de Posthume à droite. Légende effacée.
Revers fruste.
G. B. — Tête radiée de Postume à droite. Légende fruste.
Revers. Une figure debout. Légende effacée.

E

DESCRIPTION DES MÉDAILLES ROMAINES DE L'ÉPOQUE DE LA RÉPUBLIQUE TROUVÉES A ORLÉANS ET
DANS LES ENVIRONS , SANS DÉSIGNATION DE LIEUX.

Nota. Ces médailles font partie de la collection de M. Athanase de Villevêque.

MÉDAILLES D'ARGENT.

Familles consulaires.

Antonia. — Un aigle entre deux enseignes. Dans le champ de la médaille LEG. VIII.
Revers. Une galère. ANT. AVG. III. VIR. R.P.C.
Hosidia. — Buste de Diane regardant à droite. III. VIR. GETA.
Revers. Sanglier percé d'une flèche et assailli par un chien. Au bas C. HOSIDI. C.F.
Julia. — Tête ailée de Pallas regardant à droite. Derrière , un trident et une abeille.
Revers. Femme dans un quadrige tenant une couronne. Au bas L. IVLI. BVRSI. Dans le haut XXXI.
Junia. — Tête casquée et ailée de Pallas regardant à droite.
Revers. Victoire dans un bige. Au dessous D. SILANVS. L.F. Et encore au dessous ROMA.
Marcia. — Tête diadémée d'Ancus Marcius à droite. Derrière, le *Lituus.*
Revers. Statue équestre sur un pont. Au dessous AQVA. MARCIA. écrit dans les arches.
Plætoria. — Tête de femme à droite. Derrière , un instrument de sacrifices.
Revers. Un caducée ailé. De chaque côté dans le champ de la médaille M. PLATORI. CEST. EX. S.C.
Vibia. — Tête de Pan à droite. Au dessous de la tête, PANSA.
Revers. Jupiter Axur assis, tenant une patère et appuyé sur une lance. C. VIBIVS. C.F. C.N. IOVIS. AXVR.
Vibia. — Tête laurée de femme à droite. Au dessous, PANSA.
Revers. Pallas dans un quadrige. Au dessous , C. VIBIVS. C.F.

F

DESCRIPTION DE MÉDAILLES TROUVÉES A ORLÉANS ET DANS LES ENVIRONS SANS DÉSIGNATION
SPÉCIALE DES LIEUX.

MÉDAILLES IMPÉRIALES D'ARGENT.

Argent. — Tête de Pompée le Grand entre le *Lituus* et le *Præfericulum.* MAG. PIVS. IMP. ITER.
Revers. Anapius et Amphinomus. PRAEF. ORAE. MARIT. ET. CLAS. S.C.
A. — Tête diadémée de Juba, avec la chevelure bouclée et portant un sceptre.
Revers. Temple octostyle avec une inscription numidique.
A. — Tête laurée de Jules César. Derrière le Lituus et l'apex, CAESAR. IMP.

DESCRIPTION

Revers. Vénus debout, portant une Victoire dans la main droite, la haste dans la gauche, et le coude appuyé sur un bouclier. M. METTIVS.

A. — Tête de Sexte Pompée à droite avec les attributs de Neptune. MAG. PIVS. IMP. ITER.

Revers. Trophée naval. PRAEF. CLAS. ET. ORAE. MARIT. EX. S.C.

A. — Tête nue. LEPIDVS. PONT. MAX. III. VIR. R.P.C.

Revers. Tête nue d'Octave. CAES. IMP. III. VIR. R.P.C.

A. — Tête nue de Marc-Antoine; derrière, le Lituus. Pas de légende.

Revers. Caducée ailé entre deux cornes d'abondance. M. ANT. IMP. III VIR. R.P.C.

A. — Figure debout , tenant le Lituus. M. AVTONIVS. M.F.M.N. AVGVR. IMP. TER.

Revers. Tête radiée du soleil. III. VIR. R.P.C. COS. DESIG. ITER. ET. TERT.

A. — Tête nue de Lucius Antonius. L. ANTONIVS. COS.

Revers. Tête nue de Marc-Antoine. M. ANT. IMP. AVG. III. VIR. R.P.C. M. NERVA. PROQ. P.

A. — Tête nue d'Auguste à droite. AVGVSTVS. DIVI. F.

Revers. Apollon debout en habits de femme portant une lyre. ACT. IMP. X.

A. — Tête laurée d'Auguste à droite. AVGVSTVS. DIVI. F.

Revers. Parthe offrant à Auguste le petit Thyridate. IMP. XIIII.

A. — Tête nue d'Auguste à droite , CAESAR. AVGVSTVS.

Revers. Mars dans un temple distyle. MARTIS. VLTORIS.

A. — Tête nue d'Auguste à droite. CAESAR. AVGVSTVS.

Revers. S.P.Q.R. SIGNIS. RECEPTIS. CL. V. sur un bouclier, entre une enseigne militaire et une aigle légionnaire.

A. — Tête laurée d'Auguste à droite. CAESAR. AVGVSTVS.

Revers. Tête de Julie , fille d'Auguste, sous les traits de Diane. C. MARIVS. TRO. III. VIR.

A. — Tête laurée de Tibère à droite. TI. CAESAR. DIVI. AVG. F. AVGVSTVS.

Revers. Femme assise , la main droite appuyée sur une haste et tenant dans la main gauche une branche d'olivier. PONTIF. MAXIM.

A. — Tête laurée de Domitien à droite. IMP. CAES. DOMIT. AVG. GERM. P.M. TR. P. VIII.

Revers. Minerve debout, appuyée sur la haste. IMP. XXII. COS. XVI. CENS. P.P.

A. — Tête nue de Caligula à droite. C. CAESAR. AVG. GERM. P.M. TR. POT. COS.

Revers sans légende. Tête radiée d'Auguste entre deux étoiles.

A. — Tête nue d'Ænobarbus, père de Néron. AHENOBARBVS.

Revers. Trophée sur une proue de vaisseau. CN. DOMITIVS. IMP.

A. — Tête nue de Galba à droite. IMP. SER. GALBA. AVG.

Revers. S.P.Q.R. OB. C S. dans une couronne.

A — Tête laurée de Galba à droite. IMP. SER. GALBA. CAESAR. AVG.

Revers. Femme debout, tenant la haste d'une main et une patère dans la main droite.

A. — Tête nue d'Othon. IMP. OTHO. CAESAR. AVG.

Revers. Femme debout, tenant une balance et la haste. PONT. MAX.

A. — Tête laurée de Vitellius à droite. A. VITELLIVS. IMP. GERM.

Revers. Jupiter dans un temple distyle. I. O. M. CAPITOLINVS.

A. — Tête nue de Domitille avec un nœud de perles.

Revers. La fortune debout. FORTVNA. AVGVSTA.

A. — Tête laurée de Domitien à droite. DOMITIANVS. CAESAR. AVG. F.

Revers. Cheval ailé en course. COS. IIII.

A. — Tête laurée de Domitien à droite. IMP. CAES. DOMIT. AVG. GERM. P.M.

Revers. La Germanie assise sur un bouclier germain. IMP. XIIII. COS. XV. CENS. P.P.

A. — Tête laurée de Domitien à droite. IMP. CAES. DOMIT. AVG. GERM. P.M. TR. P. VIII.

Revers. Un cippe dans une couronne. Sur la face du cippe LVD. SAEC. FEC. De chaque côté COS. XIII.

A. — Tête laurée de Domitien à droite. CAESAR. D VI. F. DOMITIANVS. COS. VII.

Revers. Casque sur une chaise curule. PRINCEPS. IVVENTVTIS.

A. — Tête laurée de Trajan à droite. IMP. TRAIANO. AVG. GER. DAC. P.M. TR. P.

Revers. Victoire ailée, tenant une couronne. COS. V.P.P.S.P.Q.R. OPTIMO. PRINC.

A. — Tête laurée de Trajan à droite. IMP. TRAIANO. AVG. GER. DAC. P.M. TR. P.

Revers. Un trophée. COS. V.P.P.S.P.Q.R. OPTIMO. PRINC.

A. — Tête laurée d'Hadrien à droite. HADRIANVS. AVGVSTVS.

Revers. Un croissant et sept étoiles. cos. iii.

A. — Tête laurée d'Hadrien à droite. hadrianvs. avg. cos. iii. p.p.

Revers. L'empereur relevant une femme. restitvtori. galliae.

A. — Tête nue et barbue de Lucius Verus. divvs. vervs.

Revers. Bûcher surmonté d'un quadrige. consecratio.

A. — Tête barbue et laurée de Marc-Aurèle. m. antoninvs. avg. germ. sarm.

Revers. Monceau d'armes. de. germ. tr. p. xxxi. imp. viii. cos. iii. p.p.

A. — Tête laurée et barbue de Commode à droite. comm. ant. avg. p. brit.

Revers. Femme debout portant d'une main une Victoire, de l'autre une corne d'abondance. Modius et proue de vaisseau. ann. p.m. tr. p.x. imp. vii. cos. iiii. p.p.

A — Tête diadémée de Crispine à droite. crispina. avgvsta.

Revers. Junon debout tenant la patère et la haste. A ses pieds est un paon. ivno.

A. — Tête barbue et laurée de Pertinax à droite. imp. caes. p. helv. pertin. avg.

Revers. Femme assise tenant des épis. opi. divin. tr. p. cos. ii.

A. — Tête laurée et barbue de Pertinax à droite. imp. caes. p. helv. pertin. avg.

Revers. Caducée entre deux épis. saecvlo. frvgifero.

A. — Tête laurée et barbue d'Albin à droite. imp. caes. d. clo. albin. avg.

Revers. Génie debout la tête crénelée. gen. eng. cos. ii.

A. Grand module. — Tête radiée d'Antonin Caracalla à droite. antoninvs. pivs. avg. germ.

Revers. Lion radié tenant un foudre dans sa gueule. p.m. tr.p. xviii. cos. iiii. p.p.

A. — Tête de Julia Paula à droite. ivlia. pavla. avg.

Revers. Elagabale et Julia Paula se donnant la main. concordia.

A. — Tête radiée de Caracalla à droite. antoninvs. pivs. avg. germ.

Revers. — Jupiter portant un globe. p.m. tr.p. xviii. cos. iiii. p.p.

A. — Tête laurée de Caracalla à droite. antoninvs. pivs. avg.

Revers. Deux captifs attachés à un trophée. part. max.... tr.p.v.

A. —, Tête laurée de Caracalla à droite. antoninvs. pivs. avg.

Revers. Mars debout, le pied appuyé sur une pierre, et la main droite appuyée sur la haste. pont. m. tr. p. xii. cos. iiii.

A. — Tête de Julia Masa à droite. ivlia. avgvsta.

Revers. Une femme assise. fortvnae. redvci.

A. — Tête laurée d'Alexandre Sévère à droite. imp. alexander. p.m. avg.

Revers. Jupiter debout foudroyant. iovi. propvgnatori.

A. — Tête radiée de Maximin à droite. imp. maximinvs. pivs. avg.

Revers. L'empereur debout entre quatre enseignes militaires.

A. — Tête radiée de Gordien Pie à droite. imp. caes m. ant. gordianvs. avg.

Revers. Victoire ailée tenant de la main droite une couronne, et de la main gauche une palme. victoria avg.

A. — Tête radiée de Philippe fils à droite. m. ivl. philippvs. caes.

Revers. L'empereur en habit militaire tenant à la main droite la boule du monde, et ayant la main gauche appuyée sur la haste. principi. ivventvtis.

A. — Tête radiée de Postume à droite. imp. c. postvvvs. p.p. avg.

Revers. Figure de femme debout tenant dans la main droite une balance. moneta. avg.

Nota. La plus grande partie de ces médailles ont été achetées chez des orfèvres à Orléans. Si elles n'ont pas été toutes trouvées à Orléans même, il est certain au moins qu'elles ont été découvertes entre Meung et Beaugency, et quelques unes à Cléry. Elles font partie de la collection de M. Athanase de Villevêque.

Or. — Médaille du Bas-Empire. La face offre une tête laurée sans légende.

Revers. Monogramme

Poids, 18 grains. Cette médaille a été trouvée à Puseche, commune de Saint-Denis-en-Val,

MÉDAILLES EN BRONZE.

Nota. Nous avons puisé à trois collections pour former le catalogue suivant, savoir, la collection de M. Athanase de Villevêque, celle de la bibliothèque d'Orléans, et celle de M. l'abbé Nutin, chanoine de la cathédrale d'Orléans. Pour conserver les indications de ces collections, nous les signalerons par les trois lettres initiales V, B, N, mises entre parenthèses.

Les médailles, qui n'auront aucune de ces indications, nous ont été communiquées par des personnes qui n'avaient pas de collection.

AUGUSTE.

As. Grand Bronze. — Tête de Janus, 1, entre les deux visages.
Revers. Proue de vaisseau. (V).
M. B. — Tête radiée d'Auguste à gauche. DIVVS. AVGVSTVS. PATER.
Revers. Un autel placé entre les deux lettres s.c. Au dessous PROVIDENTIA.
Il y a trois médailles pareilles à celle-là. (B).
M. B. — Tête radiée d'Auguste à gauche, une étoile au dessus de la tête, un foudre dans le champ. DIVVS. AVGVSTVS. PATER.
Revers. Une figure de femme coiffée à l'égyptienne, assise, la main appuyée sur une haste, et présentant de la main droite une patère. La figure est placée entre les deux lettres s.c. (B).
G. B. — Une couronne de lauriers au milieu de laquelle on lit : AVGVSTVS. TRIBVN.... POTEST.
Revers. Dans le champ de la médaille s.c. III VIR. A.A.A.F.F.C. GALLIVS LVPERCVS. (B).
G. B. — Tête nue d'Auguste à gauche. DIVVS. AVGVST. PONT. MAX. TRIBVNI. POT.
Revers. Dans le champ de la médaille s.c. ....M. AECILIVS. TVLLIVS. (B).
G. B. — Tête nue d'Auguste à gauche.... CAESAR. TI. AVG. F. DIV....
Revers. Dans le champ de la médaille s.c.... TRIBVNI... (B).
G. B. — Tête nue d'Auguste à gauche. DIVVS. AVGVSTVS. PATER.
Revers. Une couronne de lauriers au milieu de laquelle est s.c. (B).
M. B. — Tête d'Agrippa adossée à celle de Jules César. Dans le champ de la médaille IMP. DIVI. F.
Revers. Un crocodile placé au devant d'un palmier. Au dessus du crocodile COL. NEM. (B).
M. B. — Tête laurée d'Auguste à droite. PONT. MAX. CAESAR.
Revers. L'autel de Lyon entre deux victoires. (N).
Une autre médaille pareille. (N).

AGRIPPA.

M. B. — Tête nue d'Agrippa à gauche. M. AGRIPPA. L'. F. COS. III.
Revers. Figure debout à gauche, la main gauche appuyée sur une haste. Dans le champ s.c. (N).
G. B. — Tête d'Agrippa. M. AGRIPPA. J.P. COS. III.
Revers. Neptune debout tenant un dauphin dans la main droite et le trident de la main gauche. (V).
G. B. — Têtes de Caïus et de Lucius, césars. IMP. DIVI. F.
Revers. Proue de vaisseau, au dessus un bouclier rond.
(Médaille de la colonie de Vienne en Dauphiné). (V).
M. B. — Tête d'Antonia, femme de Drusus. ANTONIA. AVGVSTA.
Revers. Claude debout, voilé, tenant une bourse dans la main droite. TI. CLAVDIVS. CAESAR. AVG. P.M. TR.P. IMP. (V).

TIBÈRE.

M. B. — Tête nue de Tibère à gauche. TI. CAESAR. DIVI. AVG.
Revers. — Vase de sacrifices placé entre les deux lettres s.c. PONTIF. MAX. TR. POTEST. XXXIIX. (B).
M. B. — Tête nue de Tibère à gauche. TI. CAESAR. DIVI. AVG. F. AVGVSTVS.
Revers. Un caducée orné de deux serpens et de deux ailes. PONTIF. MAXIM. TRIBVN. POTEST. XXXIIX. (B).
Une autre médaille absolument semblable, sinon qu'au revers la puissance tribunitienne est : XXXVII.
G. B. — Tête nue de Tibère à gauche. TI. CAESAR. AVGVSTI. F. IMPERATOR.
Revers. Autel de Lyon. ROM. ET. AVG. (V).
G. B. — Tête d'Agrippine à gauche. AGRIPPINA. M.F. MAT. C. CAESARIS. AVGVSTI.
Revers. Carpentum d'Agrippine. S.P.Q.R. MEMORIAE. AGRIPPINAE. (V).

GERMANICUS.

M. B. — Tête nue de Germanicus à gauche. C. CAESAR. AVG. GERMANICVS. PONT. M. TR. POT.
Revers. Figure assise tenant à la main droite une patère. Au dessus de la figure VESTA. La figure est placée
entre les deux lettres S.C. (B).

DRUSUS, *fils de Tibère.*

M. B. — Tête nue à gauche.... CAESAR. TI. AVG. F. DIV.
Revers. Légende presque effacée. On lit F. TRIBVNI. Dans le champ S.C.
G. B. — Tête de Caius César (Caligula). C. CAESAR. AVG. GERMANICVS. PONT. M. TR. POT.
Revers. L'empereur sur une estrade haranguant ses soldats. ADLOCVT. COH. (V).

CLAUDE.

M. B. — Tête nue de Claude à gauche. TI. CLAVDIVS. CAESAR. AVG. P.M. TR. P. IMP. P.P.
Revers. Figure casquée debout dans l'attitude de lancer un javelot de la main droite, et ayant un bouclier
passé dans le bras gauche. La figure est entre les deux lettres S.C. (B).
Deux autres médailles absolument pareilles.
M. B. — Tête nue de Claude à gauche. TI. CLAVDIVS. CAESAR. Le reste effacé.
Revers. Une figure de femme assise tenant des épis dans la main droite. CERES. AVGVSTA. (B).
M. B. — Tête nue de Claude à gauche. TI. CLAVDIVS. CAESAR. AVG. P.M TR. P. IMP. P.P.
Revers. Figure casquée debout, la main gauche appuyée sur une haste. Elle est placée entre les deux let-
tres S.C. CONSTANTIAE. AVGVSTI. (B).
M. B. — Tête nue de Claude à gauche. IMP. CAESAR. C.... TVS.I MP. XX.
Revers. Dans le champ de la médaille S.C. PONTIF. MAXIM. TRIBVN. POT. XXXIIII. (B).
M. B. — Tête nue de Claude à gauche. TI. CLAVDIVS. CAESAR. AVG. P.M. TR. P. IMP.
Revers. Figure debout regardant à droite. LIBERTAS. AVGVSTA. Dans le champ S.C. (N).

NÉRON.

M. B. — Tête laurée de Néron à droite. NERO. CAESAR. AVG. GERM. IMP.
Revers. Une Victoire ailée porte devant elle un bouclier sur lequel est inscrit S.P.Q.R. Elle est entre les deux
lettres S. C. (B).
M. B. — Tête laurée de Néron à gauche. IMP. NERO. CAESAR. AVG. P.M.... TR. P.P.P. (B).
Même revers que la précédente.
M. B. — Tête laurée de Néron à gauche. IMP. NERO. CAESAR. AVG. P. MAX. TR. P.P.P.
Même revers que la précédente. (B).
Deux autres médailles tout-à-fait pareilles à celle-là. (B).
M. B. — Tête laurée de Néron à droite. IMP. NERO. CAESAR. AVG. GERM.
Revers. Une Victoire ailée. En avant d'elle un bouclier avec S.P.Q.R. La figure est placée entre les deux
lettres S.C. (B).
Une autre médaille absolument pareille. (B).
M. B. — Tête laurée de Néron à droite. IMP. NERO. CAESAR. AVG. GERM.
Revers. Une Victoire ailée avec un bouclier sur lequel sont les lettres S.P.Q.R. La figure est placée entre
les deux lettres S.C. (B)
M. B. — Tête laurée de Néron à gauche. IMP. NERO. CAESAR. AVG. P. MAX. TR, P.P.P.
Revers. Le même que le précédent. (B).
M. B. — Tête laurée de Néron. Légende rognée. (B).
Revers. Le même que le précédent.
M. B. — Tête radiée de Néron à droite. NERO. CLAVDIVS. CAESAR. AVG. GERM. TR. P. IMP. II.
Revers. Une Victoire ailée regardant à droite. VICTORIA. AVGVSTI. Elle est placé entre les deux lettres S.C. (B).
M. B. — Tête radiée de Néron à droite. NERO. CLAVD. CAESAR. AVG. GER. P. M. TR. P. IMP. P.P.

Revers. Une Victoire ailée marchant à gauche et tenant dans la main droite une couronne d'olivier, et dans la gauche une palme. VICTORIA. AVGVSTI. (B).

M. B. — Tête laurée de Néron à droite. IMP. NERO. CAESAR. AVG. P. MAX. TR. P.P.P.

Revers. Un génie debout regardant à gauche, tenant une massue et sacrifiant sur un autel. GENIO. AVGVSTI. La figure est placée entre les deux lettres s.c. (B).

M. B. — Tête laurée de Néron à droite. NERO. CAESAR. AVG. GERM. IMP.

Revers. Le temple de Janus fermé. PACE. P.R. VBIQVE. PARTA. IANVM. CLVSIT. Il est placé entre les deux lettres s.c. (B).

Deux autres médailles semblables. (B).

M. B. — Tête radiée de Néron à gauche. NERO. CLAVD. CAESAR. AVG. GERM. P.M. TR. P. IMP.

Revers. Rome assise sur un bouclier. Au bas de la figure ROMA. Elle est placée entre les deux lettres s.c. (B).

M. B. — Tête laurée de Néron à gauche..... NERO. CAESAR. AVG. P, MAX. TR. P.

Revers. Une figure debout regardant à gauche..... AVGVSTI. Dans le champ s.c. (N).

M. B. — Tête laurée de Néron regardant à gauche..... NERO. CLAVD. CAESAR. AVG. GERM......

Revers entièrement effacé. (N).

M. B. — Tête laurée de Néron à droite. IMP. NERO. CAESAR. AVG. P. MAX. TR. P.P.P.

Revers. Une figure ailée regardant à gauche. Une boule est en avant d'elle. Légende effacée. Dans le champ s.c. (N).

M. B. Tête laurée de Néron à droite. NERO. CAESAR. AVG. GERM, IMP.

Revers. Le temple de Janus. PACE. P.R. VBIQVE. PARTA. IANVM. CLVSIT. (N).

Une autre médaille tout-à-fait pareille. (N).

Trois autres médailles pareilles entièrement frustes. (N).

G. B. — Tête laurée de Néron à gauche. NERO. CLAVDIVS. CAESAR. AVG. GERM. P.M. TR. P. IMP. P.P.

Revers. Deux cavaliers en course. DECVRSIO. Dans le champ s.c. (V).

M. B. — Tête laurée de Vitellius à droite. A. VITELLIVS. GERMAN. IMP. AVG. P. MAX.

Revers. Cérès assise. CERES. AVGVSTA. (V).

VESPASIEN.

M. B. — Tête laurée de Vespasien à droite. IMP. CAES. VESPASIAN. AVG. COS. III.

Revers. La justice debout ayant une palme au bras gauche, et une balance dans la main droite. AEQVITAS. AVGVSTI. La figure est placée entre les deux lettres s.c. (B).

M. B. — Tête laurée de Vespasien à droite. IMP. CAESAR. VESPA. AVG. COS. VIII.

Revers fruste. L'empereur sur une estrade..... AVGVSTI. De chaque côté s.c. (B).

M. B. — Tête laurée de Vespasien à droite. IMP. CAES. VESPASIAN. AVG. COS. III.

Revers. Dans le champ de la médaille une aigle aux ailes éployées et placée entre les deux lettres s.c. (B).

G. B. — Tête laurée de Vespasien à droite. IMP. CAESAR. VESPASIAN. AVG. COS. VIII.

Revers. Femme debout regardant à gauche. FIDES. PVBLICA. (N).

M. B. — Tête laurée de Vespasien à droite..... VESPASIAN. AVG. COS....

Revers. Femme debout regardant à gauche. Fruste.... PVBLICA. Dans le champ s.c. (N).

M. B. — Tête laurée de Vespasien à droite. IMP. CAESAR. VESPASIAN. AVG....

Revers. Figure assise, regardant à droite. Fruste. Légende entièrement effacée. (N).

TITUS.

G. B. — Tête nue de Titus à droite. T. CAESAR. VESPASIAN. AVG. IMP. Le reste effacé.

Revers. Figure debout regardant à gauche et placée entre les deux lettres s.c. Légende effacée. (B).

M. B. — Tête laurée de Titus à gauche. IMP. T. CAES. VESP. AVG. P.M. TR.P. Le reste effacé.

Revers. La justice debout regardant à gauche. Elle a la main gauche appuyée sur une haste, et tient à la main droite une balance. AEQVITAS. AVGVSTI. La figure est placée entre les deux lettres s.c. (B).

M. B. — Tête laurée de Titus à droite. T. CAESAR. DIVI. VESP. F. AVG. Le reste illisible.

Revers. Figure casquée debout regardant à droite; elle lance de la main droite un javelot, et a un bouclier passé dans le bras gauche .... DES. VIII. (B).

Une autre médaille tout-à-fait fruste de Titus. Légende de la face т.ᴄᴀᴇꜱᴀʀ. ɪᴍᴘ. ᴄᴏꜱ. ɪɪɪɪ. (B).

G. B. — Tête laurée de Titus à droite. т. ᴄᴀᴇꜱᴀʀ. ᴠᴇꜱᴘᴀꜱɪᴀɴ. ᴀᴠɢ. ɪᴍᴘ.

Revers. Figure debout à gauche. Dans le champ s.c. Légende effacée. (B). .

M. B. — Tête laurée de Titus à gauche. ɪᴍᴘ. т. ᴄᴀᴇꜱ. ᴠᴇꜱᴘ. ᴀᴠɢ. ᴘ.ᴍ. тʀ.ᴘ. Le reste effacé.

Revers. La justice debout regardant à gauche. Elle a la main gauche appuyée sur une haste et tient à la main droite une balance. ᴀᴇᴏᴠɪтᴀꜱ ᴀᴠɢᴠꜱтɪ. Dans le champ et de part et d'autre de la figure les deux lettres s.c. (B).

M. B. — Tête laurée de Titus à droite. т. ᴄᴀᴇꜱᴀʀ. ᴅɪᴠɪ. ᴠᴇꜱᴘ. ꜰ ᴀᴠɢ. Le reste illisible.

Revers. Figure casquée debout tenant de la main droite un javelot, et ayant un bouclier passé dans le bras gauche. Dans le champ et de part et d'autre de la figure les deux lettres s.c. Légende effacée. .(B).

Autre médaille tout-à-fait fruste de Titus. т. ᴄᴀᴇꜱᴀʀ. ɪᴍᴘ. ᴄᴏꜱ. ɪɪɪɪ. (B).

G. B. — Tête laurée de Titus à droite. т. ᴄᴀᴇꜱᴀʀ. ɪᴍᴘ. ᴀᴠɢ. ᴘ. тʀ.ᴘ. ᴄᴏꜱ. ᴠɪ. ᴄᴇɴꜱᴏʀ.

Revers. Femme debout à gauche relevant la draperie de sa robe de la main gauche. Légende effacée. Dans le champ s.c. (N).

DOMITIEN.

M. B. — Tête laurée de Domitien à droite. ɪᴍᴘ. ᴄᴀᴇꜱ. ᴅᴏᴍɪт. ᴀᴠɢ. ɢᴇʀᴍ. ᴄᴏꜱ. xɪɪɪ. ᴄᴇɴꜱ. ᴘᴇʀ. ᴘᴘ.

Revers. Femme debout portant au bras gauche une corne d'abondance, et soulevant de la main droite un gouvernail. ꜰᴏʀтᴠɴᴀᴇ. ᴀᴠɢᴠꜱтɪ. De part et d'autre de la figure les deux lettres s.c. (B).

M. B. — Tête laurée de Domitien à droite. ɪᴍᴘ. ᴄᴀᴇꜱ. ᴅᴏᴍɪт. ᴀᴠɢ. ɢᴇʀᴍ. ᴄᴏꜱ. xɪɪɪ. ᴄᴇɴꜱ. ᴘᴇʀ. ᴘ.ᴘ.

Même revers que le précédent. (B).

M. B. — Tête laurée de Domitien à droite. ɪᴍᴘ. ᴄᴀᴇꜱ. ᴅᴏᴍɪт. ᴀᴠɢ. ɢᴇʀᴍ. ᴄᴏꜱ. xᴠ. ᴄᴇɴꜱ. ᴘᴇʀ. ᴘ.ᴘ.

Revers. Femme debout portant au bras gauche une corne d'abondance, et tenant de la main droite une balance. ᴇᴏᴠɪтᴀꜱ. ᴀᴠɢᴠꜱтɪ. De part et d'autre de la figure les deux lettres s.c. (B.)

M. B. — Tête laurée de Domitien à droite. ɪᴍᴘ. ᴄᴀᴇꜱ. ᴅᴏᴍɪт. ᴀᴠɢ. ɢᴇʀᴍ. ᴄᴏꜱ. xɪɪɪ. ᴄᴇɴꜱ. ᴘᴇʀ. ᴘ.ᴘ.

Revers. Figure debout regardant à droite, la main droite appuyée sur la haste. ᴠɪʀтᴠтɪ. ᴀᴠɢᴠꜱтɪ. De part et d'autre de la figure les deux lettres s.c. (B).

M. B. - Tête laurée de Domitien à droite. ɪᴍᴘ. ᴄᴀᴇꜱᴀʀ. ᴠᴇꜱᴘ. ꜰ. ᴅᴏᴍɪтɪᴀɴ. ᴀᴠɢ. ᴘ.ᴍ.

Revers. Figure debout lançant un javelot de la main droite et ayant un bouclier passé dans le bras gauche. тʀ. ᴘ. ᴄᴏꜱ. ᴠɪɪ. ᴅᴇꜱ. ᴠɪɪɪ. ᴘ.ᴘ. De part et d'autre de la figure les deux lettres s.c. (B).

M. B. — Tête laurée de Domitien à droite. ᴄᴀᴇꜱ. ᴅɪᴠɪ. ᴀᴠɢ. ᴠᴇꜱᴘ. ꜰ. ᴅᴏᴍɪтɪᴀɴ. ᴄᴏꜱ. ᴠɪɪ.

Revers. Une Femme debout, drapée, la main gauche appuyée sur une haste, et tenant des épis dans la main droite. ᴄᴇʀᴇꜱ. ᴀᴠɢᴠꜱт. De part et d'autre de la figure les deux lettres s.c. (B).

M. B. — Tête laurée de Domitien à droite. ɪᴍᴘ. ᴄᴀᴇꜱ. ᴅᴏᴍɪт. ᴀᴠɢ. ɢᴇʀᴍ. ᴄᴏꜱ. xɪɪɪ. ᴄᴇɴꜱ. ᴘᴇʀ. ᴘ.ᴘ.

Revers. Figure debout dans l'attitude de lancer un javelot. ᴠɪʀтᴠтɪ. ᴀᴠɢᴠꜱтɪ. De part et d'autre de la figure les deux lettres s.c. (B).

M. B. — Tête laurée de Domitien à droite. ɪᴍᴘ. ᴄᴀᴇꜱᴀʀ. ᴅɪᴠɪ. ᴠᴇꜱᴘ. ꜰ. ᴅᴏᴍɪтɪᴀɴ. ᴀᴠɢ. ᴘ.ᴍ.

Revers. Figure debout casquée et drapée, la main gauche appuyée sur la haste. тʀ. ᴘ. ᴄᴏꜱ. ᴅᴇꜱ. ᴠɪɪɪ. ᴘ.ᴘ. (B).

M. B. — Tête laurée de Domitien à droite. ɪᴍᴘ. ᴄᴀᴇꜱ. ᴅᴏᴍɪт. ᴀᴠɢ. ɢᴇʀᴍ. ᴄᴏꜱ. xɪɪɪ. ᴄᴇɴꜱ. ᴘᴇʀ. ᴘ.ᴘ.

Revers. Figure debout dans l'attitude de lancer un javelot. De part et d'autre de la figure les deux lettres s.c. (B).

M. B. — Tête laurée de Domitien à droite. Légende effacée.

Revers. Trois figures sacrifiant. Au dessous, s.c.

Exergue : ᴄᴏꜱ. xɪᴠ. ʟᴠᴅ. ꜱᴀᴇᴄ. ꜰᴇᴄ. (B).

M. B. — Tête laurée de Domitien à droite. ɪᴍᴘ. ᴄᴀᴇꜱ. ᴅᴏᴍɪт. ᴀᴠɢ. ɢᴇʀᴍ.....

Revers. La fortune debout la main droite appuyée sur un gouvernail. ꜰᴏʀтᴠɴᴀᴇ. ᴀᴠɢᴠꜱтɪ. Dans le champ, s.c. (N).

M. B. — Tête laurée de Domitien à droite. Légende effacée.

Revers. La justice debout tenant une balance dans la main droite..... ᴀᴠɢᴠꜱтɪ. Dans le champ, s.c. (N).

M. B. — Tête laurée de Domitien à droite. Fruste. Légende effacée. ᴍᴏɴᴇтᴀ..... Dans le champ, s.c. (N).

Une Médaille entièrement fruste (N).

NERVA.

G. B. — Tête laurée de Nerva à droite. Légende entièrement effacée.
Revers. Deux chevaux paissans. Légende entièrement effacée.
M. B. — Tête laurée de Nerva à droite. IMP. NERVA. CAES. AVG. P.M. TR. P. COS. IIII.
Revers. Une figure debout tenant de la main droite une balance et portant au bras gauche une corne d'abondance. AEQVITAS. AVG..... Dans le champ, s.c. (N).
M. B. — Tête radiée de Nerva à droite..... AVG. P.M. TR. P. COS. IIII.
Revers. Figure debout regardant à gauche..... PVBLICA. Dans le champ s.c. (N).

TRAJAN.

G. B. — Tête laurée de Trajan à droite. IMP. CAES. NERVAE. TRAIANO. AVG. GER. DAC. P.M. PR..... le reste illisible.
Revers. Figure drapée, debout, regardant à gauche, et placée entre les deux lettres s.c.... S.P.Q.R. OPTIMO. PRINCIPI (N).
G. B. — Tête laurée de Trajan à droite. IMP. CAES. NERVAE. TRAIANO. AVG. GER. DAC..... P.M. Le reste illisible.
Revers fruste. Une figure assise sur des armes en face d'un trophée. Au bas s.c. (R).
M. B. — Tête laurée de Trajan à droite..... TRAIANO. AVG. GER. DAC. le reste effacé.
Revers. Une couronne de laurier au milieu de laquelle on lit : S.P.Q.R. OPTIMO. PRINCIPI. S.C. (B).
M. B. — Tête laurée de Trajan à droite. IMP. CAES. NERVA. TRAIAN.....
Revers. Figure drapée, debout, sacrifiant, de chaque côté s.c. TR. POT. COS. II. (B).
G. B. — Tête laurée de Trajan à droite..... DAC. GERM. TR. P. COS. VI. P.P.
Revers. Une figure assise entièrement fruste ainsi que la légende (N).
M. B. — Tête laurée de Trajan à droite. IMP. NERVA. CAES. TRAJAN. AVG. GERM. P.M.
Revers. Une figure debout regardant à gauche..... COS. II. Dans le champ s.c. (N).
7 autres médailles, grand et moyen bronze, entièrement frustes (N).

HADRIEN.

G. B. — Tête laurée d'Hadrien à gauche. HADRIANVS. AVG.....
Revers. Une figure assise portant au bras gauche une corne d'abondance et ayant le bras droit tendu en avant. De chaque côté s.c. Au dessous de la figure FORT. RED. Exergue : COS. II (B).
G. B. — Tête laurée d'Hadrien à droite. Légende effacée.
Revers. Une figure debout dans l'attitude du combat et placée entre les deux lettres s.c. Légende effacée (B).
Trois autres médailles, grand bronze, tout-à-fait frustes (B).
M. B. — Tête laurée d'Hadrien à droite. HADRIANVS. AVG. COS. III. P.P.
Revers. Une figure assise présentant une patère et placée entre les deux lettres s.c. IVSTITIA. AVG. (B).
M. B. — Tête radiée d'Hadrien à droite. HADRIANVS. AVGVSTVS.
Revers. Figure debout, drapée, tenant de la main droite un épi, et de la gauche une couronne. Elle est placée entre les deux lettres s.c. COS..... le reste effacé (B).
M. B. — Tête laurée d'Hadrien à droite. HADRIANVS. Le reste effacé.
Revers. Une figure debout regardant à droite et placée entre les deux lettres s.c. COS. Le reste effacé (B).
M. B. — Tête radiée d'Hadrien à droite. IMP. CAESAR. TRAIANVS. HADRIANVS. AVG..... COS. II.
Revers. Une figure debout regardant à droite. Sa main droite est appuyée sur une haste, un baton augural est dans la main gauche. Elle est placée entre les deux lettres s.c. VIRTVTI. AVGVSTI (B).
P. B. — Tête laurée d'Hadrien à droite. HADRIANVS. AVG. COS. III.
Revers. Une figure debout à gauche. Elle porte au bras gauche une corne d'abondance, et soulève de la main droite un gouvernail. Dans le champ s.c. Légende : FORT. AVG. (B).
P. B. — Tête laurée d'Hadrien à droite. HADRIANVS. AVG..... Le reste effacé.
Revers. Une figure debout regardant à gauche. Elle a la main gauche appuyée sur une haste. Elle est placée entre les deux lettres s.c. PROVIDENTIA. AVG. Au bas de la figure un modius sans épis (B).
P. B. — Tête laurée d'Hadrien à droite. HADRIANVS. AVG. COS. III. P.P.

Revers. Un modius chargé d'épis de blé et placé entre les deux lettres s.c. ANNONA. AVG. (B).

P. B. — Tête laurée d'Hadrien à droite. HADRIANVS. AVG. Le reste effacé.

Revers fruste. Une figure debout regardant à gauche , tenant des épis dans la main. Elle est placée entre les deux lettres s.c. (B).

P. B. — Tête laurée d'Hadrien à droite. HADRIANVS. AVG. COS. III. P.P.

Revers. Une figure debout et drapée, regardant à gauche. La main gauche est sur un gouvernail ; elle tient dans la droite des épis. A ses pieds est un modius rempli d'épis. Elle est placée entre les deux lettres s.c. ANNONA. AVG. (B). G. B. — Tête laurée d'Hadrien à droite. HADRIANVS. AVGVSTVS.

Revers. Figure assise, le bras droit étendu en avant, et portant au bras gauche une corne d'abondance. COS... Au bas de la figure s.c. (N).

G. B. — Tête laurée d'Hadrien à droite. HADRIANVS. AVG. COS. III.

Revers. Figure debout portant une corne d'abondance au bras gauche. Légende effacée. Dans le champ s.c. (N).

G. B. — Tête laurée d'Hadrien à droite. HADRIANVS. AVG.

Revers. Figure debout relevant de la main gauche le pan de sa robe. Légende effacée. Dans le champ s.c. (N).

G. B. — Tête laurée d'Hadrien à droite. HADRIANVS. AVGVSTVS.

Revers. Une figure assise portant au bras gauche une corne d'abondance, et ayant le bras droit étendu sur lequel paraît être une Victoire. Au bas de la figure s.c. (N).

M. B. — Tête laurée d'Hadrien à droite. HADRIANVS. AVGVSTVS.

Revers. Femme debout sacrifiant sur un autel..... AVGVSTI. Au bas de la figure COS. III. Dans le champ s.c. (N).

Deux autres médailles pareilles mais frustes (N).

Dix autres médailles d'Hadrien , grand et moyen bronze, entièrement frustes (N).

ÆLIUS.

G. B. — Tête nue d'Ælius à droite..... CAESAR.

Revers fruste, entièrement effacé (N).

SABINE, FEMME D'HADRIEN.

G. B. — Tête diadémée de Sabine à droite. SABINA. AVGVSTA. HADRIANI. AVG.

Revers. Figure assise regardant à gauche. Fruste. Légende entièrement effacée (N).

Une autre médaille de même module entièrement effacée (N).

ANTONIN-PIE.

G. B. — Tête laurée d'Antonin Pie à droite. Fruste, on lit seulement..... ANTONINVS.....

Revers fruste. Une figure debout regardant à gauche. Elle porte au bras gauche une corne d'abondance. Légende entièrement effacée. Dans le champ s.c. (B).

G. B. — Tête nue de Marc-Aurèle jeune à droite. AVRELIVS. CAESAR. AVG.

Revers. Figure de femme debout , tenant un enfant à la main gauche et de la droite sacrifiant sur un autel. Dans le champ s.c. Au dessous PIETAS. Légende effacée (B).

M. B. — Tête laurée d'Antonin Pie à droite. IMP. CAES. T. AEL. HADR. ANTONINVS. AVG. PIVS. P.P.

Revers. Une figure assise portant au bras gauche une corne d'abondance , et tenant de la main droite des épis suspendus au dessus d'un modius rempli d'épis de blé. Elle est placée entre les deux lettres s.c. Au bas de la figure ANNONA. AVG. Légende : TR. POT. XIIII. COS. IIII. (B).

M. B. — Tête radiée d'Antonin Pie..... ANTONINVS. AVG..... Le reste effacé.

Revers. Une figure debout regardant à droite. Elle a dans la main droite des épis, et porte au bras gauche une corne d'abondance. Légende : ANNONA. AVG. Au dessous de la main droite un modius et au dessous de la gauche une proue de vaisseau. La figure est placée entre les deux lettres s.c. (B).

G. B. — Médaillon. — Tête laurée d'Antonin Pie à droite. ANTONINVS. AVG. PIVS. P.P. TR. P.....

Revers. Une figure debout sacrifiant sur un autel, et ayant la main gauche appuyée sur une haste. Dans le champ s.c. (N).

G. B. — Tête laurée d'Antonin Pie à droite. ANTONINVS. AVG. PIVS. P.P. TR. P. COS. III. (N).
Revers. Une figure debout (qui paraît ailée). Légende effacée. Dans le champ s.c. (N).
G. B. — Tête laurée d'Antonin Pie à droite. ANTONINVS. AVG. PIVS. P.P. TR. P. XXIII.
Revers. Une figure debout dans l'attitude de sacrifier. PIETATI. AVG. COS. IIII. Dans le champ s.c. (N).
G. B. — Tête nue d'Antonin Pie à droite. DIVVS ANTONINVS.
Revers. Un bûcher. CONSECRATIO. Dans le champ s.c. (N).
G. B. — Tête laurée d'Antonin Pie à droite. ANTONINVS. AVG. PIVS.
Revers entièrement effacé (N).
G. B. — Tête laurée d'Antonin Pie à droite..... NINVS. AVG.....
Revers. Apollon debout en habit de femme tenant une lyre. APPOLLINI. AVGVSTO (N).
M. B. — Tête laurée d'Antonin Pie à droite. ANTONINVS. AVG. PIVS.....
Revers. Femme assise. Fruste. Légende entièrement effacée (N).
Quatre autres médailles entièrement frustes (N).

FAUSTINE MÈRE, FEMME D'ANTONIN-PIE.

G. B. — Tête diadémée de Faustine à droite. DIVA. AVGVSTA. FAVSTINA.
Revers. Une femme debout sacrifiant sur un autel. PIETAS. AVG. Elle est placée entre les deux lettres s.c. (B).
G. B. — Tête diadémée de Faustine à droite. DIVA. FAVSTINA.
Revers. Une femme debout regardant à gauche. AETERNITAS. Elle est placée entre les deux lettres s.c. (B).
G. B. — Tête diadémée de Faustine à droite. DIVA. AVG. FAVSTINA.
Revers. Une figure assise tenant dans la main droite un préfériculum. ETERNITAS. Au dessous de la figure s.c. (B).
G. B. — Tête diadémée de Faustine à droite. DIVA. FAVSTINA.
Revers. Figure debout la main gauche appuyée sur une haste. Elle est placée entre les deux lettres s.c. IVNO. (B).
Une autre médaille pareille entièrement fruste.
M. B. — Tête diadémée de Faustine à droite. DIVA. FAVSTINA.
Revers entièrement fruste (B).
G. B. — Tête diadémée de Faustine à droite. DIVA. FAVSTINA.
Revers. Cérès debout tenant des épis dans la main droite. AVGVSTA. Dans le champ s.c. (N).
Une autre médaille de même module, fruste.
G. B. — Tête diadémée de Faustine à droite. DIVA. FAVSTINA.
Revers. Figure debout la main gauche appuyée sur une lance, et tenant dans la main droite une patère.
Légende effacée. Dans le champ s.c. (N).
G. B. — Tête diadémée de Faustine à droite..... AVG. ANTONINI.
Revers. Figure assise, le bras gauche appuyé sur le dos du siège, et le bras porté en avant..... DIA. AVG. (N).
P. B. — Tête diadémée de Faustine à droite. DIVA. AVG. FAVSTINA.
Revers. Un temple ou un autel. PIETAS. AVG. Au bas s.c. (N).
G. B. — Cinq autres médailles entièrement frustes (N).

MARC-AURÈLE.

G. B. — Tête laurée de Marc-Aurèle à droite. M. AVR. ANTONINVS. AVG. ARMENIACVS. IMP.
Revers. L'empereur debout, la main droite appuyée sur une lance, et la main gauche sur un bouclier. TR.
POT. XIX. IMP. II. COS. III. Il est placé entre les deux lettres s.c. (B).
G. B. — Tête laurée de Marc-Aurèle à droite. M. ANTONINVS. AVG. TR. P. XX.
Revers. Une Victoire ailée écrivant sur un bouclier. Elle est placée entre les deux lettres s.c. Sur le bouclier VIC. GER.
Légende : IMP. (B).
G. B. — Tête laurée de Marc-Aurèle à droite. M. ANTONINVS. AVG. TR. P. XX.
Revers. Jupiter assis, armé du foudre, la main droite appuyée sur une haste. Dans le champ s.c, Exergue :.
COS. II. (B).
G. B. — Tête laurée de Marc-Aurèle à droite, tout-à-fait fruste.

Revers. Une aigle aux ailes éployées, perchée sur la boule du monde. CONSECRATIO. le reste effacé (B).

G. B. — Tête laurée de Marc-Aurèle à droite..... ANTONINVS. AVG. ARM. PART..... le reste illisible.

Revers. Une victoire ailée, écrivant sur un bouclier portant VIC. GER. La figure est placée entre les deux lettres S.C. Légende illisible (B).

G. B. — Tête laurée de Marc-Aurèle à droite. Fruste.

Revers. Hygie donnant à manger dans une patère à un serpent placé sur un autel. Dans le champ S.C. (B).

G. B. — Tête laurée de Marc-Aurèle à droite..... ANTONINVS. AVG. le reste effacé.

Revers fruste. Figure debout..... IMP..... (B).

G. B. — Tête laurée de Marc-Aurèle à droite..... ANTONINVS..... Le reste effacé.

Revers. Une victoire ailée, écrivant sur un bouclier sur lequel on lit VIC. GE. Légende entièrement effacée (B).

G. B. — Tête laurée de Marc-Aurèle à droite..... M. ANTONINVS..... Le reste effacé.

Revers fruste. Figure assise sur un globe. Dans le champ S.C. Légende entièrement effacée (B).

G. B. — Tête laurée de Marc-Aurèle à droite. Légende effacée.

Revers fruste. Figure debout. Dans le champ S.C. Légende entièrement effacée (B).

M. B. — Tête laurée de Marc-Aurèle à droite. M. ANTONINVS. AVG. GERM. SARMATICVS.

Revers. Figure debout, portant au bras gauche une corne d'abondance. La figure est placée entre les deux lettres S.C. Légende entièrement effacée (B).

G. B. — Tête laurée de Marc-Aurèle à droite. M. AVREL. ANTONINVS. AVG...

Revers. Une femme debout, regardant à gauche, la main gauche appuyée sur une haste. TR. POT. XIX. IMP. II. COS. III. Dans le champ S.C. (N).

G. B. — Tête nue de Marc-Aurèle à droite. DIVVS. M. ANTO.....

Revers. Une aigle aux ailes éployées, posée sur un socle. CONSECRATIO. Dans le champ S.C. (N).

G. B. — Tête laurée de Marc-Aurèle à droite..... TONINVS.....

Revers. Une victoire ailée, écrivant sur un bouclier VIC. PAR. Dans le champ S.C. (N).

G. B. — Tête laurée de Marc-Aurèle à droite..... ANTON.....

Revers. Femme assise, regardant à gauche; elle tient dans la main droite une balance , et porte au bras gauche une corne d'abondance. Légende effacée. Dans le champ S.C. (N).

G. B. — Tête laurée de Marc-Aurèle à droite..... ANTONINVS. AVG. ARM.....

Revers. Figure de femme debout, regardant à gauche. Légende effacée. Dans le champ S.C. (N).

G. B. — Tête laurée de Marc-Aurèle à droite. Légende effacée.

Revers. L'empereur en costume de guerre, relevant une femme prosternée à ses pieds. RESTITVTORI. ITALIAE. IMP. VI. COS. III. (N).

G. B. — Tête laurée de Marc-Aurèle à droite. Légende effacée.

Revers. L'empereur debout, regardant à droite, la main droite appuyée sur une haste , et la gauche sur un bouclier. COS. III. IMP. Dans le champ S.C. (N).

G. B. — Tête laurée de Marc-Aurèle à droite..... M. AVREL. ANTON.....

Revers. Une femme debout, Hygie, regardant à gauche, présentant une patère à un serpent dressé sur un autel...... I. AVGVSTO..... (N).

G. B. — Tête laurée de Marc-Aurèle à droite. Légende entièrement effacée.

Revers. Une couronne de laurier, dans laquelle on lit : PRIMI. DECENNALES. COS. III. S.C. (N).

M. B. — Tête laurée de Marc-Aurèle à droite. Légende effacée.

Revers. Femme debout, regardant à gauche; elle tient dans la main droite une balance , et porte au bras gauche une corne d'abondance..... COS. V. P.P. Dans le champ S.C. (N).

Cinq autres médailles entièrement frustes (N).

FAUSTINE JEUNE, FEMME DE MARC-AURÈLE.

M. B. — Tête diadémée de Faustine à droite. FAVSTINA. AVG. PII. AVG. FIL.

Revers. Figure de femme debout, regardant à gauche. PVDICITIA. Dans le champ S.C. (B).

G. B. — Tête diadémée de Faustine à droite..... AVGVSTA.

Revers. Figure debout, regardant à droite, ayant dans la main gauche un enfant, et la main droite appuyée sur un bâton. Dans le champ S.C. (B).

G. B. — Tête diadémée de Faustine à droite..... ANTON.....

19

Revers. Vénus debout, la main gauche appuyée sur une haste , et tenant dans la main droite une pomme. VENVS. Dans le champ s.c. (N).

G. B. —Tête diadémée de Faustine à droite. FAVSTINA. AVGVSTA.

Revers. Femme debout, regardant à gauche.... AVGVSTAE. Dans le champ s.c. (N).

G. B. — Tête diadémée de Faustine à droite. FAVSTINA. AVG.

Revers. Une femme debout. Légende effacée. Dans le champ s.c. (N).

G. B. — Tête diadémée de Faustine à droite. DIVA. FAVSTINA. PIA.

Revers. Une figure debout, marchant à droite. Légende effacé (N).

M. B. — Tête diadémée de Faustine à droite..... ANTON.....

Revers. Une figure debout, regardant à gauche. Légende effacée. Dans le champ s.c. (N).

M. B. — Tête diadémée de Faustine à droite. Légende effacée.

Revers. Une figure debout, regardant à gauche, et tenant dans les mains des palmes. III.... Dans le champ s.c. (N).

Six autres médailles grand bronze entièrement frustes (N).

LUCILLA, FEMME DE VERUS.

G. B. — Tête diadémée de Lucille à droite. LVCILLA. AVG. Le reste de la légende effacé.

Revers. Une femme debout, regardant à gauche, la main gauche appuyée sur une haste. VENVS. Dans le champ s.c. (B).

G. B. — Tête diadémée de Lucille à droite. LVCILLA. AVG. Le reste de la légende effacé.

Revers fruste. Une figure debout, la main droite appuyée sur une haste, et tenant de la gauche des épis. Légende effacée. Dans le champ s.c. (B).

COMMODE.

G. B. — Tête laurée de Commode à droite. M. COMMODVS. ANT. PIVS. AVG. BRIT.

Revers. Femme debout, la main gauche appuyée sur une haste, et tenant dans la main droite une patère. (B)

G. B. — Tête laurée de Commode à droite. Légende illisible.

Revers. Femme debout, la main gauche appuyée sur une palme, et tenant dans la droite une branche d'olivier. Dans le champ s.c. (B).

G. B. — Tête laurée de Commode à droite. M. ANTONINVS. COMMODVS. AVG.

Revers. Femme debout, regardant à gauche, la main gauche appuyée sur une haste..... IMP. IIII. COS. III..... Dans le champ s.c. (N).

G. B. — Tête laurée de Commode à droite..... DVS. ANTONINVS. AVG.

Revers. Figure debout, regardant à gauche , la main gauche appuyée sur une haste. Légende effacée. Dans le champ s.c. (N).

G. B. — Tête laurée de Commode à droite..... COMMODVS. AVG.

Revers. Figure debout, regardant à gauche ; elle porte au bras droit une corne d'abondance. P.M. TR. P. XVII. IMP. VIII. COS. VI. Dans le champ une étoile, et de chaque côté de la figure s.c. (N).

G. B. — Tête laurée de Commode à droite. COMMODVS. ANTONINVS. AVG.....

Revers. Femme debout, regardant à droite. Fruste.

Légende entièrement effacée. (N).

G. B. — Tête laurée de Commode à droite..... ODVS..... ONIN....

Revers. Victoire ailée, regardant à gauche. Légende effacée. Dans le champ s.c. (N).

G. B. — Tête laurée de Commode à droite. COMMODVS. ANTONINVS.

Revers. Une figure assise, regardant à gauche; elle parait avoir dans la main droite une balance, et porte au bras gauche une corne d'abondance. Légende entièrement effacée (N).

Deux autres médailles entièrement frustes (N).

CRISPINE , FEMME DE COMMODE.

M. B. — Tête diadémée de Crispine à droite. CRISPINA. AVGVSTA.

Revers. Figure debout, regardant à gauche ; elle a la main droite appuyée sur une branche de palmier, et porte au bras gauche une corne d'abondance. Dans le champ s.c. Légende : HILARITAS. (B).

SEPTIME SÉVÈRE.

M. B. — Tête laurée de Septime Sévère à droite.... PERT.....
Revers. Une figure debout, regardant à gauche, la main gauche appuyée sur une haste, et tenant à la main droite une branche d'olivier. La figure est placée entre les deux lettres s. c. Légende effacée.

MAMMÉE, MÈRE D'ALEXANDRE SÉVÈRE.

G. B. — Tête diadémée de Mammée à droite. IVLIA MAMMEA. AVGVSTA.
Revers. Une figure assise, regardant à gauche; elle a dans la main droite un caducée, et porte au bras gauche une corne d'abondance. FELICITAS. PVBLICA. Au dessous de la figure s.c. (B).

SÉVÈRE ALEXANDRE, FILS DE MAMMÉE.

G. B. — Tête laurée de Sévère Alexandre à droite. IMP. SEV. ALEXANDER. AVG.
Revers. L'empereur debout, marchant à gauche. Il tient dans la main droite la boule du monde, et a la main gauche appuyée sur une haste. VIRTVS. AVGVSTI. Dans le champ s.c. (B).
G. B. — Tête laurée de Sévère Alexandre à droite. IMP. ALEXANDER. PIVS. AVG.
Revers. Guerrier debout, armé d'un bouclier. Dans le champ s.c. Légende effacée (B).
G. B. — Tête laurée de Sévère Alexandre à droite. IMP. CAES. M. AVR. SEV. ALEXANDER. AVG.
Revers. La justice debout, regardant à gauche. Elle tient dans la main droite une balance et porte au bras gauche une corne d'abondance. AEQVITAS. AVGVSTI. Dans le champ s.c. (B).
G. B. — Tête laurée de Sévère Alexandre à droite. IMP. ALEXANDER. PIVS. AVG.
Revers. Femme debout, regardant à gauche, la main gauche appuyée sur une ancre, et ayant à la main droite des épis de blé. PROVIDENTIA. AVG. Au bas, un modius rempli d'épis. Dans le champ s.c. (B).
M. B. — Tête laurée d'Alexandre Sévère à droite. IMP. ALEXANDER. PIVS. AVG.
Revers. Une figure debout, regardant à gauche. Dans le champ s.c. Légende entièrement effacée (B).
M. B. — Tête laurée de Sévère Alexandre à droite. Légende effacée.
Revers. Guerrier debout et casqué, la main droite appuyée sur une haste et la gauche sur un bouclier.......
AVGVSTI. (N).

MAXIMIN.

G. B. — Tête laurée de Maximin à droite. MAXIMINVS. PIVS. AVG. GERM.
Revers. Figure debout, regardant à gauche. Elle tient dans chacune de ses mains des enseignes militaires.
FIDES. MILITVM. Dans le champ s.c. (B).
G. B. — Tête laurée de Maximin à droite. IMP. MAXIMINVS. PIVS. AVG.
Revers. Une victoire ailée, marchant à droite. Elle tient dans sa main droite une couronne, et dans sa main gauche une branche de palmier. VICTORIA. AVG. Dans le champ s.c. (B).
G. B. — Tête laurée de Maximin à droite. IMP. MAXIMINVS. PIVS. AVG.
Revers. Figure debout, regardant à gauche. Elle tient dans ses mains des enseignes militaires. FIDES. MILITVM.
Dans le champ s.c. (N).

GORDIEN.

G. B. — Tête laurée de Gordien à droite. IMP. GORDIANVS. PIVS. FEL. AVG.
Revers. Figure assise, regardant à gauche. P.M. TR. P. COS. II. P.P. Au dessous de la figure s.c. (B).
G. B. — Tête laurée de Gordien à droite. IMP. GORDIANVS. PIVS. FEL. AVG.
Revers. Jeune femme debout, regardant à gauche, la main gauche appuyée sur une ancre, et tenant à la main droite un collier de perles. LAETITIA. AVG. N. Dans le champ s.c. (B).
Une autre médaille pareille.
G. B. — Tête laurée de Gordien à droite. IMP. GORDIANVS. PIVS. FEL. AVG.
Revers. Femme debout, regardant à gauche, tenant dans la main droite une branche de palmier, et dans la gauche une haste. AETERNITAS. Dans le champ s.c. (B).

G. B. — Tête laurée de Gordien à droite. IMP. GORDIANVS. PIVS. FEL. AVG.

Revers. Victoire ailée, regardant à gauche. Elle a la main droite appuyée sur un bouclier, et porte au bras gauche une branche de palmier. VICTORIA. AETERNA. (B).

G. B. — Tête laurée de Gordien à droite. IMP. GORDIANVS. PIVS. FEL. AVG.

Revers. Figure debout, la main droite appuyée sur la haste, et tenant dans la main gauche un foudre. IOVI. STATORI. Dans le champ. S.C. (B).

G. B. — Tête laurée de Gordien à droite. IMP. CAES. GORDIANVS. PIVS. AVG.

Revers. Figure debout, tournée à gauche et présentant une patère de la main droite au dessus d'un autel. P.M. TR. P. II. COS. P.P. Dans le champ S.C. (B).

G. B. — Tête laurée de Gordien à droite. IMP. CAES. GORDIANVS. PIVS. AVG.

Revers. Une figure debout, regardant à gauche, tenant dans la main droite un caducée, et ayant la main gauche appuyée sur une colonne..... PVBLICA. Dans le champ S.C. (B).

G. B. — Tête laurée de Gordien à droite. IMP. GORDIANVS. PIVS. FEL. AVG.

Revers fruste..... COS. III. (B).

Quatre médailles pareilles, entièrement frustes (B).

G. B. — Tête laurée de Gordien à droite. IMP. GORDIANVS. PIVS. FEL. AVG.

Revers. Figure debout regardant à gauche, tenant le bras droit élevé en l'air, et une boule dans la main gauche. AETERNITATI. AVG. Dans le champ S.C. (N).

G. B. — Tête laurée de Gordien à droite. IMP. CAES. MANT. GORDIANVS. PIVS. FEL. AVG.

Revers. Femme debout et drapée, regardant à gauche..... PAX. AVGVSTI. Dans le champ S.C. (N).

G. B. — Tête laurée de Gordien à droite. IMP. GORDIANVS. PIVS. FEL. AVG.

Revers. Une figure assise, regardant à gauche et portant une corne d'abondance au bras gauche. Légende effacée (N).

PHILIPPE LE PÈRE.

G. B. — Tête laurée de Philippe à droite. IMP. M. IVL. PHILIPPVS. AVG.

Revers. Une figure debout, tenant dans chacune de ses mains des enseignes militaires. FIDES. MILITVM. Dans le champ S.C. (B).

G. B. — Tête laurée de Philippe à droite. IMP. M. IVL. PHILIPPVS. AVG.

Revers. Une figure assise, tenant la main droite la boule du monde. P.M. TR. P. II. COS. P.P. Au dessous de la figure S.C. (N).

G. B. — Tête laurée de Philippe à droite. IMP. M. IVL. PHILIPPVS. AVG.

Revers. Une figure debout, regardant à gauche, la main droite appuyée sur un caducée et portant au bras gauche une corne d'abondance. P.M. TR. P. IIII. COS. II. P.P. Dans le champ S.C. (B).

G. B. — Tête laurée de Philippe à droite. IMP. M. IVL. PHILIPPVS. AVG.

Revers. Figure debout, regardant à gauche, la main droite appuyée sur un caducée et portant au bras gauche une corne d'abondance. P.M. TR. P. V. COS. III. P.P. Dans le champ S.C. (B).

G. B. — Tête laurée de Philippe à droite. IMP. M. IVL. PHILIPPVS. AVG.

Revers. Dans le champ de la médaille quatre enseignes militaires. FIDES. EXERCITVVM (B).

Une médaille fruste de Philippe père (N).

G. B. — Tête laurée de Philippe à droite. IMP. M. IVL. PHILIPPVS. AVG.

Revers. Un cheval marchant à gauche. SAECVLARES. AVGG. (N).

G. B. — Tête laurée de Philippe à droite. Légende effacée.

Revers. Femme assise, regardant à gauche..... MARTIALI. Au dessous de la figure S.C. (N).

OTACILIA, FEMME DE PHILIPPE 1er.

G. B. — Tête diadémée d'Otacilia à droite. MARCIA. OTACIL. SEVERA. AVG.

Revers. Figure assise, regardant en arrière. Légende effacée. Au dessous de la figure S.C. (B).

G. B. — Tête diadémée d'Otacilia à droite. MARCIA. OTACIL. SEVERA. AVG.

Revers. Une figure assise, tournée à gauche. Elle a dans la main droite une patère, et porte au bras gauche deux cornes d'abondance. CONCORDIA. AVGG. Au dessous de la figure S.C. (B).

G. B. — Tête diadémée d'Otacilia à droite. MARCIA. OTACIL. SEVERA. AVG.

Revers. Une figure debout, tournée à gauche. Dans le champ S.C. Légende effacée (B).

DÈCE.

M. B. — Tête laurée de Trajan Dèce à droite. IMP. C. M. Q. TRAIANVS. DECIVS. AVG.
Revers. Une figure debout, regardant à gauche, et tenant un bâton à tête d'âne à la main droite. Dans le champ s.c. DACIA. (B).

ETRUSCILLA, FEMME DE TRAJAN DÈCE.

M. B. — Tête diadémée d'Etruscilla à droite. HERENNIA. ETRVSCILLA. AVG.
Revers. Femme assise tournée à gauche. PVDICITIA. AVG. (B).

GALLIEN.

P. B. — Tête radiée de Gallien à droite. GALLIENVS. AVG.
Revers. Un guerrier debout tenant à la main droite une branche d'olivier, et ayant la main gauche appuyée sur un bouclier; la haste est à ses côtés. MARTI. PACIFERO. (B).
P. B. — Tête radiée de Gallien à droite. IMP. GALLIENVS. AVG.
Revers. Griffon ailé. APOLLINI. CONSERVA. (B).
P. B. — Tête radiée de Gallien à droite. GALLIENVS. AVG.
Revers. Figure chimérique, dont la partie supérieure est le corps d'un homme, et la partie inférieure celui d'un cheval. Elle paraît porter une lyre au bras gauche. APOLLINI. CONS. AVG. (B).
P. B. — Tête radiée de Gallien à droite. GALLIENVS. AVG.
Revers. Une figure debout, tenant dans la main droite une enseigne militaire et de la main gauche une haste. FIDES. MILITVM. Dans le champ M. (B).
P. B. — Tête radiée de Gallien à droite. GALLIENVS. AVG.
Revers. Le cheval Pégase. SOLI..... Le reste effacé (B).
P. B. — Tête radiée de Gallien à droite. GALLIENVS. AVG.
Revers fruste. Une figure debout (B).
P. B. — Tête radiée de Gallien à droite. GALLIENVS. AVG.
Revers. Un cerf allant à droite. SAECVLARES. AVG. Au dessous de l'animal XII. (B).
Billon. — **M. B.** — Tête radiée de Gallien à droite. GALLIENVS. AVG.
Revers. Apollon debout. APOLLINI. CONSERVA. (N).
M. B. — Tête radiée de Gallien à droite. IMP. C.I...... GALLIANVS. P.F. AVG.
Revers. Femme passant à gauche. SPES. PVBLICA. (N).
M. B. — Tête laurée de Gallien à droite. IMP. C. P. LIC. GALLIENVS. P.F. AVG.
Revers. Deux figures debout se regardant. VIRTVS. AVG. (N).
M. B. — Tête radiée de Gallien à droite. GALLIENVS. AVG.
Revers. Une victoire ailée, regardant à gauche. Elle tient dans la main droite une couronne, et dans la main gauche une palme. VICTORIA. AVG. (N).
M. B. — Tête radiée de Gallien à droite. GALLIENVS. AVG.
Revers. Le cheval Pégase. SOLI.... (N).
M. B. — Tête radiée de Gallien à droite. GALLIENVS.
Revers. Le cheval Pégase. SOLI. C..... (N).
M. B. — Tête radiée de Gallien à droite. GALLIENVS.
Revers. Figure debout, marchant à droite. Fruste. Légende effacée en partie.... CITAS. AVG. (N).

SALONINA, FEMME DE GALLIEN.

P. B. — Tête diadémée de Salonina à droite. SALONINA. AVG.
Revers. Femme debout, portant un enfant sur la main gauche, à ses pieds un autre enfant. FECONDITAS. AVG. (B).

VALÉRIEN.

M. B. — Tête radiée de Valerien. IMP. C.P. LIC. VALERIANVS. P.F. AVG.
Revers. Apollon debout, tenant une branche de laurier de la main droite, et ayant la main gauche appuyée sur sa lyre. APOLLINI. CONSERVA. (N).

POSTUME.

M. B. — Tête radiée de Postume à droite. Légende effacée.
Revers entièrement fruste (B).

P. B. — Tête radiée de Postume à droite. IMP. C. POSTVMVS P. F. AVG.
Revers. Une femme debout, regardant à gauche, placée entre deux enseignes militaires. FIDES. MILITVM. (N)

P. B. — Tête radiée de Postume à droite. IMP. C. POSTVMVS. P.F. AVG.
Revers. La Monnaie debout à gauche, tenant dans la main droite une balance, et portant au bras gauche une corne d'abondance. MONETA. AVG. (N).

Une autre médaille pareille fruste (N).

P. B. — Tête radiée de Postume à droite. IMP. C. POSTVMVS. P.F. AVG.
Revers. Figure debout, regardant à gauche. HERC. PACIFERO. (N).

VICTORIN LE PÈRE, TYRAN DES GAULES.

P. B. — Tête radiée de Victorin à droite. IMP. VICTORINVS. P.F. AVG.
Revers. Une figure debout, tournée à gauche, et sacrifiant. PIETAS. AVG. (B).

P. B. Tête radiée de Victorin à droite. IMP. C. VICTORINVS. P.F. AVG.
Revers. Le Soleil debout, marchant à gauche. INVICTVS. (B).

P. B. — Tête radiée de Victorin à droite. IMP. C. VICTORINVS. P.F. AVG.
Revers. Hygie debout, regardant à gauche. Elle tient dans sa main un serpent et une patère. SALVS. AVG. (B).

P. B. — Tête radiée de Victorin à droite. IMP. C. VICTORINVS.... Le reste effacé.
Revers fruste. Une figure debout. Légende effacée (B).

P. B. — Tête radiée de Victorin à droite. IMP. C. VICTORINVS. P.F. AVG.
Revers. Une figure debout, portant une corne d'abondance, et ayant la main droite appuyée sur un bâton. PROVI...... AVG. (B).

M. B. — Tête radiée de Victorin à droite. IMP. C. VICTORINVS. P.F. AVG.
Revers. Le Soleil marchant à gauche. INVICTVS. (N).

Une autre médaille pareille (N).

M. B. — Tête radiée de Victorin à droite. IMP. C. VICTORINVS. P.F. AVG.
Revers. Femme debout, regardant à gauche. Elle porte dans la main droite une espèce de palme, et dans la main gauche une sorte de bâton augural. Légende effacée. Dans le champ une étoile et la lettre V (N).

M. B. — Tête radiée de Victorin à droite. IMP. C. VICTORINVS. P.F. AVG.
Revers. Figure debout, regardant à gauche. Légende effacée en partie.... AVG. (N).

M. B. — Tête radiée de Victorin à droite. IMP. C. VICTORINVS. P.F. AVG.
Revers. Personnage debout et casqué, marchant à droite. Il a la main droite appuyée sur une haste et la gauche sur un bouclier. VICTORIA. AVG. (N).

Une autre médaille pareille.

Tête radiée de Victorin à droite. IMP. C. VICTORIAVS. P.F. AVG.
Revers. Hygie présentant une patère à un serpent au dessous d'un autel. Elle a la main droite appuyée sur une haste. SALVS. AVG. (N).

M. B. — Tête radiée de Victorin à droite. IMP. C. VICTORINVS. P.F. AVG.
Revers. Le soleil marchant à gauche. INVICTVS. (N).

M. B. — Tête radiée de Victorin à droite. IMP. C. VICTORINVS. P.F. AVG.
Revers. Une victoire ailée marchant à droite. Elle tient dans la main droite une couronne, et dans la main gauche une palme. VICTORIA. AVG. (B).

M. B. — Tête radiée de Victorin à droite. IMP. C. VICTORINVS. P.F. AVG.
Revers. Figure debout, regardant à gauche. LAETITIA. AVGG. (N).

M. B. — Tête radiée de Victorin à droite. IMP. VICTORINVS. AVG.
Revers. Figure debout, regardant à droite. VI..... (N).

M. B. — Tête radiée de Victorin à droite. IMP. C. VICTORINVS. AVG.

Revers. Figure debout, regardant à droite, tenant dans la main droite une haste, et ayant la main gauche appuyée sur un bouclier.... vs. avg. (N).

M. B. — Tête radiée de Victorin à droite. imp. victorinvs. avg.
Revers. Figure debout, regardant à gauche.... s.... pvblica.
Une autre médaille pareille.

M. B. — Tête radiée de Victorin à droite. imp. c. victorinvs. avg.
Revers. Femme debout, regardant à gauche, et portant au bras gauche une corne d'abondance. providentia. avg.

M. B. — Tête radiée de Victorin à droite. Légende effacée.
Revers. Femme debout, regardant à gauche. Elle tient dans la main droite une espèce de collier, et a la main gauche appuyée sur un bâton. laetitia. avg.

M. B. — Tête radiée de Victorin à droite. imp. c. victorinvs. avg.
Revers. Femme debout, regardant à gauche, et portant au bras gauche une corne d'abondance... itia. avg.
Trois autres médailles frustes.

TETRICUS LE PÈRE, TYRAN DES GAULES.

P. B. — Tête radiée de Tetricus à droite. imp. c. tetricvs. pi. avg.
Revers. Une figure debout, regardant à gauche, la main droite appuyée sur un bouclier, et la gauche sur un caducée. virtvs. avg. (B).

P. B. — Tête radiée de Tetricus à droite. imp. c. tetricvs. p.f. avg.
Revers. Figure debout, regardant à gauche. laetitia. avg. (N).
Une autre médaille absolument pareille. (N).

P. B. — Tête radiée de Tetricus à droite. imp. c. tetricvs. p.f. avg.
Revers. Figure debout, tenant à la main droite une couronne, et portant au bras gauche une palme. Légende effacée. (N).

P. B. — Tête radiée de Tetricus à droite. Légende effacée.
Revers. Personnage debout, regardant à gauche. Il a dans sa main droite une palme, et au bras droit une haste. Légende effacée.

P. B. — Tête radiée de Tetricus à droite. imp. c. tetricvs. avg.
Revers. Figure debout à gauche.... condia. avg. (N).

P. B. — Tête radiée de Tetricus à droite. imp. c. tetricvs. avg.
Revers. Figure debout à gauche. Fruste. Légende entièrement effacée. (N).

P. B. — Tête radiée de Tetricus à droite. imp. c. tetricvs. avg.
Revers. Femme debout, regardant à gauche. hilaritas. avg. (N).
Sept autres médailles frustes.

TETRICUS JEUNE.

P. B. — Tête radiée de Tetricus à droite. c. pivesivs. tetricvs. caes.
Revers entièrement fruste. (N).

P. B. — Tête radiée de Tetricus à droite. c. pivesivs. tetricvs. caes.
Revers. Figure debout, regardant à gauche. Légende effacée. (N).

P. B. — Tête radiée de Tetricus à droite.... tetricvs. caes.
Revers. Vases et instrumens de sacrifices. pietas. avgvstor. (N).

CLAUDE II, DIT LE GOTHIQUE.

P. B. — Tête radiée de Claude à droite. imp. clavdivs. avg.
Revers. Un guerrier debout, tenant un rameau de la main droite et une lance de la main gauche. virtvs. avg. Près de la figure e. (B).

P. B. — Tête radiée de Claude à droite. divo. clavdio.
Revers. Une aigle aux ailes éployées. consecratio. (B).

DESCRIPTION

P. B. — Tête radiée de Claude à droite. DIVO. CLAVDIO.
Revers. Un autel allumé. CONSECRATIO. (B).
P. B. — Tête radiée de Claude à droite. DIVO. CLAVDIO.
Revers. Un autel. CONSECRATIO. (B).
P. B. — Tête radiée de Claude à droite. IMP. C. CLAVDIVS. AVG.
Revers. Une figure debout, regardant à gauche, tenant un rameau de la main droite et une lance de la main gauche. VIRTVS. AVG. (B).
M. B. — Tête radiée de Claude à droite.... CLAVDIVS. AVG.
Revers. Une victoire ailée, regardant à gauche. VICTORIA. AVG. (N).
M. B. — Tête radiée de Claude à droite. IMP. CLAVDIVS. AVG.
Revers. Femme debout, regardant à gauche. Elle porte dans la main droite une balance, et au bras gauche une corne d'abondance. AEQVITAS. AVG. (N).
M. B. — Tête radiée de Claude à droite. IMP. CLAVDIVS. AVG.
Revers. Jupiter nu, debout, regardant à gauche. Il tient dans la main droite un foudre, et a le bras gauche appuyé sur une haste. IOVI. VICTORI. (N).
M. B. — Tête radiée de Claude à droite. IMP. C. CLAVDIVS. AVG.
Revers. Figure debout, tenant dans la main droite une enseigne militaire, et portant au bras gauche une corne d'abondance.... AVG. (N).
M. B. — Tête radiée de Claude à droite. IMP. C. CLAVDIVS. AVG.
Revers. Une figure debout, regardant à gauche, la main droite appuyée sur une haste. Légende effacée. (N).
Trois autres médailles frustes. (N).

MAXIMIEN HERCULE.

M. B. — Tête laurée de Maximien à droite. IMP. MAXIMIANVS. P. AVG.
Revers. Figure debout, regardant à gauche et coiffée d'un bonnet crenelé. Elle tient dans la main droite une patère, et porte au bras gauche une corne d'abondance. GENIO. POPVLI. ROMANI. Dans le champ S.F. Au bas P.T.R. (B).
G. B. — Tête laurée de Maximien à droite. IMP. MAXIMIANVS. AVG.
Revers. Figure debout, regardant à gauche. GENIO. POPVLI. ROMANI. Au dessous de la figure P.L.C. (N).
Une autre médaille entièrement pareille. (N).
G. B. Tête laurée de Maximien à droite. IMP. MAXIMIANVS. AVG.
Revers. Figure debout à gauche, portant au bras gauche une corne d'abondance, et tenant dans la main droite une patère. GENIO. POPVLI. ROMANI. Dans le champ S.F. Au dessous de la figure P.T.R. (N).
G. B. — Tête laurée de Maximien à droite. IMP. MAXIMIANVS. NOB. CAES.
Revers. Figure debout à gauche, portant au bras gauche une corne d'abondance, et tenant à la main une patère. GENIO. POPVLI. ROMANI. (N).
G. B. — Tête laurée de Maximien à droite. IMP. MAXIMIANVS. P.P. AVG.
Revers. Figure debout à gauche, portant au bras gauche une corne d'abondance, et tenant à la main droite une patère. GENIO. POPVLI. ROMANI. (N).
G. B. — Tête laurée de Maximien à droite. IMP. MAXIMIANVS. P.P. AVG.
Revers. Figure debout, regardant à gauche. Elle tient dans la main droite une balance, et porte au bras gauche une corne d'abondance. Légende entièrement effacée. (N).

DIOCLÉTIEN.

M. B. — Tête laurée de Dioclétien à droite. IMP. C. DIOCLETIANVS. P.F. AVG.
Revers. Une figure debout, tenant dans la main droite une balance, et portant au bras gauche une corne d'abondance.
Exergue : SACRA. MONET. AVGG. ET. CAESS. NOSTR.
Au bas de la figure P.T.O. (B).
M. B. — Tête laurée de Dioclétien à droite. IMP. DIOCLETIANVS. AVG.

Revers. Figure debout, regardant à gauche. Elle a dans la main droite quelque chose dont on ne peut reconnaître la forme, et porte au bras gauche une corne d'abondance. GENIO. POPVLI. ROMANI. Dans le champ s.f. au dessous de la figure T.R. (N).

M. B. — Tête laurée de Dioclétien à droite. IMP. C. DIOCLETIANVS. P.F. AVG.

Revers. Une figure debout, tenant à la main droite une balance, et portant au bras gauche une corne d'abondance. SACRA. MONETA. AVGG. ET. CAESS. NOSTR. (N).

M. B. — Tête laurée de Dioclétien à droite.... DIOCLETIANO. FELICISSIMO. PIO. AVG.

Revers. Deux femmes debout qui se regardent.

PROVIDENTIA. DEORVM. QVIES. AVGG. (N).

CONSTANTIN LE GRAND.

M. B. — Tête laurée de Constantin à droite. FL. VAL. CONSTANTINVS. NOB. C.

Revers. Une figure nue, debout (Mars), marchant à droite. Elle a la main droite appuyée sur une haste, et la gauche sur un bouclier. MARTI. PATRI. CONSERVATORI. Dans le champ s.π. Sous les pieds de la figure P.T.R. (B).

M. B. — Tête laurée de Constantin à droite. FL. VAL. CONSTANTINVS. N.C.

Revers. Figure debout, regardant à gauche. Elle tient dans la main droite une patère, et porte au bras gauche une corne d'abondance. GENIO. POPVLI. ROMANI. Au dessous de la figure P.L.C. (N).

P. B. — Tête laurée de Constantin à droite. IMP. CONSTANTINVS. P.F. AVG.

Revers. Figure debout, regardant à gauche et la tête radiée. SOLI. INVICTO. COMITI. Au dessous de la figure P.L.C. Dans le champ s.f. (N).

P. B. — Tête laurée de Constantin à droite. IMP. CONSTANTINVS. P.F. AVG.

Revers. Le soleil debout. SOLI. INVICTO. COMITI. Dans le champ F.T. Au dessous de la figure des lettres effacées. (N).

P. B. — Tête laurée de Constantin à droite. IMP. CONSTANTINVS. P.F. AVG.

Revers. Le soleil debout. SOLI. INVICTO. COMITI. (N).

P. B. — Tête diadèmée de Constantin. Légende effacée.

Revers. Deux enseignes militaires entre deux guerriers debout. Au bas CONSM. (N).

Quatre autres médailles frustes. (N).

LICINIUS.

P. B. — Tête laurée de Licinius à droite. IMP.... LICINIVS. P.F. AVG.

Revers fruste, présentant une figure marchant à gauche. Légende entièrement effacée. (N).

CONSTANCE.

M. B. — Tête laurée de Constance à droite. CONSTANTIVS. NOB. CAES.

Revers. Figure debout, regardant à gauche, et portant au bras droit une corne d'abondance. GENIO. POPVLI. ROMANI. (N).

P. B. — Tête laurée de Constance à droite. CONSTANTIVS. NOB. CAES.

Revers. Un guerrier armé, poursuivant un cavalier. FEL. TEMP. REPARATIO. (N).

GRATIEN.

M. B. — Tête laurée de Gratien à droite.... GRATIANVS. P.F. AVG.

Revers. L'empereur debout, portant de la main gauche la Victoire sur un globe, et relevant une femme tourellée, prosternée à genoux à ses pieds. REPARATIO. REIPVB. Au bas de la figure des lettres effacées. (N).

Une médaille pareille, mais fruste. (N).

20

DESCRIPTION DES MÉDAILLES.

VALENTINIEN II.

M. B. — Tête laurée de Valentinien à droite.... VALENTINIANVS. Le reste effacé.

Revers. L'empereur debout, en habit militaire, portant de la main gauche la Victoire sur un globe, et relevant de la droite une femme tourellée, prosternée à ses pieds. REPARATIO. REIPVB. Au bas s.m.l.q. (N).

MAGNENCE, TYRAN.

P. B. — Tête diadémée de Magnence à droite. FL. MAGNENTIVS.... AVG.

Revers. Guerrier debout, la main gauche appuyée sur une haste et portant dans la main droite une boule surmontée d'une Victoire ailée qui tient une couronne : FELICITAS.... Le reste difficile à lire. Sous les pieds de la figure R.S.L. (N).

P. B. — Tête diadémée de Magnence à droite. Fruste. Légende effacée.

Revers. Deux figures debout se regardant, au devant d'un médaillon où sont des inscriptions illisibles.

G.

MÉDAILLES TROUVÉES PRÈS DU MUR DE L'ENCEINTE ROMAINE D'ORLÉANS.

Un Verus de très petit module en argent.

M. B. — Tête nue de Crispine à droite. CRISPINA. AVGVSTA.

Revers. Hygie assise donnant à manger à un serpent. Légende effacée. La figure est placée entre les deux lettres s. c.

Médaillon. — Tête nue de Lucille (femme de Verus), à droite. LVCILLA. AVG. Le reste effacé.

Revers. Temple de Vesta. Six figures placées autour et sacrifiant.

Or. — Tête laurée de Vespasien à droite. IMP. CAES. VESPASIANVS. AVG. TR.P. PONT. MAX.

Revers. Une vache marchant à droite. Au bas COS. III.

Nota. Cette médaille a été trouvée sur les remparts extérieurs de la ville dans les fouilles du côté de l'abattoir.

EXPLICATION DES PLANCHES.

PLANCHE Ire.

CARTE GÉNÉRALE DES VOIES ROMAINES ABOUTISSANT A ORLÉANS (*GENABUM.*)

Notre but, en rédigeant cette carte, a été de faire juger de l'importance de la ville celtique dont Orléans occupe aujourd'hui l'emplacement, par la quantité des routes qui y aboutissaient. Nous avons trouvé convenable toutefois de donner une extension plus considérable à notre travail sur les voies romaines de ce canton de la France, et nous avons embrassé dans notre cadre Paris (*Luticia*), au nord; Bourges (*Avaricum*), au sud; Troyes (*Augustobona*), et Autun (*Bibracte*, *Augustodunum*), à l'est; Tours (*Cæsarodunum*), et Chartres (*Autricum*), à l'ouest.

Quant aux voies romaines existant dans le département du Loiret, nous les avons reconnues dans tous les points où elles offrent encore des vestiges, et nous avons pu rectifier les indications qui en ont été données avant nous, notamment par l'auteur des Éclaircissemens géographiques sur l'ancienne Gaule.

Le tracé des voies romaines, dans le département de l'Yonne, a été fait sur les Mémoires géographiques de M. Pasumot, et d'après une carte dressée par M. Fevre, aujourd'hui inspecteur divisionnaire des ponts-et-chaussées, et qui a rempli pendant long-temps les fonctions d'ingénieur en chef du département de l'Yonne. M. Fevre, qui par état parcourait tous les ans les routes de ce département, a suivi la trace des voies romaines signalées par M. Pasumot, et en a reconnu les vestiges. Le tracé des autres routes a été fait sur des renseignemens précis que nous avons pu nous procurer, avec les indications de voies romaines consignées dans les cartes de Cassini, et d'après la carte jointe aux Éclaircissemens géographiques sur l'ancienne Gaule par D'Anville et l'abbé Belley. On sent bien que, pour toutes les voies romaines situées hors du rayon que nous avons pu explorer nous-même, nous ne pouvons prétendre à une exactitude rigoureuse. Mais nous aurons atteint notre but si nous avons éveillé l'attention de ceux qui s'occupent de ces recherches, et si nous avons provoqué des rectifications nécessaires. Nous avons rapporté toutes les anciennes voies romaines sur la grande carte routière de la France, dressée par les ordres de M. le directeur général des ponts-et-chaussées, de manière que notre carte présente concurremment les routes actuellement existantes et ces anciennes voies romaines. Il sera aisé de remarquer qu'un certain nombre de nos routes actuelles est établi sur l'emplacement même des anciennes voies romaines. Mais la plupart de ces dernières ne sont plus fréquentées aujourd'hui, ou bien elles ne servent plus que de chemins vicinaux. Cet état de choses provient de l'abandon des anciennes villes et des stations qui bordaient ces routes, motivé par d'autres besoins et des relations nouvelles créées dans d'autres localités.

On conçoit tout d'abord difficilement ces disparitions de villes et de villages qui se détruisent et se ruinent successivement, au point qu'on finit par en perdre la trace, et que leurs noms mêmes ne sont plus transmis par les traditions. De semblables résultats nous frappent toujours, parce que nous ne les avons pas vus se produire lentement et successivement, et nous avons peine à nous figurer que des villes superbes aient été réduites à un tel état de destruction que le soc de la charrue en sillonne aujourd'hui l'emplacement dans tous les sens. Voici la liste et le détail de toutes les voies romaines que renferme notre carte :

I. Voie romaine de Poitiers (*Limonum*) à Orléans (*Genabum*), par La Roche - Pozai, Estrée-Saint-Genoux (*Strata*) près Palluau, Chabris (*Gabris*), Millançay, Chaumont où se trouvent des ruines romaines, La Ferté-Saint-Aubin, et Olivet. L'Itinéraire d'Antonin fait mention de *Limonum*, que l'on sait être Poitiers, dans la description qu'il donne de la route de Bordeaux (*Burdigala*) à Autun (*Augustodunum*), page 459 de l'édition de Wesselingue. Quant à la position de *Gabris*, elle est mentionnée dans le chemin décrit par la Table de Peutinger, de Tours à Bourges, dont il va être question ci-après.

II. Voie romaine de Tours (*Cæsarodunum*) à Bourges (*Avaricum*). Elle est latérale au Cher et passe à Montrichard, Thesée (*Tassiaca*), près des ruines de *Gabris* à Gièvres, en face du village de Chabris situé sur la rive droite du Cher, à Menetous, Vierzon et Mehun. (Voir la discussion établie sur cette route page 83 et suivantes de notre Mémoire *sur l'exploration d'un cimetière romain situé à Gièvres, département de Loir-et-Cher, et la découverte de l'ancienne Gabris*, inséré au tome XI des Annales de la Société royale des Sciences, Belles-Lettres et Arts d'Orléans, page 49.)

III. Voie romaine de Tours (*Cæsarodunum*) à Orléans (*Genabum*). Elle est indiquée en ligne droite, ainsi que nous l'avons ponctuée sur notre planche, dans la carte de D'Anville jointe aux Éclaircissemens géographiques sur l'ancienne Gaule. Les cartes de Cassini, dressées avec beaucoup de détails, n'indiquent aucun chemin qui puisse être pris avec quelque vraisemblance pour cette voie charrière. Nous sommes bien plutôt porté à croire que l'ancienne route qui a très certainement existé de ce côté était latérale à la Loire, ainsi que nous l'avons tracée sur notre carte. Elle passait sans doute, à partir d'Orléans, à Saint-Ay, Meung, Beaugency, Tavers, Menars-la-Ville, Suevre, et arrivait à Blois. De là elle passait à Chousy, puis aux environs de Pocé et à Cisc. La longueur développée de cette route est de 113,800ᵐ, ou 58,389 toises, correspondant, avec une assez grande exactitude, aux 51 lieues gauloises données de cette manière par la Table de Peutinger : *Cæsaroduno LI Cenabo*. Car ces 51 lieues gauloises, évaluées d'après les bases que nous avons adoptées, en admettant avec D'Anville que la lieue gauloise est de 1,133 toises 1/4, équivaudraient à 57,795 toises. (Voir page 64 et suivantes de notre Mémoire.)

IV. Voie romaine d'Orléans (*Genabum*) à Chartres (*Autricum*). Elle passe à Fleury, Cercottes, Artenay, Allaines et Allonc où se voient des restes d'antiquités romaines. Cette voie se reconnaît encore très facilement à la surface du sol. La carte de Peutinger donne la position d'*Autricum* qui ne peut être que celle de Chartres, sans indiquer toutefois une voie directe d'*Autricum* à *Genabum*.

V. Voie romaine d'Autun (*Augustodunum* et *Bibracte*) à Paris (*Luticia*), latéralement à la Loire. Elle passe par Montbeuvrai ancien camp romain, Saint-Honoré, Decise (*Decetia, Deccidæ, Degena*), Nevers (*Nevirnum*), La Charité, Mesvres (*Massava*),

Cosne (*Condate*), Briare (*Brivodurum*), Gien-le-Vieux, Bonnée (*Belca*), Orléans (*Genabum*), Saclas (*Salioclita*), Étampes et Arpajon. Nous avons discuté, pages 62 et suivantes de notre Mémoire, la partie de cette route qui traverse le département du Loiret, et nous avons cité à cette occasion l'Itinéraire d'Antonin et la Table de Peutinger.

VI. Voie romaine d'Autun (*Augustodunum*) à Paris (*Luticia*), à travers les terres par Château-Chinon, Entrains (*Inter Amnes*), Saint-Amand, Thou, Briare (*Brivodurum*), Gien-le-Vieux, Bonnée (*Belca*), Orléans (*Genabum*), Saclas (*Salioclita*), Étampes, Arpajon. On voit que cette route et celle V ont une partie commune à compter de Briare jusqu'à Paris. (Voir page 31 de notre Mémoire.)

VII. Voie romaine d'Orléans (*Genabum*) à Troyes (*Augustobona*), par Sens (*Agendicum, Agredicum, Agetincum*). Elle passe à Boigny, à la Cour-Dieu, à peu de distance de la petite ville de Beaune, traverse les marais et le village de Sceaux, longe les ruines situées à 2400 mètres de ce village et qui ne sont autres que celles du *Vellaunodunum* des Commentaires de César, traverse Joui, Montachet, Sens (*Agendicum*), Maslay-le-Vicomte, Villeneuve-l'Archevêque, et arrive à Troyes. Nous avons fait connaître fort en détail dans notre Mémoire la partie de cette route qui traverse le département du Loiret. (Voir page 16 et suivantes.)

VIII. Voie romaine d'Orléans (*Genabum*) à Sens (*Agendicum*) par Cran et Chenevière (*Aquis Segeste*). Nous avons discuté cette route, qui est presque tout entière dans le département du Loiret. (Voir page 13 et suivantes de notre Mémoire.)

IX. Voie romaine de Troyes (*Augustobona*), à Mesvres-sur-Loire (*Massava*) par Neuvi (*Novus Vicus*), Avrolles (*Eburobriga, Eburobrica*), Pontigny, Auxerre (*Autesiodorum*), Lain, Sougères, Entrains (*Inter Amnes*). La position de *Massava* (Mesvres) est donnée par la Table de Peutinger dans la description de la route de Decise à Briare. (Voir notre Mémoire, page 62.) La position d'*Eburobrica* est donnée par l'Itinéraire d'Antonin dans la description de la grande voie romaine de Lyon (*Lugdunum*), à Boulogne (*Gessoriacum*). Elle est aussi mentionnée dans la Table de Peutinger sous la dénomination d'*Eburobriga* dans la description de la voie romaine d'Auxerre (*Autesiodorum*) à Troyes (*Augustobona*).

X. Voie romaine d'Autun (*Augustodunum*) à Nevers (*Nevirnum*) par Château-Chinon, Châtillon, Billy et Fay.

XI. Voie romaine d'Autun (*Augustodunum*) à Bourbon-Lancy (*Aquis Nisinei*) par Luzy.

XII. Voie romaine d'Autun (*Augustodunum*) à Paris (*Luticia*), en grande partie latérale à la rivière d'Yonne. Elle renferme une portion de la grande voie romaine d'Agrippa dirigée de Lyon (*Lugdunum*) sur Boulogne (*Gessoriacum*). Elle passe par Lucenay, Saulieu (*Sidoloucum*), Rouvray, Estrée (*Strata*), Avallon (*Aballo*), Giroles, Sermiselles, Voutenay, Seri, Sainte-Pallaie, Bazarne, la Cour-Barrée, Auxerre (*Autesiodorum*), Bassou (*Bandritum*), Champlai, Petit et Grand-Longeron, Leschères, les Péages de Cési, Saint-Jullien, Villefosse, Marsangy, Paron, Sens (*Agedincum*), Pont-sur-Yonne, Montereau (*Condate*), Melun (*Melodunum*), Lieursaint, Villeneuve-Saint-Georges, Charenton. Voici comment l'Itinéraire d'Antonin donne, pages 360 et 361 de l'édition de Wesselingue, la description de la portion de cette route qui fait partie de celle dirigée de Lyon sur Boulogne à partir d'Autun jusqu'à Avrolles.

AVGVSTODVNVM.

SIDOLOVCVM.	M.P. XXVII.	LEVGAS XVIII.
ABALLONE.	M.P. XXIIII.	LEVGAS XVI.
AVTESIODORVM.	M.P. XXXIII.	LEVGAS XXII.
EBVROBRICA.	M.P. XVIII.	LEVGAS XII.

La Table de Peutinger donne le détail de cette même portion de voie romaine que nous considérons dans un ordre inverse et de cette manière :

Eburobriga.... Autessioduro. XXII. Aballo XVI. Sidoloco XVIII. Augustodunum.

Cette même Table fait mention d'une autre partie de notre voie romaine dans l'indication qu'elle donne d'une voie romaine d'Orléans jusqu'à Auxerre de la manière suivante :

Cenabo XV. Fines XXII. Aquis Segeste XXII. Agetincum XXV. Bandritum VII. Autessioduro.

Nous avons discuté (voir page 13 et suivantes de notre Mémoire) cette route depuis Orléans jusqu'à Sens. L'analogie des noms et des ruines observées à Bassou ou dans les environs porte à croire que Bassou et *Bandritum* occupent le même emplacement. (Voir les Mémoires géographiques de Pasumot, page 158 et suivantes).

XIII. Voie romaine d'Avallon (*Aballo*), à Quarré-les-Tombes par Villiers-les-Poteaux.

XIV. Voie romaine de Sens (*Agedincum*) à Alise (*Alesia*) par Maslay-le-Vicomte, Noé, Teil (*Tillia*), Vaumort, Cerisiers, Longue-Roye, Arce (*Arces*), Avrolles (*Eburobriga*), Bois-de-Coursant, Dye, Tonnerre, Lezines, Ancy-le-Franc, Fulvy, Nuits, Perrigny, Rougemont, Montbard.

La position d'*Eburobriga* est donnée, comme nous l'avons dit, par l'Itinéraire d'Antonin et la Table de Peutinger.

XV. Voie romaine de Joigny à Troyes (*Augustobona*) par Bussy et Villeneuve-au-Chemin. On peut suivre encore sur les lieux les traces de cette voie qui n'est point mentionnée dans les Itinéraires.

XVI. Voie romaine d'Auxerre (*Autesiodorum*) à Langres (*Andemantunnum*). Elle passe par Chablis, Tonnerre, Tanlay et Châtillon-sur-Seine.

XVII. Voie romaine d'Autun (*Augustodunum*) à Langres (*Andemantunnum*) par Bernay, Mont-Saint-Jean, Alise (*Alesia*), Aignay, etc. La position d'Alise est bien connue. (Voir les Éclaircissemens géographiques sur l'ancienne Gaule, explication du siége d'Alise, page 436 et suivantes, et une notice rédigée par nous sur les antiquités du canal de Bourgogne et insérée au tome II des Mémoires de la Société royale des Antiquaires de France, nouvelle série et XII de la collection, page 39 et suivantes).

XVIII. Voie romaine d'Autun (*Augustodunum*) à Langres (*Andemantunnum*) par Arnay-le-Duc, Sombernon, Alise (*Alesia*).

XIX. Voie romaine de Chartres (*Autricum*) à Bourges (*Avaricum*) par Blois. Elle passe par Tivars, Vitrai, Bonneval, Châteaudun, Cloye, Freteval, Ouques, Pontion, Ville-Rogneux, Blois, Cellette, Soing, Mur, Romorantin et Vierzon où elle rencontre la voie romaine II de Tours (*Cæsarodunum*) à Bourges (*Avaricum*). La partie de cette route comprise dans la Sologne a été reconnue par M. de La Saussaye. J'ai moi-même visité la position de Soing. (Voir mon Mémoire sur le cimetière romain de Gièvres inséré au tome XI des Annales de la Société d'Orléans, page 75, note 1.)

XX. Voie romaine conduisant du pays Chartrain dans le Berry. Elle suivait la direction de la route qui vient d'être décrite jusques à Blois. De là elle se dirigeait sur Bracieux, Neuvy, Neung où se trouvent des ruines romaines, La Ferté-Beauharnais où elle coupait la grande voie romaine d'Orléans (*Genabum*) à Poitiers (*Limonum*), gagnait Pierrefitte où il existe des restes d'une station romaine, Aubigny et Cosne (*Condate*) où elle traversait la Loire, et pouvait communiquer avec Lyon (*Lugdunum*) par les voies romaines que nous avons décrites. J'ai visité la position antique de Neung, qui depuis a été reconnue par M. de La Saussaye. Ce savant antiquaire a visité la position de Pierrefitte et toute la portion de la route que nous décrivons, et qui est comprise dans la Sologne.

XXI. Voie romaine conduisant de Chartres (*Autricum*) à Bourges (*Avaricum*) par Beaugency. Elle est la même que la route XIX jusqu'à Châteaudun. Elle passait de là à Villempui et Charsonville, s'éloignait peu de Cravant, et arrivait à Beaugency où elle traversait la Loire. De là elle se dirigeait sur Chaumont situé sur la voie antique d'Orléans à Poitiers, Salbris, Neuvi-sur-Barangeon, l'ancienne *Noviodunum*, dont les ruines ont été reconnues par M. de La Saussaye, et s'arrêtait à Bourges.

XXII. Voie romaine de Chartres (*Autricum*) à Tours (*Cæsarodunum*). Elle était la même que la route XIX de Chartres à Bourges par Blois, depuis Chartres jusqu'à Blois. A la sortie de Blois elle passait près de Chailles, à Cellette, à Feins non loin de Sambin, à Pontlevoie, et Montrichard. De là elle suivait jusqu'à Tours la voie romaine II latérale au Cher de Tours (*Cæsarodunum*) à Bourges (*Avaricum*).

XXIII. Voie romaine d'Orléans (*Genabum*) à Tours (*Cæsarodunum*). Nous avons déjà indiqué précédemment une communication entre ces deux villes sur la rive droite de la Loire. La voie dont il est ici question était située sur la rive gauche de ce fleuve. Elle passait à Saint-Mesmin, Notre-Dame-de-Cléry, Lailly, Saint-Laurent-des-Eaux, Nouan-sur-Loire, Chambord, et Cellette où elle se réunissait à la voie romaine XXII que nous venons de décrire, et qui, par la voie II, arrivait jusqu'à Tours.

XXIV. Voie romaine d'Orléans (*Genabum*) à Bourges (*Avaricum*). Cette voie s'embranche à La Ferté-Saint-Aubin sur la voie I d'Orléans à Poitiers. De là elle se dirige sur La Mothe-Beuvron, passe à Pierrefitte où existent des ruines romaines, à Soesme, à Neuvi-sur-Barangeon, l'ancienne *Noviodunum*, où elle se joint à la voie romaine XXI pour arriver à Bourges. Toute la partie de cette route comprise dans la Sologne a été reconnue par M. de La Saussaye.

XXV. Voie romaine d'Argenton (*Argantomago*) à Decise (*Decetia*). Au sud, cette route allait jusqu'à Poitiers (*Limonum*). Elle passait à Saint-Vincent-d'Ardentes (*Alerea*), Saint-Ambroise-sur-Arnon (*Erno-Durum*), Bourges (*Avaricum*), Sancoins (*Tinconcium*), Saint-Pierre-le-Moutier et Decise (*Deccidas*, ou *Degena*, ou *Decetia*). De Decise elle arrivait à Autun par la voie romaine V, précédemment décrite. L'Itinéraire d'Antonin indique ainsi la route dont nous nous occupons, page 460 de l'édition Wesselingue.

ARGANTOMAGO.

ERNODORVM.   M.P. XXVII.

EXPLICATION

Avaricvm.	M.P. XIII.
Tinconcivm.	M.P. XX.
Deccidae.	M.P. XXII.
Alisincvm.	M.P. XIV.
Avgvstodvnvm.	M.P. XXII.

Cette même route est indiquée par la Table de Peutinger de cette manière :

Argantomago XIIII. Alertu XXVIII. Avaricum XX. Tincollo XXXIII. Degena.

XXVI. Voie romaine de Bourges (*Avaricum*) à Sancerre (*Sincerra*). Elle passe près de Saint-Michel, aux Aix Dangillon, à Sainceaux, Neuvi et Bué. Après avoir traversé la Loire elle se trouvait en communication avec toutes les voies romaines que nous avons décrites et qui conduisaient soit à Auxerre (*Autesiodorum*), soit à Troyes (*Augustobona*), soit à Autun (*Augustodunum*).

PLANCHE II.

CRAN ET CHENEVIÈRE (*AQUIS-SEGESTE*).

Plan général comprenant l'amphithéâtre et les restes de la ville antique.

Les indications écrites sur le plan suffisent pour le faire bien comprendre. Mais il n'est peut-être pas inutile de faire remarquer que les ruines romaines situées dans l'espèce de presqu'île formée par la rivière de Loing, n'étaient point anciennement séparées, comme elles le sont aujourd'hui, par le canal de Briare, qui est de construction récente. Ces ruines se rapprochaient sans doute beaucoup du cirque romain, qui, du reste, devait être lui-même hors de la ville, ainsi qu'on le remarque dans la plupart des villes gallo-romaines que l'on connaît en France.

PLANCHE III.

CRAN ET CHENEVIÈRE (*AQUIS-SEGESTE.*)

Vue de l'amphithéâtre, prise de l'angle nord.

1. Mur d'enceinte de l'amphithéâtre vu intérieurement; l'appareil des pierres indique évidemment une construction romaine. On peut remarquer des trous placés assez symétriquement dans ce mur (Voir le texte du Mémoire page 4).

2. Espace occupé autrefois par les gradins de l'amphithéâtre, et rempli aujourd'hui par un jardin disposé par étages qui produit un effet assez pittoresque.

3. Mur d'enceinte de l'arène, vu intérieurement.

Le fond du dessin représente des maisons de fermes au milieu d'une riche culture, et de plantations de l'effet le plus agréable.

4. Arène.

PLANCHE IV.

CRAN ET CHENEVIÈRE (*AQUIS-SEGESTE.*)

Vue de l'amphithéâtre, prise de l'angle sud.

Cette vue a été prise du point D, marqué sur le plan (Voy. pl. 6, fig. 1).

1. Grand pan de muraille qui s'élève au dessus du mur rampant de l'amphithéâtre , et qui est presque détaché du reste de l'enceinte.

2. Mur d'enceinte de l'arène.

3. Espace occupé autrefois par les gradins de l'amphithéâtre , et rempli aujourd'hui par un jardin disposé par étages.

4. Mur d'enceinte de l'amphithéâtre, vu intérieurement.

5. Château de Chenevière, appartenant à M. Filleul.

6. Dépendances du château de Chenevière.

Dans l'intervalle qui sépare le grand pan de muraille du reste de l'enceinte , on aperçoit un riche paysage.

PLANCHE V.

CRAN ET CHENEVIÈRE (*AQUIS-SEGESTE.*)

Vue de l'amphithéâtre, prise du Nord , et montrant la tour de Châtillon-sur-Loing.

Cette vue a été prise du point O, marqué sur le plan (Voy. pl. 6, fig. 1).

1. Mur d'enceinte de l'amphithéâtre, vu intérieurement.

2. Emplacement des gradins de l'amphithéâtre, occupé aujourd'hui par un jardin disposé par étages.

3. Tour de Châtillon-sur-Loing, à une lieue et demie de Chenevière.

4. Mur d'enceinte de l'arène.

5. Arène.

PLANCHE VI.

CRAN ET CHENEVIÈRE (*AQUIS-SEGESTE.*)

Plan et coupe de l'amphithéâtre dans son état actuel.

Figure 1.

Plan de l'amphithéâtre dans son état actuel.

Les murs d'enceinte de l'amphithéâtre et de l'arène, ainsi que les murs rampans qui ferment l'emplacement occupé par les gradins, sont très bien conservés. La loge ou *cavea* est presque intacte. Les gradins seuls ont été enlevés (Voir le texte page 5).

Pour l'explication des lettres, voir les explications de planches des vues.

Figure 2.

Profil en travers pris sur la ligne AN.

21

EXPLICATION

Ce profil montre le mouvement du sol dans l'emplacement occupé par les gradins. Il montre aussi les murs d'enceinte de l'amphithéâtre et de l'arène.

PLANCHE VII.

CRAN ET CHENEVIÈRE (*AQUIS-SEGESTE.*)

Plan , élévation et coupe de l'amphithéâtre restauré, et détails de la loge ou *cavea.*

Figure 1.

Plan restauré de l'amphithéâtre.

Les murs pochés en noir sont ceux qui s'élèvent le plus haut.

Les murs simplement hachés sont d'une élévation beaucoup moindre.

Les murs rampans sont indiqués par une teinte adoucie.

On a supposé que les spectateurs qui venaient occuper les gradins s'y rendaient par trois escaliers, dont deux sont placés sur les côtés et le troisième au milieu. Il n'y aurait que des fouilles considérables qui pourraient justifier cette restauration très probable.

a. Arène.

b. Mur d'enceinte de l'arène.

c. Loge ou *cavea.*

d.d. Entrées de l'amphithéâtre (Voir ce qui est dit dans le mémoire page 6).

e.e. Podium.

g.g. Première enceinte de gradins.

h.h. Précinction.

i.i. Deuxième enceinte de gradins.

k.k. Grande galerie ou palier.

l.l. Mur d'enceinte.

m.m. Fossé pratiqué le long du mur d'enceinte pour l'écoulement des eaux.

n.n. Petit mur de soutènement pour empêcher le comblement du fossé.

p.p. Entrées de l'arène.

Figure 2.

Coupe de l'amphithéâtre restauré, prise sur la ligne AB (Voy. fig. 1).

Toutes les lettres mises sur cette figure désignent les mêmes objets que dans la figure précédente.

EF ligne ponctuée marquant l'exhaussement du sol de l'arène.

Figure 3.

Élévation de l'amphithéâtre restauré, prise sur la ligne CD (Voy. fig. 1).

Toutes les lettres mises sur cette figure désignent les mêmes objets que dans les deux figures précédentes.

Figure 4.

Plan détaillé de la loge ou *cavea.*

Figure 5.

Coupe longitudinale de la loge ou *cavea*, prise sur la ligne AB (Voy. le plan fig. 4).
On a restauré le mur d'appui du podium.

Figure 6.

Coupe transversale de la loge ou *cavea*, prise sur la ligne CD (Voy. le plan fig. 4).

Figure 7.

Élévation de l'entrée de la loge ou *cavea*.

PLANCHE VIII.

CRAN, CHENEVIÈRE, *VELLAUNODUNUM*, ET AUTRES LIEUX.

1. Plan détaillé des vestiges de constructions romaines trouvés à Cran. — 2 et 3. Statuette de Mercure en bronze, recueillie dans les ruines de l'amphithéâtre de Chenevière. — 4, 5 et 6. Torsade en fer ; Collier en bronze, et Sabre trouvés dans les environs de Montbouy. — 7. Collier en bronze avec amulette, trouvé à *Vellaunodunum*. — 8. Collier en or, ramassé dans les bruyères aux environs de Meung.

Fig. 1. Ce plan s'explique assez de lui-même ; toutes les constructions romaines y sont bien exprimées. On renvoie dans le texte aux lettres qui y sont indiquées.

Fig. 2 et 3. Statuette de Mercure en bronze trouvée dans les ruines de l'amphithéâtre de Chenevière, près de la loge ou *cavea*.

Fig. 4. Torsade en fer trouvée dans les fouilles d'une chambre sépulcrale à *Vellauno-dunum*.

Fig. 5. Collier en bronze trouvé à un demi-quart de lieue de Montbouy, côté de Gien, dans un champ riverain de la voie romaine passant à *Aquis-Segeste* (Cran et Chenevière), et allant d'*Agedincum* (Sens) à *Genabum* (Orléans).

Fig. 6. Sabre en fer trouvé au même lieu.

Fig. 7. Collier en bronze avec amulette ou bulle, trouvé dans les fouilles d'une chambre sépulcrale à *Vellaunodunum*.

Fig. 8. Collier en or trouvé dans des bruyères aux environs de Meung sur Loire.

PLANCHE IX.

CHEMIN DE CÉSAR DE SENS (*AGEDINCUM*) A ORLÉANS (*GENABUM.*)

Plan du chemin de César au travers des marais de Sceaux.

Ce plan ne présente qu'une portion de la voie romaine que nous avons suivie dans toute son étendue au travers des marais de Sceaux ; mais cette portion suffit pour en donner l'idée. Elle est indiquée par les lettres A, B, C, D, E, et se distingue par sa couleur blanche.

Le village de Sceaux est bâti sur la voie romaine elle-même. Les nombreux fossés indiqués sur le plan sont destinés à faciliter l'écoulement des eaux ; mais ils ne peuvent suffire à dessécher le marais de manière à le rendre propre à la culture.

EXPLICATION

PLANCHE X.

VELLAUNODUNUM.

Plan des vestiges de la ville antique.

Toutes les indications mises sur le plan suffisent pour en faciliter l'intelligence. Nous ferons seulement l'observation que les fouilles qui ne s'annoncent sur les lieux que par une simple dépression du sol ont été exprimées dans ce plan comme si elles existaient encore, afin de les rendre plus sensibles.

PLANCHE XI.

VELLAUNODUNUM.

Objets trouvés dans l'emplacement de la ville antique.

1, 2 et 3. Fragmens de vases de terre rouge avec des figures d'hommes et d'animaux.
4 et 5. Statuette de femme en pierre calcaire tendre.
6. Vase en terre cuite qui a été revêtu d'un vernis de couleur rose.
7. Style en bronze pour écrire sur des tablettes de cire.
8 et 9. Anse d'un vase de verre.
10. Petit cylindre creux en pierre factice qui paraît avoir fait partie d'une flûte.
11. Anneau de bronze avec un chaton.
12. Dauphin en bronze.
13. Fibule ou épingle en bronze représentant un lapin. La partie creuse que l'on voit était peut-être remplie en mosaïque ou en émail.
14 et 16. Styles en bronze.
15. Aiguille à passer en bronze.
17. Aiguille à passer en os.
18. Épingle en os probablement employée dans la coiffure des femmes.

PLANCHE XII.

CHEMIN DE CÉSAR DE SENS (*AGEDINCUM*) A ORLÉANS (*GENABUM.*)

Plan de la voie romaine au travers de la vallée du Loing, en face de Dordives.

La voie romaine se détache en blanc. Il suffit de jeter les yeux sur cette carte topographique pour y reconnaître la place de tous les objets remarquables indiqués dans le mémoire. La rivière de Loing et le canal latéral qui la longe y sont bien exprimés.

PLANCHE XIII.

CHEMIN DE CÉSAR DE SENS (*AGEDINCUM*) A ORLÉANS (*GENABUM.*)

Plan, coupes, et élévation du pont romain de Dordives, et profils en travers de la chaussée romaine.

Fig. 1. Plan du pont romain de Dordives. Les piles existent encore partout; mais la plus grande partie des arches est renversée (Voir le mémoire page 20).

L'alignement intermédiaire est perpendiculaire au cours du Loing. Les deux autres alignemens lui sont obliques.

Fig. 2. Élévation du pont romain. Cette élévation présente les arches telles qu'elles subsistent encore aujourd'hui.

Fig. 3. Élévation des deux arches de la chaussée. Elle présente les voûtes extradossées, et l'appareil des pierres tel qu'il existe encore.

Fig. 4. Coupe en travers sur l'arche A (Voy. fig. 1 et 2). On a rétabli dans cette coupe les parapets que l'on suppose avoir existé sur ce pont.

Fig. 5. Coupe en travers sur l'arche B (Voy. fig. 1 et 2). Elle montre les ornières formées dans les voussoirs mêmes de la voûte par les roues des chars romains. Il faut remarquer que le dessin ne fait voir les ornières que d'un côté; de l'autre côté elles sont cachées sous la terre, que nous n'avons pas fait enlever.

Fig. 6. Coupe en travers sur l'arche D (Voy. fig. 1 et 2).

Fig. 7. Profil du chemin de César, pris à peu de distance de la petite ville de Beaune.

Fig. 8. Autre profil pris à 1800 mètres du premier, sur le même chemin.

PLANCHE XIV.

BRIARE. (*BRIJ ODURUM.*)

Plan topographique de la ville de Briare et de ses environs.

Ce plan, avec toutes les indications écrites qu'il présente, s'explique de lui-même ; il renferme des lettres depuis a jusqu'à c, auxquelles on renvoie dans le cours du mémoire. Nous n'avons pu que marquer la place de la vigne de M. Gaucher, n'ayant pas eu le temps de relever le contour de ses murs. Le plan indique des terres labourées; mais ce sont des vignes qu'il devrait montrer. Nous avons exprimé sur ce plan le tracé du canal latéral à la Loire, d'après les projets approuvés par l'administration supérieure, que M. l'ingénieur en chef Lejeune, chargé de la direction des travaux, a bien voulu nous communiquer. Les fouilles entreprises pour l'ouverture de cette portion du canal sont encore très peu avancées et ne sont pour ainsi dire que commencées. Elles ont mis à découvert des murs de fondation de la chapelle de St-Étienne, dont nous faisons mention dans notre Mémoire (voir page 36), et c'est à cela que se réduit ce qu'on a découvert jusqu'à présent. On peut toutefois concevoir l'espoir que ce qui reste de fouilles à exécuter sera plus productif pour la science archéologique. Si les découvertes qui peuvent avoir lieu sont assez importantes, nous pourrons donner un supplément à notre article sur l'ancienne ville de *Brivodurum*, où nous avons déjà consigné les faits postérieurs à nos propres découvertes, tel que la trouvaille d'une boîte renfermant une très grande quantité de médailles romaines (voir page 47 de notre mémoire).

L'ouverture du canal latéral à la Loire a donné lieu à l'observation d'autres faits archéologiques dans la partie supérieure à Briare, non loin de la ville de Châtillon-sur-Loire, dans un lieu connu sous la dénomination de *Gannes*. Là on remarque des fondations de maisons de l'époque gallo-romaine, et un aqueduc qui est évidemment aussi du même temps, et à l'extrémité duquel on a trouvé couchée une roue de moulin tellement enveloppée de stalactites, qu'on a pu croire que c'était un mur, une construction renversée. C'est à mon ami M. Devilliers, inspecteur divisionnaire des ponts et chaussées, qu'est due la véritable désignation de cet objet, qu'il a eu l'occasion d'examiner dans une de ses tournées. Nous ne donnons point ici une description de ce monument qui sera sans doute publiée par ceux qui ont eu l'occasion de l'observer en détail sur les lieux mêmes. Nous nous bornerons à faire remarquer que si la question de l'existence des moulins à eau, au temps des Romains, était encore douteuse, le fait qui nous occupe serait peut-être de nature à la résoudre (voir le *Dictionnaire d'antiquités de l'Encyclopédie méthodique,* à l'article Moulins à eau et à vent).

L'aqueduc antique n'a que o m. 32 c. en carré (1 pied carré). Il amenait sur la déclivité du coteau où se trouve la ville de *Gannes,* vers les bois d'Assay, des eaux prises un peu au-dessus, dans le petit vallon de l'Étang.

Nous formons ici le vœu que les ingénieurs chargés de l'exécution des travaux du canal latéral à la Loire, et les personnes qui sur les lieux se livrent aux recherches archéologiques, ne laissent pas échapper l'occasion de faire connaître au public les découvertes que les fouilles de *Gannes* pourront mettre au jour.

PLANCHE XV.

BRIARE (*BRIVODURUM.*)

1, 6 et 7. Vase et fragmens de vases en terre rouge. — 4, 5, 8 et 9. Fragmens de petites statues en pierre. — 2 et 3. Fibule; 10 Tuyau de conduite, trouvés sur plusieurs points de l'emplacement de la ville antique.

1. Bowl ou vase en poterie rouge dont les débris ont été extraits d'un puits (Voir le plan de Briare en E).

2 et 3. Fibule en bronze avec mosaïque, trouvée dans le cimetière antique.

4 et 5. Fragment d'une petite statue en pierre calcaire, trouvée dans les fouilles exécutées dans le cimetière actuel de Briare.

6. Fragment d'un vase en terre rouge tiré du puits précédemment indiqué.

7. Autre fragment d'un vase en terre rouge.

8. Pied d'une petite statue en pierre calcaire, extraite du cimetière actuel de Briare.

9. Fragment en pierre d'une petite statue de la déesse *Nehalenia*, trouvée dans les fouilles du cimetière actuel de Briare.

10. Fragment d'un tuyau de conduite en pierre calcaire.

PLANCHE XVI.

BRIARE (*BRIVODURUM.*)

Vases de différentes couleurs et fragmens d'amphore trouvés sur plusieurs points de la ville antique.

1. Urne cinéraire de terre grise.

2. Vase à anse en terre de couleur jaunâtre.

3. Vase de terre grise, avec des points saillans sur toute sa surface, ayant servi d'urne cinéraire.

4. Petite coupe en terre rouge dont la majeure partie de la couverte est enlevée.

5. Urne en poterie avec une couverte noire très onctueuse au toucher.

6. Petite coupe en terre de couleur grise.

7. Vase de terre rouge remarquable par le nom de DIVICATVS qui est inscrit sur sa panse, et

que n'a point exprimé le dessin par pur oubli.

8. Fragment d'une grande amphore extraite d'un puits (Voir le plan de Briare en ғ).

9. Coupe en terre rouge.

10. Petite coupe en terre rouge.

11. Grande coupe en terre rouge.

12. Petite coupe en terre rouge dont la couverte est enlevée pour la plus grande partie.

Nota. M. Devilliers, dont j'ai déjà fait mention dans l'explication de la planche 14, m'a rapporté de sa tournée un fragment de vase de poterie rouge ramassé dans la vigne de M. Gaucher. Ce fragment ne m'est pas arrivé assez à temps pour que j'en pusse produire une configuration sur cette planche. Mais, comme il offre des sujets assez remarquables, il me paraît convenable d'en faire ici une mention succincte. Le fragment en question provient de l'un de ces vases auxquels nous avons donné la dénomination de *Bowls*. Sa pâte est très fine et de couleur rose pâle. Les surfaces tant intérieures qu'extérieures sont recouvertes d'un vernis rouge foncé et très brillant. A peu près à la moitié de la largeur du fragment, on remarque un *capricorne* offrant de la tête jusqu'au dessous de l'épaule la forme du *caper* des zodiaques. Il a les deux jambes projetées en avant. Le reste du corps de l'animal présente la forme de celui d'un poisson dont la queue se termine en espèce d'éventail. Au dessus de ce signe du zodiaque sont deux petits losanges formés d'un simple trait enveloppé par des lignes parallèles composées de points. Un semblable losange se trouve au dessous des pattes du *caper*. Sur la droite de ce signe du zodiaque, et un peu au dessus, on remarque une figure d'animal dont on n'aperçoit plus que le devant du corps. Les pattes sont jetées en avant, et tout doit faire présumer que c'est une partie du corps de l'*Arcitenens*. Au dessus du capricorne est un fragment d'une figure aquatique, d'une divinité des eaux très probablement. Elle est formée d'un corps d'homme particulièrement caractérisé par ses parties naturelles. La tête n'existe plus, les cuisses sont couvertes d'écailles de poisson presque jusqu'au dessus des genoux ; mais les jambes se terminent en queue de poisson ; sur chacune d'elles est un petit dauphin. A gauche du capricorne on voit un corps d'animal dont les jambes de devant sont dans l'attitude de la course et qui paraît avoir beaucoup d'analogie avec le corps du *Taurus* des zodiaques. Plus à gauche encore, on remarque la partie antérieure d'un bélier dont la tête est parfaitement reconnaissable et dont les pattes sont jetées en avant. C'est sans aucun doute l'*Aries* des zodiaques. Dans la distance qui sépare ce dernier signe du capricorne, et au dessous du *Taurus*, on voit écrit en lettres majuscules le mot *justum* ainsi tracé ɪᴠsᴛᴍ, la lettre ᴍ faisant fonction d'un ᴠ et d'un ᴍ. Comme c'est la première fois que nous trouvons des signes du zodiaque sur les vases de poterie rouge, nous avons jugé convenable d'en faire une description assez détaillée pour que le lecteur puisse s'en faire une idée exacte.

PLANCHE XVI ʙɪs.

BRIARE (*BRIVODURUM*) ET GIEN-LE-VIEUX.

1 et 2. Fragment de ceinturon gaulois, trouvé à Gien-le-Vieux. — 3 à 19. Fibules ; statuette ; fragments d'architecture ; boîte en bronze ; pierre gravée ; poids ; vase et cuillère recueillis sur plusieurs points du territoire de Briare.

1 et 2. Fragment de ceinturon gaulois trouvé à Gien-le-Vieux. Un fragment analogue a été

publié dans le recueil des monumens antiques de l'ancienne Gaule par M. Grivaud de la Vincelle (Voir planche VII).

3 et 4. Fibule en bronze, vue par derrière et par devant, trouvée dans la vigne de M. Gaucher.

5, 6 et 7. Statuette en bronze vue sous trois faces. Elle a été trouvée dans une vigne aux environs de la propriété de M. Gaucher.

8. Fragment de bas-relief en marbre trouvé dans l'emplacement des grandes allées.

9 et 10. Fibule ronde incrustée d'émaux et de pâtes de diverses couleurs, trouvée dans la propriété de M. Gaucher.

11. Poids en poterie trouvé dans un des puits romains de Briare.

12. Patère en bronze en usage dans les sacrifices.

13. Boîte en bronze ornée des portraits de deux époux, trouvée dans les fouilles du cimetière antique de Briare.

14, 15, 16 et 18. Vases de diverses formes trouvés dans le cimetière antique de Briare.

17. Petite cuillère en bronze à l'usage des sacrifices, trouvée dans l'emplacement des grandes allées.

19. Pierre gravée trouvée dans une urne cinéraire en verre extraite du cimetière antique de Briare.

PLANCHE XVII.

GIEN.

Plan général comprenant Gien, la voie romaine au dessus de cette ville, et Gien le vieux.

Les indications mises sur le plan suffisent pour le faire bien comprendre. Il renferme les lettres A,B,C,D,E,F,G,H, qui servent à signaler des points remarquables, auxquels on renvoie dans le cours du mémoire.

Dans le haut de la planche est un profil de la chaussée romaine pris au point marqué A sur le plan.

PLANCHE XVIII.

BONNÉE (BELCA.)

Plan topographique du village de Bonnée et des ruines antiques qu'il renferme.

Toutes les indications écrites sur ce plan suffisent à son intelligence.

PLANCHE XIX.

BONNÉE (BELCA.)

Plan et profil du sol de l'amphithéâtre dans son état actuel.

Les indications nombreuses qui existent sur cette planche suffisent pour en faire bien comprendre toutes les parties. Les profils sont tracés à une échelle double de celle du plan. Toutes les portions de maçonnerie de l'amphithéâtre que nous avons reconnues et vues sont distinguées par des hachures. Les autres parties de maçonnerie, soit qu'elles existent encore, soit qu'elles soient cachées sous les décombres, sont comprises entre les courbes tracées par un trait plein.

PLANCHE XX.

ORLÉANS (*GENABUM.*)

Plan topographique de la ville et de ses faubourgs.

A. Amphithéâtre romain.
B. Tombeaux de Saint-Euverte.
C. Cloître de Saint-Aignan, ancien cimetière romain.
D,E,F,G. Enceinte de la ville du temps des Romains.
H,K. Ancien pont détruit en 1760.
E,D,G,L,M,N,F. Deuxième enceinte de la ville d'Orléans au temps de Jeanne d'Arc.
O,D,G,L,M,N,F,E,P. Troisième enceinte de la ville d'Orléans.
O,Q,R,S,T,V,X,N,F,E,P. Quatrième et dernière enceinte de la ville d'Orléans.
T. Tour Blanche.
Z. Angle de la rue de la Folie et de la rue du Crucifix.
B'. Tombeaux sur le boulevard de Madame, faisant autrefois partie du cimetière romain de Saint-Euverte.
C'. Ancienne église de Saint-Pierre-en-Pont, aujourd'hui détruite. On remarquait dans le sanctuaire des vestiges de construction romaine.
D'. Ancien couvent de Bonne-Nouvelle, aujourd'hui la préfecture du Loiret, où l'on a trouvé toutes les antiquités, décrites dans le Mémoire page 89 et suivantes.

PLANCHE XX bis.

ORLÉANS (*GENABUM*).

Plan de l'ancien pont d'Orléans et de ses abords.

Le plan que nous reproduisons ici a été trouvé par nous dans les archives des ponts et chaussées du département du Loiret. Les indications écrites qu'il renferme pourraient nous dispenser de toute explication à son sujet. Nous croyons devoir toutefois faire remarquer les lignes ponctuées exprimées sur ce plan par des traits et des points alternativement. Nous les avons relevées exactement telles qu'elles existent sur l'original. Nous pensons que ce sont des lignes de construction qui ont servi à la levée du plan; elles pourraient aussi indiquer des lignes de nivellement. Le plan original présente sur ces lignes des lettres à un assez grand nombre d'endroits. Il existe aussi sur le pont quelques numéros en chiffres romains. Nous n'avons pas jugé convenable de les reproduire sur notre plan réduit, considérant qu'ils ne sont d'aucune importance pour l'objet que nous avons en vue.

22

EXPLICATION

Dans le texte de notre Mémoire nous avons cité, dans les notes (voir pag. 81 et suivantes), un procès-verbal de visite du pont d'Orléans de 1630 qui est venu confirmer en quelque sorte l'exactitude et l'authenticité de ce plan. Une pièce analogue dont la date remonte à 1555 nous est parvenue depuis ; elle conduit aux mêmes conséquences ; nous allons la donner ci-après.

1555

le 26 juin

Visitation du vieux pont d'Orléans.

L'an mil cinq cens cinquante-cinq, le vingt-sixiesme jour de juing, en la présence de Nicolas Provenchère , notaire royal de Chastellet d'Orléans , requis et appellé par honnorables et prudens hommes François de la Ruelle, Guillaume Levallet et Claude Peredoulx, bourgeois, marchans d'Orléans , proviseurs et administrateurs du pont d'Orléans et hospital Sainct Anthoine, estant sur icelluy, et à leur requeste et présence, et aussi es présences de honnorables et prudens hommes Claude Sayn , Guy Deloyne et Guillaume Noylan, trois des procureurs et eschevyns de la dicte ville, deleguez des aultres, en ceste partye, ont par Pierre Byart, maçon, Ymbault Samxon, charpentier, et *Phles* (Philippes) Vernoy, serruzier, esté veuz et visitez les ponts de la dicte ville d'Orléans, arches, voultes, argeaulx, plates formes, baties et gardes folz pour savoir quelles repparacions estoient et sont utiles et nécessaires à y faire pour la conservacion et entretenement du dict pont qui ont esté mises et reddigées par escript, en faisant la dicte visitation selon et ainsi qu'il ensuit (*Bies*) (Pierre) Remy Thibault , Jehan Russier et autres tesmoings.

Et premièrement :

(1ʳᵉ Arche). — *En la première arche du dict pont dessoubz les tourelles* fault repparer la platte forme des deux coustez et y piquer des paulx ou n'y en a aucuns, le s garnir de pelles et chevilles et paver l'argeau alentour du pillier, garnir la voulte de banderetz es lieulx ou ilz sont rompuz, réparer la voulte et mectre d'autres pierres es lieulx ou ils sont rompues et donmaigées, le tout assis à la chau et cyment, et le reste remplir d'esclatz à chau et cyment et mectre ung poincteau au bout es pointe de la plate forme.

(2ᵉ Arche).—*A la seconde arche* fault repparer les plates formes et garnyr alentour du pillier de paulx, pelles et chevilles, curer les argeaulx qui sont plains de sablon, remplir et fourrer de bonnes et grosses pierres, fourrer et repparer les banderetz et pendans, joinctayer et garnyr d'esclatz de pierres à chau et cyment, rellever les banderetz rompus , et au lieu d'yceulx en mectre de neufs,et du cousté du val à l'endroict ou le banderetz est bessé, fault sainctrer soubz les banderetz qui sont bessez, et les rellever de la haulteur des aultres et y en mectre de neufs ou lieu des rompuz.

(3ᵉ Arche).—*A la tierce* fault remplir de grosses pierres les argeaulx et plates formes, les garnyr de paulx, pelles et chevilles ou n'y en ya , et mectre des bandes de fer à la plate forme assise en plomb, et poincteau à une bande de fer assis sur la poincte du pillier d'entre ceste arche et la subséquante.

(4ᵉ Arche).—*A la quatryeme arche* comme à la précedante et garnyr le devant du dict pillier des barres de fer et de paulx, pelles et chevilles de poincteau.

(5ᵉ Arche). — *A la cinquyesme* fault piquer des paulx es plates formes , chevillier et remplir des deux coustés, joinctayer et remplir les fentes estant en l'arche , à esclatz de pierre assis à chau et cyment, et mectre ung poincteau et une bande de fer à la poincte du pillier d'entre ceste arche et la subséquante.

(6° Arche).—*A la sixiesme* fault picquer des paulx ou besoing sera, les rellever et cheviller et fourrer la plate forme de pierres bonnes et grosses, et mectre un poincteau ferré par le devant.

(7° Arche).—*A la septyesme arche* garnyr les plates formes de grosses pierres, picquer les paulx ou n'y en a poinct, garnyr de pelles et chevilles de fer, à la poincte du dict pillier , une bande de fer, remplir les joincts du bas des pilliers à esclatz , chau et cyment et repparer les fentes et jarseures de la voulte comme dessus ; aussi fault remplir sur le coing du second pillier de la dicte arche du cousté d'abat , le fond du dict pillier qui est vyde et creutz , au moyen que les pierres du dessous du fondement du dict pillier estant en apparance , sont rompuz et fenduz.

(8° Arche).—*A la huyctiesme arche* fault repparer et joinctayer la fente estant en la voulte de la dicte arche, à esclatz chau et cyment, et oultre joinctayer la voutte et banderetz, remplir et fourrer de pierres, les plates formes et cullasses, et picquer des paulx ou il faut, beller les paulx et garnyr des bande de fer assises à plomb, et remplir les joinctz d'abas à esclatz, chau et cyment, et les faire par basses eaues.

(9° Arche).—*A la neufiesme* comme à la préceddante, et oultre, remplir les plates formes de pierre et repparer les banderetz du cousté sainct Jehan-le-Blanc, et y en mectre de neufz ou ils sont rompuz, et mectre des coings de fer entre aucuns banderetz eslargiz , et une bande de fer au fronc du pillier et à la dicte voulte mectre des coings de fer entre les pendans, pour ferrer la dicte voulte et la remplir d'esclatz à chau et cyment.

(10° Arche).—*A la dixyesme arche* fault repparer les plates formes, garnyr de paulx pelles et chevilles, fourer et garnir de pierres des deux coustez, remplir quelzques fentes par le bas de la dicte arche, repparer les banderetz qui sont rompuz du cousté d'amont, et joinctayer, et à la poincte du pillier, mectre des crampons de fer et deux grands caissons, et mectre sur l'arreste une bande de fer , rejoinctayer et ficher les quartiers de chau et cyment , pour ce que le pillier de l'argeau pend contre le dict pont.

(11° Arche).—*A la unzyesme* fault repparer et remplir de pierres les plates formes, garnyr de paulx, pelles et chevilles, remplir et joinctayer les fentes estant à la voulte de la dicte arche et espilliers.

12° (Arche.) — *A la douzyesme* comme la préced ante et la garnyr d'une barre de fer à la poincte.

(13° Arche).—*A la treizyesme* comme à la précedante, et oultre fault oster les banderetz qui sont gellez du cousté d'abat et du cousté d'amont, remplir les fentes par le bas et les joinctayer d'esclatz à chau et cyment et repparer le pillier tant d'un cousté que d'autre.

(14° Arche). — *A la quatorzyesme* la fault joinctayer et mectre des quartiers ou ilz sont rompuz.

A la Mothe des Challaus persez fault contynuer par boucher la maconneryc ja commancée du cousté de la ville, et au bout de ce qui est ja faict, fault faire une descente de pierre, et du cousté des Augustins en plusieurs endroictz fault garnyr de paulx, pelles et chevilles tirant de la dicte culasse jusques à l'hospital.

(15ᵉ Arche ou 1ʳᵉ).—*En la quinzyesme arche, faisant la première du cousté devers la ville, à commencer à compter à la chapelle Sainct-Anthoine* fault faire les choses escriptes par uns devis dressé et escript à la requeste des eschevyns par les maistres des œuvres, oultre y fault faire et mectre paulx ou il en deffault, remplir la plateforme de pierres, repparer les fentes de la dicte arche, et fault repparer le bas du dict pillier à l'endroit des fentes et ouvertures.

(16ᵉ Arche ou 2ᵉ).—*En la seizyesme* fault faire du cousté devers la ville une plate forme, remplir l'argeau et piquer des paulx, fourrer et paver de grosses pierres, en oultre remplir les fentes estant de dans la maçonnerye du pillier qui soustient la maçonnerye sur laquelle souloit avoir deux maisons qui ont esté bruslées avec aultres maisons du dict pont, et mectre des dictes barres de fer pour tenir les pelles, et mectre des paulx ou il en est besoing, et fourrer les plates formes de grosses pierres à la haulteur des pelles.

(17ᵉ Arche ou 3ᵉ). — *En la tierce arche et grand voye du dict pont*, fault fourrer et garnyr les plates formes de pierres des deux coustez, oultre fault remplir de paulx, regler, fourrer et cheviller la plate forme du cousté des Augustins et la remplir et paver de grosses pierres et joinctayer les pierres de tailles à chau et cyment, et garnyr de paulx alentour du poincteau et mectre des paulx es endroits ou il y en aura faulte.

(18ᵉ Arche ou 4ᵉ).—*A la quatryesme arche* fault fourrer et garnyr de pierres les plates formes de deux coustez, mectre des banderetz ou ilz sont rompuz du cousté d'amont, et mectre d'autres pelles au dessoubz de celles qui y sont pour servir à arrester les pierres, et fourrer les dictes plates formes de grosses pierres par le dessoubs portant sur les pelles pour plus fermement arrester les paulx a cause qu'ilz sont peu picquez en terre pour ce qu'elle est fort.

(19ᵉ Arche ou 5ᵉ). — *A la cinquyesme arche qui est la dernière*, fault picquer des paulx, repparer les plates formes, les garnyr et fourrer de grosses pierres tout alentour, aussi garnyr de pelles chevilles et barres de fer atachées à plomb contre la gible de la voulte, remplir d'esclatz à chau et cyment les fentes de la voulte et aultres qui sont en la dicte arche ; fault arracher partye des vieilz paulx qui sont en l'eaue, pour ce quilz sont trop bas, et au lieu diceulx en mectre d'aultres et les régler et fourrer comme il appartient.

Fault haulser les gardes folz du dict pont depuis le pont neuf jusques aux Tourelles et les mectre tous à la haulteur de trois pieds et demy depuis le dessus du pavé.

En la chambre que tient à présent Thomas Chesnault estant au dessus de la chambre du gouverneur de l'hospital, fault mectre une seulle neufve au lieu de celle qui y est, parce quelle est rompue.

Fault une seulle au plancher de la chambre d'abas du dict hospital ou se tient l'hospitallerie parceque celle qui y est, est pourrie dans la muraille, ensemble fault aucuns ais au plancher près la dicte seulle.

En la loge ou demeure et que tient Loys Thibault du dict pont fault regaller et repparer la couverture, fault deux aiz coustellez, clouez et assis sur les cheuverons du bout de l'aulvant de la dicte loge pour ce quelle fut démolye à l'entrée du roy.

PROVENCHERE, *Notaire.*

1668

25 juin.

Devis des ouvrages de massonerie et pierrre de taille qu'il convient faire pour construire un pont de pierre qui sera attenant au pont levis de la porte des Tourelles au lieu du pont de bois qui y estoit.

Premièrement.

Il convient démolir quelques pierres de taille dans un pillier qui fait séparation du pont de bois et du pont levis, pour prendre des naissances d'un arcade qu'il y faudra faire, et aussy démolir dans le gros mur qui tient le terrain pour y prendre l'autre naissance, la dicte arche aura de longueur treize pieds et demy, et de large, sur le dict pillier, treize pieds hors les œuvres a quinze pieds de large sur le gros mur aussi hors les œuvres, et au bout sera fait deux petits murs d'appuy en retour de trois pieds de long ou environ, les devant de la dicte arcade seront faits de pierres de taille dure taillées en ccintre et liaisonner les dictes pierres de taille dans l'arcade ou voulte qui sera faite de bons pendants de chau et sable les murs de dessus, les dictes pierres de taille auront deux pieds d'espaisseur jusque dessus le pavé, et le surplus d'un pied d'espaisseur et deux pieds et demy de hault pour servir de mur d'appuy ou il sera fait et posé un rang de pierre de taille taillé en bahu dans la dicte longueur de treize pieds et demy, non compris le retour ou il en faudra faire la mesme chose; la voulte qui sera fait de massonnerie aura un pied et demy d'espaisseur sur la clef et massonnée dans les flancs, et après que les dites œuvres seront faites sera aporté des terres sur la dicte voulte autant qu'il en conviendra pour estre prest à paver; toutte la dicte massonnerie se fera par dessous œuvres, sans pouvoir oster le port de bois que les ouvrages ne soient parachevez et le tout, conformément au plan et desseing, faire tout les ccintres nessessaires pour faire l'arcade du dict pont.

Plus sera mis six boutrous, savoir deux au coing et les quatre autres sur le pont.

Aujourd'hui vendredy vingt cinquiesme jour du mois de juin mil six cent quatre vingt huit par devant le notaire à Orléans soussigné fut présent Pierre Montant, maistre maçon et tailleur de pierres, demeurant à Orléans, paroisse Sainct-Paul, lequel a promis et s'est obligé et s'oblige par les présentes avec MM. les maires et eschevins de la dicte ville assemblez en nombre suffisant dans l'hostel commung, à ce présent et acceptants de faire et parfaire tous les ouvrages de massonnerie et pierre de taille exprimez et déclarez par le devis cy dessus décrit, et de les rendre faits et parfaits sous bonne visitation dans deux mois d'huy, pourquoy faire le dict Montant fournira de tous les matériaux nécessaires.

Ce marché faict moyennant une somme de deux cens soixante dix livres, laquelle somme luy sera payée par le sieur Eognard de Semoinne, recoveur des deniers communs de la dicte ville au fur et à mesure de son travail, promettants, obligeans, annonçans, Pierre Jehans Decrans et Martin Lion Clercs, tesmoins, et est le plan et desseing des dicts ouvrages signé de monsieur de Montagu, maire, et du dict Montant, demeuré attaché à la minutte des présentes, icelle minutte signée des dicts sieurs maire et eschevins et du dict Montant ensemble du dict notaire et tes moins.

CHARRON, *Notaire.*

EXPLICATION

PLANCHE XXI.

ORLÉANS (*GENABUM*).

1, 2, 3, 4.—Plan , coupes et élévation d'un tombeau romain, découvert dans l'ancien cimetière de St-Aiguan.
5, 6, 7, 8.—Divers détails relatifs à l'enceinte d'Orléans de l'époque des Romains.

Fig. 1. Plan du tombeau romain. Nous devons prévenir ici que nous n'avons point vu ce petit monument. Nous en avons rétabli les plan, coupes et élévation d'après les renseignemens qui nous ont été donnés par des personnes qui l'ont vu et qui nous ont assuré en avoir mesuré les dimensions.

Fig. 2. Coupe longitudinale sur la ligne ABCDEF. (voy. le plan fig. 1.)

Fig. 3. Coupe transversale sur la ligne GH. (Voy. le plan fig. 1.)

Fig. 4. Coupe transversale sur la ligne IK. (Voy. le plan fig. 1.)

Fig. 5. Plan de la tour blanche et du mur romain qui lui est contigu. Pour connaître la situation de cette tour dans l'enceinte romaine, il faut consulter l'explication de la planche XX.

Fig. 6. Plan d'une portion de mur de l'enceinte romaine à l'angle de la rue de la Folie et de celle du Crucifix au point z de la planche XX. Au devant de ce mur sont des espèces de casemates de 2ᵐ 10 d'ouverture sur 1ᵐ 50 de profondeur qui servent aujourd'hui de caves.

Fig. 7. Élévation des casemates prise sur la ligne AB. (Voy. le plan fig. 6.)

Fig. 8. Dessin d'une portion de mur de l'enceinte romaine telle qu'elle existe au fond des maisons nᵒˢ 23 et 25 de la rue du Bourdon-Blanc , anciennement nommée rue des Vieux-Fossés.

PLANCHE XXII.

ORLÉANS (*GENABUM*).

Plan, coupes et élévation de tombeaux romains, et lampes sepulcrales trouvées à Saint-Euverte.

Fig. 1. Plan des tombeaux. On y a mis différentes lettres auxquelles on renvoie dans le Mémoire.

Fig. 2. Élévation longitudinale prise sur la ligne HK. (Voy. fig. 1.)

Fig. 3. Coupe transversale prise sur la ligne ML. (Voy. fig. 1.)

Fig. 4. Coupe longitudinale prise sur la ligne NO.

Nota. Ces plan , coupes et élévation ont été rédigés d'après des notes et des figures qui ont été fournis par M. Athanase de Villevêque.

Fig. 5. Lampe romaine trouvée dans les tombeaux de la *figure* 1.

Fig. 6. Autre lampe romaine trouvée dans les mêmes tombeaux. Le dessous de cette lampe offre l'empreinte d'un pied. Était-ce la marque du fabricant? c'est ce qu'il est difficile d'affirmer.

PLANCHE XXIII.

ORLÉANS (*GENABUM*).

Divers fragmens recueillis lors de la démolition des fondations des anciens murs d'Orléans , près de la place de l'Etape et sur le quai de la Tour-Neuve.

1. Fragment de corniche trouvé dans la démolition de l'auberge de l'Épervier.

2. Pierre tumulaire trouvée dans les démolitions du mur de l'enceinte romaine près de la maison de M. Lutton-Mandar.

3. Fragment de corniche avec modillons et rosaces trouvés au même lieu.

4 et 5. Fragment de rosace trouvé dans les démolitions de la porte *Parisis*.

6 et 7. Fragmens de colonne cannelée, et reste d'un chapiteau trouvés dans les démolitions de la tour *Carrée* ou *Cassée*.

8. Voussoir avec moulure trouvé au même lieu.

9. Fragment de corniche dans le style égyptien trouvé au même lieu.

10. Fragment de statue tiré du même endroit.

11 et 13. Fragment de corniche provenant des fouilles de la porte *Parisis*.

12. Chapiteau de pilastre provenant des fouilles de M. Lutton-Mandar.

14. Fragment de corniche avec modillon provenant du même lieu.

15. Fragment de pierre avec des caractères hébraïques provenant des fouilles de la porte *Parisis*.

16. Pierre d'entablement trouvée dans les démolitions de l'auberge de l'*Épervier*.

PLANCHE XXIV.

Plan et profils du *Tumulus*, connu sous la dénomination de *Butte de Mesierre*, près Notre-Dame de Cléry.

Figure 1.

Plan du *Tumulus*. Toutes les indications qui se trouvent sur ce plan suffisent à son intelligence. Les différens chemins et les diverses natures de culture y sont indiqués. La description qui se trouve dans le texte (voir page 115) explique le plan, et réciproquement le plan est lui-même nécessaire à la description qu'il complète pour ainsi dire.

Figure 2.

Profil du *Tumulus* suivant la ligne CD. (Voir fig. 1.) Les cotes de ce profil sont assez nombreuses pour qu'on puisse se représenter la hauteur du monument à ses différens points. Sa hauteur totale, au dessus de la plaine environnante, est de 12^m 19.

Figure 3.

Profil du *Tumulus* suivant la ligne AB. (Voir fig. 1.) La hauteur du monument, au dessus de la plaine, est, suivant ce profil , de 12^m 22. Ainsi la hauteur moyenne , d'après les deux profils, est de 12^m 20.

PLANCHE XXV.

Plan et profils de *Tumulus*, connu sous la dénomination de *Butte du Mont aux Prêtres*, près Châteauneuf.

Figure 1.

Plan du *Tumulus*. Toutes les indications qui y sont placées suffisent pour faire bien connaître sa situation relativement aux chemins qui l'entourent, la nature de la culture de la butte qui est plantée en vignes et celle des champs environnans. La description que renferme le texte (voir page 114) achève de donner une idée complète de cet antique monument.

Figure 2.

Profil du *Tumulus* suivant la ligne AB. (Voir le plan fig. 1.) Il résulte de ce profil que le monument déjà placé sur un terrain élevé n'a guère qu'une hauteur moyenne de 7^m 44 au dessus du sol environnant.

Figure 3.

Profil du *Tumulus* suivant la ligne CH. (Voir le plan fig. 1.) Ce profil accuse la dépression du sol au passage du chemin de la Croix-de-Pierre, d'où l'on peut conclure, avec quelque vraisemblance, que le chemin est postérieur à l'établissement du Tumulus.

Nota. Les numéros des *figures* n'ont pas été portés sur la planche par pur oubli.

PLANCHE XXVI.

Plan et profils du *Tumulus*, connu sous la dénomination de *Butte de Lion*.

Figure 1.

Plan du *Tumulus*. Toutes les indications qu'il renferme suffisent à son intelligence. La description qui se trouve dans le texte (voir page 112) achève de faire connaître ce monument.

Figure 2.

Profil du *Tumulus* suivant la ligne AB. (Voir le plan fig. 1.) Il résulte de ce profil que la hauteur du monument au dessus du sol environnant est de 10^m 22.

Figure 3.

Profil du *Tumulus* suivant la ligne CD. (Voir le plan fig. 1.) Il résulte de ce profil que la hauteur du monument au dessus du sol environnant est de 10^m 99, la hauteur moyenne d'après les deux profils est de 10^m, 60.

PLANCHE XXVII.

1. — Plan général de la partie du canal et de la rivière de Loing, comprise entre Buge et Cepoy.
2, 3, 4 et 5. — Développement du côteau qui longe le canal de Loing entre Buge et Cepoy.

Figure 1.

Plan général. Il est extrait de l'atlas des canaux d'Orléans, de Briare et de Loing. Les indications principales y sont écrites en toutes lettres, telles que l'emplacement du camp romain. On y remarque un assez grand nombre de lettres auxquelles on renvoie dans le cours du Mémoire.

Figure 2.

Développement de la première partie du plan ci-dessus. On y voit exprimé avec plus de détail l'aqueduc souterrain qui a plus particulièrement fait l'objet de nos explorations et de nos recherches. On remarquera la direction perpendiculaire au cours de la rivière de Loing sous laquelle il passe.

Figure 3.

On voit dans cette portion du plan développé l'aqueduc souterrain dans une assez grande étendue.

Figure 4.

Cette portion du plan développé montre l'aqueduc jusqu'à son origine présumée près du camp romain; il montre aussi l'extrémité du fossé qui limite à l'ouest le camp romain.

Figure 5.

Cette portion du développement du plan général montre le fossé qui limitait à l'est le camp romain. Elle fait voir en même temps les substructions d'un bâtiment assez considérable assis au sud du camp sur le bord de la partie à pic. (Voir dans le texte du Mémoire, page 125, la description de cette antique construction.)

TABLE

DES CHAPITRES, DES ARTICLES, ET DES PARAGRAPHES.

TABLE

ERRATA.

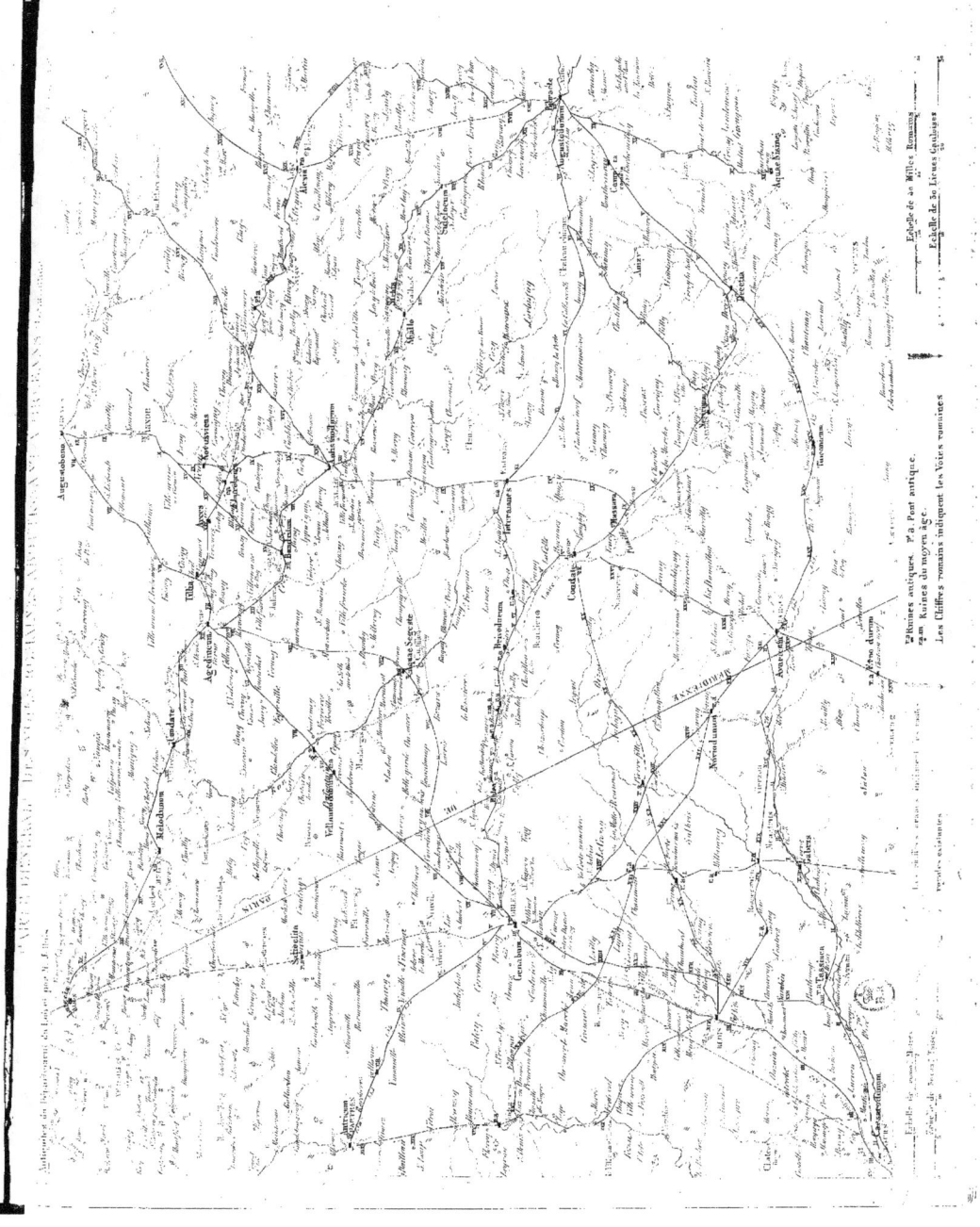

Échelle de 20 Milles Romains

Échelle de 20 Lieues Gauloises

Itinéraires antiques. V. à Pont antique.
✠ Ruines du moyen âge.
Les Chiffres romains indiquent les Voies romaines.

Échelle de vingt Milles

Échelle de Vingt Lieues

Cran et Chenevière (Aquæ Segeste)

Pl. 9

Antiquités du Loiret par Mr Jolibois

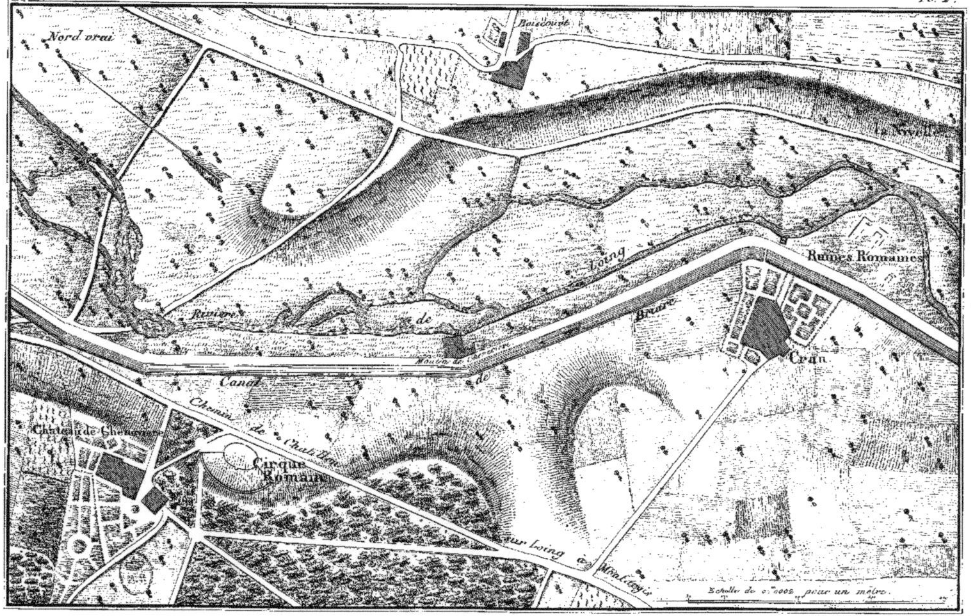

Plan général comprenant l'Amphithéâtre, et les restes de la ville antique.

Lith. de Thierry fils rue Bonaparte

GRAN et CHENEVIÈRE. (Aqua deperte.)

Antiquités du Loiret par H.er Mellier

Vue de l'Amphithéâtre faite de l'angle nord.

Pl. 4

GRAY et CHENEVIÈRE. (Aqua sextole.)

Accompagné au lavoir, par Mr. J. Jobbé.

Vue de l'Amphithéâtre faite de l'angle sud.

Imp. en et lith.

Lith. de ......

GRAN et CHENEVIÈRE (Aquæ Segetæ)

Pl. 5

Ambroise du Louet aux M.rs Leflau.

Lith. R. Lacour 157.

Vue de l'Amphithéâtre pris au milieu montant du tour de Châtillon sur Seing.

Berger, Edit. 1838.

Cran et Chenevière (Aquæ segeste.)

 Pl. 6.

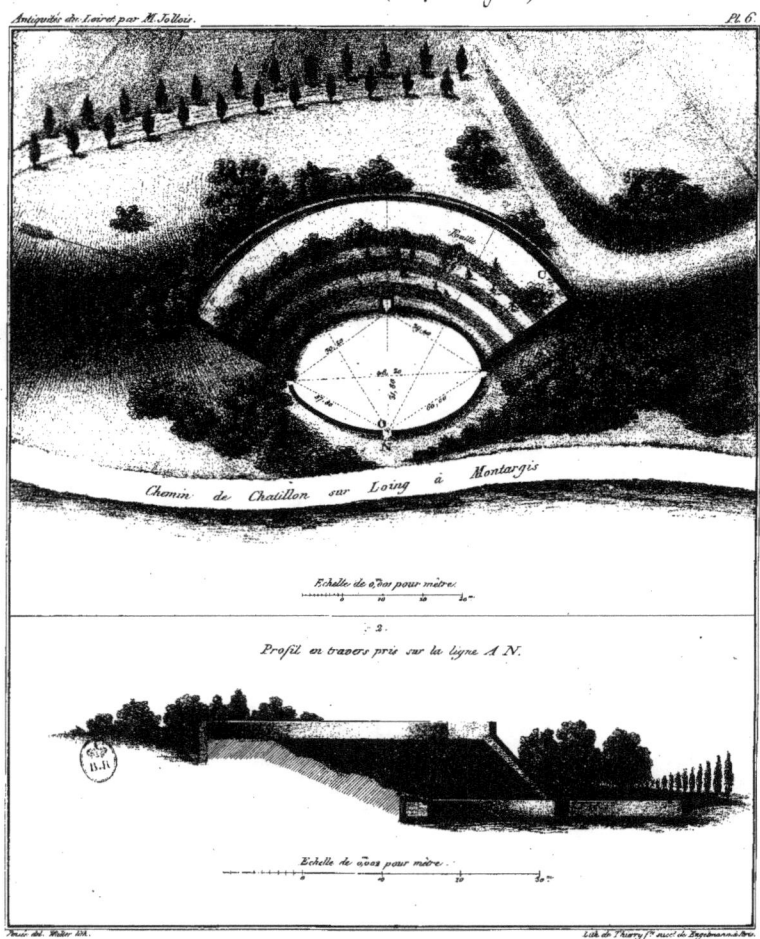

Chemin de Chatillon sur Loing à Montargis

Echelle de o,001 pour mètre.

2.

Profil en travers pris sur la ligne A N.

Echelle de 0,001 pour mètre.

Plan et coupe de l'Amphithéâtre dans son état actuel.

Pl. 7.

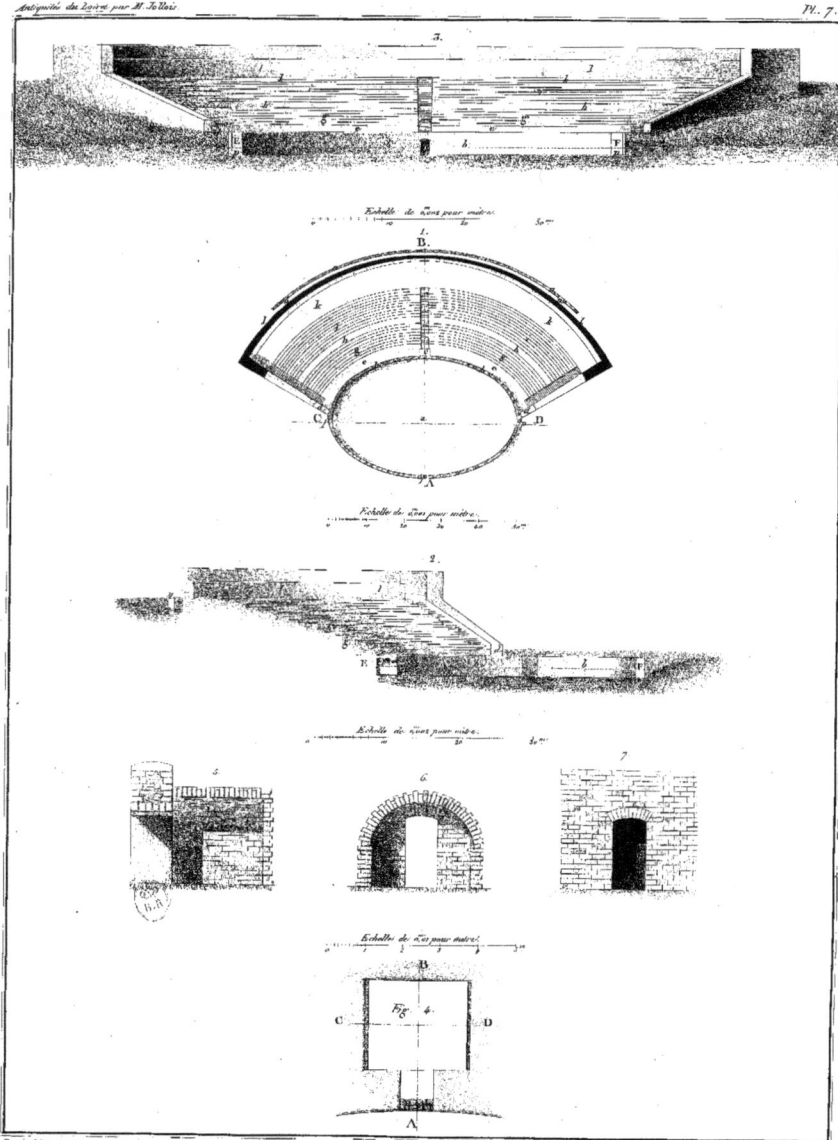

Plan et Élévation de l'Amphithéâtre restauré, et détails de la loge ou Caveu.

Cran, Chenneviere, Vellauno Dunum et autres lieux.

Antiquités du Loiret par M. Jollois.   Pl. 8.

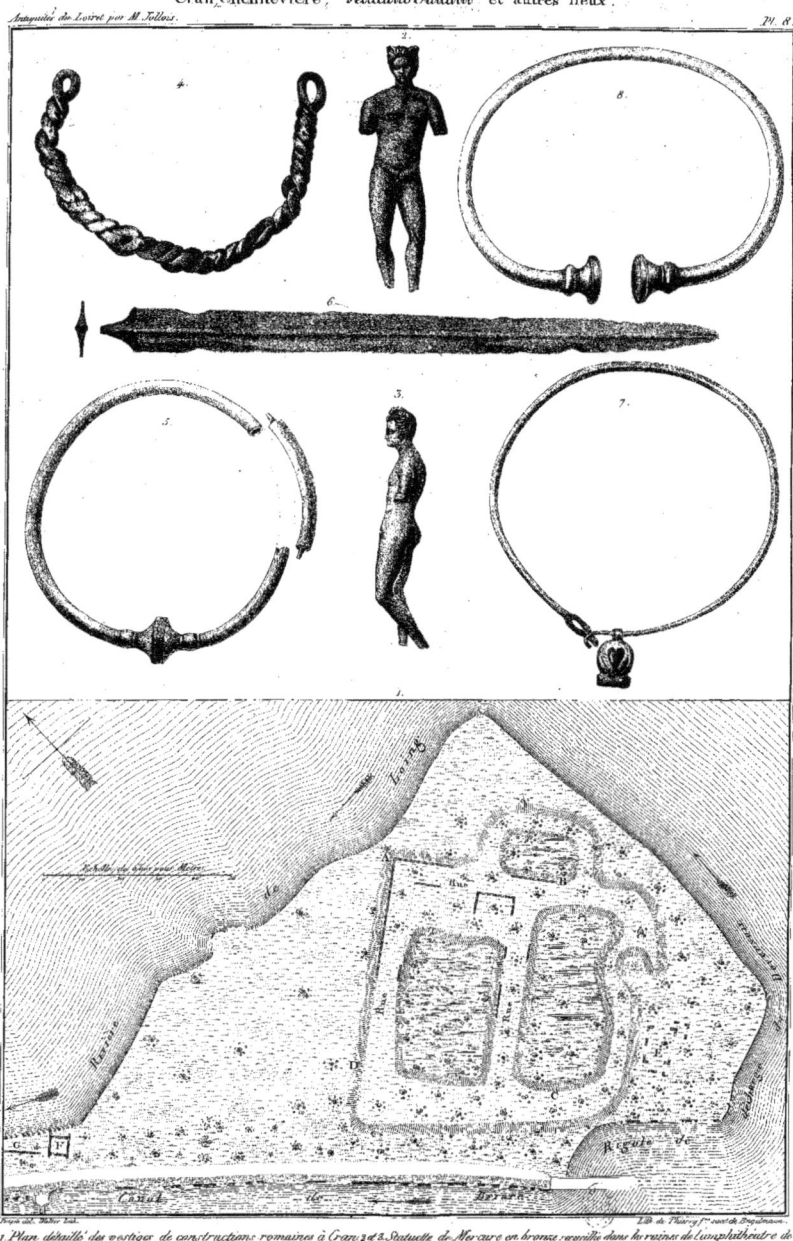

1. Plan détaillé des vestiges de constructions romaines à Cran; 2 et 3. Statuette de Mercure en bronze, recueillie dans les ruines de l'amphithéâtre de Chenneviere. 4, 5, 6. Torsade en fer, collier en bronze, et sabre trouvé dans les environs de Monbouy; 7. Collier en bronze avec amulette-bronze à Vellauno dunum. 8. Collier en or ramassé dans des bruyères aux environs de Meung.

Chemin de César de Sens (Agedincum) à Orléans (Genabum.)

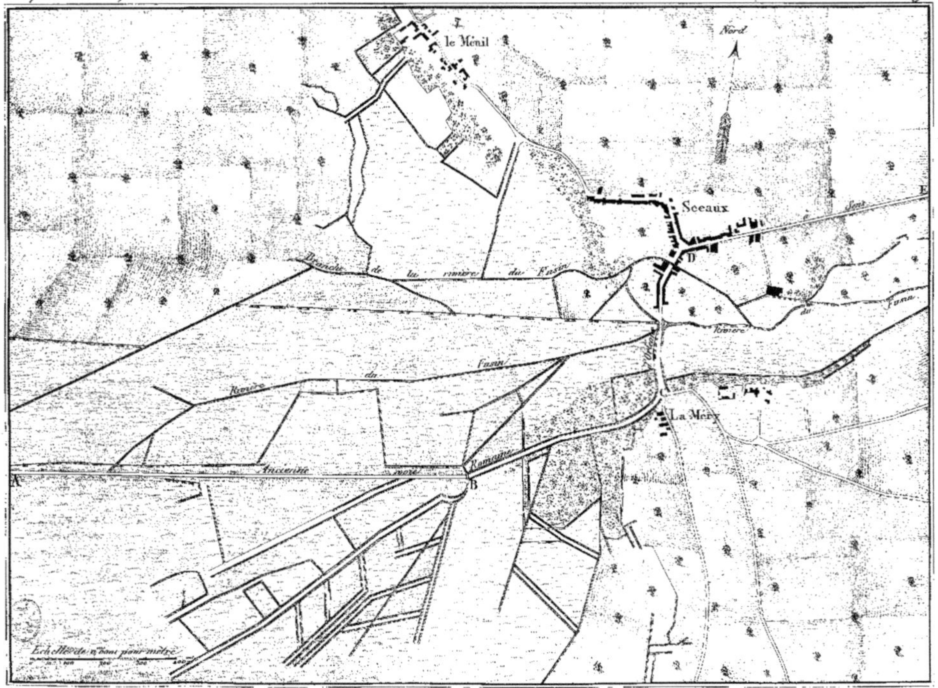

Pl. 9.

Nord

Seeaux

le Mesil

Autographie du Tracé par M. Sellier.

Phan du chemin de César au travers des marais des Loures.

Lith. de Thierry frère, rue des Capucines.

Vellaunodunum.

Antiquités du Loiret par M. Jollois. Pl. 10

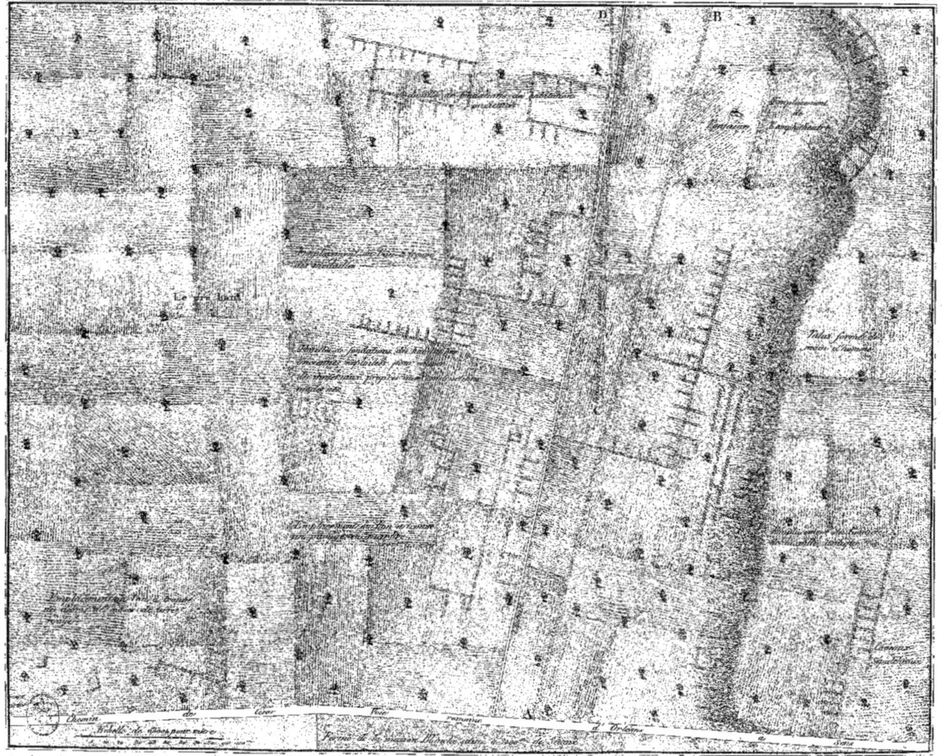

Levé par Robin, Conducteur des p.ts et Ch.ées. Lith. de Thierry frères succ.rs de Engelmann.

Plan des vestiges de la ville antique.

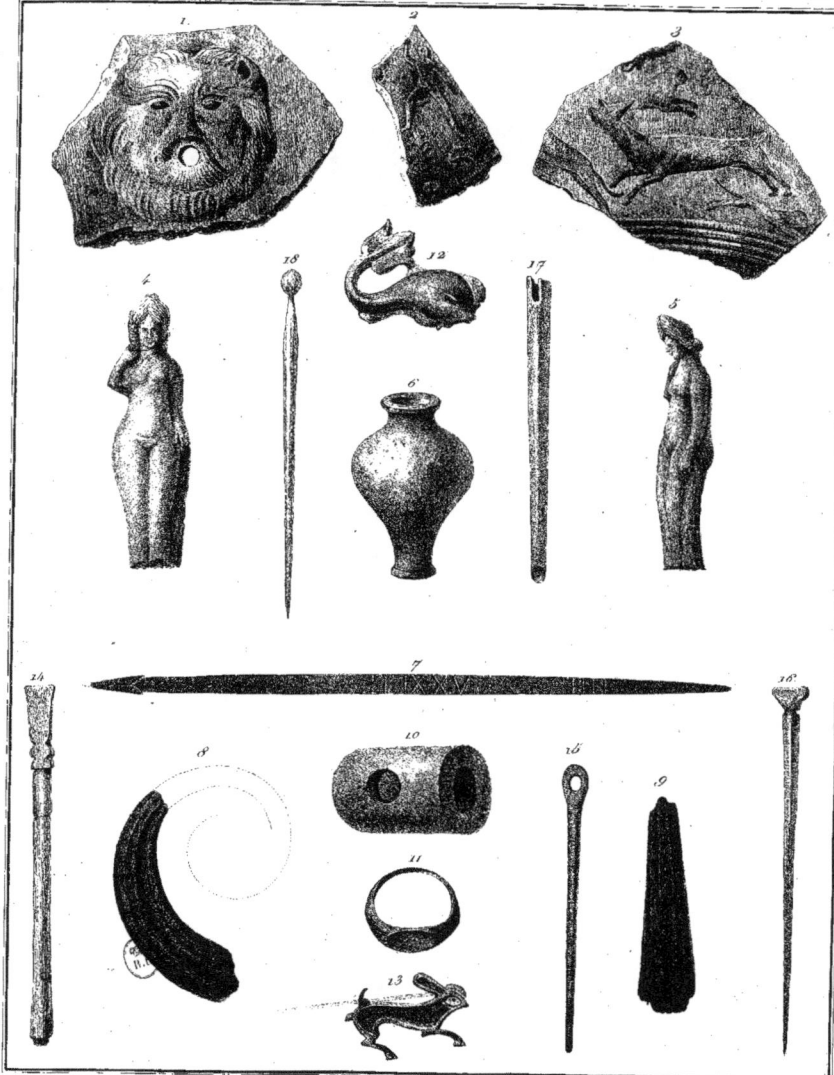

Perrié del.   Lith. de Thierry Frère, succ.r de Engelmann.

Objets trouvés dans l'emplacement de la ville antique.

Antiquités du Loiret par M. Jollois

Pl. 18.

Échelle de 1 mois pour Mètre

Extrait de la Carte du Canal de Loing

Lith. de Thierry frères, rue de l'Empereur

Plan de la voie romaine au travers de la vallée du Loing en face de Dordives.

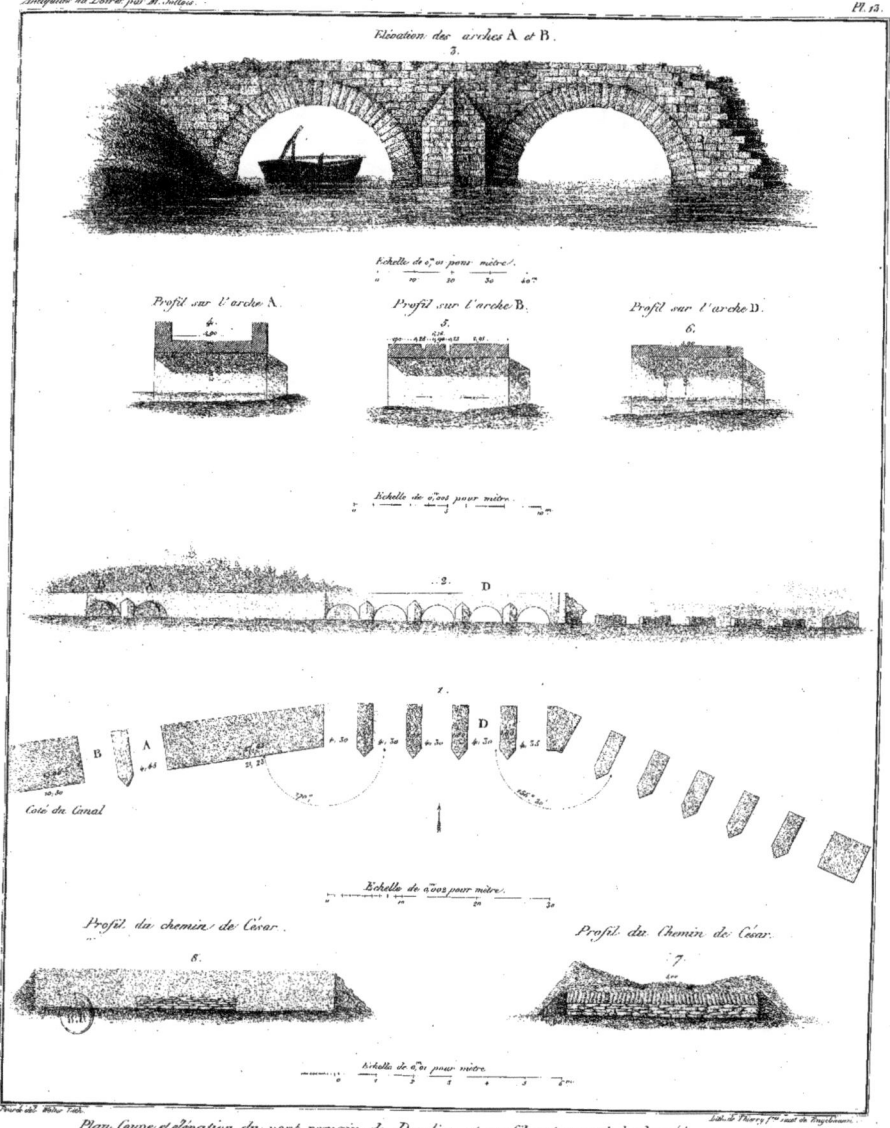

Élévation des arches A et B.
3.

Échelle de 0,01 pour mètre.

Profil sur l'arche A.   Profil sur l'arche B.   Profil sur l'arche D.
4.   5.   6.

Échelle de 0,003 pour mètre.

D

Côté du Canal

Échelle de 0,002 pour mètre.

Profil du chemin de César.   Profil du Chemin de César.
8.   7.

Échelle de 0,01 pour mètre.

Plan, coupe, et élévation du pont romain de Dordives, et profils en travers de la chaussée romaine.

Briare (Brivodurum)

Pl. A.

Plan topographique de la ville de Briare et de ses environs.

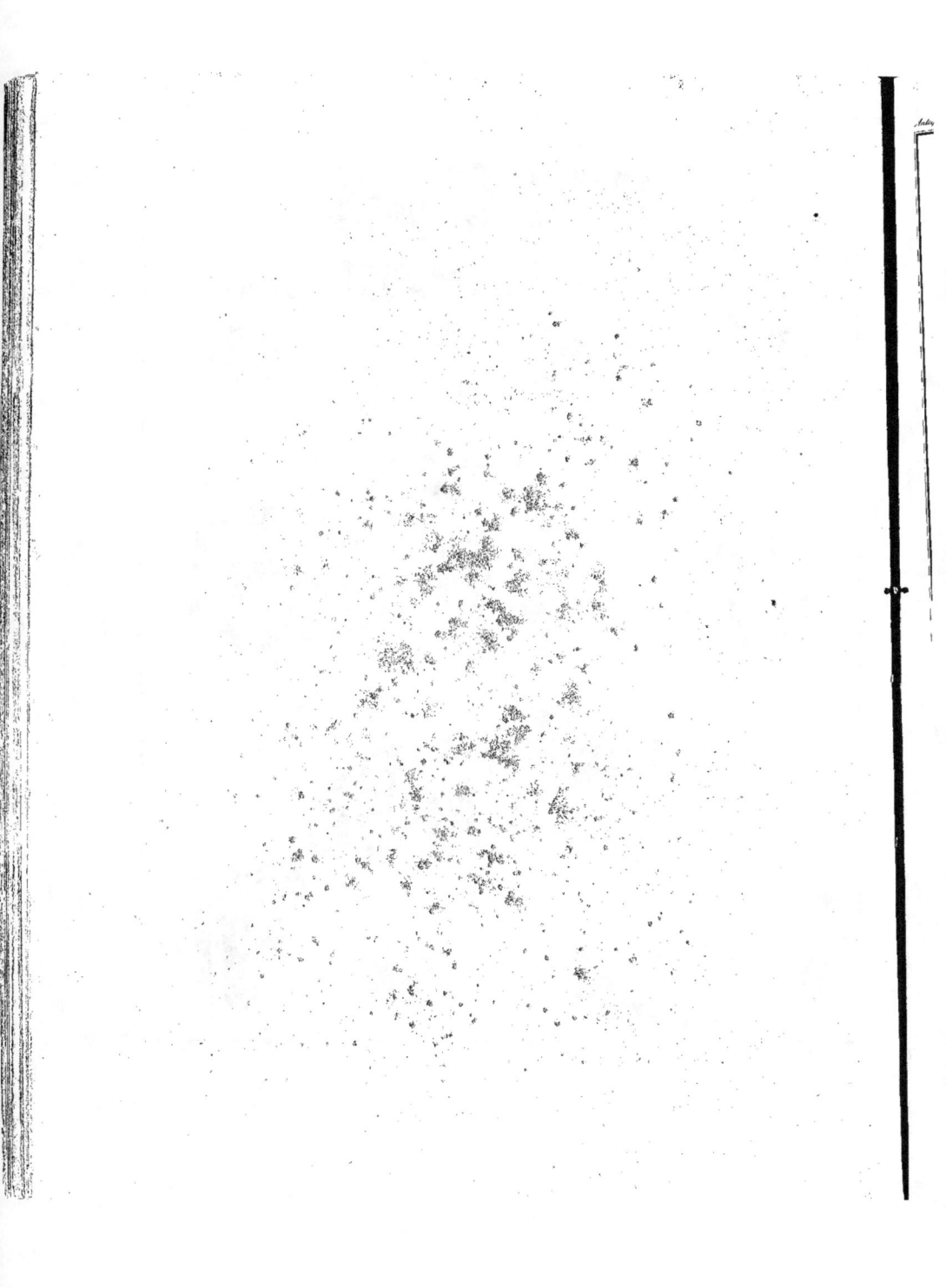

1, 6 et 7 vase et fragmens de vases en terre rouge; 4, 5, 8 et 9 fragmens des petites statues en pierre;
2 et 3 Fibule; 10 tuyau de conduite, trouvés sur plusieurs points de l'emplacement de la ville antique.

Antiquités du Loiret par M. Jollois.

Pl. 16.

Pensée del.

Lith. de Thierry Frère, rue S. de Bourbonnais.

Vases de différentes couleurs et fragment d'amphore trouvés sur plusieurs points de la ville antique.

Pl. 16 bis

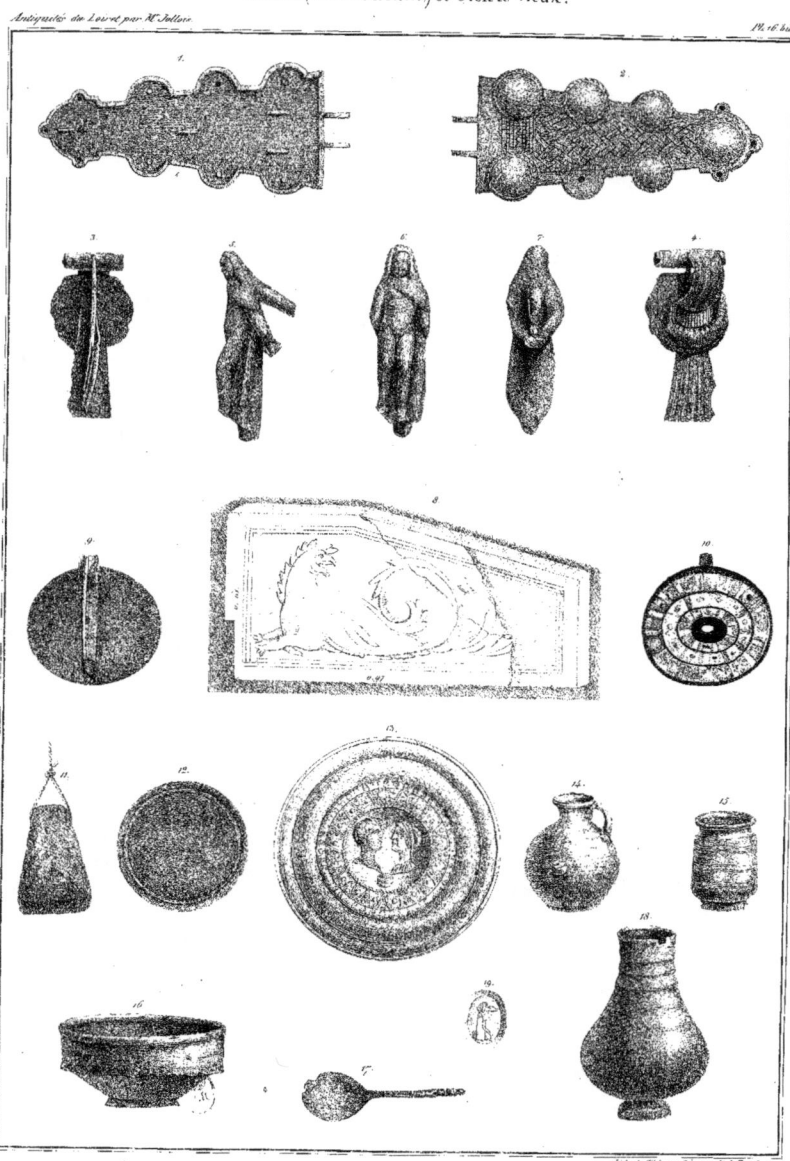

Lith. de Thierry frères succ.t de Engelmann.

1. et 2. Fragment de ceinturon Gaulois trouvé à Gien le vieux.
3. à 19. Fibules, Statuette, Fragment d'Architecture, boîte en bronze, pierre gravée, poids, vases et cuillère recueillis sur plusieurs points du territoire de Briare.

Gien.

Antiquités du Loiret par M.r Jollois. Pl. 17.

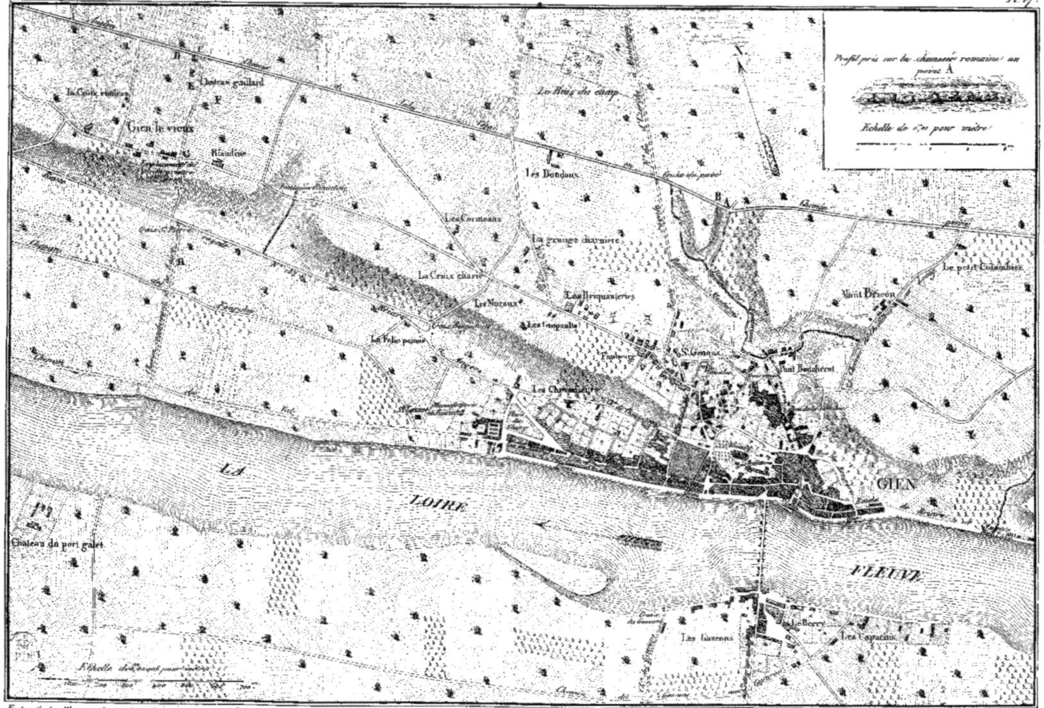

Extrait du Plan cadastral de la commune de Gien. *Lith. de Thierry frères succ.rs de Engelmann.*

Plan général comprenant Gien, la voie romaine au dessus de cette ville, et Gien le vieux.

Bonnée. (*Loiret.*)

Pl. IX.

Désignation du Loiret par M. Jollois.

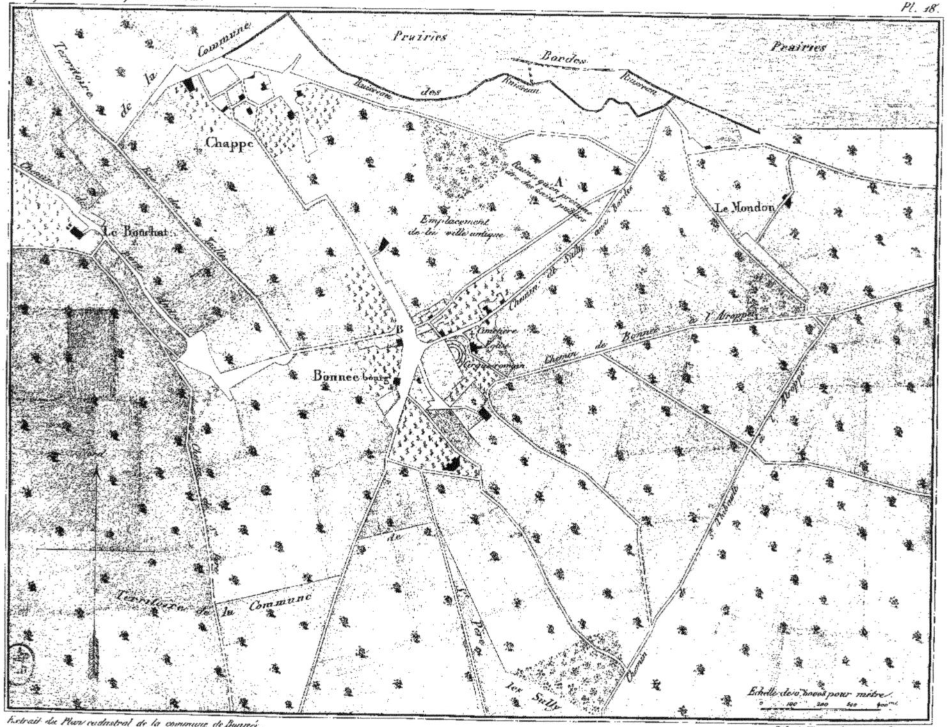

Extrait du Plan cadastral de la commune de Bonnée.

Lith. de Thierry frère rue de l'Abbaye sans.

Échelle des Dimensions pour mètre.

Plan topographique du Village de Bonnée, et des Ruines antiques qu'il renferme.

Bonnée.(Belca.)

Profil sur C D.

Profil sur C B.

Echelle de 0,"001 pour mètre.

Profil sur C A.

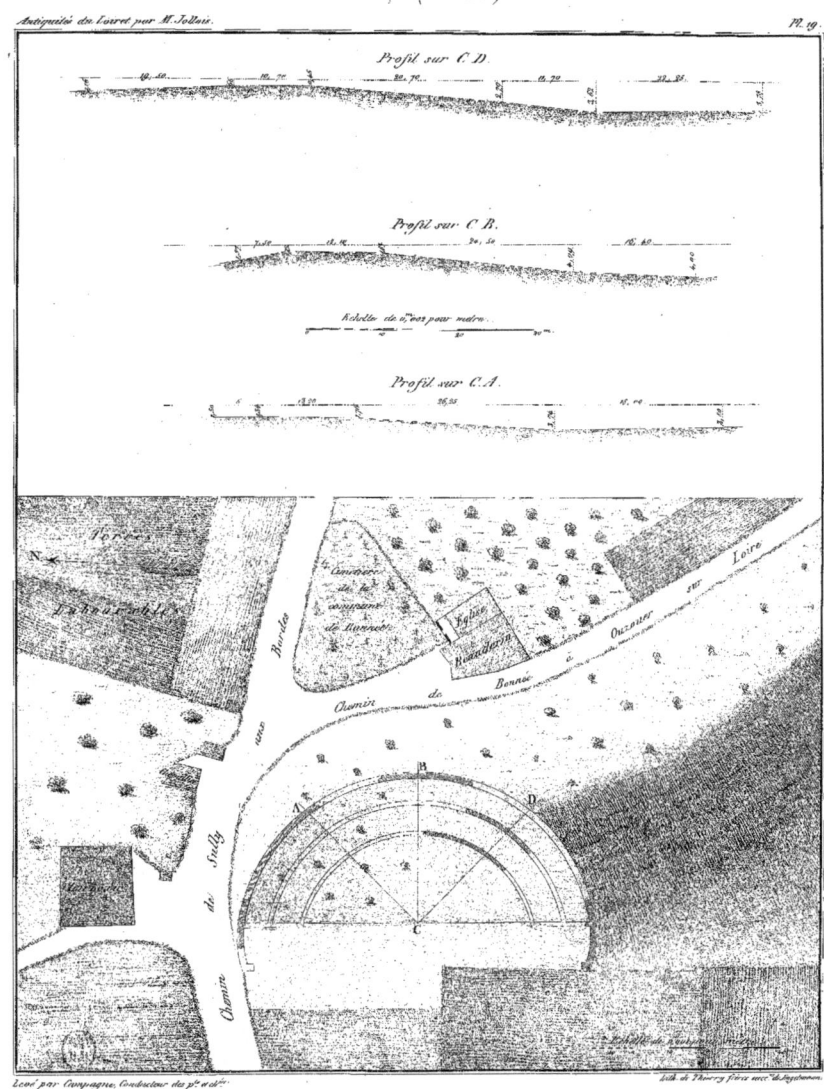

Levé par Compagne, Conducteur des p.ts et ch.ées.   lith. de Thierry frères rue des Saussaies.

Plan et Profils du sol de l'Amphithéâtre dans son état actuel.

Critérium (Gravelure)

Pl. 29.

Orléans (Genabum)

Antiquités du Loiret par M. Jollois. Pl. 20.

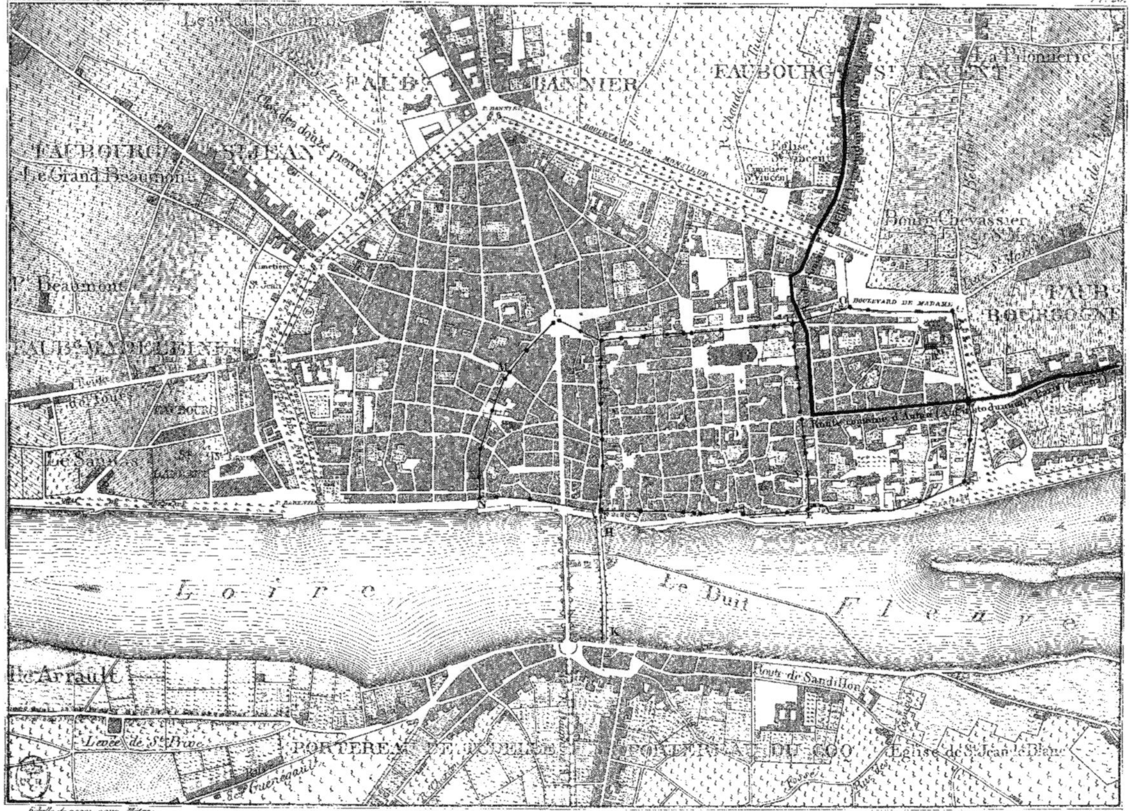

Échelle de 1000 pour Mètre.

Plan topographique de la ville et de ses faubourgs.

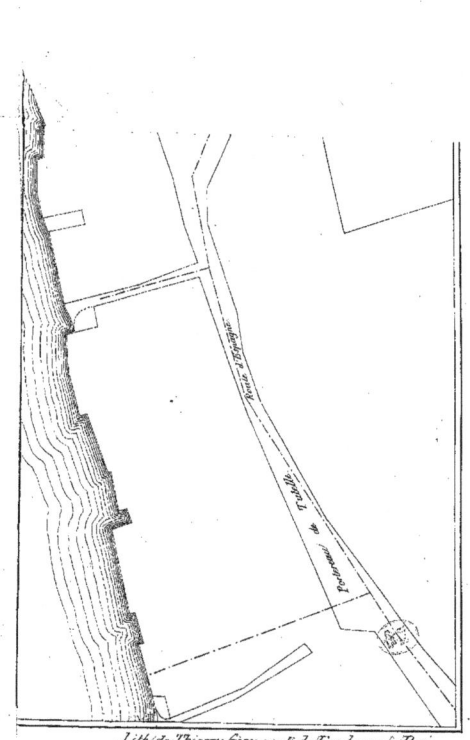

Lith. de Thierry, frères succ.rs de Engelmann à Paris.

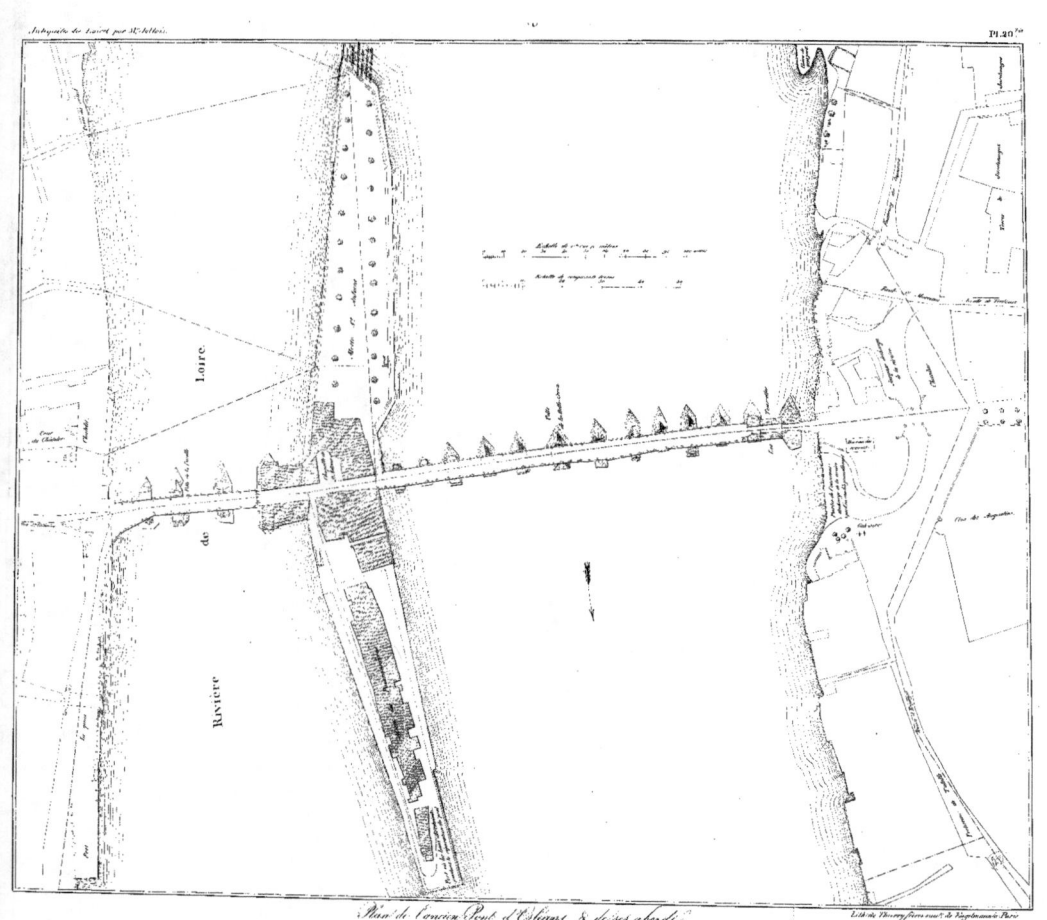

Plan de l'ancien Pont d'Orléans & de ses abords.

Lith. de Thierry frères succ.ʳ de Engelmann à Paris

Pl. 31.

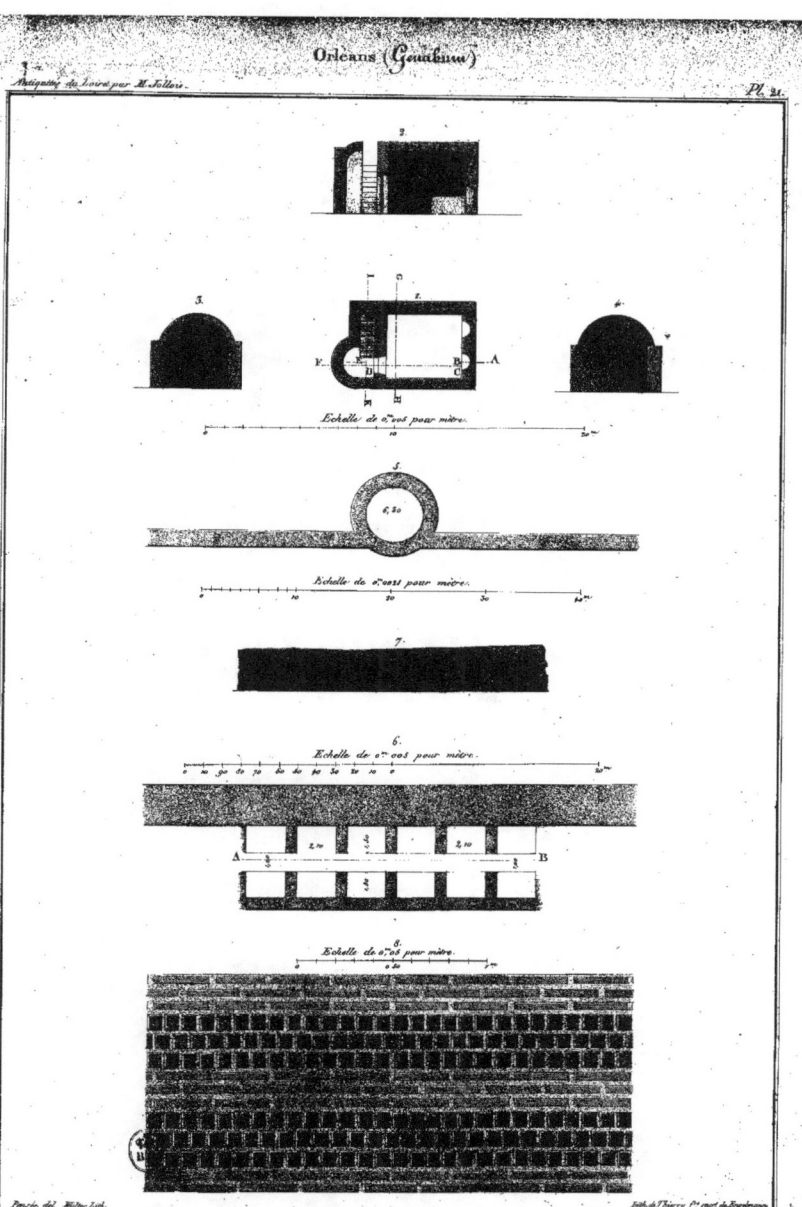

Echelle de 0,"005 pour mètre.

Echelle de 0,"0011 pour mètre.

Echelle de 0,"005 pour mètre.

Echelle de 0,"005 pour mètre.

1,2,3,4, Plan, coupes et élévation d'un tombeau romain découvert dans l'ancien cimetière de St Aignan; 5,6,7,8, Divers détails relatifs à l'enceinte d'Orléans de l'époque des Romains.

Pl. 22.

Orléans, (Gauloises.)

Antiquités du Loiret, par M. Vallois.

Échelle de 8 mil. pour mètre.

Maison conventuelle.

Ouest.

Nord.

Est.

Sud.

Dessiné del. Willer Lith.

Lith. de Thierry frères, rue St Eugraccan.

Plan et coupes de tombeaux romains, et lampes sépulcrales trouvées à S. Favoris.

MARC OARSII

Divers fragments antiques recueillis lors de la démolition des fondations des anciens murs d'Orléans,
pris de la place de l'Étape et sur le quai de la Tour-Neuve.

Pl. 24.

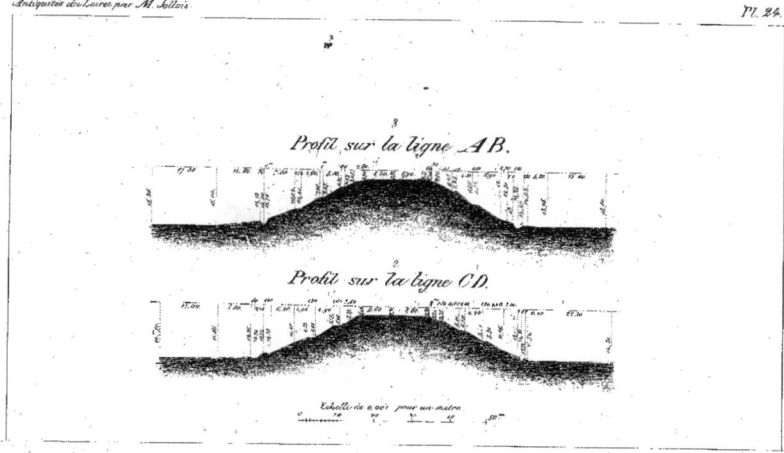

Profil sur la ligne A B.

Profil sur la ligne C D.

Échelle de 0,00'5 pour un mètre

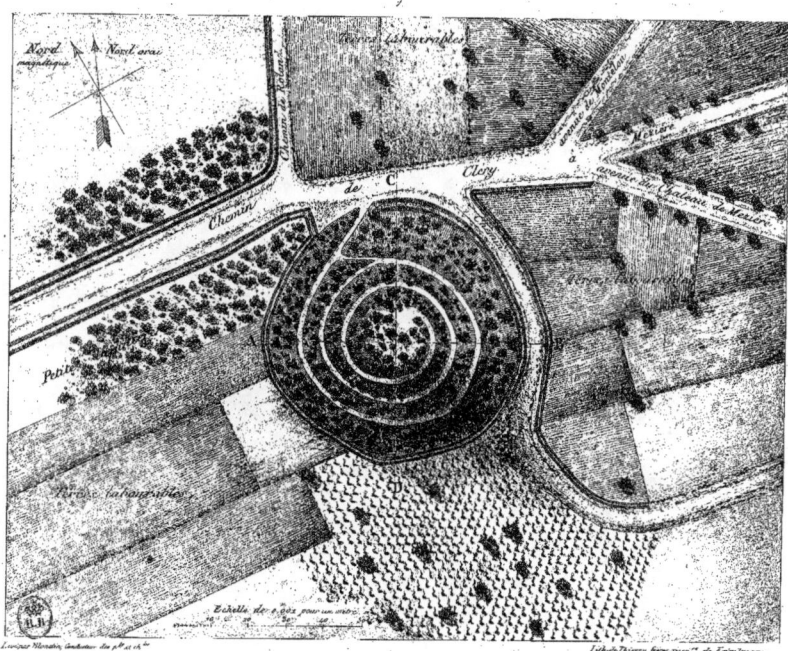

Plan et Profils du Tumulus connu sous la dénomination de Butte de Mézière, près Notre-Dame de Cléry.

Antiquités du Loiret par M.ᵉ Julien.

Pl. 23.

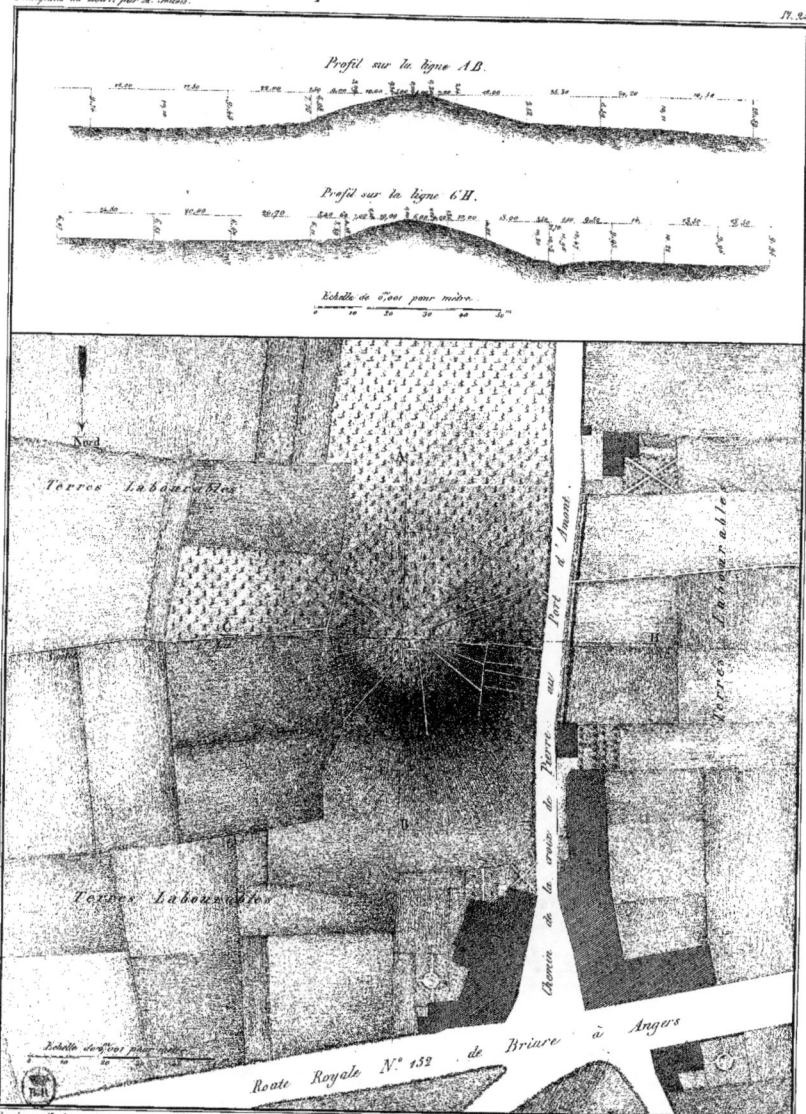

Profil sur la ligne A.B.

Profil sur la ligne C.H.

Echelle de 0,001 pour mètre.

Nord

Terres Labourables

Terres Labourables

Terres Labourables

Chemin de la croix de Pierre au Port d'Amont

Echelle de 0,001 pour mètre.

Route Royale N.º 152 de Brinre à Angers

Levé par Mulot, conducteur des p.ᵗˢ et Ch.ˢˢ   Lith. de Thierry f.ˢ val de Loupienne.

Plan et Profils du Tumulus connu sous la dénomination de Butte du Mont aux Prêtres près de Chateauneuf.

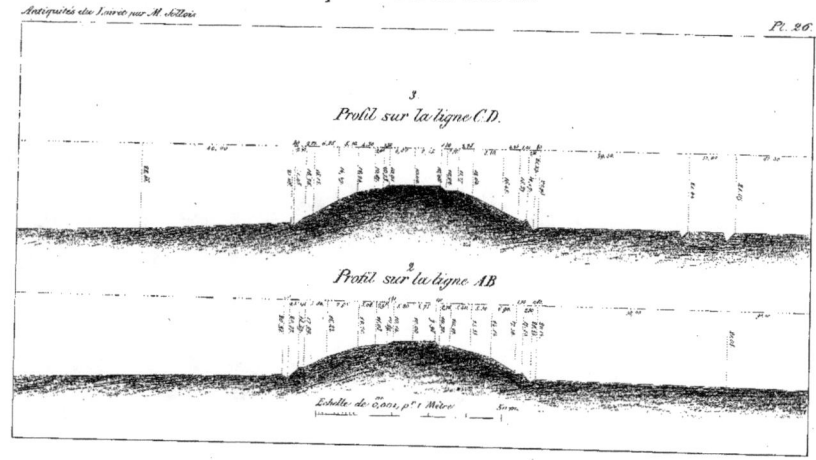

3
Profil sur la ligne CD.

2
Profil sur la ligne AB

Echelle de 0,001, p.¹ 1 Mètre

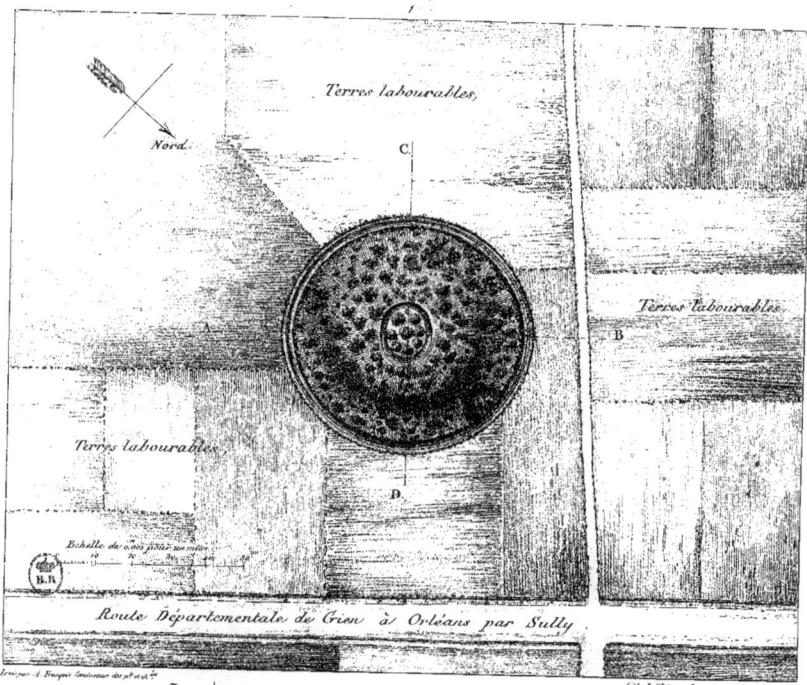

1

Terres labourables,

Nord.

C

Terres labourables.

B

A

Terres labourables.

D

Echelle de 0,003 p.¹¹ 100 mètres

Route Départementale de Gien à Orléans par Sully.

Plan et profils du tumulus connu sous la dénomination de Butte de Lion.

Bords du Canal de Loing.

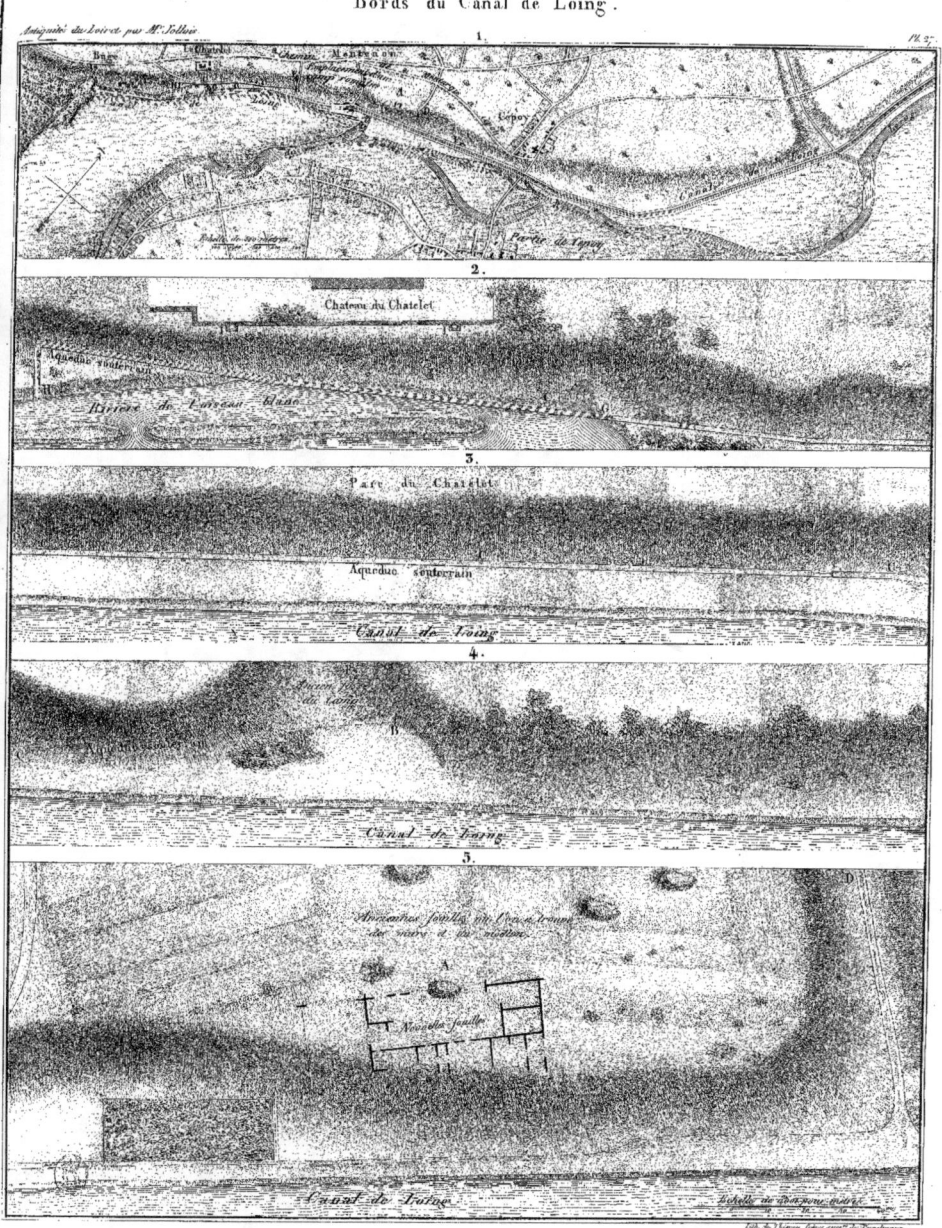

Pl. 3.

1. Plan général de la partie du Canal et de la rivière de Loing comprise entre Buge et Cepoy.
2.3.4.5. Développement du coteau qui longe le Canal de Loing entre Buge et Cepoy.

www.ingramcontent.com/pod-product-compliance
Lightning Source LLC
Chambersburg PA
CBHW061434030726
47503CB00005B/1410